JACK IS BACK

STEFANO TURA

JACK IS BACK

PIEMME

Questo romanzo è un'opera di fantasia. Personaggi e situazioni sono invenzioni dell'autore e hanno lo scopo di conferire veridicità alla narrazione. Qualsiasi analogia con fatti, eventi, luoghi e persone, vive o scomparse, è puramente casuale.

Pubblicato per

PIEMME

da Mondadori Libri S.p.A.

Pubblicato in accordo con Benedetta Centovalli - Literary Agency

ISBN 978-88-566-7526-9

I Edizione giugno 2021

Anno 2021-2022-2023 - Edizione 1 2 3 4 5 6 7 8 9 10

A mia madre, Giuliana,
e a tutto l'amore che mi ha donato.

Abbiamo bisogno delle storie
di fantasmi perché, in realtà,
i fantasmi siamo noi.

STEPHEN KING,
Danse macabre

1

Sta tremando e ha le dita delle mani completamente ghiacciate.

Le succede sempre quando si avvicina l'appuntamento. È come se il suo corpo si rifiutasse di collaborare, innalzando barriere e ostacoli sul percorso che il suo cervello ha già scelto. Ma Azura non può permettersi di cambiare idea. Non più, dopo che sul suo conto sono già state versate le millecinquecento sterline di anticipo e l'incontro è stato fissato. Le sue mani dovranno essere calde, il suo tocco leggero e sensuale. Dovrà essere passionale, eccitante, provocante. Ma anche docile, sottomessa e accondiscendente, pronta a cedere a umiliazioni e perversioni. Chi paga decide, comanda, impone, senza possibilità di discussione. Fa parte del contratto, sono le regole del gioco che ha accettato quando lei, Sofía Arias Vázquez, clandestina colombiana ventunenne, entrata illegalmente nel Regno Unito con un traghetto partito da Larne, nella contea irlandese di Antrim, e giunto al porto scozzese di Cairnryan, è diventata "Azura", modella latina di punta dell'agenzia di escort Pasha, con sede a Londra.

La giovane e bella Sofía, terza figlia in una famiglia di contadini di Medellín, costretti a coltivare oppio per i boss del cartello, fuggita dalla sua terra per opporsi a un destino già scritto, ora è la "calda e versatile Azura, ricca di fascino, seduzione e fantasie erotiche. Con un fantastico guardaroba di lingerie, abiti in lattice e sex toys. Disponibile anche a incontri a tre, in albergo o in casa, dopo le 22 e per tutta la notte", come si legge sul sito dell'agenzia di fianco a una serie di foto che la ritraggono in biancheria intima provocante.

La stessa che indossa ora sotto un tubino nero aderente con lunga cerniera a vista sul retro, nascosto da un cappotto nero maxi, in feltro di lana, con doppia fila di bottoni e bordatura dorata su collo e maniche. Il look è completo di tacchi a spillo da 12 centimetri su scarpe in pelle scamosciata nera con punta a testa di pesce e cinturino alla caviglia. Per essere il più fedele possibile alle foto che compaiono sul suo profilo, Azura ha poi deciso di liberare tutta la sua riccia e voluminosa capigliatura, truccandosi gli occhi e le labbra in modo marcato, in perfetto stile dark lady.

Il contatto dei polpastrelli sulla tastiera le provoca la sensazione di una puntura di aghi.

Il primo codice, quello che apre la porta esterna di vetro antiproiettile del colossale grattacielo di cristallo di Old Street, è 1-8-8-0. Azura, come sempre, lo ha imparato a memoria per confondere gli occhi invadenti delle telecamere a circuito chiuso, pronti a registrare la presenza di intrusi. Nell'enorme atrio, con pareti bianche lucide, non c'è nessuno. Dietro al massiccio bancone in marmo della reception le tre poltrone occupate di giorno dagli addetti all'accoglienza di residenti e ospiti sono vuote ma le spie rosse accese dei dispositivi di videosorveglianza, collocati in ogni angolo della hall, assicurano la massima protezione e sicurezza del luogo, ventiquattr'ore su ventiquattro.

Azura si dirige a passo svelto verso il primo di tre ascensori, l'unico che nel display in alto ha la G di Ground Floor. Entra nel cubicolo senza guardarsi allo specchio, illudendosi, in questo modo, di tenere lontana quell'inquietudine che le sta stringendo il petto da quando è scesa dal taxi.

Per azionare la tastiera occorre un altro codice. Ogni piano ne ha uno diverso. Come da istruzioni, la ragazza digita la sequenza 3-1-0-8 e schiaccia il pulsante che conduce alla Penthouse, al cinquantasettesimo e ultimo piano dello Scalpel, un edificio a forma di bisturi, altro centonovanta metri, che domina la City.

Il pianerottolo, anch'esso costellato di videocamere, è grande quanto un loft, arredato con divani e luci da sala di rappresentanza di un albergo a cinque stelle. La porta d'accesso all'appartamento è doppia e blindata, con lamiera esterna e rinforzo centrale verticale, carenatura sui quattro lati dei battenti e telaio antistrappo in acciaio. Non ha serratura ma uno schermo a specchio delle dimensioni di quello di un minitablet, che sovrasta una piccola tastiera. Prima di digitare il terzo codice, Azura ha una leggera esitazione, si guarda nervosamente alle spalle, abbassa la testa e poi estrae il telefono dalla tasca del cappotto. Entra nell'account di posta nel quale riceve le comunicazioni dall'agenzia e controlla l'ultimo messaggio ricevuto. Quindi digita 1-5-1-0 sulla tastiera della porta, la quale, dopo un leggero ronzio, si sblocca, aprendo una piccola fessura al centro.

La ragazza entra e si richiude la porta alle spalle, sussultando quando un *clic* sommesso, dietro di lei, sigilla nuovamente l'ingresso di quella fortezza.

La stanza in cui si trova è talmente grande da sembrare senza pareti. Enormi vetrate proiettano, come su uno schermo Imax, lo scenario ipnotizzante della Londra notturna, illuminata da una luna chiara e possente. Salotti, poltrone, mobili, lampade, tappeti, quadri e sculture disegnano un ambiente da rivista patinata di arredamento. Ogni oggetto è ricercato, ogni particolare è studiato. Una luce calda e tenue, incastonata nelle intercapedini delle pareti, rischiara l'alto soffitto, tratteggiando comete sottili che vanno a incrociarsi al centro. In un angolo del salone vi è un focolare sospeso e orientabile, con un'apertura di un metro e novanta in acciaio grezzo e saldature a vista, circondato da divani immacolati. Lingue di fuoco a dimensioni regolari, alimentate a gas, arroventano carboni mineralizzati, facendo brillare la bocca famelica di quel camino simulato.

Il resto è penombra.

Le note incalzanti di *Aquarium* di Camille Saint-Saëns si diffondono da piccoli altoparlanti ad altissima fedeltà, sistemati ad arte nella stanza.

A ogni vibrazione Azura sente aumentare le pulsazioni del suo cuore e il respiro farsi affannoso.

È abituata, suo malgrado, al desiderio morboso e ripugnante di cui sono colmi gli occhi dei suoi clienti quando le aprono la porta del loro appartamento, ma si sente impreparata di fronte a quella cattedrale del lusso, tanto perfetta quanto vuota, seppure carica di angoscianti aspettative.

Accenna un timido «Buonasera» rimanendo in piedi di fronte al caminetto. Lo ripete dopo pochi secondi a voce leggermente più alta, aggiungendo «Sono Azura» in un inglese ancora fortemente contaminato dal suo accento di Medellín.

La risposta è la continuazione di quel silenzio, cadenzato dagli arpeggi di *Danse Macabre*.

Si avvicina ancora di più al focolare, sperando che la vicinanza di quel fuoco, seppure inconsistente, possa cancellarle i brividi che le corrono lungo la schiena. Quindi decide di entrare nella parte, supponendo per un attimo di trovarsi nell'alcova di un voyeur ipertecnologico, intento a osservarla di nascosto da un angolo remoto della casa con qualche apparecchio informatico. Si slaccia il cappotto, se lo sfila con calma, svelando a poco a poco le sue curve fasciate in quei pochi centimetri di tessuto elasticizzato e lo lancia morbidamente su un divano. Poi si siede sulla punta del cuscino di una poltrona, incrociando le gambe e lanciando indietro la chioma fluente e nera. Inizia a sospirare languidamente, sforzandosi di apparire sicura e seducente, ma l'ansia e la paura le troncano a metà il respiro, costringendola ad aprire la bocca. Tutto è fermo, tutto è uguale, tutto è morto: la luce, le fiammelle blu, la musica, i bagliori della notte londinese, quell'aroma di narciso, con accenti muschiati, dall'effetto quasi narcotizzante. Ora l'angoscia le fa tremare le gambe e si sente vulnerabile come non le era mai accaduto, nemmeno nelle mani dei narcos colombiani.

Si alza di scatto, afferra il cappotto e fruga freneticamente nelle tasche in cerca del telefono. Tentando di controllare i movimenti, scorre la lista dei contatti fino a trovare il numero di emergenza dell'agenzia. Una voce a lei sconosciuta risponde al secondo squillo.

«Sì?» dice, senza aggiungere altro.

«Sono Azura, chiamo da...»

Ma la voce la interrompe immediatamente.

«So chi sei, riconosco il numero. Non fare altri nomi e non dare riferimenti al telefono. Ricordati le regole.»

«Sì, sì, scusa, è che...»

«Sei in pericolo?»

«No, non credo almeno, ma...»

«Hai già terminato il tuo impegno?»

«In effetti è per questo che chiamo. Non ho nemmeno iniziato, qui non c'è nessuno.»

«In che senso nessuno?»

«Sono sola. L'appartamento è deserto, anche se l'impressione è che fino a qualche minuto prima che arrivassi ci fosse qualcuno.»

«Hai seguito tutte le procedure indicate nelle istruzioni che hai ricevuto?»

«Certo, altrimenti non sarei riuscita nemmeno a entrare. Questa è una specie di fortezza con...»

«Smettila! Ti ho già detto di non parlare al telefono! Resta lì mentre faccio una verifica e tieni il cellulare in vista. Ti darò al più presto nuove disposizioni.»

La comunicazione si blocca bruscamente e Azura rimane con il telefono all'orecchio per qualche secondo ad ascoltare i battiti accelerati del suo cuore che le percuotono il timpano.

Continua a sentirsi osservata ma il panico le paralizza qualsiasi movimento. Le mani, ormai completamente ghiacciate, stringono il cellulare fino a quando l'apparecchio emette un *bip*.

Sullo schermo compare il simbolo di un nuovo messaggio, giunto sulla chat privata dell'agenzia.

Appuntamento annullato. Esci subito dall'appartamento e non toccare nulla. Puoi tenere l'anticipo.

Azura salta in piedi con il cuore in gola. Si infila il cappotto senza abbottonarlo e si dirige quasi correndo verso la porta d'uscita. Scorge un piccolo pulsante a fianco dell'ingresso, lo preme e fa scattare la serratura. Afferra la maniglia, apre l'uscio quel tanto che basta per permetterle di attraversarlo e lo richiude, tirandoselo dietro. Raggiunge lo stesso ascensore, che si trova ancora al piano, vi entra e schiaccia il tasto G, rimanendo con lo sguardo fisso ai suoi piedi per tutti i tredici secondi necessari per arrivare al pianterreno. Non appena le porte si aprono, si lancia nell'atrio, puntando senza esitazioni, e senza mai voltarsi, verso la porta d'uscita. In quel breve percorso che la separa dall'ossigeno vitale, la ragazza sente centinaia di occhi che la osservano e la studiano. Si fa forza e conquista il varco con le gambe che barcollano sui tacchi sottili. Una folata di vento freddo le gonfia i capelli non appena si trova di nuovo in strada. Un grosso orologio digitale, sopra il cartello luminoso di una banca, segna le 23.54. Azura respira profondamente ma anche con i polmoni pieni la paura non accenna a diminuire. Quel posto le dà i brividi. L'ombra oscura e minacciosa di quel grattacielo, sopra la sua testa, la fa sentire come una formica che sta per essere schiacciata. Non riesce a togliersi dalle orecchie le note assillanti e opprimenti della musica di Saint-Saëns mentre lancia l'applicazione del telefono per trovare un taxi che la riporti a casa. Per farsi trovare più facilmente cammina per circa sessanta metri fino a raggiungere la fine di Old Street. Con suo grande sollievo la app l'avverte che una Toyota Prius, guidata da Ahmad Farid, sarà nel punto da lei indicato entro due minuti, pronta ad accompagnarla all'indirizzo desiderato.

Dopo centodieci secondi Azura scorge la Prius che procede nella sua direzione e inizia a sbracciarsi per attirare l'attenzione. L'autista se ne avvede e la raggiunge.

«Sofía?» chiede, dopo avere fatto scendere il finestrino.

«Sì, sì!» risponde la ragazza, senza degnarlo di uno sguardo, mentre spalanca la portiera e si infila nei sedili posteriori.

«Buonasera, sono Ahmad» dice in modo gentile l'uomo, guardandola nello specchietto. «Dove andiamo?»

«A quell'indirizzo che ho inserito nella richiesta» risponde in modo brusco la giovane. «Non hai ricevuto il codice postale?»

«Sì, certo, volevo solo esserne sicuro» si giustifica l'autista, irritato dal tono della risposta. «Se non sbaglio è a Whitechapel» aggiunge, mentre si immette sulla strada principale.

«Esatto, quando saremo vicini ti dirò esattamente dove lasciarmi» chiarisce Sofía. «Il posto in cui devo andare è un vicolo cieco in una zona pedonale, vietata alle auto.»

Il tassista impiega meno di dieci minuti per raggiungere il quartiere di Whitechapel. Imbocca Commercial Road e percorre circa quattrocento metri. Sta iniziando a piovere e la temperatura è scesa bruscamente. La fine dell'autunno londinese promette un inverno freddo e spietato. È da poco passata mezzanotte ma le strade sono deserte e cupe, impregnate di un'atmosfera sinistra che ricorda gli anni più bui ed efferati dell'era vittoriana.

«Ecco, puoi lasciarmi qui» ordina Sofía, non appena l'auto supera il pub Ten Bells.

Ahmad obbedisce senza commentare. Accosta l'auto al marciapiede e, dallo specchietto, osserva la ragazza scendere dal veicolo, chiudere la portiera, abbozzare un cenno di saluto nella sua direzione e incamminarsi, stringendo le spalle, verso un vicolo poco illuminato, chiamato Puma Court. Non appena la giovane scompare dalla sua visuale, l'autista riparte, deciso a dimenticare in fretta lo sgradevole incontro.

Sofía aumenta il passo sull'asfalto scivoloso, rischiando più volte di cadere. È sempre più inquieta, scossa dai brividi e da un senso di soffocamento che la costringe a respirare a bocca aperta. Vorrebbe fermarsi e togliersi quei dolorosi stiletti ma è più forte la voglia di arrivare a casa il prima possibile e porre fine a quell'angosciante serata.

Il vicolo è talmente buio da sembrare uno di quei tunnel sotto la ferrovia di cui è disseminato l'Est di Londra. La pioggia si sta facendo insistente, confondendo le luci e livellando suoni e rumori. Compresi quei passi alle spalle che Sofía non è sicura di avere sentito e quegli occhi invadenti che continua a sentirsi addosso.

Con il cuore in gola arriva nel piccolo alloggio in cui vive da sola, tra l'angusto negozio di un artigiano bengalese, che ripara scarpe e cinture, e il laboratorio di un antiquario scozzese, perennemente chiuso. La porta del suo appartamento dà sulla strada e conduce direttamente all'interno della casa. Sofía si affretta a entrare senza girare indietro la testa, chiude con uno scatto l'ingresso e respira profondamente, appoggiando le spalle al muro, vicino allo stipite.

Avvicina la mano all'interruttore ma non fa in tempo ad accendere la luce.

2

Lo sento arrivare, devo resistere, devo convincermi che stavolta ci riuscirò, che potrò controllare quel senso di vuoto. Lo devo solo ricacciare indietro, da dove se n'è venuto, da qualche parte nascosta del mio cervello malato. Ma no, cazzo! Non ce la faccio, sto perdendo, lo so, lo sento. Questa onda nera non mi sembra di conoscerla, è più forte del solito. Non ci vedo, non ci vedo... Il buio, solo buio, ci sto cadendo, non sento nulla. Cos'è questo rumore martellante nella testa? Non si ferma, è un frastuono continuo che mi percuote le meningi e mi spacca il cranio, lo sento nel sangue, mi rimbomba nelle vene, nel cuore. Devo resistere, restare in me. Respira! Inghiotti ossigeno, di più, mandalo giù, non rantolare, respira! I sintomi li conosci, ce la puoi fare. Fra un po' tutto sarà finito e io riemergerò, sarò lucido, anzi, già lo sono. Si tratta di superare quella porta, ci entro ed è tutto è posto. Devo solo resistere...

Ecco, ora le immagini sono già più nitide, vedo i profili, anche dei volti, credo, ma no, cazzo, stanno di nuovo svanendo!

Sono sveglio, sì, lo sono, anche se non ho mai veramente dormito e nemmeno chiuso gli occhi. Ho un peso sul petto e sento le pulsazioni che mi schiacciano le tempie. Non muovo più le dita delle mani. Sui palmi ho i segni delle unghie conficcate nella pelle.

Cerco d'istinto la mia pistola. È appoggiata sul tavolo della cucina, vicino al distintivo e al tesserino. Sfioro la canna, è fredda come il marmo. La sicura è inserita. Afferro il badge, lo controllo. Vedo la foto di un uomo con il viso glabro e spigoloso, i capelli corti, le labbra carnose e gli occhi chiari. Non lo riconosco, quanti anni sono già passati? Leggo una dicitura, vicino al simbolo della City of London Police: DERRICK BRAINBLEE – CHIEF INSPECTOR – WOOD STREET POLICE STATION.

Trentasette anni. Sono gli anni che ho? O quelli che mi rimangono da vivere? Per quanto tempo riuscirò ancora a resistere a queste angosce?

Il blackout è passato ma non del tutto. Se abbasso le palpebre riesco ancora a scorgere qualche figura. Un lampo improvviso di luce. Il riflesso di una lama che si abbatte dall'alto. Schizzi di sangue sulla parete bianca che imbrattano un interruttore della luce. Le mani di una donna che cercano di parare i colpi mentre il coltello continua a lacerare le carni e le ossa si spezzano come rami secchi. Ecco, ora vedo la sua faccia, i lineamenti sono sfocati. Concentrati, non lasciarla andare! Stringo gli occhi, un suono mi trafigge i timpani, eccola! Chi è? La conosco? Ha i capelli neri, ricci, voluminosi. Sono incollati dal sangue. Voltati, ti prego! No, no...

3

«...la prostituzione è una prestazione sessuale a scopo di lucro. La definizione dominante, in ambito socio-criminologico, mette in evidenza due caratteristiche del fenomeno: rappresenta l'esito di una transazione commerciale diretta oppure coinvolge estranei e presuppone l'assenza di scelta di partner...»

Il professor Monty Driscoll fa una breve pausa e scruta i banchi per verificare lo stato di attenzione degli studenti. Molti hanno la testa bassa e gli occhi fissi sullo schermo dei loro computer portatili. Impossibile capire se stiano prendendo appunti o chattando su qualche social network. Chi invece sembra seguire con interesse le parole del docente è un gruppo di cinque ragazze, sedute in seconda fila, nel lato sinistro dell'aula. Due di esse, in particolare, non staccano gli occhi da Driscoll e i loro sguardi puntano direttamente verso la cattedra, come un felino che si prepara ad azzannare la sua preda. Il professore si sente a disagio, nonostante i suoi quarantatré anni, di cui diciotto già trascorsi nelle aule di diverse università, al cospetto di centinaia di studenti e studentesse. Nei primi anni della sua carriera insegnava antropologia e le sue lezioni erano decisamente più compassate, spesso al limite della monotonia. Per Driscoll la scelta di abbracciare i corsi di criminologia e diventare uno dei maggiori esperti dell'ateneo di

Westminster è giunta dopo l'incontro con Daphne Bird, avvenente detective trentacinquenne della Vice Squad, sezione di Scotland Yard dedicata al contrasto della prostituzione, immigrazione clandestina, gioco d'azzardo e traffico di stupefacenti. Si sono conosciuti cinque anni prima in una piccola sala riunioni della Metropolitan Police di Londra, dove anche le leggi antifumo nei locali al chiuso vengono ignorate. La squadra stava indagando su una serie di omicidi le cui vittime erano giovani immigrate slave irregolari, con gravi problemi di tossicodipendenza, fatte prostituire da una gang di malavitosi ucraini in alcuni bordelli clandestini nei sobborghi di Enfield, Chigwell e Harlow, zone ad alta densità di criminalità nel Nord di Londra. Driscoll era stato contattato dal reparto profiling del nucleo investigativo per aiutare i detective a tracciare un ritratto antropologico sia delle vittime sia dei carnefici, in modo da disegnare un quadro del sodalizio delinquenziale e indirizzare gli interventi repressivi.

Il professore, chiamato a partecipare a diverse riunioni operative della Vice Squad, era rimasto affascinato non solo da quel mondo fatto di menti e gambe iperattive, pronte a tradurre in azioni sul campo le teorie e gli insegnamenti dell'antropologia sociale, ma soprattutto da quella poliziotta magra e alta, dalla carnagione pallida, con i capelli quasi di platino e gli occhi di un gatto, straordinariamente somigliante all'attrice Cate Blanchett, che non smetteva mai di fumare, quasi volesse celare il suo sguardo, e i suoi pensieri, dietro a una cortina impenetrabile di vapore. Daphne Bird aveva avuto un effetto definitivo nella vita di Driscoll, fino ad allora studioso devoto alla ricerca del purismo della disciplina antropologica, nonché incline a una misoginia cosciente. In pochi anni il professore, che a quarant'anni ne dimostrava dieci di più, da sempre incurante dell'aspetto fisico, della dieta e del modo di vestire, era divenuto un uomo dall'aspetto maniacalmente curato, i capelli sale e pepe ricci, tagliati alla moda con un ciuffo che cadeva languidamente sugli occhiali tondi con montatura nera compatta, baffi e pizzetto su un viso scavato da una dieta vegana, abiti volutamente morbidi e sgualciti dai colori tenui sul verde e marrone che gli regalavano un fascino bohémien. Ma soprattutto aveva cambiato i suoi interessi didattici, approfondendo gli studi in criminologia, fino a convincere il rettore dell'università di Westminster ad affidargli i corsi inerenti a questa materia.

Monty Driscoll e Daphne Bird, dopo quell'incontro fatale nelle fumose stanze di Scotland Yard, avevano iniziato a frequentarsi, esplorando, con la stessa brama, i loro cervelli e i loro corpi. Ora si ritenevano una coppia, sebbene entrambi fossero ancora troppo gelosi dei loro spazi per vivere assieme.

Forte della sua capacità di penetrare l'animo umano, Driscoll si concentra sul linguaggio del corpo delle due studentesse. Quella in apparenza più giovane ha la pelle ambrata, i capelli bianco platino, un trucco pesante nero attorno agli occhi e un rossetto bordeaux che fa risaltare le labbra tumide. Indossa jeans a vita alta, stinti e sdruciti, una maglia bianca leggera, tagliata sopra l'ombelico, e un minigiubbotto di pelle rossa che si allinea all'orlo della maglia. I piedi sono avvolti in stivaletti bianchi, alla caviglia, con tacco scuro di 12 centimetri. L'altra studentessa è la versione dark della prima. Capelli corvini e lisci, carnagione bianchissima, occhi azzurri, make-up sui toni del nero, maglietta nera aderente con la scritta ON SALE sul petto, jeans di pelle attillati e stivaletti neri con cerniera, punta aperta e rivestiti di finti Swarovski su uno stiletto di 15 centimetri. Entrambe masticano sguaiatamente un chewing-gum. Il professore incrocia alternativamente i loro sguardi. Avranno poco più di vent'anni, circa la metà dei suoi. Poi torna a concentrarsi sul libro che ha tra le mani, sforzandosi di nascondere l'imbarazzo dei suoi pensieri proibiti.

«Secondo i moderni testi di criminologia, esistono tre tipologie dominanti di prostituzione» riprende il docente, guardando un punto immaginario sopra la testa delle studentesse. «Quella di strada, in cui gli incontri con il cliente avvengono all'aperto e non sono preorganizzati, dinamica diffusa soprattutto nei centri ad alta densità di popolazione. Quella al chiuso, praticata nei cosiddetti bordelli o case di tolleranza. In molti paesi, come in Scandinavia o in Germania, è legale e controllata. E infine la prostituzione delle ragazze squillo, sebbene oggi si usi più comunemente il termine "escort". In questo caso la prestazione sessuale a pagamento viene compiuta nell'alloggio della prostituta, in quello dell'acquirente o in albergo. L'incontro avviene attraverso l'uso della rete. La ragazza non adesca il cliente ma aspetta di essere selezionata e chiamata. I siti internet, gestiti da agenzie alle quali le prostitute pagano una percentuale, fungono da catalogo virtuale con tanto di foto, descrizione delle caratteristiche fisiche delle escort, servizi offerti e tariffe orarie. In questo fenomeno, grazie alle innovazioni tecnologiche, la sicurezza e la privacy, sia del cliente sia delle prostitute, sono nettamente superiori.»

La leggera vibrazione del cellulare, appoggiato al piano della cattedra, attira l'attenzione di Driscoll. Il simbolo di WhatsApp compare sullo schermo assieme al nome DAPHNE. Prima che il cellulare ritorni in stand by, il professore riesce a leggere le prime tre parole del messaggio.

A che ora...

L'uomo guarda istintivamente l'orologio digitale appeso sopra la porta dell'aula. Chiude di scatto il volume che ha tra le mani e mentre, con un gesto automatico, lo ripone nello zaino, si rivolge agli studenti, senza preoccuparsi di guardarli.

«È tutto per oggi,» comunica «proseguiremo la prossima settimana. Vi consiglio la lettura del testo *Regulating Sex for Sale* della criminologa e sociologa Laura Dargie.

Lo potete scaricare direttamente dal portale bibliografico dell'università, usando le vostre credenziali. Buona giornata.»

L'aula si svuota velocemente mentre Driscoll si ferma a leggere il messaggio ricevuto poco prima da Daphne.

A che ora finisci? Ho una pausa di mezzora e non sono lontano dal tuo ufficio.

Sta per rispondere quando una ventata di profumo intenso e pungente all'aroma di cedro e mora gli trafigge le narici, seguito da un ticchettare di tacchi sul pavimento a breve distanza.

Driscoll alza lo sguardo e si trova faccia a faccia con le due esuberanti studentesse. Una vampata di calore gli parte dal petto, fino a raggiungere le orecchie, facendole diventare di colore rosso porpora. Il professore deglutisce, accenna un sorriso di circostanza, dà un'occhiata all'orologio che ha al polso, quindi chiede alla giovane con i capelli neri: «Posso aiutarvi in qualche modo?».

A rispondere è la ragazza dai capelli platino.

«Una domanda professore» dice, continuando a masticare la gomma e a controllarsi lo smalto rosso delle unghie.

«Non ho molto tempo, ragazze. Se volete...» prova a ribattere Driscoll ma la giovane non lo lascia terminare.

«Il sesso estremo è legittimo nel rapporto tra cliente e prostituta?» chiede la ragazza, ammiccando all'amica.

«Dipende,» risponde senza esitazioni Driscoll, sperando di concludere velocemente quella conversazione non prevista e non voluta «esistono pratiche sadomaso che rientrano nelle modalità delle prestazioni di sesso a pagamento ma non devono essere imposte e soprattutto non possono superare certi limiti. Però, ragazze, è meglio se continuiamo la pross...»

«Fino a che punto un rapporto a pagamento può essere consensuale e quando inizia l'abuso?» lo interrompe nuovamente la ragazza.

«Scusate, ma non posso trattenermi...»

«La perversione sessuale può rientrare nel concetto di libertà individuale?» continua imperterrita la giovane, alzando il tono della voce.

Driscoll si guarda intorno, cercando un aiuto per uscire da quella situazione, ma nell'aula, a parte loro, non c'è più nessuno.

La ragazza con i capelli neri si avvicina al professore e fissandolo negli occhi gli chiede: «Una donna a cui piace essere picchiata e presa con la forza come può essere definita?».

La vibrazione del cellulare arriva in aiuto del professore.

«Scusate» le interrompe, asciugandosi il palmo sudato della mano sui pantaloni prima di estrarre il telefono dalla tasca. Quindi si allontana di qualche metro dalle ragazze per leggere il nuovo messaggio.

Fa niente, devo tornare alla centrale. A più tardi. Love. D.

Driscoll si morde il labbro inferiore. Poi aggira la cattedra e si avvia velocemente verso l'uscita dell'aula.

«Scusate, devo proprio andare» spiega alle due studentesse, evitando di guardarle. Ma mentre abbandona la stanza non può fare a meno di sentire i loro sghignazzi sarcastici.

4

Il vento freddo che proviene dal canale della Manica polverizza la cenere della sigaretta senza filtro stretta tra le sue labbra e la spande attorno al suo volto. Andrej Drazkovsky alterna profonde boccate di fumo ad avide sorsate di vodka da una piccola bottiglia di peltro che tiene nella tasca interna del giaccone verde di cotone spalmato. Gli occhi sono fissi verso il porto di Dover. Il cargo croato *Karol*, salpato da Danzica, lungo poco più di duecento metri, sta per arrivare al porto con i suoi cinquemila container. Trasporta di tutto, dalle auto tedesche ai trattori costruiti in Romania, al materiale per l'edilizia navale. E ancora sementi, vaccini antinfluenzali per gli animali da allevamento e attrezzature per endoscopie chirurgiche. Ma ciò che interessa a Drazkovsky è il prezioso materiale umano che la nave ospita segretamente a bordo, destinato a non subire i controlli doganali istituiti dopo che la Gran Bretagna si è distaccata dal resto dell'Unione Europea. Quindici ragazze, tra i quattordici e i ventidue anni, quasi tutte polacche, romene e lituane con l'eccezione di un paio di giovanissime cinesi, vendute dalle triadi in cambio di settanta armi semiautomatiche di fabbricazione turca, tra cui mitragliette, fucili anticarro e carabine da precisione. Come la nave attraccherà, le giovani donne verranno fatte scendere e prese in consegna dai suoi uomini, caricate a bordo di due furgoni anonimi senza finestrini e portate a Londra. Non prima però di sostare per un “collaudo” al pub Old Neptune, il locale più remoto e sperduto della costa del Kent, che si trova alla fine del piccolo paese di pescatori di Whitstable. Una public house vecchio stile, risalente al 1853, costruita in legno direttamente sulla spiaggia, in mezzo alle tempeste dell’estuario, in quello che, originariamente, era il sito di un vecchio cantiere navale.

Gli uomini di mare della zona raccontano che nel 1883 una spaventosa burrasca, proveniente dal Nord, distrusse diverse navi in attesa di riparazioni lungo la costa, uccidendo decine di operai che lavoravano nel cantiere. Il pub venne così usato come un obitorio temporaneo per sistemare i cadaveri delle vittime della tempesta. Secondo la leggenda gli spiriti di quegli uomini uccisi dalla rabbia del mare rimasero imprigionati nel “Vecchio Nettuno” fino al 1897, quando una tempesta ancora più devastante di quella precedente spazzò via completamente il fatiscente edificio, portando con sé le anime dei morti. Il pub venne poi ricostruito, usando legname recuperato dalla struttura originale e da molte altre case che erano state distrutte. Oggi l’Old Neptune, ribattezzato in slang “Neppy”, è a rischio chiusura a causa della crisi del settore della pesca e della fuga dei residenti verso le grandi città. Resiste grazie a una manciata di avventori locali affezionati e per il fatto che i suoi proprietari e gestori, Alfred e John, due fratelli sui cinquant’anni, rimasti senza lavoro dopo il fallimento di quasi tutti i cantieri navali della costa, chiudono gli occhi e non fanno questioni né riguardo ai passaggi di merci e persone che transitano fuori e dentro il loro locale, né, tantomeno, sulla provenienza delle mazzette di banconote da cinquanta sterline che ogni mese trovano in buste anonime lasciate nella cassetta della posta.

Minaccia pioggia e Drazkovsky sente un brivido attraversargli la schiena mentre l’urlo ovattato di una sirena, in lontananza, accompagna il fragore di un tuono. Butta la sigaretta a terra e trangugia un'altra poderosa sorsata di vodka che gli brucia le vene ma non riesce a calmarlo. La tensione gli stira i muscoli, allineati in modo uniforme sul suo corpo roccioso da quarantaquattrenne, mentre ruota la testa da destra a sinistra, facendo scrocchiare le ossa del collo. La corrente fredda, proveniente dal mare, gli scompiglia i lunghi capelli neri e grigi, raccolti in una coda di cavallo che gli arriva fino alle scapole. Stringe i profondi occhi scuri e si massaggia la barba brizzolata e incolta mentre le onde del mare, che mimano ritmicamente le raffiche di vento, gli fanno tornare alla mente il suo sbarco da clandestino, tre anni prima, su quella stessa spiaggia, dopo un viaggio su un peschereccio irlandese. La famiglia nomade di Galway che lo aveva ospitato e si era adoperata per farlo giungere illegalmente nel Regno Unito, lo chiamava "Andrew the Slavic" senza porsi domande sul fatto che nell'unico documento in suo possesso, un passaporto scaduto da due anni, risultasse nato a Lodz, nella Polonia centrale. Lui stesso si era presentato come "lo slavo" quando, dopo poche settimane, aveva trovato lavoro presso un'impresa artigianale di costruzioni nell'Est di Londra, di proprietà di un immigrato romeno che arruolava indistintamente, pagandoli in nero, operai e muratori polacchi, montenegrini, albanesi, romeni e kosovari, evitando accuratamente di chiedere loro i documenti o di metterli in regola. Ma calce, cemento e mattoni non erano congeniali alle aspirazioni di Drazkovsky, il quale, appena accumulata una piccola somma di sterline, aveva immediatamente studiato come farle fruttare. E i risultati non si erano fatti attendere. Era bastata una mancia di duecento pound al buttafuori slovacco del Savage, un ambiguo nightclub di Bethnal Green che si professava no-gender, per entrare in contatto con una banda di criminali bulgari, con struttura verticistica, legata alla mafia georgiana, dedita alle più classiche e intramontabili attività illegali: importazione e spaccio di droga, traffico di esseri umani, sfruttamento della prostituzione e riduzione in schiavitù. In nemmeno un anno lo slavo, pur senza venire mai identificato, si era conquistato un fascicolo a Scotland Yard, nel quale, accanto a una sua immagine a figura intera, sfocata, catturata dalle telecamere di sorveglianza di una banca a Stepney Green, figurava un lungo elenco di accuse a suo carico, tra cui tentato omicidio, violenza aggravata ed estorsione. Drazkovsky non aveva mai conosciuto personalmente il boss supremo della banda e non aveva alcun desiderio di farlo. Era un uomo a cui non piaceva avere capi, soprattutto se provenienti da quei paesi che detestava e considerava terre di zotici, bifolchi, puttane e morti di fame. Gli bastava avere alle sue dipendenze un piccolo gruppo di uomini fidati, possibilmente polacchi, con il quale organizzare la tratta delle ragazze da far prostituire e inserire nei giri giusti. Gli affari andavano talmente bene che, anche tolta la percentuale da versare ai capimafia, i soldi che restavano nelle sue tasche gli erano più che sufficienti per garantirsi un'agiata clandestinità tra le pieghe di una città resa sempre più cieca dall'isolamento e dalla necessità di attirare capitali.

In più, considerato il tipo di business, non gli mancava certo l'occasione di divertirsi e sfogare tutte le sue bestiali ed estreme fantasie sessuali.

Una leggera vibrazione nelle tasche del giaccone è il segnale che aspettava. Drazkovsky estrae il vecchio cellulare Nokia senza GPS e controlla il messaggio. I furgoni hanno lasciato il porto di Dover, diretti all'Old Neptune.

5

«Stanotte l'ho rivista! Aveva la gola tagliata e il sangue che usciva a fiotti dallo squarcio nel collo. Io tentavo in tutti i modi di fermare l'emorragia, premendo le mani sulla ferita ma il sangue a quel punto cominciava a uscirle dalla bocca e poi dagli occhi...»

La donna stringe le palpebre e apre la bocca per far entrare aria nei polmoni. È sdraiata sul divano e guarda il soffitto. Le lacrime le solcano il viso mentre un velo di sudore le copre la fronte.

Il dottor Robert Doodley, psicopatologo ed esperto di malattie da stress post-traumatico, è seduto alle sue spalle e osserva la donna senza interromperla. La pelle di lei è bianchissima e i capelli biondo chiaro contrastano con il velluto rosso scuro del divano. Gli occhi verdi, inumiditi dal pianto, rincorrono linee immaginarie sopra la sua testa. Sta stringendo i pugni, con le nocche completamente bianche, e Doodley è quasi certo che si stia conficcando le unghie nel palmo delle mani.

«Posso fumare?» chiede la donna, tergendosi gli occhi con la manica della maglia, senza voltare lo sguardo.

«Mi spiace, ma non posso consentirglielo» risponde lo psichiatra. «Non è per me ma per i pazienti che verranno dopo di lei. Se vuole però possiamo fare una pausa e può andare in terrazza.»

«No, non importa,» risponde bruscamente la donna «andiamo pure avanti.»

Lo studio-abitazione del dottor Doodley si trova all'ultimo piano di un edificio moderno in vetro e mattoni a vista all'angolo tra Commercial Street e Wheeler Street, nella zona più alla moda dell'Est di Londra, capace di mescolare i profumi speziati dei ristoranti indiani e bengalesi di Brick Lane all'odore acre delle birrerie e delle vinerie di Shoreditch. Un quartiere che vive il giorno e la notte con la stessa intensità, soffocato dal traffico, battuto da centinaia di agenti immobiliari a caccia di facili speculazioni e ambito da sedicenti artisti, aspiranti scrittori e fashion blogger, ansiosi di poter fare risaltare quella residenza così cool nei loro curriculum digitali, diffusi con tanto di foto-luogo-segnaletica sui profili dei social.

Dalla mansarda dello psichiatra si vedono però solo il cielo e le punte dei grattacieli di Old Street, mentre il rumore della strada giunge smorzato dagli spessi vetri insonorizzanti delle grandi finestre che delimitano il perimetro del vasto locale.

Doodley ha quarantun anni, una laurea in medicina all'University College London, una specializzazione in psicopatologia al King's College e un dottorato in disturbi ossessivi della personalità alla Birkbeck University. Ha il viso lungo, i capelli neri e i lineamenti delicati che lo fanno somigliare a un personaggio dello spettacolo. Anche e soprattutto per il suo fisico asciutto e modellato da ore di pilates e superset. Per alcuni suoi pazienti somiglia vagamente all'attore Christian Bale ma tutti, indistintamente, apprezzano la sua voce profonda e rilassante e la sua capacità di mettere le persone a proprio agio, aiutandole a svelarsi. Non è sposato e non ha relazioni sentimentali fisse. Il suo autocontrollo e la deontologia professionale, alla quale si attiene in modo scrupoloso, gli consentono di gestire con facilità e fermezza le proposte più o meno esplicite che riceve quasi quotidianamente da pazienti di sesso femminile e maschile.

È un libero professionista e si ritiene tale al cento per cento, anche quando svolge consulenze per i tribunali o per la polizia. È interessato più ai molteplici disturbi e tormenti della mente umana che alle persone affette da queste patologie, e in base a questi principi imposta le terapie.

La donna beve un sorso d'acqua da un bicchiere che le porge lo psichiatra e fa un respiro profondo.

«Va meglio?» domanda Doodley.

«Sì, grazie, mi scusi...»

«Di cosa?»

«Se le ho chiesto di fumare. So che è contro le regole.»

«In questa stanza non ci sarà mai nulla di cui dovrà scusarsi, le regole in questo caso sono solo una forma di rispetto per gli altri. Fossimo stati all'aperto le avrei acceso io stesso una sigaretta.»

«È che fumare mi rilassa e mi fa sentire più sicura di me stessa.»

«È una sensazione comune a molti,» spiega Doodley «una forma di autolesionismo terapeutico, seppure si tratti di masochismo cosciente. Potremmo parlarne in una delle nostre sedute future...»

«Be', sì, magari un'altra volta. Ora vorrei fumare e basta.»

«Lo potrà fare liberamente fra quindici minuti, quando avremo finito, ma prima, se se la sente, vorrei tornare sul suo incubo ricorrente.»

«Che cosa vuole sapere?»

«Per esempio, a proposito delle sembianze della bambina che vede nei suoi sogni. Riesce sempre a mettere a fuoco il suo viso?»

«Sì, purtroppo, ed è lei senza ombra di dubbio. È la bimba che è morta tra le mie braccia quel giorno» dice la donna, mandando giù un groppo di saliva con la voce incrinata dal pianto.

«So che me lo ha già raccontato diverse volte, ma vorrei

che facesse uno sforzo e mi descrivesse ancora quell'episodio. Può essere utile per permetterle di elaborare gradatamente il trauma. Inoltre, dal modo in cui ne parla potrei trarre delle indicazioni sui possibili miglioramenti nel percorso terapeutico. Naturalmente non è obbligata a farlo.»

«Be', tutto si è svolto in pochi minuti...» attacca la donna, chiudendo gli occhi e alternando le parole a lunghi respiri a bocca aperta.

«Il mio collega di pattuglia e io siamo intervenuti in un appartamento a Camden dove era giunta la segnalazione di un furioso litigio e di urla di bambini. Il piccolo locale era all'ultimo piano di un edificio popolare di quattro piani. Non sapendo a cosa saremmo andati incontro, la centrale ha mandato in appoggio una pattuglia di polizia armata e due agenti si sono piazzati in una casa di fronte, alla stessa altezza, con una visuale ottimale sull'appartamento. Quando abbiamo fatto irruzione abbiamo trovato una giovane donna di origini afrocaraibiche, coperta di sangue e con il volto segnato dalle percosse, sul pavimento della cucina. Piangeva disperata e continuava a supplicare un uomo di lasciare andare sua figlia. Lui aveva circa trent'anni, i vestiti imbrattati di sangue e lo sguardo allucinato. Era a cavallo della finestra aperta, con in braccio una bambina di due anni, in preda ai singhiozzi. Le teneva un coltello alla gola e farneticava frasi incomprensibili, minacciando di uccidere la piccola e di suicidarsi se la donna lo avesse lasciato. Era completamente fuori di sé, così per evitare che si sentisse sfidato dalla presenza di un altro uomo e potesse fare gesti estremi, d'accordo con il mio collega abbiamo deciso che sarei stata io a tentare di avvicinarmi a lui e farlo ragionare. All'inizio tutto sembrava andare per il verso giusto, la donna aveva smesso di piangere e le sue condizioni fisiche non sembravano gravi. Mentre il mio collega le prestava i primi soccorsi, io mi sono portata vicino all'uomo e ho cominciato a parlargli in modo calmo e rassicurante, cercando di convincerlo che ogni cosa si sarebbe risolta nel modo migliore e che non ci sarebbe stato alcun pericolo. Gli ho chiesto con gentilezza di lasciare che prendessi la bambina e ho fatto un ulteriore passo verso la finestra, con le mani alzate, in modo che vedesse chiaramente che ero disarmata. Ma proprio in quel momento la ricetrasmittente che avevo attaccata alla spallina della divisa ha iniziato a gracchiare. Ho tentato di spegnere il volume senza fare gesti troppo bruschi ma d'improvviso è partita una voce, il cui effetto è stato simile a quello di un boato in una stanza chiusa. Alla radio uno degli agenti armati, appostati nella casa di fronte, avvertiva di avere sotto tiro l'uomo che si trovava a cavallo della finestra. Lui ha spalancato gli occhi e sul suo volto si è disegnata un'espressione di follia e terrore che non dimenticherò mai. In un lampo ho capito che avrei dovuto agire immediatamente. Ho teso le mani verso la bambina per tentare di strappargliela ma l'uomo è stato più veloce e le ha tagliato la gola. Poi me l'ha praticamente gettata addosso e si è buttato dalla finestra. Ho sentito le urla disumane della madre mentre tentavo di tamponare la ferita che la bimba aveva sul collo. Non c'è stato nulla da fare. La piccola è morta tra le mie braccia, prima che arrivassero i soccorsi. Quando me l'hanno tolta sono rimasta in ginocchio sul pavimento sporco di sangue della stanza. Ero annientata. La mamma ha cercato di avventarsi su di me, mi ha chiamato assassina e mi ha urlato di avere ucciso sua figlia. Il mio collega è riuscito a fermarla e anche lei è stata portata via con l'ambulanza. Nella mia testa ho continuato a sentire le sue grida e le sue accuse per diverse ore.»

La donna fa una pausa per asciugarsi gli occhi. Quindi si mette a sedere sul divano e si gira verso lo psichiatra.

Doodley ricambia lo sguardo e accenna un sorriso.

«Credo che lei stia facendo dei grossi progressi, Daphne,» dice il medico «siamo sulla strada giusta.»

6

Mi-yon non si considera una prostituta. Per questo non ha voluto la protezione del proprietario del ristorante Shin Jung, nel ricco quartiere di Belgravia, quando l'uomo, un coreano di cinquantacinque anni, al quale si era rivolta per chiedere aiuto dopo che le era stato revocato il visto da studentessa, le aveva dapprima offerto un lavoro da cameriera e una stanza con altre ragazze cinesi e coreane in un seminterrato a Soho, quindi, trascorse appena sei settimane, non si era fatto scrupoli a minacciare di buttarla per strada se non avesse accettato di entrare in un'agenzia di escort per clienti ricchi e inaccessibili. In cambio Mi-yon avrebbe avuto un piccolo monolocale nel centro di Londra, documenti nuovi, il permesso di soggiorno illimitato, un conto in banca, un telefono cellulare e soprattutto una protezione ventiquattro ore al giorno. Quello, infatti, sarebbe stato il suo orario di lavoro.

«Vai pure a fare la sguattera in qualche fogna per topi, tanto puttana sei e puttana resterai!» le aveva urlato il titolare del ristorante quando la ragazza se n'era andata in lacrime dal suo locale, giurando che non vi avrebbe messo mai più piede.

Le settimane seguenti erano state le più dure della sua vita. Di colpo si era ritrovata senza un tetto, senza soldi e senza documenti validi per rimanere in Gran Bretagna e cercare lavoro. Una clandestina di vent'anni, sola e indifesa in una città ostile e sconosciuta, dove si parlava una lingua a lei ancora semincomprensibile. Ai genitori, che vivevano ad Hadong, un piccolo paese di contadini della Corea del Sud, aveva raccontato che gli studi in architettura all'università di Greenwich procedevano alla grande e che presto si sarebbe laureata. In realtà dopo aver fallito tutti i test e gli esami del primo anno, Mi-yon aveva mollato l'università, non solo per le difficoltà nel capire e nello studiare la materia ma soprattutto per la retta di trentacinquemila sterline all'anno che l'ateneo le aveva applicato, negandole sia una poco probabile borsa di studi sia un prestito. E di conseguenza anche la sua stanza nel campus di Greenwich era stata assegnata ad altri studenti più "meritevoli".

A sette mesi dal suo arrivo a Londra, alla giovane coreana rimanevano solo due scelte: tornare ad Hadong e accettare il proprio fallimento, oltre al rimprovero e alla delusione dei genitori, oppure reinventarsi una vita e un lavoro in Inghilterra, contando solo su sé stessa e sulla propria avvenenza. Quella infatti non le mancava. Uno splendido sorriso, una bocca che pareva disegnata, capelli neri e lucenti, un corpo statuario e un seducente fascino orientale le donavano un'immagine da fotomodella da rivista patinata.

Mi-yon non si riteneva una prostituta, nemmeno quando, con l'aiuto dell'unica pseudoamica dell'università, una ventiduenne francese che si era offerta di ospitarla nella sua stanza a Canada Water, condividendo un letto a due piazze, aveva aperto un profilo in una chat di incontri per uomini e donne che non volevano porre limiti all'esito di questi appuntamenti. Così era diventata Luce d'Oriente, modella e cantante con la passione per la pittura contemporanea, in cerca di una vita luminosa e piena di emozioni.

Ma di luminoso c'è ben poco in quel corridoio lungo e sotterraneo nel quale si trova in quel momento. L'appuntamento, il primo da quando si è iscritta alla chat, di cui, per pudore e vergogna, ha deciso di non parlare nemmeno alla sua compagna di stanza, è con Jacques le Fataliste. Mi-yon si è lasciata convincere dalla foto del suo profilo, quella di un uomo sui trent'anni, dall'aria svagata, con i capelli neri, gli occhiali da vista tondi da intellettuale e una lunga barba hipster sui toni del castano chiaro, estremamente curata. Ma anche, e soprattutto, dall'autodescrizione: gentiluomo confuso dalla vita e dalla sua inguaribile illusione romantica.

Esattamente il contrario di quella percezione disillusa, di soffocamento e claustrofobia, che Mi-yon sente ora dentro di sé a ogni passo. I tacchi a spillo scandiscono il ritmo irregolare della sua camminata incerta, a cui non giova l'abito corto ed elasticizzato in tessuto di lamé nero e oro, con le maniche lunghe e le spalle scoperte, che ha deciso di indossare.

Al termine del corridoio, rivestito di carta da parati rosso scuro e illuminato da due coppie di lampade a parete con coprilampadine neri, vi è una porta, verniciata di scuro. L'atmosfera è inquietante e a Mi-yon viene subito in mente un documentario sulle sette sataniche che la sua compagna di stanza francese l'ha costretta a guardare nel laptop, nonostante lei le avesse ripetuto più volte che detestava le storie horror, visto che poi quelle immagini se le sarebbe sognate di notte.

Colta dai brividi e da un'improvvisa sensazione di panico, la ragazza si ferma a meno di tre metri da quella porta chiusa. Cerca di cogliere qualche rumore ma il silenzio è totale, a parte il fruscio dell'acqua che scorre nelle tubature sotterranee. Si volta indietro a osservare il corridoio che ora le appare come un tunnel interminabile, avvolto nell'oscurità, del quale è impossibile scorgere la fine. È soltanto suggestione, pensa, e quello stupido programma sul satanismo...

Prima di prendere una decisione fa di nuovo mente locale sulle indicazioni che Jacques le Fataliste le ha scritto.

...arrivi a Montagu Square, nel quartiere di Marylebone. Al numero 36 c'è una ringhiera che termina con un cancelletto. È sempre aperto e conduce a una rampa di scale che scendono nel piano sotterraneo. Non puoi sbagliare perché nel civico a fianco c'è il seminterrato dove vissero John Lennon e Yoko Ono dopo che i Beatles si sciolsero. C'è anche una targa blu sulla parete che lo ricorda. Scendi le scale e trovi un portone bianco con un codice. Digiti 1-8-8-0 e la porta si aprirà. Percorri un corridoio e arrivi alla porta del mio appartamento. Io sarò là ad aspettarti, Luce d'Oriente, per regalarti quelle emozioni che cerchi. Come fece John con Yoko...

Più che di emozioni Mi-yon è però in cerca di soldi e questa necessità è più forte di tutti i dubbi e le paure.

Un *clack* improvviso sblocca la porta scura che si apre di qualche centimetro. Con i battiti accelerati la ragazza si avvicina all'uscio e lo varca a piccoli passi. Il ticchettio dei tacchi scompare di colpo sulla soffice moquette che ricopre il pavimento della stanza. Mi-yon non riesce a decifrarne nemmeno il colore, dal momento che tutto l'ambiente è avvolto dall'oscurità. Una musica da camera a volume bassissimo risuona nella stanza al cui centro vi è un divano a tre posti di velluto rosso cobalto. L'unica fonte di luce proviene da una lampada a stelo con un paralume rosso scuro, sistemata in un angolo della stanza, dietro al divano. L'uomo seduto sul lato sinistro è un'ombra nera, tratteggiata in controluce dal debole chiarore della piantana.

«Vieni avanti, cara, ti stavo aspettando» dice una voce baritonale che Mi-yon presume sia quella dell'uomo seduto di fronte a lei, sebbene non riesca a vederne il volto.

La giovane fa un respiro profondo e avanza di qualche metro fino a scorgere un tavolino rettangolare basso. Sopra di esso nota una bottiglia di vodka, piena a metà, dentro un secchiello con del ghiaccio. Vicino a esso un bicchiere da cocktail con la base larga e pesante, pieno di residui di ghiaccio ormai liquefatto. Tutt'attorno della polvere bianca, soffiata da una parte del tavolino, e una carta di credito con un lato imbiancato. L'istinto di Mi-yon è quello di leggere il nome che compare sulla carta. L'unica lettera che riesce però a decifrare, prima che l'uomo afferri la targhetta e se la metta in tasca, è una D maiuscola.

«Ho cercato di tenermi su mentre ti stavo aspettando, spero non ti dispiaccia» dice lui, passandosi l'indice alla base del naso. «Ne ho dell'altra se ti va.»

«N-no, grazie» sussurra Mi-yon, che non ha certo bisogno di qualcosa che le faccia aumentare le pulsazioni del cuore. È in piedi, a circa un metro dal divano. Si sforza di mettere a fuoco i lineamenti di colui che si fa chiamare Jacques le Fataliste. La pettinatura e l'aspetto generale, seppure in silhouette, non sembrano gli stessi della foto del profilo. Cerca di farsi coraggio ma ha le mani gelate, il respiro affannoso e una costante sensazione di pericolo che le rivolta lo stomaco. L'ultima cosa che il suo corpo potrebbe fare in quel momento è abbandonarsi a un rapporto sessuale.

«Vieni qui, inginocchiati!» le ordina l'uomo, avvertendo la sua incertezza. Il tono della sua voce ha perso ogni pretesa di garbo.

Mi-yon rimane immobile, paralizzata dalle ondate di paura che le invadono il petto.

«Muoviti!» ribadisce lui, allargando le gambe. «Non costringermi a usare la forza!»

Con le membra che tremano la giovane si piega lentamente, fino ad appoggiare le ginocchia a terra. Nel fare questo movimento perde le scarpe e per una frazione di secondo prova l'impulso di alzarsi e fuggire il più veloce possibile. Ma il freddo e il terrore le paralizzano tutti i muscoli. La sua testa è a meno di quaranta centimetri dalle gambe divaricate dell'uomo di cui percepisce l'odore acre di alcol e tabacco.

«Ti prego, non farmi del male» lo supplica Mi-yon, abbassando la testa.

Tutto avviene in un baleno.

L'uomo le afferra la testa con entrambe le mani e le schiaccia la faccia contro l'inguine, serrando poderosamente le cosce.

La ragazza comincia a divincolarsi, muovendo le spalle e le braccia e cercando di staccarsi da quella presa ferrea, ma lui stringe ancora di più le gambe e le preme con forza il viso sul suo basso ventre. Mi-yon geme e urla mentre inizia a mancarle l'ossigeno. Sente gli adduttori dell'uomo che si comprimono e vede una serie di macchie gialle comparire a intermittenza attraverso le palpebre sigillate. Sta per svenire quando la sua bocca si apre senza che nemmeno se ne accorga e si richiude con tutta la forza che le rimane, conficcando i denti sulla pelle dell'uomo, attraverso i pantaloni.

Un urlo animale riempie la stanza.

L'uomo allarga le gambe e per un attimo la ragazza riesce a liberare la testa. Fa per allontanarsi ma lui è più veloce e le sferra un pugno potentissimo sulla tempia destra, scaraventandola a terra. Poi le sale sopra la schiena, spinge le ginocchia contro la spina dorsale e continua a colpirla alla testa e ai fianchi.

Mi-yon non riesce più a respirare. Una serie di conati di vomito le occlude la gola, per poi esplodere dalla bocca, getti di bile e sangue. Quel poco che i suoi occhi possono ancora vedere sono le lacrime che le scendono copiosamente sul viso.

E un bagliore metallico che cala dall'alto verso il suo collo.

7

La polizia della City, la cittadella finanziaria di Londra, nell'Est della capitale britannica, dove vivono poco più di settemila persone, è un mondo a parte rispetto a tutte le altre strutture della Metropolitan Police. In termini giuridici è il più piccolo organismo investigativo territoriale autonomo di tutta l'Inghilterra, regolato dall'amministrazione municipale. Nella pratica sono tre edifici distinti, dislocati a distanza di poche miglia, che ospitano tutti i principali uffici di polizia, dalla direzione criminalità economica al reparto di criminalità organizzata, all'antiterrorismo, oltre alla Omicidi, alla Narcotici, ai servizi di intelligence e al comando per la lotta all'immigrazione clandestina e controllo del territorio.

Da tre anni, dopo quasi dieci passati alla Serious Crime Unit di Scotland Yard, sono diventato uno degli investigatori più esperti nel contrasto ai traffici illeciti di esseri umani. Lo dicono gli altri. A me interessa poco essere considerato un supercop. L'unico vantaggio è che da quando vedo meno cadaveri fatti a pezzi le mie allucinazioni sono diminuite. Soffro di questa sindrome da quando avevo venticinque anni. Per i medici è predisposizione all'ictus. Il mio cervello ha delle zone d'ombra, solo Dio sa che cosa contengono. Per quello che mi riguarda, ho già una dozzina di anni di incubi da gestire.

Lavoro alla stazione di Wood Street, un edificio squadrato di colore grigio, con pianta a corte, costruito nel 1839 sui resti di una fortezza romana. Un palazzo immenso, che sorge a metà strada tra la cattedrale di Saint Paul e la stazione ferroviaria di Liverpool Street e che ospita anche un museo della polizia della City e le scuderie per i cavalli. Ci vado spesso nelle stalle. Mi sento protetto da quei bellissimi giganti a quattro zampe così straordinariamente affettuosi.

La mia stanza è piccola e non ha nulla di speciale. È talmente anonima che i primi tempi, prima di entrare, controllavo più volte che nella targhetta sulla porta ci fosse scritto DERRICK BRAINBLEE – CHIEF INSPECTOR. Per fortuna una finestra, anzi la finestra, visto che è l'unica, si affaccia sui giardini di Aldermanbury, un angusto spazio verde sopravvissuto alla distruzione della chiesa di St. Mary nel grande incendio di Londra del 1666. Quando sono solo in ufficio, con la porta chiusa, mi metto a osservare una piccola quercia, al centro del giardino, accanto a un busto di Shakespeare, circondata da mostri di cemento, ferro e vetro. Mi piace immaginare che sia proprio la vicinanza del grande scrittore e poeta a permettere a quello sperduto albero di resistere e sopravvivere all'asfalto che si propaga attorno a lui come un virus, e che tragga la sua linfa vitale dalla vena inesauribile del Bardo. Magari potessi anch'io attingere al suo genio, soprattutto quando riemergo dai miei blackout e la mia mente ritorna bianca come una lavagna magnetica.

O come il pallore del mio capo, il responsabile della sezione, Joseph Blake, un poliziotto old style, grosso e trasandato, che dimostra almeno dieci anni in più dei suoi cinquantatré, nato in una famiglia ebrea del Nord di Londra, quando le zone di Tottenham ed Enfield erano ancora una specie di enclave giudaica, e arruolatosi in polizia più per sfuggire ai continui abusi razzisti dei suoi coetanei che per vocazione o convinzione. È un rappresentante delle istituzioni, a suo modo capace. Solo che non ha mai voluto aggiornare le sue strategie investigative e le innovazioni tecnologiche sono rimaste, per lui, un mistero.

Lo vedo avvicinarsi attraverso il vetro della porta e sento già crescere una certa inquietudine.

«Ho bisogno di te, Brain!» mi dice, spalancando l'uscio senza bussare e scandendo quel soprannome che lui stesso mi ha appioppato e che io non sopporto.

«Mi dia due minuti e arrivo!» gli rispondo, senza alzare lo sguardo dall'inutile rapporto della guardia costiera sull'immigrazione dal canale della Manica che ho da settimane sulla scrivania, non tanto perché debba finire di esaminarlo, quanto per smorzare quel suo tentativo, seppure banale, di autoritarismo gerarchico.

«Lascia stare tutto, c'è una cosa più urgente!» insiste lui, grattandosi la barba grigia e ispida.

Sospiro in modo evidente e chiudo il fascicolo come se mi avesse costretto a rinunciare all'indagine più importante della mia vita.

«Di che si tratta?» domando, senza convinzione.

«Un'informativa da Dover. Pare sia arrivato un carico speciale. Circa una dozzina, dicono, sembrano minorenni.»

«Chi è la fonte?» chiedo, perplesso. Se la segnalazione venisse dalla polizia di frontiera, significherebbe che il carico, come l'ha chiamato Blake, sarebbe già stato intercettato e bloccato e quindi non vi sarebbe alcuna urgenza.

«Confidenziale, qualcuno che ha visto mentre le ragazze venivano fatte salire su dei furgoni al porto.»

«È attendibile?»

«È passata attraverso i colleghi del National Border Intelligence Service.»

«Ah, gli spioni del mare!» commento. «Allora siamo a posto.»

Blake, come suo stile, non raccoglie. In tre anni non l'ho mai sentito criticare un collega.

«Il trasferimento è avvenuto dopo il tramonto, quindi

presumo che le ragazze siano già state portate a destinazione ma qualcuno potrebbe aver notato dei movimenti strani.»

So dove vuole arrivare Blake, ma io non ho alcuna voglia di perdere tempo ed energie per un'indagine sul campo la cui possibilità di successo è pari allo zero. In questo momento quel *carico* potrebbe essere già a Londra, distribuito ai compratori e messo all'opera.

«Quindi?»

«Se vai a Dover potresti raccogliere informazioni preziose per identificare qualcuno della banda. Sono certo che stavolta saranno disposti a collaborare. Sono mesi che diamo la caccia a quei trafficanti slavi e ora è giunto il momento di beccarli.»

Blake mi fa quasi tenerezza con il suo modo schietto e un po' sprovveduto di riferirsi a situazioni che, di questi tempi, possono essere affrontate con tecniche investigative molto più sofisticate ed efficaci dei classici pedinamenti o della raccolta di testimonianze sul posto. In fondo però l'idea di uscire da Londra e dai suoi incubi, anche se per poche ore, non mi dispiace.

«Quando dovrei partire?» chiedo.

Gli si illuminano gli occhi. «Al più presto» dice, eccitato. «Posso farti accompagnare dal sergente Dustin Chandler, è un grosso conoscitore di quel tratto di costa ed è in contatto con un sacco di gente, credo che...»

«Sì, sì, va bene, so chi è Chandler, ora lo chiamo» taglio corto, alzandomi dalla sedia e facendo capire a Blake che la nostra conversazione è terminata. Di colpo ho perso completamente interesse per il carico di ragazze e per i loro sfruttatori. Continuo a guardare la foto giunta qualche secondo fa sul mio profilo Instagram, postata da qualcuno che mi ha taggato. È il cadavere di una donna, mutilata e smembrata. Il volto, quasi completamente sfigurato, è circondato da una massa di capelli ricci e neri. Non c'è nessun testo. L'hashtag è *#jib*.

8

«Più lo guardo e più mi cresce l'angoscia. Quel bambino che osserva il fucile incorniciato nel quadro alla parete è qualcosa di agghiacciante. Ti trasmette una sensazione di paura e sgomento. Il suo volto bianco e senza espressione è l'immagine della brutalità silenziosa di una violenza annunciata e inevitabile.»

Il professor Driscoll non riesce a staccare gli occhi dall'installazione che occupa la stanza più grande della Whitechapel Gallery di Londra. Le opere esposte sono di due artisti scandinavi, Michael Elmgreen e Ingar Dragset, e la mostra, intitolata *È così che mordiamo la nostra lingua,* è un vero pugno nello stomaco.

La detective Daphne Bird lancia un'ultima occhiata alla scultura poi legge a voce alta un passaggio del testo della brochure che ha ritirato all'entrata della galleria.

«...dieci installazioni inquietanti che esplorano le politiche sociali e sessuali dei paesi maggiormente sviluppati, svelandone le strutture di potere. Gli spazi istituzionali si trasformano in metafore per desideri individuali e identità collettive con arguzia sovversiva e malinconia ironica...»

«Faccio fatica a trovarci dell'ironia,» commenta Driscoll «però devo ammettere che le opere di questi due artisti sono geniali. Ti spiazzano e contemporaneamente ti costringono a riflettere. Consiglierò la visita ai miei studenti.»

«Sono certa che l'apprezzeranno,» sottolinea Daphne «io invece ho bisogno di rilassarmi e di alleggerire la mente. Questi fantasmi bianchi mi hanno già abbastanza oppresso. Che ne dici se andiamo alla caffetteria?»

«Certo, andiamo pure!» risponde il professore, appoggiando delicatamente una mano sulle spalle della sua compagna.

Il Whitechapel Refectory è un piccolo ambiente, arredato in modo semplice e funzionale. Una ventina di tavoli in legno, un bancone di frutta, verdura e dolci fatti in casa e una cucina a vista di dimensioni ridotte in grado di preparare zuppe, panini, quiche e frittate.

Monty e Daphne si siedono a un tavolino a ridosso della vetrata che dà su Whitechapel High Street. Ordinano un caffè americano, un tè verde e un'omelette al cheddar da dividere.

«Va meglio ora?» chiede il professore dopo qualche minuto di silenzio.

«Sì, Monty, scusami, oggi non sono in vena di emozioni forti. Ne ho già avute abbastanza» risponde la poliziotta, cercando la mano dell'uomo.

«È successo qualcosa al lavoro?»

«No, per fortuna è stata una giornata tranquilla. Ma la seduta dallo strizza è stata pesante.»

«Mi spiace, vuoi parlarmene?»

«Preferirei di no, non ti offendere. Mi sento ancora scombussolata.»

«Non ti preoccupare, non c'è alcun problema. Tra l'altro anch'io ho avuto una giornata abbastanza complessa.»

«Problemi all'università?»

«Più che problemi, difficoltà di comunicazione con gli studenti. A volte non capisco se considerano le mie lezioni interessanti o se a loro importa solamente passare l'esame e andarsene il più presto possibile. E dire che la criminologia è una materia che dovrebbe, in teoria, suscitare curiosità, se non passione. Per non parlare di quelli che si divertono a sfidarti e a cercare di metterti in difficoltà.»

«In che senso? Hai discusso con qualcuno di loro?»

«No, niente, le solite cavolate. Domandine stupide con doppio senso, provocazioni, risatine. Sono uomini e donne ultraventenni ma si comportano da bulletti delle scuole superiori...»

«Quelli sono nelle gang e si accoltellano per strada ogni giorno,» sottolinea amaramente Daphne «almeno i tuoi fingono di studiare.»

«Forse hai ragione tu, comunque d'ora in avanti cercherò di coinvolgerli maggiormente. Voglio discutere con loro lo studio dei profili dei più famosi serial killer inglesi, Frederick West, Peter Sutcliffe e Steven Wright, analizzando la trasformazione e l'evoluzione della loro percezione pubblica nell'epoca dei social network.»

«Interessante. E il vecchio Jack no?»

«Be', sì, certo, anche lui. In fondo è sempre il numero uno...»

9

«Era una notte incredibilmente afosa e le fogne, intasate dai rifiuti e dagli escrementi, eruttavano a ripetizione i fluidi maleodoranti dell'East End londinese, soffocando gli stretti vicoli del quartiere di Whitechapel sotto una coltre densa di putredine e depravazione.»

John Dylan Waits, un insegnante di storia in prepensionamento, reinventatosi come guida turistica, scandisce le parole con enfasi teatrale mentre descrive ai turisti di una delle più famose London Walks le atmosfere cupe della notte del 31 agosto del 1888. Lui stesso ricorda un personaggio dell'epoca con i lunghi capelli grigi e spettinati, la barba da monaco dello stesso colore e un completo verde scuro di tweed con panciotto che gli comprime lo stomaco dilatato. Potrebbe tranquillamente essere il sosia di Karl Marx, anche e soprattutto per quel suo sguardo severo e intenso. Ad ascoltarlo una quindicina di persone, di diverse nazionalità, con larga prevalenza di australiani e americani. I britannici sono solo due, una donna di quarantasette anni, scozzese, appassionata di libri e film horror, scesa da Edimburgo a Londra per fare visita a una cugina, e una ragazza di ventitré, nata a Coventry ma residente momentaneamente a Londra per frequentare un master in letteratura dell'epoca vittoriana. Quest'ultima si chiama Hana Collins e vive in una stanza nelle vicinanze di Durward Street, il luogo nel quale si trova in quel momento la piccola comitiva di turisti. Ai tempi di Jack the Ripper, lo Squartatore, quella strada aveva il nome di Buck's Row ed era una via anonima ai confini del quartiere di Whitechapel. Di quel luogo resta ormai solo la monumentale Board School, che sovrasta l'area con i suoi cinque piani di altezza.

«Alle 3.45 di notte, esattamente all'ora in cui siamo adesso,» prosegue Waits, estraendo dal panciotto un orologio da taschino e mostrandolo al suo piccolo pubblico «un cocchiere di nome Charles Cross e il suo padrone, Robert Paul, scoprono il cadavere di una donna di fronte a una rimessa al numero 51 di Buck's Row. Il suo corpo è ancora caldo. I due uomini fanno accorrere sul posto un agente di polizia che risponde al nome di Neil, il quale circoscrive la scena e chiama il dottor Llewellyn, anatomopatologo, per i rilievi. Quest'ultimo conferma che la morte della donna è avvenuta solo pochi minuti prima, esattamente nello stesso luogo. Il cadavere viene identificato da una collega di una casa di lavoro e successivamente dall'ex marito. La vittima è una donna di quarantatré anni, Mary Ann Nichols Walker, soprannominata Polly. Scotland Yard giungerà ad accertare che Polly, madre separata con cinque figli, indigente e con grossi problemi di alcol, si prostituiva nel quartiere di Whitechapel.»

L'attenzione dei turisti sale al massimo, Waits fa una piccola pausa a effetto, sperimentata decine di volte, quindi passa alla fase più attesa del suo show.

«Polly ha gli occhi spalancati e vitrei. La gola è tagliata profondamente e dalle lacerazioni escono fiotti di sangue. La povera donna giace con il volto rivolto a est, le sue gonne sono raccolte fino a sopra le cosce. Sul fianco sinistro vi è un taglio che lo attraversava in maniera frastagliata. Dall'addome al basso ventre si nota un'altra serie di tagli e incisioni profonde, tutti causati da un'arma affilata, usata con estrema violenza verso il basso. Le ferite vanno da sinistra a destra, il che fa presumere che l'assassino sia mancino. Tutte le piaghe, mortali e no, sono causate dallo stesso strumento.»

La guida fa una nuova lunga pausa, fissa negli occhi a uno a uno i suoi visitatori quindi volge lo sguardo in un punto preciso del terreno, come se il corpo della donna fosse ancora lì e dice: «Quello di Mary Ann Nichols è il primo delitto attribuito a Jack lo Squartatore, il più feroce serial killer nella storia del Regno Unito, la cui identità non è mai stata svelata».

Dall'uditorio parte un timido applauso che si esaurisce dopo una manciata di secondi, lasciando spazio a una sensazione di disagio e imbarazzo che coinvolge tutti i presenti.

La comitiva di turisti ringrazia e saluta il proprio accompagnatore. Qualcuno gli allunga un paio di sterline di mancia. Lui accetta di buon grado, enfatizzando la sua gratitudine con inchini plateali. Il gruppo si disperde, alcuni lanciano le app in cerca di un taxi, altri controllano l'orario dei bus notturni.

Waits attende che ognuno prenda la propria strada, controlla l'ora nel cellulare, decisamente più pratico e funzionale dell'orologio di scena da taschino che ha esibito durante la sua performance, e fa per andarsene quando, inaspettatamente, si trova faccia a faccia con la ragazza che poco prima ascoltava, ammaliata, il suo racconto sull'omicidio di Jack the Ripper. Rimane colpito dal candore della sua pelle e dal colore rosso corvino dei suoi capelli, lo stesso degli orecchini in oro e corallo, timbrati con foglia di quercia, che pendono dai suoi lobi.

«Ops! Mi scusi, signorina, non l'avevo notata. Ha bisogno di aiuto?»

«Be', sì, ma non vorrei disturbarla e rubarle altro tempo, vista l'ora...»

«Nessun disturbo, non si preoccupi, sono abituato a fare le ore piccole, me lo impone il lavoro. Non potrei certo descrivere in modo appropriato le oscure atmosfere londinesi di fine Ottocento durante le trafficate ore di punta, con il viavai continuo di auto e bus. Cosa posso fare per lei?»

«Ecco, io... sto facendo un master sulla società inglese in epoca vittoriana, vista anche attraverso la letteratura e le leggende popolari e comparata alla realtà odierna raccontata dalla rete. Quella di Jack the Ripper è sicuramente una storia che credo possa racchiudere molto della vita di quel tempo.»

«Non posso certo negarlo. I suoi studi sono molto affascinanti, signorina...?»

«Hana, mi chiamo Hana Collins. Chiedo scusa, non mi sono presentata» dice la ragazza, allungando la mano.

«Professor John Dylan Waits,» risponde prontamente l'uomo, stringendo con vigore la mano della giovane «sono un ex docente di storia delle scuole superiori che per fortuna ha capito in tempo come sia più remunerativo e gratificante raccontare gli eventi del nostro passato a chi è realmente interessato, o quantomeno incuriosito, piuttosto che a schiere di studenti annoiati e apatici. Parlare con lei, invece, è un piacere.»

«Grazie, professore. Posso farle alcune domande su quel periodo?»

«Certamente, Hana. Preferisce fare due passi o andare da qualche parte? Dubito però vi sia qualche locale aperto alle tre del mattino...»

«Se non le dispiace mi avvierei verso casa, abito poco distante, così durante il tragitto possiamo parlare.»

«Perfetto, andiamo,» dice Waits, invitando con un gesto della mano Hana a fare strada «mi sento più sollevato all'idea che non se ne vada in giro da sola nel cuore della notte. Sì, d'accordo, non siamo più ai tempi di Jack ma questa zona di Londra è sempre poco tranquilla.»

I due lasciano Durward Street e raggiungono Vallance Road, una strada a doppio senso, costellata di piccole botteghe indipendenti, tra cui lavanderie a gettone, laboratori per la riparazione dei computer, agenzie per l'invio di denaro all'estero e rosticcerie con servizio da asporto, i tipici esercizi commerciali di quella periferia londinese non ancora conquistata dalle grosse catene di distribuzione e alimentari.

La strada è deserta e tutti i negozi sono chiusi. Il vento, alzatosi improvvisamente, fa rotolare bottiglie di vetro e lattine abbandonate sui marciapiedi.

«In base a quanto ho potuto accertare con le mie ricerche,» attacca Hana «nel 1888, quando si verificarono gli atroci delitti dello Squartatore, Londra stava vivendo uno dei periodi più foschi e degradati della sua storia. Era un'epoca densa di paure di ogni genere, delle malattie, della povertà, dei conflitti sociali e degli stranieri. La violenza, soprattutto nei confronti delle donne e delle persone deboli e indifese, era all'ordine del giorno. Nonostante ciò i cinque omicidi attribuiti a Jack the Ripper riuscirono a scatenare una vera e propria psicosi e una caccia all'uomo senza precedenti. Perché secondo lei?»

Dylan è sorpreso e compiaciuto della domanda. Fa un profondo respiro, si liscia la barba e comincia.

«I resoconti che i giornali fecero all'epoca sui delitti di Jack furono i diretti responsabili delle inchieste parlamentari sulla povertà di questi luoghi e di tutto il cosiddetto East End» spiega il professore con un tono calmo e riflessivo, ben diverso da quello riservato ai turisti. «Carità e previdenza sociale marciarono concretamente sulle gambe di queste atrocità. I vicoli, le case e gli angoli della zona vennero identificati con gli stessi omicidi, come se ne fossero in qualche modo corresponsabili. Qualcuno arrivò addirittura a ritenere che vi fosse una sorta di collusione tra l'ambiente e l'assassino. Una stanza segreta del pub Ten Bells, nella Commercial Street, di cui avrà sicuramente sentito parlare, venne indicata come il confessionale del killer.»

«Questo perché erano quartieri fatiscenti e abitati per lo più da immigrati e malviventi oppure c'è una ragione più specifica?» chiede la ragazza.

«Entrambe le cose. Testimonia la potenza della suggestione urbana e della peculiare caratteristica della Londra tardovittoriana. Chi viveva nel Nord e nella parte occidentale della città, zone ricche e benestanti, situate geograficamente a diverse miglia dall'estremo Est, considerava quell'area una specie di terra di frontiera da evitare come la peste. La credenza popolare conferì ai delitti di Jack una qualità sovrannaturale, furono visti come una specie di implacabile punizione ultraterrena per le nefandezze compiute e impunite che avvenivano regolarmente in quei rioni di stigmatizzata perversione.»

«Se ho capito bene, quindi, gli eventi di quell'epoca e in particolare gli omicidi attribuiti allo Squartatore crearono una classificazione ante litteram tra eletti e reietti urbani, dove il bene e il male si incasellavano perfettamente nella divisione storica tra ricchi e poveri» sottolinea Hana.

«Esattamente,» conferma lo studioso «quegli ammazzamenti, così spietati e brutali, marchiarono la zona come terribilmente violenta e depravata. Il fatto poi che l'assassino non venisse mai catturato parve confermare l'impressione che il massacro fosse il prodotto di quelle stesse strade infami. In pratica, lo Squartatore era lo stesso East End.»

La ragazza scuote la testa e si ferma in prossimità di un incrocio, di fronte a un supermercato, chiuso, di prodotti alimentari cinesi.

«A quanto pare non ho scelto di abitare in un bel quartiere» dice poi, sorridendo.

«No, anzi, la differenza tra la fine dell'Ottocento e oggi è che nell'era in cui stiamo vivendo tutte le zone di Londra sono diventate pericolose come lo era l'Est ai tempi di Jack» sottolinea Waits. «Assassini, serial killer e gang sono dappertutto ma in più è cresciuta e si è diffusa l'ossessione dell'insicurezza e del timore del diverso. Questo paese si è chiuso in sé stesso, ha sbarrato porte e confini e si è isolato dal mondo. E la gente vive barricata nelle proprie case che ha trasformato in panic rooms. Jack lo Squartatore è tornato ed è ancora più pericoloso. Soprattutto perché nessuno se n'è ancora accorto.»

10

Non riesco a togliermi dalla testa quella foto comparsa su Instagram. Sono sicuro di avere già visto quella donna con i capelli ricci ma mi è impossibile ricordare se ciò sia avvenuto durante uno dei viaggi nell'ignoto della mia mente o se io l'abbia incontrata veramente. Quella povera ragazza è morta in maniera terribile, assassinata e brutalizzata da qualcuno che ha fatto scempio dei suoi connotati. Voglio però convincermi che si tratti di una messa in scena di pessimo gusto e che la foto sia opera di qualche idiota, malato di mente, che ha visto troppi film horror. Ma per quale motivo mi ha taggato? Che senso ha coinvolgermi in questa farsa? Ho un brutto presentimento, anche perché, com'era intuibile, il soggetto che si nasconde dietro quel profilo social è irrintracciabile e la foto è stata subito cancellata. Non prima, fortunatamente, che riuscissi a salvarla. Quanto all'hashtag, *#jib*, non ho proprio idea di cosa significhi.

«Qualche problema, detective? Da quando siamo usciti dal comando non ha aperto bocca.»

La voce cantilenante del sergente Dustin Chandler mi risveglia dai miei pensieri. Da circa dieci minuti sono seduto in auto al suo fianco, mentre lui guida, e non gli ho ancora rivolto la parola. Forse perché mi irrita quel suo accento cockney dell'Est di Londra e quel suo modo di concludere le frasi lasciandole in sospeso. O forse mi disturba il fatto che abbia sette anni meno di me, vada in palestra tutti i giorni e si muova come se avesse sempre la situazione sotto controllo.

«Tutto bene, Chandler, non ti preoccupare,» gli rispondo con aria di sufficienza «scusa se non ti ho ancora ringraziato per avermi evitato un inutile viaggio a Dover.»

«Sarebbe stata solo una perdita di tempo» replica con sicurezza. «Dai controlli che ho fatto, contattando alcuni miei informatori locali e facendomi mandare i video delle telecamere di sorveglianza dei caselli autostradali della M2 e della A2, i furgoni sospetti hanno già lasciato la zona da diverse ore, diretti qui a Londra.»

«Immaginavo. E il pub di Spitalfields come è venuto fuori?» gli chiedo, anche se penso di conoscere già la risposta.

«Anche questa informazione mi è giunta in modo confidenziale» prosegue lui, spingendo su quel tono di voce da protagonista dei film di Guy Ritchie. «Ho diversa gente che lavora per me nel giro dei bordelli a Londra. Mi hanno riferito di una commessa importante in arrivo dalla Polonia e di un covo nella zona di Spitalfields.»

Commessa? ripeto mentalmente e mi viene un moto di stizza. Prima le ragazze erano un carico, ora sono una commessa. Possibile che nessuno in polizia riesca a rinunciare a questi stupidi modi di dire? Chandler è inarrestabile e continua, fiero, nella sua puntualizzazione.

«Non so chi troveremo. Ho un appuntamento in quel pub che si chiama The Pride of Spitalfields, in Heneage Street, tra la stazione di Liverpool Street e quella di Whitechapel, appena fuori da Brick Lane.»

«Il nome non mi è nuovo» sottolineo.

«Ha ragione detective, è un pub storico, suo malgrado. Esiste dal Diciannovesimo secolo ma prima si chiamava The Romford Arms. Si narra che ai tempi di Jack lo Squartatore almeno due dei sospetti assassini frequentassero il locale. Il primo, un commerciante di cani e gatti, avrebbe abitato proprio nella stessa strada mentre il secondo, George Hutchinson, in base alle testimonianze dell'epoca, la notte del 9 novembre del 1888 avrebbe adescato una delle vittime proprio al pub. Di entrambi però non sono mai state trovate prove sufficienti per arrestarli.»

«Accidenti, Dustin! Sembri uno di quei presentatori di documentari televisivi sui misteri di Londra! Come fai a sapere e ricordarti tutte queste cose?» gli domando, con un'ironia che naturalmente lui non coglie.

«Be', sono sempre stato appassionato di vicende che riguardano gli assassini seriali, le investigazioni sul modus operandi e lo studio dei profili psicologici dei killer. E quella di Jack lo Squartatore è senza dubbio la storia più intrigante, anche perché il mistero resiste ancora, dopo oltre centotrent'anni.»

«Allora abbiamo tutto il tempo...»

«Come?»

«Niente, era una battuta. Sbrighiamoci, altrimenti Jack, o chi per lui, ci scapperà.»

11

«Sir, il suo autista è arrivato.»

«Grazie, gli dica per favore che lo raggiungerò fra cinque minuti.»

«Certo, Sir. Ha bisogno di altro?»

«Nient'altro, grazie, vada pure.»

L'uomo in guanti bianchi e livrea verde si allontana dalla stanza mentre lui resta seduto sul divano stile impero della suite, cercando di riprendere il controllo dei suoi pensieri. Preferisce che lo chiamino Sir anche se il suo titolo completo è Richard William Dyas, duca di Saulton. Suo nonno era un bisnipote della regina Vittoria e questo lo rende a tutti gli effetti un membro della famiglia reale britannica estesa.

Appartenenza che non solo non gli interessa rendere pubblica, ma che il più delle volte considera un ostacolo al suo stile di vita preferito. Donne, droga e gioco d'azzardo non sono consuetudini che si addicono a un giovane componente, seppure distante, della monarchia Windsor. Però Bill Dyas, come ha deciso di farsi chiamare, ha fatto la sua scelta e a trentasette anni vuole essere libero e anonimo, godersi gli eccessi e stare lontano dalle etichette di corte. Non dai soldi del suo casato, beninteso, quelli sono un privilegio a cui non rinuncerebbe mai e che non si fa alcuno scrupolo a sperperare per mantenere le sue cattive abitudini. In pochi, all'interno della "famiglia", sono al corrente della sua vita dissoluta e quelli che lo sanno si sforzano di nasconderlo e negarlo. Il giovane duca è una pecora smarrita che nessuno, nel circolo dei palazzi reali, vuole cercare e tantomeno trovare. E a lui, per il momento, bastano i due appartamenti di lusso di cui può disporre a Knightsbridge e Chelsea, la residenza estiva a Torquay, in Cornovaglia, quella di campagna del Buckinghamshire e la sua quota di proventi delle attività finanziarie del ducato di Saulton, che comprendono partecipazioni in fondi d'investimento a Singapore, un patrimonio immobiliare in Florida e una serie di asset di società alberghiere degli Emirati Arabi, oltre alla coproprietà, assieme ai principi del Qatar, di una delle più grosse scuderie internazionali di cavalli da corsa.

Oggi però la sua vera ricchezza, e salvezza, è il suo assistente tuttofare, Colin Duncan Hoxton, un uomo di cinquantadue anni, solido nel fisico e nella mente, secondo figlio dello stalliere degli arciduchi di Saulton e rimasto loro fedele tutta la vita. Ha visto nascere Bill e, come un fratello maggiore, gli è sempre rimasto accanto, aiutandolo, proteggendolo e tirandolo spesso fuori dai guai. Per lui Colin ha rinunciato a farsi una famiglia e una vita proprie.

E ora lo sta aspettando, al posto di guida di una fiammante Jaguar J-Pace a sei cilindri con i vetri oscurati, nel parcheggio riservato dell'Hotel Landmark, nel quartiere di Marylebone, dopo aver ricevuto una delle sue solite telefonate cariche di ansia.

La portiera si apre di scatto e Bill Dyas sale nel sedile posteriore, tenendo la testa bassa. Colin lo osserva dallo specchietto. Ha lo sguardo vacuo, gli occhi iniettati di sangue e le pupille dilatate. Continua a grattarsi la nuca e respira in modo affannoso, tirando su col naso. La camicia è aperta fino al terzo bottone e fuori dai pantaloni. Sul petto una larga chiazza bagnata, semicoperta dalla giacca del completo blu gessato a doppiopetto. Gli tremano le mani e non smette di guardarsi attorno e massaggiarsi freneticamente l'interno della coscia.

«Tutto bene, signore?» domanda l'uomo, mantenendo un tono il più possibile rassicurante.

«Dove cazzo sei stato, Colin? Ti ho cercato dappertutto!» sbotta il giovane duca.

«Esattamente dove lei mi ha detto di andare, signore, ero a Montagu Square» risponde, impassibile, l'assistente del duca.

L'occhio di Bill inizia a tremare.

«Ah... sì, e com'è andata?»

«Nessun problema, non si deve preoccupare.»

«Be-bene, Colin, ottim...» farfuglia Bill. «Andiamocene via, so-sono stanco, ho bisogno di cambiare a...»

«Lasci fare a me, signore, nel mobiletto bar di fronte a lei ci sono due pillole e una bottiglietta d'acqua. Le prenda e si rilassi, al resto penserò io.»

Bill Dyas esegue senza discutere il consiglio del suo assistente personale e cinque minuti dopo sprofonda nel sedile della Jaguar, cadendo in un sonno indotto mentre Colin attraversa la città dirigendosi verso il castello di Beaconsfield.

12

> Il legame tra Londra e il delitto è indissolubile. Metà degli omicidi considerati memorabili in Inghilterra è avvenuta nella capitale britannica.

Hana Collins legge con attenzione le pagine del saggio del criminologo Martin Fido, *Murder guide to London*, sottolineando le frasi che considera più importanti per i suoi studi.

> I delitti assumono significati diversi a seconda delle zone in cui vengono compiuti. Così se un omicidio può apparire rispettabile a Camberwell, diventa invece brutale a Brixton. Ma una sequenza di gole tagliate nella Londra ottocentesca evoca subito la multiforme scelleratezza del violento East End e la sua insita e impunita violenza.

La ragazza solca le pagine del volume con la matita e si ferma a pensare alle parole del professor Waits: "...nell'era in cui stiamo vivendo tutte le zone di Londra sono diventate pericolose come lo era l'Est ai tempi di Jack...".

Un brivido le percorre la schiena mentre sente un tonfo sommesso provenire dalle scale. Controlla l'ora sul suo cellulare, sono appena passate le otto. Dopo aver salutato e ringraziato il professor Waits per l'extra tour che le ha concesso e per i preziosi resoconti sulla Londra criminale in epoca vittoriana, Hana è salita nel suo piccolo studio-appartamento, che si affaccia sul mercato di Spitalfields, e si è subito infilata nel letto. Ha dormito non più di quattro ore, svegliandosi con la stessa sensazione di urgenza che le opprimeva la mente il giorno degli esami all'università. Ha acceso il laptop e ha preso in mano i suoi libri, cercando riscontri e conferme alle parole del suo erudito cicerone, con il quale ha scambiato i numeri di telefono. Non riesce a cancellare dalla testa l'idea, bizzarra e agghiacciante, che, come ha insinuato il professor Waits, Jack the Ripper possa aver valicato i confini dell'immortalità e dopo tre secoli sia ancora in circolazione per le strade di Londra, seminando morte e terrore. Senza una ragione precisa, digita la parola "Ripper" sui motori di ricerca e tra le parole chiave di siti e social, lanciando pagine su pagine di foto, informazioni e notizie, impossibili da verificare, su presunti squartatori e serial killer del passato e del presente, corredate da interminabili forum di discussione di sedicenti esperti e appassionati del genere horror, da evitare come la peste. Dopo aver eliminato in fretta ogni link, guardandosi bene dall'accettare alcuna concessione sulla privacy, va su Instagram e scrive di getto la stessa parola, fermandosi però a "Rip". Dopo una serie interminabile di riferimenti a persone decedute, compare sullo schermo un profilo con le stesse tre lettere, la sagoma di un uomo con cilindro e mantello scuri come foto identificativa, nessun post e nemmeno dei follower. Incuriosita, Hana inizia a cercare sul network possibili interazioni e collegamenti con il misterioso "Rip" senza trovare nulla di inerente. Fa un altro tentativo con "Jack" ma non appena digita la "J" la sua attenzione si concentra su un hashtag, *#jib*, che si materializza tra i documenti. Vi clicca sopra e appare la foto del cadavere fatto a pezzi di una donna con i capelli ricci e neri. Dopo qualche secondo, però, l'immagine scompare. La giovane studentessa rimane impietrita. Riprova un paio di volte a eseguire lo stesso percorso ma della foto non trova più traccia. Esamina cookies e cronologia ma il risultato non cambia. È abituata a navigare in rete e grazie alle sue ricerche e ai suoi approfondimenti è perfettamente in grado di distinguere una rappresentazione reale da una foto creata ad arte. E quella non aveva nulla di artificiale. Come gravemente vero e presente è il secondo tonfo che proviene dal pianerottolo.

13

È un pub old style con la moquette quadrettata, le pareti rivestite di legno, i divani e gli sgabelli di velluto rosso, un odore acre di birra e sudore e la presunzione, a cui abboccano soltanto i turisti, che in quella locanda venga servita la vera Guinness irlandese mentre tutta Londra sa che solo a Dublino si può apprezzare la ricetta originale della famosa *stout*, creata da Arthur Guinness nel 1759. Quella che si beve fuori dai confini della città irlandese è prodotta in stabilimenti che hanno comprato il marchio ma non la qualità e gli ingredienti, tanto meno l'acqua della sorgente di Lady's Well, nelle Wicklow Mountains, che conferisce alla birra scura più conosciuta al mondo quell'inconfondibile corposità e cremosità della schiuma.

Chissà se anche ai tempi di Jack al pub The Pride of Spitalfields, che per lui era The Romford Arms, servivano la falsa Guinness, mi ritrovo a pensare mentre seguo il sergente Chandler verso il bancone del bar. Il locale, alle sette e quarantacinque del mattino, è semideserto. Seduto su uno degli sgabelli, con i gomiti appoggiati pesantemente al banco, di fronte agli spillatori delle birre, un uomo sulla sessantina, con indosso una sudicia camicia verde e dei pantaloni color sabbia che hanno perso da tempo ogni forma, sta cercando di convincere la donna che si trova dall'altra parte della barriera a riempirgli nuovamente il boccale che tiene tra le mani tremolanti. Lei, che probabilmente ha quindici anni meno di lui ma ne dimostra solo cinque, lo guarda con aria scocciata, tenendo le braccia incrociate sul petto extralarge, decisa a non muovere un dito.

Sicuramente non è lui il contatto di Chandler, penso, muovendo lo sguardo verso la saletta, seminascosta, che si intravede oltre una porta ad arco a sinistra del bar. Il sergente si ferma prima di arrivare al bancone, estrae il cellulare e mi avverte di aver ricevuto un messaggio. Faccio per raggiungerlo quando il suo volto comincia a offuscarsi e a perdere i contorni, mentre, tutto intorno, la stanza si deforma quanto una vecchia pellicola cinematografica in celluIosa che inizia a fondere a causa della luce del proiettore. Nelle mie orecchie parte un fischio acuto e continuo che mi trafigge il cervello e il mio stomaco comincia a ribaltarsi come se qualcuno lo stesse prendendo a calci. Mi manca l'aria e sto per cadere a terra ma non posso farlo. Devo resistere! Nessuno, tra i miei colleghi o superiori, sa nulla dei miei blackout e non voglio svelarmi proprio ora. Forse il sergente Chandler saprebbe mantenere il segreto ma non ho alcuna intenzione di rischiare. Spero di avere un aspetto ancora umano mentre gli faccio segno che ho bisogno di prendere una boccata d'aria e mi dirigo verso quella che mi auguro sia la porta d'ingresso, radunando tutte le forze che mi rimangono per camminare dritto.

Una volta fuori mi sforzo di procedere a passo spedito verso una meta che non saprei indicare. Senza accorgermene, con il fischio nelle orecchie che è diventato un concerto di campane, giungo al vecchio mercato di Spitalfields. Lo capisco dal passaggio fulmineo, davanti ai miei occhi, di un cartello sfocato con il nome dello storico ritrovo per venditori ambulanti. Le immagini scorrono rapidamente alla stessa stregua di un nastro magnetico in modalità "avanti": visi alterati, maree umane che sfrecciano da tutti i lati e banchetti carichi di oggetti che volteggiano nel nulla. Poi intravedo un portone aperto e una scala. Sono le uniche cose ferme e vagamente nitide. Mi concentro e punto lo sguardo, cercando di isolarle dal resto di quel vortice di suoni, colori e urla. Trattengo il respiro ed entro. Finalmente il silenzio. E il buio. Sono già nell'altra dimensione ma il mio cervello non se n'è ancora accorto.

Lo sgualcito avventore alla disperata ricerca dell'ennesima pinta di birra emette un rutto baritonale proprio nel momento in cui un uomo magro, calvo, con la barba incolta e le sopracciglia folte e unite entra al Pride of Spitalfields con fare guardingo, attraversa la sala e si dirige verso la stanza divisa dall'arco. La gerente del pub gli dedica uno sguardo distratto poi torna a concentrarsi sul cliente ubriaco e molesto che non vuol saperne di andarsene, minacciando di sbatterlo fuori a calci.

L'uomo individua il sergente Dustin Chandler seduto a un tavolo nell'angolo più lontano della stanza. Ha ordinato un bicchiere di acqua frizzante con ghiaccio e limone e sta tentando nervosamente di chiamare qualcuno al telefono.

Il nuovo arrivato si siede al tavolo del poliziotto senza chiedere il permesso o presentarsi. Estrae dalla tasca dei pantaloni la foto di un gruppo di cinque ragazze. Sono sedute, una accanto all'altra, su una panca, all'interno di quello che pare un furgone da trasloco. Un paio di loro sembra avere poco più di undici o dodici anni. Hanno lo sguardo stanco e preoccupato. Nessuna fissa l'obiettivo. Sono di nazionalità diverse. Una è di origini asiatiche.

L'uomo concede una trentina di secondi al poliziotto poi prende la foto e se la rimette in tasca.

Chandler si morde l'interno della guancia, beve un sorso d'acqua e fa un respiro profondo. Poi si gira verso l'uomo e osserva la faccia da pazzo di Robert De Niro, in versione mohicano, nella scena finale di *Taxi Driver* che il suo ospite ha stampata sulla maglietta bianca che indossa. Istintivamente fa un collegamento tra la striscia di capelli che De Niro ha sul cranio pelato e la riga unica e continua di sopracciglia nella testa priva di altri peli dell'uomo che gli sta di fronte.

«È l'ultima commessa?» gli chiede il sergente, cercando di scacciare la disgustosa immagine precedente dalla mente.

Il suo interlocutore si limita a un cenno affermativo con la testa.

«Dove sono?» domanda il poliziotto.

«In zona» risponde secco l'uomo.

La conversazione prosegue faticosamente con gli stessi toni minimalistici.

«Porto di Dover?»

«Sì.»

«Sempre lo slavo?»

«A-ah...»

«Quante?»

«Triplo.»

«Quindici?»

«A-ah.»

«Tutte già piazzate?»

«Forse.»

«Sei in grado di rintracciarle?»

«Forse.»

«Quando e dove?»

L'uomo alza contemporaneamente la spazzola nera che ha sopra gli occhi e le spalle.

«Domani a Brick Lane?» chiede il sergente.

«Dipende.»

«Mille?»

L'uomo fa un ghigno beffardo, scoprendo una serie di incisivi e canini gialli come chicchi di riso allo zafferano. Poi tira fuori un documento stropicciato e lo apre sul tavolo, strisciandovi sopra la mano. Chandler lo legge con un certo fastidio, senza toccarlo. È una richiesta per ottenere un permesso di soggiorno permanente in Gran Bretagna. È intestata a Dragan Spasojevic, nato a Belgrado il 23 settembre 1985, professione autotrasportatore.

«Chi è?» chiede Chandler, contrariato.

«Amico.»

«Dammi questa roba, vedo cosa posso fare,» taglia corto il poliziotto, afferrando il foglio e infilandolo velocemente nella tasca della giacca «ma tu fammi parlare con una di queste ragazze.»

«Forse.»

Ho le tempie che pulsano a ritmo forsennato, quei maledetti acufeni continuano a martellarmi i timpani e sul collo della camicia ho una chiazza di bava e di liquido schiumoso bianco di cui preferisco ignorare la provenienza. Le nocche della mano sinistra sono sbucciate e insanguinate e ho un dolore acuto allo stesso braccio, all'altezza del gomito.

Mi sono ritrovato seduto su una panchina di Brushfield Street, all'entrata nord del mercato di Spitalfields. Non ricordo nulla e non so perché mi trovi qui. Sono passati quasi quaranta minuti da quando sono uscito dal pub e per quanto tenti di sforzarmi non sono ancora riuscito a immaginare una scusa credibile per giustificare questa mia improvvisa e prolungata assenza con il sergente Chandler. Affretto il passo per raggiungere il pub dove l'ho lasciato. Sul tragitto quasi mi scontro con un soggetto decisamente losco, magro e pelato, che spunta all'improvviso dalla porta del locale. Mi lancia uno sguardo selvaggio, poi vede le chiazze gialle dei rigurgiti sulla mia camicia, sfodera un sorriso da clown di Stephen King che mi fa gelare il sangue e si allontana velocemente.

Dopo essermi ripreso dall'agghiacciante incontro con "IT" mi pulisco alla meglio la camicia con un fazzoletto di carta ed entro nel pub. Chandler è seduto a un tavolo e ha l'aria preoccupata. Rivedermi non fa altro che aumentare la sua apprensione.

«Cristo, detective! Che cosa le è capitato? Ha un aspetto orribile!» dice, scattando in piedi.

«Stai tranquillo, nulla di grave,» gli rispondo, cercando di sdrammatizzare «devo aver mangiato qualcosa che mi ha dato fastidio. Ma ora sto bene, sono riuscito a liberarmi. Meglio però che evitiamo il vicolo che c'è dall'altra parte della strada sulla destra,» aggiungo sorridendo e mimando un atteggiamento di repulsione «spero solo di non essere stato immortalato da telecamere a circuito chiuso...»

Nel momento in cui pronuncio la frase, mi prende un attacco di angoscia. "E se invece fossi stato realmente ripreso mentre ero in blackout?" penso. "Dove sono stato per più di mezz'ora e che cosa ho fatto?" Cerco di scacciare tutti questi dubbi e mi siedo, invitando Chandler a fare lo stesso.

«Vuole che le ordini un bicchiere d'acqua, detective?» mi domanda.

«No, grazie, Dustin, preferisco non mettere nulla nello stomaco. Ma dimmi, piuttosto, si è fatto vivo il tuo contatto?»

«Sì, è appena andato via.»

«E allora? Com'è andata? Dai, coraggio, racconta.»

Il sergente Chandler inizia a descrivermi nei dettagli l'abboccamento che ha avuto con il suo confidente. Mentre fingo di ascoltarlo con attenzione il mio unico pensiero è tornare fuori e controllare le telecamere di sorveglianza presenti nella zona.

14

Si gira di scatto, sgranando gli occhi e ispezionando tutto ciò che rientra nel suo raggio visivo. È una tecnica che le hanno insegnato all'accademia di Scotland Yard: mettere a fuoco in pochi secondi una stanza, una strada, anche un intero teatro, procedendo con una sorta di griglia immaginaria e cercando di identificare immediatamente ogni piccolo particolare sospetto. Quindi agire d'anticipo, nel più breve lasso di tempo possibile, per neutralizzare la minaccia. Una pratica che nel novanta per cento dei casi centra l'obiettivo, sostengono gli specialisti dei metodi di difesa militare.

Ma questa circostanza sembra rientrare in quel dieci per cento di insuccesso.

Daphne Bird si trova all'incrocio tra Rivington Street e Charlotte Road, nel cuore di Shoreditch. È ferma al centro del crocevia fra le due strade, mentre le sue pupille compiono un'esplorazione a 360 gradi della zona. Non indossa la divisa, tantomeno ha con sé lo spray urticante e la pistola a impulsi elettrici. Ma non sembra essercene bisogno. Non vi è nulla di sospetto, o anomalo, nel raggio di un'ottantina di metri dal punto in cui si trova. La commessa di un negozio di scarpe all'angolo fra le due strade sta allestendo la vetrina. Una coppia di turisti ultrasessantenni, con spiccato accento americano, sta uscendo dal pub Bricklayers Arms sul lato opposto della via. Una giovane madre di chiare origini caraibiche spinge un passeggino con a bordo un bimbo di poco più di un anno sul marciapiede di Charlotte Street e si appresta a entrare in quello che sembra un asilo. Due adolescenti pallidi come la luna, uno dei quali con le treccine rasta, fumano e parlottano allegramente e poi si lanciano lungo la strada, montando sui loro skateboard. Ogni cosa procede regolarmente, durante uno dei rari momenti di pace di un quartiere sempre in movimento. Eppure Daphne ha i nervi a fior di pelle e una sensazione intensa di essere spiata e pedinata. Per una manciata di secondi considera l'ipotesi di chiamare la centrale operativa e chiedere che controllino, attraverso le telecamere di sorveglianza attive nella zona, tutte le strade che conducono a quell'incrocio da una distanza di duecento metri per identificare possibili individui o veicoli sospetti. Poi abbandona l'idea per evitare di creare allarmi ingiustificati, consapevole del fatto che una richiesta del genere, in questo periodo di grandi apprensioni, metterebbe immediatamente in guardia l'antiterrorismo. Decide comunque di seguire almeno una delle procedure imparate nel corso per agenti e scatta, con il suo cellulare, una serie di foto nelle quattro direttrici del bivio. Quindi imbocca Charlotte Street e procede a passo spedito fino a Great Eastern Street, voltandosi all'improvviso ogni quattro-cinque minuti per controllare la situazione alle sue spalle. Attraversa Shoreditch High Street e prosegue su Commercial Road fino a raggiungere il pub Ten Bells. La vista di quel locale le procura un brivido e la scarica di adrenalina che ne segue le moltiplica le pulsazioni. Il pub è chiuso con un cartello sulla porta che segnala lavori di ristrutturazione per almeno una settimana. All'esterno c'è il solito viavai di persone, la maggior parte delle quali al telefono o con le cuffie piantate sulla testa. Autobus, taxi e scooter ingorgano le strade, scaricando veleni nell'aria, e il frastuono supera abbondantemente i 55 decibel considerati il limite oltre il quale il rumore rischia di provocare stress, stati d'ansia e irritabilità. È lo scenario di una tipica giornata londinese ma l'inquietudine di Daphne è tutt'altro che normale. Il suo turbamento diventa quasi insopportabile non appena la poliziotta svolta sulla vicina Brushfield Street e i suoi occhi registrano una scena che la lascia senza fiato. L'uomo che è appena uscito dal portone di un palazzo a fianco del pub, che si affaccia sul mercato di Spitalfields, sta barcollando come un alcolizzato a un passo dal coma etilico. Le vene del collo sono talmente gonfie che sembrano sul punto di esplodere e gli occhi sono ribaltati all'indietro. Una chiazza scura, mista fra vomito e sudore, disegna una larga "V" sulla camicia. Il soggetto si tiene la testa tra le mani, tappandosi le orecchie. Il dorso della sua mano sinistra è sporco di sangue. La bocca è spalancata ma non emette alcun suono. Dopo alcuni passi malfermi riesce a raggiungere una panchina e vi crolla sopra, buttando la testa oltre lo schienale. Resta immobile per qualche minuto e poi lentamente comincia a riprendersi. Daphne è sbigottita. Vorrebbe correre in soccorso di quel poveretto ma qualcosa le ha paralizzato ogni movimento. L'uomo che si trova a pochi metri da lei e che sembra avere subito una sorta di attacco epilettico è qualcuno che lei conosce bene, che stima profondamente e con il quale ha spesso rapporti di lavoro. Ma per nessuna ragione Daphne avrebbe immaginato di incontrare una persona affidabile ed efficiente, dotata di grande capacità riflessiva e di autocontrollo, come l'ispettore capo di polizia Derrick Brainblee, in quelle condizioni. Rimane ferma a osservare quella scena da film di fantascienza per qualche minuto, indecisa se accorrere in aiuto del collega. Poi Brainblee sembra riaversi e Daphne decide di non svelarsi per evitare una situazione imbarazzante. Si gira di spalle e viene colta di sorpresa da un lampo bianco, come quello di un flash, senza il sonoro del *clic*. Vorrebbe reagire e individuare la fonte di quella luce ma è come se avesse dimenticato di colpo tutti i suoi accorgimenti. Con il cuore che le tuona nella gola, la poliziotta si allontana velocemente dalla zona del mercato.

15

La puzza di pesce affumicato è insopportabile anche se da anni di salmoni in quel capannone non vi è più traccia. L'edificio è semidiroccato e l'intonaco rosa che un tempo lo rivestiva è tutto scrostato. Del nome della ditta rimane solo la scritta ...& SON, in compenso le ampie vetrate che si affacciano sul canale Lee, un corso d'acqua ancora navigabile da piccole barche, sono tutte intatte. L'edificio sorge nella zona orientale della città, di fronte allo stadio di Stratford, costruito nel 2012 per le Olimpiadi di Londra e acquistato dalla squadra di calcio del West Ham una volta terminati i giochi. Fondata nel 1908 da Albert Fletcher, la ditta per la produzione e la lavorazione del salmone affumicato Fletcher & Son è stata per anni un vanto nel settore ittico alimentare della capitale britannica. Principale fornitore dei più prestigiosi grandi magazzini, quali Harrods, Fortnum & Mason e Selfridges, ha ottenuto anche il Royal Warrant come venditore esclusivo di prodotti per la famiglia reale. Nel 2009, a causa del piano di sviluppo urbano dell'area di Stratford, legato alla costruzione degli impianti sportivi e del villaggio olimpico, la smokery si è trasferita nella zona dei docks, nell'estremo Est di Londra, direttamente sulla riva del Tamigi, mentre la sede originale è stata venduta per svariati milioni di sterline al comitato organizzatore delle Olimpiadi. Il progetto prevedeva che venisse inizialmente riconvertita in un centro polidirezionale, capace di ospitare uffici amministrativi, network radiotelevisivi e centri di smistamento per pullman, mezzi di soccorso e auto ufficiali dei giochi. In un secondo tempo, una volta conclusasi la manifestazione sportiva, avrebbe dovuto essere trasformata in un condominio di lusso con appartamenti ultramoderni, piscine, palestre e cinema. Niente di tutto ciò è accaduto. Il comitato olimpico non ha ricevuto i fondi previsti per costruire il centro e il comune di Londra, dopo essersi fatto carico delle spese di acquisto del capannone, ha deciso, anche a causa dell'isolamento culturale ed economico in cui è precipitato il paese, di sospendere fino a data da definirsi l'asta per la vendita ai privati dell'edificio. Da allora sono passati sette anni e l'ex fiore all'occhiello nella produzione del salmone affumicato londinese è diventato un grande mostro fatiscente che continua a esalare tutto il fetore di un degrado speculativo rivelatosi letale per tutta l'area.

Nel soffitto delle piccole celle, dove un tempo venivano conservati i salmoni prima della lavorazione, ci sono ancora i tubi di ferro da cui pendono i ganci su cui venivano appesi i pesci. Non bastano i vestiti e i pochi oggetti personali che le ragazze ci hanno sistemato sopra per rendere meno macabre quelle camere minuscole. Ufficialmente il capannone è un edificio abbandonato e pericolante, in realtà viene utilizzato da una banda criminale di trafficanti slavi di esseri umani come centro di accoglienza temporanea per giovani donne fatte entrare illegalmente nel Regno Unito. La loro permanenza nell'ex fabbrica dipende dal tempo necessario affinché le giovani vengano vendute a bordelli, strip-club e agenzie di escort, ma raramente supera i quattro giorni. Il ricambio è continuo e a guardia dell'edificio si alterna un piccolo esercito di uomini di nazionalità albanese, romena, serbo-croata, bulgara e macedone che hanno compiti diversi: traghettatori, autisti, carcerieri e custodi. Uno dei capi di questa multinazionale del racket è Andrej Drazkovsky, che si fa chiamare "lo slavo" anche se è di origine polacca. Un tipo violento che non si fida di nessuno e ama circondarsi di uomini che non si fanno scrupoli nell'uccidere e violentare. Di questi il più spietato è un uomo sui quarant'anni, magro e pelato, cresciuto al confine tra Serbia e Croazia, scappato dalla ex Jugoslavia dopo il conflitto e ricercato per omicidio, stupro e crimini di guerra. È conosciuto con il soprannome di "Obvra" che in serbo significa sopracciglio. Quando entra nel lungo corridoio su cui si affacciano le celle, cala il silenzio e si diffonde il panico.

L'uomo percorre lentamente, metro per metro, quell'androne, scrutando dentro le piccole stanze dove le ragazze sono confinate. Le porte sono chiuse a chiave. Quelle in cui la serratura è saltata sono sbarrate con catene e lucchetti. Nella parte superiore delle porte vi sono delle finestre quadrate di circa sessanta centimetri, che un tempo incorniciavano un vetro attraverso il quale gli addetti alla conservazione del pesce controllavano lo stato dei salmoni stoccati nelle celle. Ora i vetri non ci sono più e da quegli spiragli i carcerieri spiano le ragazze. Obvra sa perfettamente quale sia la prescelta ma approfitta ugualmente di quella ricognizione estemporanea per osservare con fare morboso le giovani, squadrando e annotandosi mentalmente quelle che più alimentano le sue fantasie perverse.

Georgeta è nella cella numero diciassette, lo stesso numero dei suoi anni. È piccola e magra. Ha la pelle leggermente ambrata, i capelli neri e arruffati, gli occhi scuri e profondi che rivelano anni di paura e sofferenza. Proviene da Baia Mare, città del Nord della Romania, al confine tra Ungheria e Ucraina, i cui residenti hanno spesso nazionalità non definite. Suo nonno era ungherese, sua madre ucraina, il padre non lo ha mai conosciuto. Georgeta è nata e cresciuta in un campo rom nella regione di Maramures, zona di miniere. A quindici anni è scappata dal campo, il giorno prima del suo matrimonio concordato con il terzo figlio di una delle tre famiglie che comandavano la carovana. La sua scomparsa ha scatenato una faida nell'accampamento che ha portato all'accoltellamento del fratello del promesso sposo, del cugino e di una zia di Georgeta, accusata di aver aiutato la giovane a fuggire. Tutta la famiglia di lei, circa venti persone, è stata costretta a forza a lasciare il campo. La sorte della ragazza non è stata migliore. Dopo aver vagato per settimane, è giunta a Baia Mare e, come tutti i mendicanti, è finita sui marciapiedi delle strade adiacenti alla stazione ferroviaria a chiedere l'elemosina. Stordita dalla fame, ha iniziato a rovistare tra i rifiuti e a rubare tra le misere bancarelle del mercato di Craica, una delle zone più povere della città. Ben presto è stata scoperta dal proprietario di un fatiscente chiosco di frutta, un criminale di cinquantasei anni, di nazionalità maltese, violento e alcolizzato, scappato dal suo paese e rifugiatosi clandestinamente in Romania. Dapprima l'uomo l'ha picchiata selvaggiamente, poi l'ha segregata in un lurido casotto nel terreno incolto di casa sua, tenendola per mesi come un animale su cui sfogare tutte le sue depravazioni sessuali e rivolgendosi a lei sempre nella sua lingua madre, circostanza che, quanto meno, ha permesso a Georgeta di migliorare quei rudimenti di inglese che aveva imparato nei pochi anni di scuola. Dopo essersi stancato di abusare di lei e averla ridotta in condizioni miserabili, l'ha venduta a una gang di trafficanti di esseri umani. Questi inizialmente l'hanno rifocillata e rimessa vagamente in sesto, quindi l'hanno a loro volta stuprata, prima di consegnarla ai corrieri per farla entrare illegalmente nel Regno Unito. Georgeta è sopravvissuta a percosse, violenze e soprusi solo grazie al suo coraggio e alla sua voglia di lottare. Non ha mai smesso di sognare la libertà e una vita lontana dagli orrori della sua infanzia e dalle illusioni perdute della sua adolescenza negata. È disposta a tutto pur di raggiungere il suo obiettivo e ha imparato sulla sua pelle che tutto ha un prezzo. Basta trovare chi è disposto a comprare e ora quella persona è ferma davanti alla sua cella.

16

«Sa uccidere a mani nude e ha chiare inclinazioni sadomasochistiche...» Basta questa frase per catturare nuovamente l'attenzione dei suoi studenti, scemata desolatamente non appena Driscoll aveva iniziato a tracciare, a linee generali, il profilo del serial killer che intendeva analizzare in quella lezione.

Riconquistata la sua audience il criminologo aumenta la dose, secondo uno schema già sperimentato.

«...ed è proprio in quel momento che Michele Lupo, che in seguito si autodefinirà l'Uomo Lupo, prende coscienza anche delle sue inclinazioni sessuali, scoprendo di essere omosessuale. E così il percorso del killer è completo: chierichetto-paracadutista-stilista-gay...»

Monty Driscoll fa una pausa a effetto, ignorando i risolini di una parte di studenti, tutti maschi, che si scambiano occhiate di scherno, alludendo a lui. Nota invece con piacere che nel resto dell'aula è piombato il silenzio dal quale emerge il singolo ticchettio sulla tastiera del laptop di uno studente in prima fila che continua a scrivere e prendere appunti.

«...nel 1975 Londra non era ancora una città aperta alla tolleranza sessuale,» riprende Driscoll «sebbene fosse riconosciuta a livello europeo come una delle poche capitali in cui gli incontri omosessuali avevano la stessa frequenza e intensità di quelli etero. Anche per questo Michele Lupo decide di lasciare l'Italia e trasferirsi nella capitale britannica, dove cambia il proprio nome in Michael e apre un negozio di parrucchiere. Gli affari gli vanno così bene che in pochi anni mette su una sartoria di alta moda, si inventa stilista all'avanguardia e compra una casa da centinaia di migliaia di sterline nel quartiere residenziale di South Kensington...»

L'attenzione degli studenti, tranne quello in prima fila che fa volare le dita sui tasti del suo computer come un pianista virtuoso, torna a farsi debole e il professore decide di calare un altro asso.

«...in quegli anni Lupo si vanta di avere avuto relazioni sessuali con più di quattromila uomini e nella maggior parte dei casi si tratta di rapporti hard ed estremi. Nella sua lussuosa villa si fa inoltre costruire una camera delle torture in cui sfoga tutta la sua passione per il sadomaso. Ma un giorno, improvvisamente, soldi, sesso e agiatezze diventano per lui qualcosa di inutile. Sulla scia dei continui allarmi che si diffondono nell'ambiente gay, Lupo si sottopone a un controllo medico e scopre di essere malato di aids. Qualcosa scatta nella sua mente...»

Ora tutta l'aula pende dalle sue labbra.

«Una notte di marzo del 1986, il futuro serial killer compie il suo primo delitto» riattacca Driscoll. «In un bar gay di Soho, incontra il trentasettenne James Burns, dipendente della metropolitana londinese. Lupo si mostra gentile e accogliente e Burns gli confida le sue angosce legate al fatto di essere sieropositivo. Il killer non sola evita di svelargli che anche lui è nello stesso stato ma ne approfitta per mostrarsi falsamente umano e comprensivo. Usciti dal bar i due si dirigono in un palazzo abbandonato non lontano da Kensington per consumare un rapporto sessuale ma non appena sono lontani da occhi indiscreti...»

Con un piccolo senso di autocompiacimento il professore si blocca e guarda dritto negli occhi gli studenti.

Quelli che prima ridevano alle sue spalle sono avidi di conoscere l'esito della storia e molte delle ragazze hanno sul viso un'espressione mista tra l'eccitazione e la paura, quasi stessero guardando un horror movie. L'unico a non staccare gli occhi e le mani dal suo computer è il nerd della prima fila che continua imperterrito il suo concerto.

«...protetto dall'oscurità» riprende Driscoll «Lupo violenta Burns, quindi lo strangola con un calzino di seta, si accanisce sul suo cadavere con particolare ferocia, sfregiandolo e mutilandolo con un rasoio e infine gli stacca la lingua e morsi e lo imbratta di urina e feci.»

Nella stanza si solleva un mormorio che il docente smorza sul nascere, alzando le mani.

«Pochi giorni dopo, in un altro locale gay del centro città, Lupo incontra il ventiquattrenne David Connolly. La sua fine sarà ancora più terribile. Stuprato, strangolato a mani nude, seviziato, mutilato e anche questa volta coperto di escrementi...»

Ci stiamo avvicinando al gran finale e Driscoll si sente tronfio come un tenore che va spedito verso l'acuto decisivo.

«Il bisogno di sangue di Lupo è ormai incontenibile. La sera successiva, non trovando vittime nel suo ambiente preferito, si accanisce su un homeless che sta dormendo sotto il viadotto di Hungerford. Lo aggredisce, assestandogli una serie di calci violentissimi nei testicoli, quindi lo strangola e lo getta nel Tamigi. Mentre la polizia, che ormai ha collegato gli omicidi, fa scattare una massiccia caccia al killer, concentrandosi sui locali frequentati da omosessuali, il lupo mannaro italiano mette a segno un altro feroce delitto. La vittima è un giovane infermiere, Damien McCluskey. Dopo avere trascorso la serata assieme in un locale, i due si appartano in un seminterrato e qui Lupo violenta ripetutamente il povero ragazzo, lo strangola e fa scempio del suo corpo con un coltello, infliggendogli profonde lacerazioni nella pancia e nelle gambe...»

Il professore controlla l'orologio. Gli rimane solo una decina di minuti per concludere il racconto e fare le sue osservazioni. Salta così all'epilogo.

«Gli omicidi in serie dell'Uomo Lupo conquistano le prime pagine dei giornali. Scotland Yard non sembra riuscire a trovare piste concrete anche a causa delle difficoltà a individuare un collegamento tra l'assassino e le sue vittime, conosciute durante incontri occasionali. La comunità omosessuale londinese accusa la polizia di razzismo e di prendere volutamente l'inchiesta sottogamba fino a quando un inaspettato colpo di fortuna viene in aiuto degli inquirenti.»

Meno otto minuti.

«Una sera di maggio del 1986, Michael Lupo si apparta in un giardinetto con un impiegato delle ferrovie di nome David Cole. Qui tenta di strangolarlo con una calza di nylon ma il giovane reagisce e scappa, denunciando l'aggressione alla polizia e descrivendo nei dettagli il suo assalitore. Il lupo assassino ha ora un volto. Con il suo identikit e con l'aiuto di David, gli investigatori setacciano tutti i locali gay del centro e del Sud di Londra fino a quando, la sera del 15 maggio, individuano Michael Lupo in un pub di Brixton. Il killer non oppone resistenza e viene arrestato. Messo alle strette, confessa tutti i delitti compiuti, descrivendoli nei particolari. Gli inquirenti tentano di incriminarlo anche per una serie di omicidi simili, rimasti irrisolti, commessi a Berlino, Amsterdam e New York, durante alcuni viaggi di Lupo in quelle città. Ma non trovano prove sufficienti per addebitarglieli. La criminal court di Londra lo condanna a quattro ergastoli. Nove anni dopo Michael Lupo muore di aids nell'infermeria del carcere di Frankland, nella contea di Durham.»

Driscoll si ferma per prendere fiato. Nell'aula diciassette della facoltà di umanistica dell'università di Westminster non vola una mosca. Anche lo studente in prima fila ha smesso la sua danza sul computer.

«Il profilo psicopatologico di Michael Lupo è quello di un assassino con una mania ossessivo-compulsiva che si presenta in età adulta ma che affonda le radici nei traumi giovanili e adolescenziali» spiega il professore. «I principali tratti distintivi della sua personalità si manifestano nella tendenza alla manipolazione, nella mancanza di autocontrollo o di sensi di colpa, nelle manie di grandiosità, accompagnate da forti complessi di inferiorità e castrazione che lo portano ad avere sempre bisogno di nuovi stimoli. Il soggetto ha evidenti difficoltà nel controllare la rabbia, un'assenza totale di affettività e ovviamente una propensione per la violenza e il sadismo che caratterizza la sua sessualità anche prima di diventare un omicida. La malattia e la consapevolezza dell'inevitabilità della morte gli generano stress e ansia, oltre a una paura incontrollabile di rimanere solo e malato. Da qui la ricerca ossessiva di partner su cui riversare le responsabilità delle sue azioni, da annientare nel modo più umiliante e punitivo possibile, attraverso lo scempio e le mutilazioni dei loro corpi. Comportamenti, questi ultimi, che sono comuni a molti serial killer anche del passato, tra cui, naturalmente, il misterioso Jack lo Squartatore.»

L'ora è terminata e Driscoll invita gli studenti ad alzarsi dopo avere loro indicato alcuni testi di studiosi americani sui disordini dissociativi della personalità. L'aula si svuota velocemente tranne lo studente della prima fila che rimane fermo al suo posto con gli occhi fissi sullo schermo del laptop. Ha lo sguardo stralunato, nascosto dietro a un paio di occhiali da vista con la montatura rettangolare. I capelli sono ricci, neri e senza forma e il suo aspetto in generale è quello di una persona che non si cura della propria immagine e non ha mai messo piede in una palestra.

«Scusami, la lezione è terminata...» dice il professore, avvicinandosi con calma al giovane «...non posso lasciarti qui, fra poco arriveranno gli studenti del corso di arti orientali e...»

Lo studente resta in silenzio e non alza la testa dal computer.

«Mi hai sentito?» insiste Driscoll. «Puoi continuare il tuo lavoro in biblioteca...»

«Quei tagli nel basso ventre...» dice d'un tratto il giovane, lasciando attonito il docente. La sua voce è sottile come il fruscio della carta, il tono perplesso e incerto.

«Che cosa...» prova a replicare Driscoll ma lui lo interrompe nuovamente.

«Le lacerazioni che Lupo ha inflitto ad alcune delle sue vittime» riprende l'universitario «sono nette e profonde, eseguite con una furia cieca ma anche con una tecnica quasi chirurgica. L'impressione è che il killer volesse come sventrare quei ragazzi. La fuoriuscita degli organi interni è evidente. Mentre lei spiegava, professore, ho cercato testi e foto tratti dai rapporti autoptici del medico legale. Eccole...»

Il giovane gira il laptop verso Driscoll il quale fa un piccolo passo verso il banco della prima fila, rimanendo comunque a debita distanza.

«Le vedo... Scusa, qual è il tuo nome?»

«Malcolm, Malcolm Bellamy.»

«D'accordo, Malcolm, è un punto di vista interessante, ora però...»

«Poi ho messo a confronto le foto dei corpi delle vittime di Lupo con quelle scattate cento anni prima ai cadaveri delle donne uccise da Jack lo Squartatore,» continua imperterrito Malcolm «e come può notare lo squarcio nell'addome di Mary Jane Kelly, la quinta donna assassinata da Jack è molto simile a quello che Michael Lupo ha inflitto al ventre di Damien McCluskey, tranne il fatto, ovviamente, che si tratta di persone di sesso diverso e che la qualità delle immagini è molto scarsa.»

«Le analogie dei modus operandi dei due killer sono evidenti perché le patologie dei soggetti lo sono, è tutto molto stimolante ma adesso non abbiamo tempo per discuterne,» sottolinea il professore con fare risoluto, inducendo lo studente ad alzarsi e uscire dall'aula «riprenderemo il discorso la prossima volta.»

Malcolm non accenna a muoversi e rimane concentrato sul materiale che ha scaricato sul suo computer.

«Se la sua teoria è giusta, professore, anche chi ha ucciso e squartato questa ragazza soffre degli stessi disturbi di Jack e Michael» insiste lo studente, cliccando su una foto che ha salvato sul desktop e girando nuovamente lo schermo verso Driscoll.

Il professore sente lo stomaco che si contrae.

«Cos'è questa roba? Da dove viene?» gli domanda, disgustato.

«L'ho trovata su Instagram mentre cercavo materiale su Jack the Ripper» risponde con fare orgoglioso Malcolm. «In realtà è già stata tolta dalla rete ma sono riuscito a fare uno scatto allo schermo prima che la eliminassero. Gliel'ho inviato con messenger.»

«Ma chi è quella donna?»

«Non lo so, non c'era alcuna indicazione, solo l'hashtag *#jib*.»

«Chiudi tutto e andiamocene, per favore, fra pochissimo arriveranno gli studenti dell'altro corso, non voglio che vedano certe cose...»

«Se osserva bene la linea dello squarcio sotto l'ombelico,» prosegue Malcolm imperterrito «potrà notare come la traccia che ha compiuto la lama nel recidere le carni sia esattamente la stessa seguita dai coltelli o dai bisturi utilizzati prima da Jack e poi da Lupo nel compiere i loro delitti. Ho messo a confronto le tre immagini.»

Driscoll è stupefatto e turbato. L'esito della ricerca dello studente è sorprendente ma ancora di più lo è l'ipotesi che qualcuno abbia postato quella foto raccapricciante in rete. Per non alimentare la morbosità di Malcolm, decide di minimizzare il significato di quella scoperta, ripromettendosi di approfondire la questione in privato, senza gli studenti.

«La tua è un'analisi molto efficace Malcolm. Resta però il fatto che, come sai, in internet e nei social network, gira una quantità di materiale falso o creato ad hoc per suscitare forti reazioni di cui è impossibile verificare l'autenticità. Sono pronto a scommettere che anche la foto del corpo di quella ragazza sia un fake, tanto più se, come dici, è già stata rimossa. Non ci spenderei troppe energie, mentre trovo assolutamente brillante il parallelo che hai focalizzato tra Jack lo Squartatore e Michael Lupo. Ti prometto che ne discuteremo durante la prossima lezione. Ora, se non ti dispiace, ti accompagno fuori.»

Malcolm finalmente spegne il laptop e si alza dal banco, ringraziando il professore e salutandolo con un mezzo sorriso mentre si avvia fuori dall'aula. Driscoll ricambia il saluto alzando una mano e scoprendo, con angoscia, che sta tremando.

17

Un tempo erano meno frequenti. Un giorno sì e tre no. Per un periodo sono addirittura spariti, settimane intere di pace e silenzio, mi sembrava un sogno. Improvvisamente sono tornati, più forti di prima e sempre più assidui. All'inizio ogni due giorni, poi un giorno sì e uno no, e alla fine sempre, 24 ore su 24. Adesso ogni mattina mi alzo con un fischio alle orecchie continuo, la cui intensità aumenta con il passare delle ore. Alla fine di una giornata normale è un suono costante e pungente. Nei giorni di particolare stress o tensione, il volume raddoppia fino a diventare intollerabile come la nota di un monoscopio televisivo. Mi sono sottoposto a visite mediche specialistiche, ho chiesto il consulto di esperti, ho addirittura fatto una risonanza magnetica al cervello per accertare che non vi fossero lesioni o qualcosa di peggio. La sentenza dei medici da un lato è stata consolante («Lei non ha nulla di grave»), ma dall'altro mi ha condannato senza appello («Si rassegni a convivere con questo disturbo»). Il mio cervello pare sia integro e funzionante, il mio apparato uditivo e quello respiratorio non hanno particolari problemi e i miei timpani sono intatti. Però soffro di acufeni, ossia di un rumore persistente a entrambe le orecchie per il quale, al momento, non vi sono rimedi o terapie. «Si sforzi di ignorarlo» mi hanno detto. «Più ci fa caso e minore diventa la sua capacità di sopportarlo.» Il mio corpo è diventato così la mia prigione. I fischi dei treni che viaggiano nelle mie orecchie giorno e notte non sono comunque niente rispetto ai blackout che, sempre più spesso, mi mandano kappaò per decine di minuti. È l'unico momento in cui quegli stramaledetti acufeni spariscono ma è come tagliarsi le dita per non tagliarsi le unghie. Più il tempo passa e più ho difficoltà a nascondere questo problema. Quando nella mia testa percepisco l'arrivo di un attacco cerco di rifugiarmi in un luogo isolato, lontano dalla folla e da possibili testimoni. Fino a ora mi è andata bene ma non so quanto riuscirò a resistere. La mia parte razionale vorrebbe farmi uscire allo scoperto e chiedere aiuto. Quella illogica, che per ora è dominante, mi ripete costantemente che il mestiere di poliziotto, anzi di investigatore, è incompatibile con questi vuoti mentali e se voglio continuare a farlo devo tacere e mentire. Che in fondo è la cosa che mi riesce meglio visto che non ricordo nulla di ciò che avviene quando precipito dentro il buio totale. Ma non mi era mai capitato, sino a oggi, di risvegliarmi da uno dei miei momenti di alienazione con una mano scorticata e insanguinata e un dolore penetrante al braccio.

Al mercato di Spitalfields ci sono decine di telecamere di sorveglianza. Quelle che sto esaminando, attraverso il terminale del mio ufficio, non hanno registrato nulla di rilevante. Sembra proprio che io sia riuscito, seppure inconsapevolmente, a sfuggire a quegli occhi elettronici. Ma ve ne sono altre, collegate direttamente alla centrale operativa, che da qui non riesco a controllare.

"Forse mi è andata bene" rifletto, mentre chiudo i link di collegamento alla rete dei dispositivi di controllo. Il sollievo dura però meno di un istante, demolito dal trillo improvviso del telefono che mi espande all'infinito il sibilo che da ore mi fa da colonna sonora nelle orecchie. È un numero interno della Metropolitan Police ma non della mia stazione.

«Detective Brainblee!» rispondo perentoriamente, con un tono che intimidirebbe anche il capo dei Royal Marines.

«Derrick, sei tu?» dice una voce femminile, chiaramente preoccupata. «Sono Daphne, Daphne Bird, una collega della Vice.»

«Oh, ma certo! Daphne! Mi ricordo perfettamente chi sei» confermo, imbarazzato per l'impostazione arrogante con la quale ho iniziato la telefonata. «Cosa posso fare per te?»

«È un brutto momento? Vuoi richiamarmi tu quando hai un po' più di tempo?»

«No, no, va benissimo, non ti preoccupare, stavo solo rileggendo alcuni documenti ma posso farlo anche dopo. Mi fa piacere sentirti, è da un po' che ci siamo persi di vista. Come stai, Daphne?»

«Sto bene, Derrick, grazie, e a te come va?»

«Alla grande! Ritmi di lavoro soffocanti, ore di straordinario non pagate che si accumulano, vita privata inesistente, soddisfazioni professionali non pervenute. Per il resto, tutto eccellente.»

«Hai dimenticato stress e fatica che nel mio caso non mancano mai...»

«Be', quelli ormai sono aspetti costanti della mia esistenza, non ci faccio nemmeno più caso» sottolineo, mentre considero come la mia quotidianità sia piena di ben altre nevrosi.

«Stai lavorando a qualche caso particolare?» mi domanda Daphne e la sua voce si fa ancora più incerta.

«Non so cosa intendi per particolare» le rispondo, cercando di capire dove vuole andare a parare. «Se ti riferisci a operazioni che riguardano immigrazione clandestina e sfruttamento della prostituzione hai fatto centro ma, di questi tempi, non le definirei indagini particolari...»

Per una frazione di secondo sono tentato di rivelare a Daphne la storia della foto di Instagram, poi balena nella mia mente l'idea che anche lei abbia visto quell'immagine, non sappia bene che credito darle e che stia cercando di capire se può coinvolgermi o quantomeno chiedermi aiuto.

«No, certo... infatti, non intendevo questo, cioè...» dice Daphne, biascicando.

«C'è qualcosa di cui mi vuoi parlare, Daphne? Non farti scrupoli, per favore, ci conosciamo dai tempi dell'accademia, spero tu non abbia dubbi sul fatto che puoi fidarti di me al cento per cento.»

«Sì, assolutamente, sei forse l'unico collega, anzi l'unica persona per cui nutro una fiducia assoluta.»

«Bene, mi fa piacere, sappi che anche per me è lo stesso. Dimmi, allora, è qualcosa che riguarda il lavoro o è una questione personale? Come sta andando la tua terapia?»

«Procede, lo psichiatra è convinto che stia facendo buoni progressi e anch'io per la verità mi sento meglio.»

«Ne sono felice. La cosa più importante è la salute, credimi. Non dobbiamo permettere al lavoro di rovinarci la vita.»

«Infatti è per questo che... insomma, io credo che, se abbiamo un disagio o stiamo attraversando un periodo difficile, sia giusto parlarne e affrontarlo, no?»

«Eccome! Non potrei essere più d'accordo, Daphne. È fondamentale sapere condividere i propri malesseri, ti aiuta ad alleggerirli e liberare la testa. Hai fatto proprio bene a chiamarmi. Io non sono uno strizzacervelli ma credo che un amico che ti sappia ascoltare sia già un'ottima terapia.»

«Ecco, veramente... non riguarda me.»

Non credevo che anche Daphne, che ho sempre ritenuto una donna determinata e senza alcun timore di apparire debole, si rifugiasse nel classico espediente dell'amico immaginario.

«Fa lo stesso,» la rassicuro «non importa che tu mi faccia dei nomi. Qual è il problema?»

«No, ecco, forse non sono riuscita a... voglio dire... insomma... riguarda te, non me!»

«Me? In che senso?»

Il cuore comincia a sobbalzarmi nel petto. Faccio un respiro profondo e prego che non mi venga un attacco proprio adesso.

«Volevo parlartene di persona ma alla fine ho pensato che fosse più importante dirtelo il prima possibile. Per questo ti ho telefonato.»

«Dio santo, Daphne, mi stai facendo preoccupare! Cos'è che mi devi dire?»

La sento sospirare per una manciata di secondi che corrono veloci come la mia ansia.

«Ti ho visto, Derrick, e mi sono spaventata a morte...»

«Quando? Come? A cosa ti riferisci?»

«Per favore, lasciami parlare, non mi è così facile...»

«Okay, scusa, non ti interrompo.»

«Ti ho visto, dicevo, fuori dal mercato di Spitalfields. Ero a piedi e stavo andando al Royal London Hospital per ritirare il referto di un'autopsia relativa a un caso di omicidio avvenuto a Stepney Green, di cui mi sto occupando, un delitto famigliare, di quelli che si possono definire "femminicidi". Non appena ho imboccato Brushfield Street mi sei comparso davanti agli occhi e sono rimasta sbalordita.»

Un groppo di saliva mi è salito in gola. Le parole di Daphne mi fanno lo stesso effetto di quelle di un giudice che sta per emettere una sentenza definitiva di condanna nei miei confronti.

«Eri in mezzo alla strada, stavi barcollando paurosamente e avevi gli occhi ribaltati all'indietro. Con le mani ti tenevi la testa. La tua bocca era spalancata, come se cercassi di chiedere aiuto ma non riuscissi a dire una parola. Hai fatto due passi e sei crollato su una panchina con la testa reclinata. Ero sconvolta, non sapevo bene cosa fare. Ho pensato di chiamare il 911 ma mi sono bloccata. Avvicinandomi, ho notato che avevi i vestiti sudici e sporchi di sangue. Ho estratto il cellulare e stavo per chiedere l'intervento dei soccorsi quando lentamente hai cominciato a riprenderti. Così sono rimasta in disparte fino a che non ho avuto la certezza che avessi superato la crisi. Poi ti sei alzato e ti sei allontanato in modo, come dire, tranquillo, e anch'io, a quel punto, ho deciso di fare lo stesso.»

È la prima volta nella mia vita che qualcuno mi sbatte in faccia l'immagine reale dei miei blackout. Mi sento nudo e indifeso, con un senso di colpa che mi opprime il petto. Vorrei dire qualcosa per rassicurare Daphne, inventare una scusa o una spiegazione credibile ma non trovo le parole. O, meglio, non voglio raccontarle delle balle. Per certi versi, quali che siano le conseguenze, mi sento più leggero.

«Mi dispiace, Derrick» dice lei e capisco, dal suo tono sinceramente prostrato, quanto le sia costato farmi questa telefonata.

Resto in silenzio, ascoltando i battiti del mio cuore che progressivamente si regolarizzano.

«È una storia complessa» le dico. «Se ti fa piacere ci vediamo e te la spiego.»

«Solo se fa piacere a te» mi risponde, frantumando un altro pezzo del macigno che mi schiaccia i polmoni.

«È giusto che tu sappia la verità,» aggiungo «ma prima vorrei chiederti una cosa.»

«Certo.»

«Ne hai parlato con qualcuno?»

«No, e non lo avrei mai fatto» risponde, con una prontezza e una sicurezza che non mi fanno dubitare nemmeno un attimo della sua onestà.

«Grazie, Daphne, veramente.»

Sereno e lucido come non avrei mai immaginato, comincio a descriverle nei particolari i miei vuoti di memoria, le crisi, i blackout e gli incubi dei risvegli, senza tralasciare i vari dettagli tra cui le immagini, spesso senza un nesso logico, che rimangono impresse nella mia mente. Preciso come nessuno, tantomeno nell'ambiente di lavoro, sia al corrente del mio problema e spiego di non averlo riferito per timore di perdere la mia posizione o venire affidato ad altri settori, meno operativi.

Il suo «Non ti preoccupare, non ho alcuna intenzione di rivelarlo» giunge non appena finisco di parlare, riducendo, almeno in parte, le mie inquietudini.

«Però non puoi continuare a fare finta di niente» aggiunge Daphne, rialzando di nuovo il mio livello di ansia.

«Lo so,» rispondo «devo trovare il coraggio di affrontare la situazione.»

«Forse conosco qualcuno che può darti una mano. È una persona di cui ti puoi fidare ciecamente. Mi sta aiutando moltissimo.»

Cinque minuti più tardi, dopo avere concluso la telefonata forse più drammatica dei miei ultimi dieci anni di vita, mi arriva sul cellulare un messaggio di Daphne con un numero di telefono e un nome: Robert Doodley, psicopatologo.

18

Il suono doppio della chiamata in uscita fa vibrare leggermente il telefono, appoggiato sul tavolo della cucina, con l'altoparlante attivato.

È la terza volta in un minuto che John Dylan Waits prova a mettersi in contatto con Hana Collins e ora comincia a chiedersi se non stia diventando troppo invadente.

Certi incontri nel cuore della notte hanno sempre qualcosa di magico che però spesso il giorno dopo svanisce. Probabilmente l'interesse che Hana aveva mostrato nei suoi confronti in quel piacevole fuori programma dopo il tour notturno sui luoghi di Jack lo Squartatore era solo estemporaneo, pensa il professore. O semplicemente è una ragazza piena di impegni e conoscenze che non ha bisogno né voglia di dedicare altro tempo ai racconti, vagamente elegiaci, di un docente in prepensionamento.

Ma l'esigenza di parlare con Hana è più forte di ogni remora, così Waits schiaccia per la quarta volta il pulsante verde di chiamata.

Tre, quattro squilli e poi parte la solita segreteria telefonica con una voce metallica che invita a lasciare un messaggio dopo il segnale acustico.

«Buongiorno, Hana» attacca il professore, con voce incerta. «Spero di non disturbarla, ci siamo conosciuti questa notte... sì, intendo dire la scorsa notte... dopo la passeggiata turistica sui luoghi di Jack. Sono John Dylan Waits, il professore... o meglio, ex professore, ora faccio la guida tur...»

Il suono acuto che indica la fine del tempo a disposizione per registrare il messaggio tronca di netto il confuso discorso di Waits.

L'uomo rimane disorientato e per qualche secondo riflette se insistere o lasciar perdere. Quindi rilancia la chiamata per la quinta volta, preparandosi mentalmente a una comunicazione diretta e telegrafica.

«Sono sempre Waits, gentile Hana» riprende, dopo il nuovo *bip*. «Scusi l'insistenza. Ho bisogno di parlarle con una certa urgenza. Riguarda l'argomento di cui abbiamo discusso la scorsa notte a proposito di Jack lo Squartatore. C'è qualcosa che deve sapere. Per i suoi studi e... non solo. Mi chiami, per favore, appena le è possibile. Grazie e buona giorna...»

Implacabile arriva il segnale acustico. Waits tira un sospiro di sollievo come un corridore che giunge al traguardo. Ma subito dopo quella breve sensazione di rilassamento scompare e nel suo petto ritorna l'affanno.

19

Il rumore della catena che scorre nel buco della porta della cella le fa venire immediatamente i brividi. Georgeta si allontana nell'angolo più lontano di quello spazio angusto e si accovaccia a terra, appoggiando la schiena alla parete con le ginocchia racchiuse saldamente tra le braccia.

Tiene lo sguardo basso e si sforza di mantenere il controllo del respiro. Georgeta sa per esperienza che le visite inaspettate non portano mai nulla di buono. Soprattutto se a farle sono gli stessi che la tengono segregata.

Obvra entra nella cella con l'espressione famelica di una belva che annusa l'odore della preda.

Fermo al centro della piccola stanza, con lo sguardo fisso alla ragazza, si passa l'indice sulla lingua e inizia a sfregarsi il polpastrello sulle labbra mentre con l'altra mano si stringe i testicoli attraverso i pantaloni.

«Fammi vedere il tuo bel faccino!» dice, con un ghigno, continuando il massaggio.

«Coraggio piccola bastarda, non vorrai restare tutto il tempo accucciata in quell'angolo come una topa di fogna!» insiste l'uomo.

Georgeta trattiene il respiro. Nonostante la pesante tuta da ginnastica che indossa, è percorsa da brividi in tutto il corpo.

Obvra fa un passo verso di lei, si piega sulle ginocchia e le afferra i capelli, costringendola a guardarlo.

La giovane donna tenta inutilmente di resistere, serrando gli occhi ma lui aumenta la presa sui capelli e le ribalta la testa all'indietro.

«Andiamo zoccoletta, non mi fare arrabbiare, apri quegli occhi del cazzo e guardami! Ti devo parlare!»

Georgeta scorge il disgustoso sopracciglio dell'uomo a pochi metri dalla sua faccia. Un olezzo fetido di aglio misto a fumo di sigaretta investe le sue narici quando Obvra apre la bocca.

«Oggi è il tuo giorno fortunato,» attacca l'uomo «fra poco uscirai da questa fogna ma prima dovrai fare una cosa per me.»

Il trafficante allunga una mano sull'esterno della coscia di Georgeta e inizia a salire verso i fianchi. La ragazza stringe ancora di più le gambe e si schiaccia contro il muro.

«No, non voglio...» sussurra assente.

«Ma cos'hai capito, stupida troietta!» ribatte Obvra, scoppiando in una risata primitiva che rimbomba nella cella come lo stridio di una cinghia di trasmissione usurata. «Pensi veramente che se mi andasse di sbattertelo nel culo, perderei tempo a chiedertelo? Rilassati bambina, non è questo che voglio, almeno per il momento. Magari più avanti, dopo che avrai fatto ciò che ti chiedo...»

«Che cosa vuoi?» chiede Georgeta, prendendo l'orlo della maglia della tuta e avvolgendovi le ginocchia.

«Devi parlare con una persona,» riprende l'uomo «ma dovrai riferirgli esattamente ciò che ti dirò io.»

«Chi è?»

«Non sono cazzi tuoi e non provare a fare la furba! Io sarò lì a controllare che tu non dica stronzate. Una parola sbagliata e ti farò rimpiangere di essere venuta al mondo! Se sgarri, arriverai a supplicarmi di piantarti una pallottola nel cranio. Ci siamo capiti?»

Georgeta fa un cenno di assenso, muovendo la testa.

«Bene, fra qualche ora tornerò a prenderti. Mi raccomando, tieni la bocca chiusa o ti strappo la lingua con le tenaglie. D'accordo piccola bagascia?»

Obvra fa per alzarsi quando sente un rumore alle spalle. Poi una voce rauca e profonda come il ruglio di un orso riempie la stanza.

«Che cazzo sta succedendo qui? Chi è questa fighetta e con chi dovrebbe tenere la bocca chiusa?»

Obvra si gira di scatto e si trova di fronte la figura massiccia di Andrej Drazkovsky. È fermo sulla soglia della cella con uno sguardo carico di stizza e insofferenza. Sta masticando del tabacco mentre con una mano si gratta la barba, all'altezza del mento. L'altra mano è infilata nella tasca del giaccone e Obvra è quasi certo che stia stringendo un coltello a serramanico.

«Niente capo, stavo semplicemente comunicando a questa troietta alcune regole di questo posto» risponde l'uomo con le sopracciglia unite, cercando di nascondere la tensione. «È appena arrivata ed è bene che sappia come deve comportarsi.»

«Ah sì? E da quando ti preoccupi di fare l'educatore delle mignotte? Di solito il tuo unico pensiero è stuprarle e venderle. O sbaglio?»

«Non sbagli capo! E ti assicuro che le darò una bella lezione se...»

«Stammi bene a sentire, pezzo di stronzo peloso!» lo interrompe lo slavo, afferrando Obvra per il collo della maglia e sputando per terra un coagulo di saliva e tabacco. «Non so che cosa tu stia tramando con questa piccola troia ma se stai cercando di fottermi, ti giuro che ti strappo quelle cazzo di sopracciglia dalla fronte con le mie mani e te le faccio ingoiare! Poi ti butto in pasto ai maiali e spargo le tue ossa nel fango! Hai capito, serbo bastardo dei miei coglioni!»

Obvra sente il sangue ribollire nelle vene. Fissa lo slavo negli occhi, immaginando di estrarre il coltello che ha negli stivali e piantarglielo in gola, rigirando la lama avanti e indietro fino a quando il sangue non smette di sgorgare da quel collo taurino. Non è ancora il momento giusto, pensa, e flette la testa verso il basso.

«Nessun complotto segreto, capo,» riprende «è tutto a posto, te lo assicuro.»

«Sarà meglio per te» lo ammonisce Drazkovsky. «In ogni caso a lei adesso ci penso io. Togliti dai coglioni e ricordati che ti tengo d'occhio.»

Obvra si morde l'interno delle guance e si allontana dalla cella, lanciando un ultimo sguardo allo slavo con aria di sfida.

Questi attende che il suo sgherro si allontani poi si gira verso Georgeta. La ragazza è ancora accucciata nell'angolo della stanza, con la testa bassa e lo sguardo verso il pavimento.

«Alzati e non fare storie!» le ordina. «Dobbiamo andare.»

20

Mentre percorre a piedi Baker Street, diretto a Regent's Park controlla ogni cinque minuti Instagram sul suo cellulare per vedere se sono state postate altre immagini. Poi fa lo stesso con Twitter e Facebook, cercando possibili riscontri e connessioni. Da quando è uscito dall'università, Malcolm non ha mai smesso di pensare alla sua scoperta. Nella sua testa continuano a emergere dubbi e domande. Che cosa unisce Michael Lupo a Jack lo Squartatore? È possibile che, a cento anni di distanza, il pluriomicida italiano abbia potuto ispirarsi all'inafferrabile serial killer di Whitechapel nel compiere i suoi efferati delitti, tanto da ricreare nel dettaglio lo stesso *modus operandi*? Si tratta di una volontà specifica o è una sorta di talento criminale innato che dopo un secolo ha trovato un altro interprete? Ma i quesiti che assillano la mente di Malcolm non sono finiti. Se, contrariamente a quanto sostiene il professor Driscoll, la foto postata su Instagram non fosse un falso, si chiede lo studente, chi ha ucciso quella donna? E perché dopo oltre centotrent'anni il presunto killer, come fece già Lupo, ha ricreato esattamente la scena e le circostanze di uno dei delitti del famoso Ripper?

Il clacson di un taxi che sterza all'ultimo per evitare di investirlo lo desta bruscamente dai suoi pensieri. Con il cuore in gola Malcolm accelera il passo per togliersi dall'incrocio al centro del quale era finito. Raggiunge il marciapiede opposto e si trova di fronte alla vetrina di un negozio che vende magliette, gadget e oggetti legati al cinema e alla letteratura horror. Dall'altro lato di Baker Street, al 223b, c'è la casa-museo di Sherlock Holmes. Il negozio è una via di mezzo tra una modesta libreria a tema e un comune spaccio di souvenir. È aperto ma, a quell'ora, non ci sono clienti. Senza un motivo preciso, Malcolm decide di entrare e, come prima cosa, inizia a passare in rassegna le magliette. Sono tutte di colore nero con disegni e stampe sul davanti dei più famosi assassini e maniaci, veri o leggendari che siano: Freddy Kruger, Michael Myers, Jason Voorhees, Leather Face, Hannibal Lecter, It, Chucky, The Joker e ancora Ed Gein, Charles Manson, Ted Bundy, Jeffrey Dahmer, Andrei Chikatilo e naturalmente lui, Jack the Ripper, disegnato come un uomo di fine Ottocento con cilindro e mantello nero e il volto invisibile.

Dopo le T-shirt lo studente si concentra sui libri, esposti su un piccolo scaffale in un angolo del locale. Sono per la maggior parte romanzi di genere, prevalentemente classici. Dalle avventure di Sherlock Holmes ai gialli di Agatha Christie, fino ai racconti di Edgar Allan Poe e alle opere di H.P. Lovecraft. Vi è anche una decina di saggi e romanzi riguardanti Jack lo Squartatore. Malcolm li osserva velocemente fino a quando la sua attenzione viene attirata da un piccolo opuscolo di colore rosso, di una ventina appena di pagine, rilegato in modo approssimativo. In copertina vi è un marciapiede imbrattato di sangue, di notte, illuminato dalla luce di un lampione. Il titolo gli provoca un colpo al cuore: *Jib*, le stesse tre lettere dell'hashtag di quella foto postata anonimamente su Instagram. Con il cuore in gola, Malcolm inizia a sfogliare il volumetto, scoprendo che la frase completa è "Jack is back" e che si tratta di un libro di sole immagini che sembrano fotocopiate. Vi sono le foto e i disegni d'epoca di tutte le scene dei delitti di Jack lo Squartatore, le istantanee dei cadaveri e dei luoghi. E poi altre foto, decisamente più recenti, di cadaveri di uomini e donne fatti a pezzi nello stesso modo delle cinque vittime di Jack. Non sono indicate né l'identità delle vittime, né le località e nemmeno vi sono riferimenti temporali. Le immagini non riconducibili direttamente ai delitti dello Squartatore sono sgranate e prive di didascalie. I volti dei morti per lo più irriconoscibili. Malcolm controlla più volte la copertina, il retro e le pagine interne. Le uniche parole scritte sono quelle del titolo cifrato, nella prima pagina e in forma estesa a pagina tre. Mancano sia il nome dell'autore sia quello dell'editore.

Con il libro in mano si avvicina alla piccola scrivania che funge da banco e da cassa. Un uomo sui quarantacinque anni, corpulento, con i capelli unti e tinti, tagliati in stile anni Ottanta, corti sul davanti e lunghi sul collo e un paio di occhiali da vista con montatura finto Ray-Ban, sudici e appoggiati sul naso sottile, è intento a guardare sullo schermo di un computer una puntata della terza stagione della serie televisiva *Slasher*. Indossa una maglietta grigia, piena di macchie, con il faccione del bassista dei Kiss, Gene Simmons, con la lingua a penzoloni.

«Scusi il disturbo, posso chiederle un'informazione?» dice timidamente Malcolm.

L'uomo non accenna e muoversi e continua imperterrito a fissare il monitor come se nessuno avesse parlato.

«Mi perdoni» riprova lo studente, alzando di un tono la voce e schiarendosi la gola.

«Che c'è?» risponde il fan dei Kiss, senza girarsi.

«Mi sa dire per favore chi è l'autore di questo libro?» domanda Malcolm.

«E che ne so, leggilo!» risponde l'uomo, con gli occhi incollati al video.

«Ecco, il problema è che... non c'è scritto da nessuna parte.»

«Ma che cavolo dici!» sbotta il titolare del negozio, schiacciando controvoglia la barra spaziatrice della tastiera per mettere il video in pausa. «Dammi qua, fammi vedere!»

L'uomo strappa dalle mani di Malcolm il libretto e se lo porta a pochi centimetri dagli occhi, dopo avere sollevato gli occhiali sulla fronte.

«Che cos'è questa porcheria?» dice poi, disgustato, rigirandolo un paio di volte. «Non è roba mia, dove l'hai preso?»

«Era su quello scaffale» risponde Malcolm, indicando la piccola libreria dietro l'espositore delle magliette.

«Mai visto prima. Deve essere di qualcuno che l'ha dimenticato. Chissà poi che cavolo significa JIB...»

«Jack is back» risponde prontamente il giovane. «C'è scritto all'interno. Sembra una specie di album fotografico sui delitti dello Squartatore. E non solo...»

L'uomo inizia a sfogliare il volume e a fare una serie di smorfie.

«Che schifezza! Non si capisce niente!» esclama, richiudendo il libro. «Non ha né capo né coda e non c'è nemmeno il nome dell'editore. È una di quelle sconcezze autopubblicate ma è fatta veramente con i piedi. Sembra più una fanzine, roba da studentelli!»

Appoggia il libretto sul tavolo, si gira verso il computer e fa ripartire il video.

Malcolm rimane in piedi, indeciso se riprendere il discorso o andarsene.

«Quanto co... sì, voglio dire, a quanto me lo vende?» domanda poi, afferrando l'opuscolo con un gesto volutamente lento.

«Prenditelo, mi fa solo piacere se me lo togli di torno!» dice l'uomo, senza voltarsi. «Altrimenti va a finire nel riciclo.»

«Grazie mille!» replica raggiante lo studente, infilandolo nella tasca del giaccone. Eccitato e turbato, Malcolm Bellamy esce dal negozio e si dirige verso Regent's Park.

21

La ministra dell'Interno, Priya Spencer, una donna di quarantadue anni con i fianchi larghi e i lineamenti del viso marcati, nata a Londra da genitori indiani e sposata con un facoltoso imprenditore farmaceutico inglese di Birmingham, finanziatore del Brexit Party, prende la parola alla Camera dei Comuni per presentare la nuova legge su immigrazione e criminalità del governo.

«Negli ultimi nove mesi, grazie alle nuove frontiere terrestri e marittime innalzate ai confini con Francia e Irlanda e con il supporto dei nuovi strumenti tecnologici di controllo, tra cui il riconoscimento facciale e lo scrutinio obbligatorio del codice genetico, il tasso di immigrazione è sceso ulteriormente, attestandosi sul 6 per cento, livelli mai raggiunti prima in Gran Bretagna» sottolinea compiaciuta la donna, scostandosi dalla fronte una ciocca di capelli nero corvino. «Il calo più cospicuo riguarda proprio i paesi dell'Est europeo, i cui cittadini presenti sul suolo britannico sono passati, in sei mesi, dal 14 al 5 per cento. A questi dati, decisamente confortanti, devono essere aggiunte le nuove statistiche sull'occupazione che rivelano un aumento dei cittadini britannici in possesso di un impiego del 13 per cento rispetto allo stesso periodo dello scorso anno, quando il nostro paese era ancora bloccato, politicamente ed economicamente, all'interno del circolo delle nazioni europee. Le previsioni indicano inoltre una crescita del 2 per cento del prodotto interno lordo nei prossimi diciotto mesi, grazie ai nuovi accordi commerciali con Cina, India e Stati Uniti e una crescita complessiva della ricchezza pro capite per le famiglie britanniche» aggiunge orgogliosamente la ministra, indirizzando un velato sorriso di scherno al leader dell'opposizione. «Ma ci sono ancora tanti problemi da risolvere,» riprende «primi fra tutti l'immigrazione clandestina, i traffici illeciti di esseri umani e di merci di contrabbando, la criminalità organizzata e la violenza che, quotidianamente, affligge le nostre città. Badate bene...» ammonisce la donna, con una pausa a effetto «...se un tempo la piaga era quella delle gang di giovani inglesi, ora l'emergenza riguarda le bande organizzate di stranieri irregolari, in primis dell'Est e del Sud dell'Europa. Criminali violenti e senza scrupoli che tentano ogni giorno di introdurre nel nostro paese droga, sostanze illegali di ogni genere, armi e giovani donne da inserire nel mercato del sesso. Contro questo genere di feccia umana non bastano i controlli alle frontiere, occorrono leggi speciali, capaci di debellare questa calamità una volta per tutte.» La ministra Spencer alza la testa, respira profondamente e si prepara al gran finale. «Per questo il governo di cui mi onoro di fare parte,» conclude «nato grazie a una solida e indissolubile alleanza tra il partito della Brexit e quello dei Nuovi Conservatori, ha messo a punto una serie di misure straordinarie per combattere la criminalità. Verrà introdotto il reato di immigrazione clandestina che punirà i trafficanti ma anche i soggetti irregolari con pene che vanno dalla deportazione immediata a un massimo di cinque anni di carcere. A esso si aggiungerà il reato di prostituzione che non riguarderà solo gli sfruttatori ma anche i singoli coinvolti nell'esercizio. Chiunque sarà scoperto a vendere prestazioni sessuali, di qualunque natura o forma, rischia una condanna variabile dagli otto mesi ai due anni di detenzione, soprattutto se il reato viene reiterato. In caso di individui sprovvisti di visto o permesso di soggiorno, la pena potrà essere di tre anni. Verrà inoltre creato uno speciale database contenente i dati personali e il dna di tutte le donne... e gli uomini...» sottolinea la ministra con un leggero imbarazzo nella voce «di nazionalità straniera, ritenuti coinvolti in attività sessuali a scopo di lucro. Ai loro eventuali figli, qualora dovessero nascere all'interno dei nostri confini, anche da cittadini del Regno Unito, verrà inibita in modo permanente la possibilità di ottenere la nazionalità britannica.»

L'intervento della ministra Spencer scatena una cascata di applausi tra i deputati della maggioranza e urla, accompagnate da boati e ululati, nelle tribune delle opposizioni.

Nello stesso momento in cui lo speaker della Camera dei Comuni cerca di ristabilire l'ordine e dare la parola al leader del partito dei laburisti-democratici per la replica, Colin D. Hoxton, assistente personale del duca di Saulton, Richard William Dyas, raggiunge Ray Street Bridge, all'incrocio tra Clerkenwell Road e Farringdon Road, nella parte nord orientale di Londra e parcheggia la Jaguar nei pressi della Old Sessions House.

L'edificio, costruito nel 1780 in stile palladiano, con cupola a cassettoni, ispirata al Pantheon romano, per settant'anni fu uno dei tribunali più importanti della capitale britannica. Ospitò centinaia di casi legali e nelle celle del seminterrato furono rinchiusi migliaia di criminali. È citato anche in diverse opere letterarie del tempo. Presso la corte della Old Sessions viene infatti portato Oliver Twist, personaggio creato da Charles Dickens, dopo essere stato scoperto a rubare. E nel 1902, proprio davanti alla monumentale sede del tribunale, al numero 37a di Clerkenwell Green, arrivarono Vladimir Lenin e la moglie, stabilendosi in un appartamento che poi diventerà la sede del giornale prebolscevico.

Nel 1931 la corte fu trasferita e la Old Sessions si trasformò nella Avery Scales, fabbrica di macchine per la pesa. La produzione industriale terminò nel 1950 quando l'edificio fu svuotato e divenne la sede di una loggia massonica segreta, di cui, si dice, facessero parte politici, scienziati, intellettuali, personaggi della nobiltà londinese e membri della famiglia reale.

Non fu mai chiarito il reale utilizzo che la loggia fece, per decenni, di quegli ambienti così maestosi, né il senso degli incontri che vi si svolgevano.

Divenuto uno dei luoghi protetti dai Beni culturali, lo storico palazzo non è più stato usato, almeno ufficialmente.

Colin D. Hoxton raggiunge a piedi una piccola porta sul lato dell'edificio che si affaccia su un vicolo chiuso. Bussa tre volte e attende, fermo davanti alla soglia, di essere visto e identificato attraverso il piccolo spioncino intagliato nel legno. Non vi sono citofoni o telecamere collegati all'ingresso e anche la strada, angusta e quasi sempre deserta, è uno dei pochissimi luoghi ciechi nell'imponente rete di sorveglianza elettronica messa in piedi a Londra da Scotland Yard e dai servizi di sicurezza.

La porta si apre di pochi centimetri e Hoxton si infila velocemente all'interno. Non c'è nessuno ad accoglierlo ma l'uomo sa esattamente dove andare.

Imbocca un corridoio lungo e stretto e raggiunge una scala in pietra, con i gradini piccoli e ripidi, che si avvolge su sé stessa come le scale a chiocciola della metropolitana londinese.

Man mano che scende il clamore, all'inizio ovattato, si fa sempre più intenso e presente.

Quando giunge nel seminterrato, il fragore, le grida e gli schiamazzi sono quelli di un'arena.

Un massiccio muro di pietra protegge il patio che, alla fine del 1800, era chiamato il cortile dei prigionieri, sebbene ora quello spazio, di oltre trecento metri quadrati, non abbia alcuna presa d'aria o collegamenti con l'esterno.

Il pavimento di ciottoli è originale, così come le volte nel soffitto. Hoxton entra in quella specie di corte scavata nella terra mentre è in corso un combattimento clandestino. Decine di uomini, di diverse età, assistono, disposti in circolo, a una lotta all'ultimo sangue tra due donne. Urlano eccitati, incitando le contendenti a pugnalare, squartare e fare a pezzi l'avversaria. Le combattenti sono completamente nude, sporche e coperte di polvere. Hanno in mano dei coltelli e si muovono a piccoli passi, con le gambe divaricate e leggermente piegate, all'interno di quel minuscolo palcoscenico circolare. La più giovane non è ancora maggiorenne, ha il corpo esile, gli occhi e i capelli neri. La sua rivale ha al massimo vent'anni, bionda, carnagione pallida e una struttura fisica più solida. Entrambe hanno lo sguardo terrorizzato e disperato, con le lacrime che solcano loro il viso, disegnando strisce chiare tra le macchie di terriccio.

Nessuna delle due pare intenzionata a sferrare un attacco ma la folla attorno si fa sempre più aggressiva e impaziente.

A un certo punto la bionda si avvicina e colpisce di striscio, con il coltello, la spalla della ragazza più giovane, tagliandola in modo superficiale all'altezza del deltoide. La vista del sangue, che inizia a sgorgare dalla ferita, fa crescere l'eccitazione del pubblico che aizza la donna a colpire di nuovo e con maggiore potenza la sua avversaria. La ragazza minorenne si blocca, rimanendo impietrita al centro del ring. Con la mano libera si stringe la spalla, facendo filtrare il sangue attraverso le dita. Confusa e turbata, anche l'altra ragazza si ferma, abbassando il coltello.

La folla inveisce e urla alle due donne di riprendere a combattere. Le due giovani restano però immobili, guardandosi negli occhi.

Un uomo sui quarant'anni, perfettamente rasato e pettinato, vestito come il manager di una società finanziaria, si porta alle spalle della ragazza ferita e la scaglia con forza verso la bionda. La giovane si scontra frontalmente con la sua avversaria, la travolge e la scaraventa a terra, finendole sopra. Le due donne rimangono per qualche secondo in quell'abbraccio, con i corpi nudi incollati da sangue e sudore. Poi la ragazza più anziana inizia a tossire sangue e il suo sguardo si fa vitreo fino a che non smette del tutto di respirare. L'altra la guarda atterrita e scoppia a piangere in modo disperato. L'arena diventa una bolgia. L'eccitazione degli spettatori tocca l'apice. Due uomini muscolosi e tatuati, con le teste rasate e le mani piene di anelli, si fanno strada tra gli spettatori e raggiungono le ragazze. Sollevano di peso la più giovane e la portano via, scoprendo il corpo senza vita della combattente bionda. Quest'ultima ha le braccia e le gambe allargate, il viso tirato, gli occhi fissi nel vuoto e un pugnale conficcato sotto il seno sinistro, all'altezza del cuore.

Nel cortile parte un boato da stadio. Quelli che hanno puntato sulla più giovane esultano come a una corsa di cani e si ammassano verso i tavoli dei raccoglitori di scommesse per incassare la vincita. Gli sconfitti imprecano e se la prendono con la sorte. Alcuni non accettano di avere perso e protestano animatamente nei confronti degli organizzatori, sostenendo che si tratta di un combattimento irregolare, poiché condizionato dall'intervento di quello spettatore che ha spinto la ragazza. Bastano però due spallate dei colossi con le braccia e il collo tatuati per farli desistere. Il verdetto viene confermato, la sfida viene vinta da Georgeta.

22

«È sicuro che la donna con i capelli ricci fosse morta?» mi chiede lo psichiatra.

Basterebbe questa domanda per farmi alzare dalla poltrona e andarmene. Ho iniziato a descrivere i miei blackout a Robert Doodley, lo strizzacervelli consigliatomi da Daphne, e la sensazione di soffocamento che mi opprime la gola è fortissima.

Mi sembra di essere nelle acque profonde dell'oceano, durante una tempesta, con la marea che mi spinge al largo. Vorrei volare lontano da questo studio, che sembra uscito da una fiera del design, e spegnere questa voce che martella i miei timpani sfibrati.

Il primo impatto con Doodley è stato meglio del previsto. Non mi ha fatto domande personali, non mi ha chiesto dei miei rapporti con Daphne e non è entrato nel merito del mio lavoro da poliziotto. Mi ha accolto con gentilezza ma senza piaggeria e ha subito chiarito che la seduta, che ha definito esplorativa, sarebbe stata a pagamento, ma la scelta di iniziare o meno una terapia sarebbe dipesa soltanto da me, senza pressioni o condizionamenti da parte sua.

Lui ha un aspetto sin troppo curato per i miei gusti e un tono di voce, pacato e persuasivo, che in altre situazioni troverei insopportabile. Devo però ammettere che sa come mettere a proprio agio le persone che gli sono di fronte. O forse oggi sono io a essere ben disposto, anzi, al limite della disperazione. Altrimenti non avrei mai cercato questo incontro.

Ho parlato senza sosta per quindici minuti, raccontandogli della prima volta che la mia mente è precipitata nel buio, delle dissociazioni mentali di cui soffro, delle immagini che scorrono confusamente durante gli attacchi, dei risvegli traumatici, delle amnesie, della frequenza, sempre maggiore, degli episodi e delle lacerazioni che questi blackout mi lasciano dentro. Ho evitato, per il momento, di rivelargli i risvolti fisici di questi fenomeni, come le ferite e i lividi che mi ritrovo in varie parti del corpo quando mi riprendo.

Non ho portato referti clinici ma ho spiegato come tutti gli esami fatti al cervello siano risultati negativi, anche quelli prescritti dopo la comparsa di questi cazzo di fischi che, tra l'altro, mi stanno tormentando anche in questo momento.

La situazione si è fatta più tesa quando Doodley mi ha domandato se avessi voluto raccontargli nel dettaglio uno dei miei ultimi blackout, rassicurandomi che avrebbe osservato in modo scrupoloso il segreto professionale.

Dopo qualche tentennamento ho deciso di descrivergli il penultimo episodio, che, in realtà, è quello di cui ho un ricordo più nitido.

Ed è a quel punto che è iniziato il mio malessere.

«Preferisce che ci fermiamo per qualche minuto? Vuole un bicchiere d'acqua?» mi propone.

«No, no, andiamo avanti,» dico «è tutto a posto.»

«D'accordo Derrick. A proposito, posso chiamarla per nome? Di solito i miei pazienti lo preferiscono. Ma se le dà fastidio possiamo mantenere un tono meno confidenziale.»

«Fino a quando non mi chiama Brain non c'è problema!» rispondo, sforzandomi di sorridere. «Derrick è okay.»

«Ottimo. Dunque, mi stava descrivendo il suo ultimo blackout e mi parlava di una donna con i capelli ricci e il volto coperto di sangue. Nei suoi ricordi questa donna era morta o soltanto ferita?»

«Non so, non saprei dire, non era un'immagine chiara. Mi scusi ma che differenza fa? Stiamo parlando di qualcosa che credo di avere visto mentre ero completamente sfasato, non di qualche cosa di reale...»

«Sì, certo, ma è utile per stabilire quali siano i suoi vissuti rispetto a ciò che ha *visto*. In altre parole capire se, durante il suo viaggio nel buio, come lo definisce lei, sia stato testimone inerte di un omicidio o se abbia avuto una visione postuma, come quella di un investigatore che giunge sulla scena di un crimine. Nel primo caso il senso di colpa, legato al suo Super-io, le potrebbe provocare uno stress a livello inconscio, capace di alterare le sue reazioni. In sostanza lei si punirebbe per non essere riuscito a intervenire e salvare quella povera donna. Nel secondo caso, l'assenza di responsabilità da parte sua, visto che in nessun modo sarebbe stato in grado di cambiare il destino della vittima, la affrancherebbe da ogni forma di autocolpevolizzazione ma, contemporaneamente, le potrebbe causare uno stress da trauma, legato alla violenza della visione di quelle immagini. Non so se sono stato abbastanza chiaro...»

«Chiarissimo» rispondo, notando che la mia voce si è fatta più stizzosa. La mia insofferenza nei confronti della lezioncina di psicoanalisi di Doodley sta crescendo.

«Conosco anch'io le teorie del caro, vecchio, Sigmund,» aggiungo infastidito «ma le ripeto che stiamo parlando di qualche cosa che non esiste nella realtà. Ha presente gli incubi? Ecco i miei sono come incubi a occhi aperti. Anzi, per dirla tutta, non so nemmeno come siano i miei occhi in quei momenti...»

Lo strizza sorride e io gli mollerei volentieri un pugno sul naso.

«Naturalmente,» riprende «e visto che lo ha citato, saprà anche che, nei suoi studi sull'interpretazione dei sogni, Freud esamina anche quelli definiti a "contenuto angoscioso", rappresentativi di un male, o di una situazione di pericolo, che incombe sul soggetto attinto da questa esperienza. Per cui, Derrick, ciò che lei vede durante i blackout sarà senz'altro non reale, ma lo è al cento per cento per il suo inconscio. Quando si trova in quelle drammatiche situazioni, ne subisce fisicamente e psicologicamente tutte le conseguenze. Il punto, almeno per il momento, è capire che cosa spinga Derrick Brainblee ad attraversare la porta del buio e perché lo faccia in terza persona. Mi scusi, capisco che sia complicato, per lei, vedere il quadro da un punto di vista generale e prendere coscienza di certe dinamiche poco conosciute della nostra mente ma...»

«Non c'è nessun problema dottore» lo interrompo. Ho deciso, per oggi non sono disposto ad ascoltare una parola in più che esce dalla sua bocca. «Lei sta facendo semplicemente il suo lavoro. Va bene così. Sono felice di averla conosciuta e di avere parlato con lei. Le trasferirò il denaro sul suo conto non appena tornerò in ufficio e mi farò senz'altro sentire nei prossimi giorni.»

Mi alzo di scatto dalla poltrona, gli stringo la mano e mi avvio velocemente fuori dalla stanza con la certezza sacrosanta che non vi rimetterò più piede.

Lui mi segue in silenzio e mi accompagna alla porta.

«So perfettamente che in questo momento sta pensando che è stato un errore venire qui e rivelarmi i suoi disturbi,» mi dice, sulla soglia, con un'espressione professionale e per nulla compassionevole «ma voglio rassicurarla ancora una volta riguardo alla mia coscienziosità e riservatezza. Io sono solo un analista e un terapeuta, non sono un giudice e nemmeno un detective. I nostri discorsi di oggi restano in quella stanza. Come avrà notato non ho registrato la seduta, non ho preso appunti e non ho aperto una cartella clinica a suo nome. Se non ci vedremo più, è stato in ogni caso un piacere conoscerla e spero che quel poco che abbiamo analizzato la aiuti per stare meglio. La saluto, Derrick.»

Ricambio il saluto ed entro in ascensore con una consapevolezza che mi affligge e mi schiaccia il petto come un macigno. La donna con i capelli ricci era viva ed è morta davanti ai miei occhi.

23

Il numero 13 di Wilkes Street è una porticina verniciata di marrone scuro in una via a senso unico dove non ci sono negozi o bar e nella quale gli edifici sono tutti di tre piani al massimo. Alle spalle dei palazzi che sorgono sul lato destro c'è il vecchio mercato di Spitalfields, uno dei più antichi dell'Est di Londra, costruito nel 1887 per la vendita all'ingrosso di frutta e verdura e trasformatosi, col tempo, in un mercato integrato di artigianato, antiquariato, abiti vintage e oggettistica di vario genere. Gli appartamenti all'ultimo piano dei complessi di Wilkes Street hanno una vista spettacolare sull'Old Spitalfields Market. Di contro ne subiscono il frastuono, pressoché continuo, per sette giorni alla settimana.

John Dylan Waits è fermo davanti al piccolo portone con il numero 13 disegnato sullo stipite. Il vento freddo che, secondo i meteorologi, arriva dal mare del Nord, gli agita i capelli, gonfiando la sua grigia e lunga criniera ma l'inquietudine che tormenta il professore è mille volte più molesta di quelle raffiche gelate. A lato della porta ci sono tre campanelli, tutti senza nome. Waits non sa quale corrisponda all'appartamento di Hana Collins, ricorda però che lei gli ha parlato di un piccolo monolocale all'ultimo piano. Dopo qualche esitazione decide di provare con il campanello più in alto. Schiaccia delicatamente il pulsante e attende. Nessuna risposta. Riprova, pigiando con maggiore energia. Niente. Fa un passo indietro e alza la testa per osservare le finestre del terzo piano. Sono tutte chiuse e da quella distanza è impossibile cogliere luci o movimenti all'interno. Suona una terza volta mentre inizia nervosamente a massaggiarsi la lunga barba, passeggiando avanti e indietro, sul marciapiede. Dopo cinque minuti la porta si apre e Waits si precipita verso l'uscio. Esce una donna molto anziana, ricurva e minuta, con un fazzoletto fiorato sulla testa, un pesante cardigan di lana celeste, usurato e infeltrito, e una gonna lunga rosso scuro. Trascina faticosamente una sacca per la spesa con le ruote. Ha il viso magro e scavato dalle rughe ma uno sguardo vivace e attento, nobilitato da due occhi verdi color smeraldo. Il professore le si avvicina, tenendole la porta per consentirle di uscire più agevolmente.

«Lei è molto gentile» lo ringrazia l'anziana, tirando il borsone verso di sé.

«Si figuri, signora, per così poco» replica Waits. «Posso approfittare per chiederle un'informazione?» aggiunge, continuando a tenere la mano sulla porta.

«Ma certo, mi dica, signor?»

«Professor Waits, ma mi chiami semplicemente John, la prego.»

«Con piacere caro, e lei mi chiami Lizzy, mi raccomando. Ma lo sa che, con quella bella barba, lei mi ricorda un celebre personaggio storico?»

«Per caso si tratta di Karl Marx?» risponde l'uomo con un sogghigno.

«Esatto, proprio lui, il padre del comunismo. Glielo hanno già fatto notare, immagino.»

«Eh sì, diverse volte.»

«Lo sapeva che, pur essendo tedesco, Marx ha vissuto buona parte della sua vita a Londra?»

«Sì, certo, è sepolto al cimitero di Hampstead» precisa Waits.

«Sì, ma tutti sanno che viveva a Kentish Town e aveva il suo studio a Soho» continua la donna. «Però in pochi conoscono il suo covo segreto.»

«In che senso? Di che posto stiamo parlando?» chiede il professore, convinto, fino a quel momento, di conoscere molto bene la storia del famoso filosofo tedesco.

«Mi riferisco al luogo dove si incontrava con i compagni e collaboratori e da cui organizzava le azioni e lanciava i suoi messaggi rivoluzionari» precisa l'anziana.

«Veramente non ne ho mai sentito parlare...»

«Per forza, altrimenti che segreto sarebbe!» sottolinea Lizzy compiaciuta. «Io lo so perché mia nonna lo raccontò a mia madre quando era una bambina. A parlarle di quel posto segreto fu una sua vicina di casa che aveva un piccolo forno nel vecchio mercato di Spitalfields e ogni volta che Marx e i suoi compagni si riunivano, lei portava loro del pane con il pomodoro, della focaccia con la cipolla e dei biscotti secchi al ginger. Naturalmente le avevano detto di non dirlo a nessuno ma la mia povera nonna era la sua più cara amica e sa com'è, tra donne...»

«Tutto ciò è molto interessante signo... voglio dire Lizzy, in tanti anni che faccio il professore di storia non ne ho mai sentito parlare. E dove sarebbe questo posto segreto? Esiste ancora?»

«Oh, caro John... mi chiede se esiste? Ma è esattamente qui, dove siamo io e lei adesso!»

Waits strabuzza gli occhi, incerto se dare credito alle parole di quell'anziana un po' eccentrica o lasciare perdere la storia su Marx e concentrarsi sulla ricerca di Hana.

«Qui dove?» chiede l'uomo. «In questo palazzo?»

«Certo figliolo, è proprio oltre questa porta. Trovarlo però è quasi impossibile, anche per chi vi abita. Ci vuole qualcuno che conosca bene i misteri di questi muri. In questa casa sono nate mia nonna e mia mamma. E qui io sono stata partorita. Per me non ha segreti.»

«È veramente una storia molto intrigante!» commenta

Waits. «Mi sta svelando un mondo che mi era totalmente sconosciuto. Le sono veramente grato.»

«Per così poco? Senta, darling, lei mi sta molto simpatico e poi è talmente somigliante a Marx che merita di conoscere tutta la storia. Vorrei farle un regalo, le farebbe piacere vedere con i suoi occhi queste stanze segrete?»

«Assolutamente sì Lizzy!» risponde Waits, esaltato. «Sarei l'uomo più felice al mondo!»

«E allora andiamo» dice la donna. «Torniamo dentro e mi segua senza fare rumore.»

24

L'intera superficie dell'addome e delle cosce è stata rimossa. La cavità addominale è completamente svuotata di tutti gli organi interni. I seni sono tagliati, le braccia dislocate e mutilate da diverse ferite frastagliate, i tessuti del collo sono recisi sino all'osso. Ogni aspetto del viso è sfigurato. Il naso, le orecchie, le sopracciglia e le guance sono stati tutti asportati e le labbra mozzate. Sul pavimento, a fianco del letto, dove il cadavere giace in un lago di sangue, sono ammucchiati l'utero, i reni e il polmone sinistro della vittima. Sul comodino sono raccolti i lembi di pelle strappati dalle cosce e dal ventre.

Seduto su una panchina, di fronte al laghetto naturale di Regent's Park, mentre il sole comincia a scendere e il parco si va svuotando, Malcolm Bellamy è totalmente rapito da quello strano libretto fotografico, intitolato *Jib*, che ha trovato poco prima nel negozio di gadget horror a Baker Street. L'immagine che lo incuriosisce maggiormente è quella del cadavere fatto a pezzi di Mary Kelly, considerata la quinta e ultima vittima di Jack lo Squartatore, il cui corpo smembrato venne rinvenuto alle 10.45 del 9 novembre del 1888 nel giaciglio della sua stanza-appartamento nella Miller's Court, a Dorset Street, nel quartiere di Spitalfields.

La foto è sgranata ma l'orrore che trasmette è agghiacciante. Soprattutto se messo a confronto con un'altra foto del libro, decisamente più recente, anche se di pessima qualità, del corpo di una giovane donna, sventrato e mutilato, che giace sul pavimento di una camera da letto. La posizione delle gambe di quest'ultima, divaricate e disposte ad angolo retto, è esattamente la stessa in cui venne ritrovato il cadavere di Mary Kelly. Malcolm è però convinto di avere trovato anche un'altra analogia, che non compare in quell'opuscolo degli orrori di Jack. Per averne la certezza, estrae dalla tasca dei jeans il cellulare e scorre l'album fotografico fino a quando trova lo scatto della foto postata su Instagram con le stesse iniziali che compaiono su quel volumetto, JIB. Allarga l'immagine sul volto della donna con i capelli ricci e controlla nei dettagli lo spazio che va dal mento alle spalle. La mette a confronto con la foto del cadavere di Mary Kelly e individua una serie di tagli profondi sul collo, dal basso verso l'alto, che sembrano essere stati fatti nello stesso identico modo e con un'arma da taglio straordinariamente simile. Questa nuova scoperta lo lascia letteralmente atterrito e, al tempo stesso, incantato. È l'ennesima conferma del possibile filo che unisce i delitti di Jack the Ripper, non solo agli omicidi di Michael Lupo, ma anche a quelli, per ora presunti, documentati nella fanzine trovata nella bottega di Baker Street e a quello, anch'esso presunto, testimoniato dalla foto, postata e poi rimossa, su Instagram. Il giovane sa bene che nessun tribunale sarebbe disposto ad ammettere come prove queste congetture dal momento che, dei supposti delitti commessi in epoca contemporanea, mancano tutti i riferimenti scientifici, temporali e logistici, non esistono verbali, né, tantomeno, è possibile accertarne la realtà. Rimanendo però in linea teorica, qualsiasi esperto o medico legale non potrebbe fare a meno di constatare la straordinaria corrispondenza nel modus operandi dei killer, pensa Malcolm, chiedendosi se sia possibile che lo Squartatore della Londra di fine Ottocento possa avere continuato a ispirare, negli anni, generazioni di emulatori così attenti ai dettagli e ai particolari. Una domanda che, si annota mentalmente lo studente, girerà al professor Driscoll alla prossima lezione, quando gli mostrerà anche il libretto trovato in quell'improbabile negozio di fronte alla casa di Sherlock Holmes.

Fiero e soddisfatto della sua indagine, Malcolm infila il libro in tasca e controlla l'orario nel cellulare. Sono le 17.37 e, di regola, da sette minuti, il parco dovrebbe avere chiuso tutti i cancelli. Il giovane però non ricorda di avere sentito alcun annuncio che invitava i visitatori a uscire o di avere notato il consueto giro di controllo dei custodi. D'improvviso si rende conto di essere rimasto completamente solo su quella panchina di fronte al lago e di trovarsi nell'oscurità quasi totale, visto che, essendo il parco chiuso di notte, i lampioni sono tutti spenti. Senza ragionare e con una scheggia di apprensione che gli punge il petto, balza in piedi e si incammina a passo svelto verso l'area nord di Regent's Park, dove sorge anche il London Zoo. Piccole gocce di sudore gli scendono dalla fronte e gli appannano gli occhiali mentre si ferma per controllare le indicazioni per raggiungere il giardino zoologico. La sua idea è quella di trovare un guardiano che svolge il turno notturno e pregarlo di farlo uscire attraverso il parco degli animali. Ma per raggiungere quella zona deve attraversare quasi tutto il Regent's Park.

Senza perdere un secondo imbocca un piccolo viale che parte da un chiosco, ovviamente già chiuso, di gelati, e punta verso la collinetta oltre la quale si trova lo zoo. Per guadagnare tempo decide di tagliare per i grandi prati che si estendono fino all'altura di Primrose, rendendosi conto, appena vi si trova, che a quell'ora, su quei terreni, il buio è paurosamente fitto. Con il cuore sempre più in affanno, svolta verso una delle poche zone vagamente illuminate e raggiunge una struttura in muratura che ospita i bagni pubblici. I locali sono deserti ma le luci all'interno sembrano accese. Si ferma per qualche secondo a riflettere, quindi decide di utilizzare una delle toilette. Si avvicina in modo guardingo, tendendo le orecchie per cogliere eventuali rumori.

«C'è qualcuno?» domanda, con voce incerta, una volta giunto all'ingresso del bagno degli uomini.

La porta è spalancata. Dei quattro neon a soffitto ne funziona soltanto uno, che lampeggia a intermittenza. Vi sono cinque orinatoi a muro e quattro box. Due di questi sono aperti. Tre lavandini sono posizionati sotto un grande, unico specchio nella parete a sinistra, appena dentro il bagno. Uno dei rubinetti perde e le gocce cadono a piombo dentro lo scarico, con un ticchettio sordo e cadenzato.

L'atmosfera è tutt'altro che rassicurante e Malcolm considera per qualche secondo se girarsi e riprendere la sua corsa verso l'uscita del parco.

La sua vescica, gonfia e dolorante, non gli dà scelta.

Entra speditamente nel bagno e mira a uno dei box aperti. Poi cambia idea e si dirige verso il primo orinatoio a muro, di fronte a una delle cabine chiuse. Nell'attraversare la stanza ha l'impressione di scorgere nello specchio un'ombra scura, ferma in un angolo. Si volta di scatto ma non vede nessuno. Il cuore gli sale in gola e i battiti cardiaci, compressi nelle vene del collo, gli mozzano il respiro. Con le mani che tremano si piazza di fronte al vaso di ceramica bianca e si apre i pantaloni. Ma per quanto si sforzi, la paura gli impedisce di orinare, mentre una serie di fitte gli attraversano il basso ventre.

«Andiamo, cazzo, dai!» impreca, contraendo al massimo i muscoli dell'addome. Finalmente partono le prime gocce. Malcolm fa un respiro profondo, alza la testa verso l'alto e punta lo sguardo al soffitto.

Ed è proprio in quel momento che lo sente.

Un rumore sordo, quasi come un fruscio, e un vento leggero alle sue spalle. Il giovane spinge al massimo il flusso e irrigidisce la schiena. È indeciso se voltarsi a controllare la stanza o terminare al più presto le sue funzioni e scappare di corsa da quel bagno.

Il dubbio glielo toglie il colpo violentissimo che gli arriva d'improvviso nella nuca e gli schianta la testa contro il muro con un rumore simile a quello di un'anguria che si spacca. Le ossa della fronte e degli zigomi esplodono, le schegge delle lenti gli trafiggono i bulbi oculari e il naso si spappola.

Un oceano rosso inonda gli occhi di Malcolm che, prima di svenire, fa in tempo a sentire il sapore ferroso del sangue che, assieme a decine di pezzi di denti, gli riempie la bocca.

25

«Dodicimila sterline e te la porti a casa, amico!»

«Stai scherzando? Dodicimila è un prezzo esagerato per quella povera gatta ossuta. Non si regge nemmeno in piedi! Non mi meraviglierei se avesse qualche malattia...»

«È sana come un pesce, credimi. È secca e spigolosa ma non si spezza neanche volendo. Georgeta ha una resistenza fenomenale. Non puoi immaginare quante ne ha passate. E ha solo diciassette anni...»

«Sarà ma per quella cifra te la puoi tenere!»

«Ehi, aspetta amico! D'accordo, te la vendo per dieci. Cash, naturalmente, solo perché tu e il tuo boss siete clienti speciali! Poi me la vedrò io con il capo...»

«Bene, falla ripulire e portamela fuori. Passo a prenderla in macchina nel vicolo tra una ventina di minuti. Non voglio che nessuno mi veda uscire da qui con lei.»

«Tranquillo, conosco gli accordi...»

L'uomo si zittisce di colpo e resta immobile. Si passa le dita sul cranio completamente rasato quindi si porta entrambe le mani sui fianchi e flette i muscoli pettorali, facendoli guizzare sotto la canottiera bianca attillata.

Colin D. Hoxton lo guarda sorpreso e allarga le braccia.

«Qual è il problema adesso?» gli domanda.

«Dimmi tu,» risponde «io sto aspettando.»

«Senti, non ho tempo da perdere, cosa vuoi ancora?»

«Le diecimila sterline in contanti, che cazzo credi che voglia!»

«Forse non ci siamo capiti» replica Hoxton seccato. «I soldi li do direttamente ad Andrej, come sempre. Vammi a prendere quella fighetta e togliti dai coglioni, okay?»

«Col cazzo! Drazkovsky non c'è e quando il capo non c'è sono io che comando qui. Se vuoi la troietta cacci fuori i diecimila, altrimenti puoi andartene a fare in culo!»

Hoxton serra i denti e respira per due volte in modo profondo con le narici. Lo stanzone sotterraneo è stato sgomberato e alcuni uomini della banda stanno infilando in un sacco di plastica nera il cadavere della ragazza bionda rimasta uccisa nel combattimento.

Georgeta è seduta su una sedia, con lo schienale contro la parete. Le hanno fatto una fasciatura provvisoria alla spalla e le hanno rimesso indosso una tuta da ginnastica sporca e sformata. Il suo viso è ancora sudicio di terra e sangue incrostato, i capelli sono unti e annodati. Ha lo sguardo concentrato nel vuoto e le braccia abbandonate lungo il corpo, come una bambola gettata in una discarica.

Hoxton la osserva con attenzione. C'è qualcosa in quella ragazza che lo incuriosisce e lo attrae. È diversa dalle altre, quasi tutte disperate e pronte a fare qualsiasi cosa pur di sopravvivere e salvarsi. Lei è assente, sembra avere sviluppato la capacità di cancellare ciò che le sta attorno e crearsi una corazza imperforabile. Ha l'aria di una combattente, passiva ma invincibile.

«Allora? Cosa vogliamo fare?» lo incalza l'uomo in canottiera, distogliendolo dai suoi pensieri. «Deciditi, o la prendi tu o la riporto da Obvra, che sono sicuro abbia dei bei progetti su di lei...» aggiunge, ghignando e palpandosi i testicoli.

«Okay, va bene, tieni!» sbotta Hoxton, sbattendo diecimila sterline nelle mani del trafficante. «Vado a prendere la macchina. Tra venti minuti falla uscire dalla porta sul vicolo e fai in modo che salga sui sedili dietro. E mi raccomando, lavale la faccia!»

Trenta minuti più tardi l'assistente personale del duca di Saulton è alla guida della Jaguar di proprietà del giovane membro della nobiltà reale, e sta lasciando Londra in direzione del castello di Beaconsfield.

Georgeta è in silenzio, sdraiata sul sedile posteriore con gli occhi aperti, fissi al finestrino, intenta a contare le nuvole che scorrono sopra di lei.

26

«Questo è un palazzo costruito nel 1840, all'inizio del regno della regina Vittoria» spiega Lizzy, mentre, seguita dal professor Waits, percorre uno stretto corridoio, con pareti in pietra a vista, illuminato da una debole lampadina a soffitto, che conduce a delle scale. «Allora molte case, soprattutto in questa zona, venivano edificate con due progetti. Quello ufficiale, registrato negli uffici statali, contenente la pianta di ingressi, pianerottoli, scale e appartamenti. E quello occulto, fatto di cantine, sotterranei e passaggi segreti.»

«Esistono molti documenti storici a riguardo» interviene il docente. «La planimetria sotterranea di Londra è vastissima, una delle più estese al mondo. Ma ho sempre pensato che queste vie nascoste nel sottosuolo facessero parte di luoghi pubblici e strategici. Come i bunker scavati sotto i palazzi governativi di Whitehall o nelle caserme di polizia della vecchia Scotland Yard. Non ho mai sentito parlare di gallerie clandestine private.»

«Questa è una città piena di segreti, figliolo caro, come pensa che possano avere fatto certi soggetti a sfuggire per anni alla cattura mentre tutto il mondo dava loro la caccia?»

«Non saprei, Lizzy. A chi si riferisce, in particolare?»

«Su, coraggio, non mi faccia dire cose che conosce già, John, piuttosto, venga più vicino, ho bisogno di una mano.»

Alla fine del corridoio, sulla sinistra, inizia la prima rampa di scale, Waits si porta a fianco della donna e le offre il braccio come sostegno per salire i gradini ma lei si blocca e scuote la testa.

«Benedetto figliolo ma cosa fa? Non dobbiamo arrampicarci ma scendere» lo riprende l'anziana.

«Scendere dove? Qui ci sono solo muri» chiede Waits, con fare sospettoso.

«Si lasci andare, caro John, o non riuscirà mai a scoprire la verità che si nasconde dietro i fatti» dice la donna, con un sorriso indulgente. «Quello che lei chiama muro in realtà è una porta, stia attento.»

Con le mani ossute, l'anziana inizia ad accarezzare la parete con gesti circolari fino a che le dita colgono una piccola fessura tra i mattoni, a circa un metro e cinquanta da terra.»

«Mi aiuti, figliolo, per favore,» chiede Lizzy «estragga questo mattone dal muro e infili la mano nella fenditura. Troverà una piccola leva. La sollevi verso l'alto con forza.»

Waits esita per qualche secondo, guardando la pietra che gli ha indicato la donna. Ha un colore vagamente più chiaro.

«Andiamo, non abbia timore!» lo sprona l'anziana.

Il professore infila l'indice nella fessura e inizia a spingere lateralmente il mattone il quale, al secondo tentativo, si muove di qualche millimetro, allargando la crepa.

«Bravo, continui così ma ci metta un po' più di energia» sollecita l'anziana.

Grattando con le unghie, dopo avere inserito due dita nell'incrinatura, Waits riesce finalmente a estrarre il mattone dal muro e a metterlo a terra.

«Bravo!» plaude la donna. «E adesso, su, alzi la leva!»

L'uomo torna a infilare la mano destra nello spazio rettangolare lasciato dalla pietra e avverte la presenza di una piccola barra di ferro, incastonata nella parete. Posiziona con qualche difficoltà l'indice e il medio sotto il meccanismo e spinge verso l'alto, appoggiando l'altra mano alla parete per equilibrare il peso. Facendo il rumore di un cardine arrugginito, la leva si innalza di circa quarantacinque gradi e finisce la sua corsa. Waits ritira la mano e guarda perplesso la donna. Il muro sembra intatto, a parte il buco del mattone rimosso.

«Più di così non si muove» le spiega. «E adesso?»

Sul volto di Lizzy compare un sorriso e i suoi occhi verdi si stringono come quelli di una gatta.

«Ora attraversiamo la porta dell'oscurità,» decreta la donna «venga dove sono io, pieghi le ginocchia e spinga con entrambe le mani questa parte del muro.»

Il professore si porta timidamente davanti all'anziana, si abbassa a circa un metro e mezzo da terra e inizia a premere contro la parete a sinistra dallo spazio della leva. Sente il muro muoversi sotto le sue mani e dopo un'ulteriore spinta, tra i mattoni, prende forma la cornice di una piccola porta.

«Continui, caro, non abbia paura!» lo incoraggia l'anziana. «Ha trovato la porta segreta.»

Con un ultimo deciso spintone, il varco nel muro si apre, svelando un corridoio angusto e buio.

Il professore si rialza in piedi con il fiatone, e un senso di angoscia e claustrofobia che gli stringe il petto.

«Caspita Lizzy, aveva ragione, è sorprendente!» esclama, tergendosi il sudore dalla fronte con un fazzoletto bianco di stoffa che estrae dalla tasca dei pantaloni. «Adesso direi che possiamo richiudere tutto e...»

«Non faccia il bambino pauroso, John,» lo blocca la donna, appoggiandogli una mano sul braccio «se si ferma ora rimpiangerà tutta la vita questa scelta. La conoscenza è potere, diceva Sir Francis Bacon e l'uomo spesso dà più valore alle proprie idee che alla realtà. Le sue priorità quali sono?»

Waits si liscia nervosamente la barba e si ritrova a pensare improvvisamente ad Hana e ai suoi studi sull'età vittoriana.

«D'accordo andiamo ma facciamo in fretta!» dice poi, tirando su col naso.

«Bravo figliolo, non se ne pentirà,» approva l'anziana «se permette le faccio strada. Mi dia giusto il tempo di mettere via questa sacca ingombrante.»

La donna apre uno sgabuzzino, ricavato sotto la rampa delle scale e vi infila il borsone con le ruote. Quindi torna in corrispondenza della porta segreta nel muro e vi si infila, abbassando leggermente la testa. Superato il varco, accende una debole lampadina, tirando una piccola catenella che pende dal soffitto. Confortato dall'idea di non dovere percorrere quello stretto tunnel al buio, Waits supera anche lui la soglia ricavata nella parete di mattoni e raggiunge la donna.

«E la porta?» chiede il professore, una volta dentro. «La lasciamo così, aperta?»

«Oh sì, non si preoccupi,» risponde Lizzy «non se ne accorgerà nessuno.»

I due camminano lentamente per circa cinque minuti in quella galleria scavata nei muri che continua a scendere, tenendo la testa abbassata.

«Vede quella luce là in fondo?» dice a un certo punto l'anziana signora, indicando un debole chiarore alla fine del tunnel, a meno di un centinaio di metri da loro. «È la seconda porta segreta, che si trova dell'altro lato del passaggio. Il bagliore è visibile solo dall'interno. Conduce all'androne di un edificio che si affaccia su una zona chiusa al pubblico del vecchio mercato di Spitalfields. Era da lì che l'amica di mia nonna portava i viveri nel nascondiglio di Marx.»

«Quindi i due palazzi sono collegati segretamente?» domanda il professore.

«Esatto caro, soprattutto consentono di uscire dal mercato senza essere visti e raggiungere una strada non connessa a quell'area.»

«Una via di fuga preziosa,» commenta Waits «specie nella seconda metà dell'Ottocento.»

«Anche nei giorni nostri, figliolo, mi creda» aggiunge la donna.

«E il covo di Marx dov'è?» chiede Waits, non vedendo altre porte.

«Ci siamo esattamente sopra» spiega Lizzy, trionfante, facendo un passo indietro e indicando una botola sul pavimento quasi interamente coperta di polvere e sabbia. «È lì sotto, oltre questo tombino. Per aprirlo deve tirare quell'anello. Troverà una piccola scala in legno ancorata al bordo, alla cui base c'è un interruttore per accendere la lampadina.»

Il professore guarda con preoccupazione la botola attraverso la quale passa a malapena una persona della sua corporatura.

«Non credo che riuscirò a...»

«Quante storie John! Coraggio, apra la botola. È arrivato fin qui e non vuole vedere con i suoi occhi la stanza segreta del padre del comunismo?»

«Sì, sì... certo» annuisce nervosamente Waits.

Quindi piega le gambe, inserisce due dita nell'anello e solleva con fatica il tombino, alzando una nuvola di polvere che gli infiamma gli occhi e arde la gola. Un odore pungente di terra bagnata e muffa si sprigiona dal sottosuolo, completamente immerso nel buio. A malapena si scorgono i primi gradini della scala. L'uomo si pulisce fronte e occhi con il fazzoletto, tossisce un paio di volte e fa un gesto con la mano all'anziana donna.

«Prego, Lizzy, dopo di lei» dice, preparandosi a sorreggerla nella discesa.

«Oh no, caro, alla mia età non posso più andare là sotto,» spiega, ritraendosi delicatamente «soffro di bronchite e mi manca l'aria. Vada pure, io la aspetterò volentieri.»

Waits resta per qualche secondo interdetto ma ormai è deciso a portare a termine la sua esplorazione. Si gira di centottanta gradi e inizia a scendere la scala a ritroso. L'idea di non vedere dove si sta intrufolando fa crescere la sua angoscia mentre con i piedi cerca di saggiare la solidità dei pioli.

Giunto a terra, accende la luce e inizia a guardarsi attorno. L'aspetto è più quello di un bunker della Seconda guerra che di un ritrovo di intellettuali. Lo spazio è sugli ottanta metri diviso in due ambienti, senza porte o divisori. Tra pavimento e soffitto la distanza è al massimo di un metro e settantacinque. Lo spazio è spoglio se si escludono un tavolo di legno e un paio di sedie, tutti in pessime condizioni, appoggiati contro una parete. Vi è una serie di buchi negli angoli alti delle pareti che fungono da prese d'aria. L'atmosfera è claustrofobica e opprimente ma, indubbiamente, carica di fascino e mistero.

«Come faceva Marx a stare per ore qui sotto?» domanda Waits, più a sé stesso che alla sua anziana guida, slacciandosi il secondo bottone della camicia.

«Erano altri tempi, figliolo, a quell'epoca anche per un uomo di cultura vivere con i ratti era una cosa normale» risponde la donna, concludendo la sua battuta con una risata sottile che rimbalza tra le pareti di quella specie di grotta.

«Lo sa che Marx potrebbe avere conosciuto Jack lo Squartatore?» dice a un tratto la donna, mentre il professore è intento a perlustrare il nascondiglio sotterraneo.

«Mi scusi, da qui sotto non l'ho sentita bene!» ribatte Waits. «Cos'ha detto?»

«Karl Marx potrebbe essersi imbattuto nel misterioso Jack lo Squartatore» ripete Lizzy. «Tutti e due frequentavano queste zone dell'Est di Londra e bazzicavano il mercato.»

«È un'ipotesi avvincente ma non credo sia ammissibile» puntualizza l'uomo alzando la voce. «Marx è morto nel

1883, cinque anni in anticipo rispetto al primo delitto di Jack, nel 1888.»

«Lei ha ragione John, però non si può escludere che l'imprendibile assassino di Whitechapel possa avere colpito anche negli anni precedenti a quello che è considerato il suo primo omicidio» puntualizza l'anziana con una voce che si è fatta più stridula.

«Tutto è possibile, ovvio, ma perché Marx? Non credo che l'austero filosofo tedesco fosse interessato a storie di sangue, prostitute e omicidi...»

«Be', si sbaglia, figliolo,» insiste la donna «secondo testimonianze dell'epoca, pare che Karl Marx e il suo amico e collega filosofo tedesco, Friedrich Engels, oltre a fondare il socialismo scientifico, avessero una passione per le storie criminali e che, nel loro periodo di vita londinese, abbiano svolto diverse indagini private su alcuni dei casi più eclatanti della fine dell'Ottocento. Non che fossero spinti da ideali di giustizialismo, al contrario, il loro era un modo per studiare i vari aspetti sociali dell'epoca, quali la povertà, l'oppressione, lo sfruttamento sessuale e la divisione in classi, anche attraverso l'analisi delle menti degli assassini e dei violenti.»

«Lei continua a sorprendermi, Lizzy, sono certo che di quest'aspetto della vita di Marx non ci sia traccia sui testi storici,» sottolinea Waits «ma perché me lo dice?»

L'uomo attende la risposta della donna che però non arriva. Sta per richiamarla quando scorge, sotto il tavolaccio, un piccolo oggetto luccicante. Si avvicina e lo raccoglie, mettendolo sotto la lampadina per esaminarlo. Non appena la luce lo rischiara, il cuore di Waits comincia a battere all'impazzata. Si tratta di uno degli orecchini di corallo che Hana indossava la notte che si sono conosciuti. Con le mani che tremano, il professore avvolge il pendente nel fazzoletto e se lo mette in tasca, quindi inizia a chiamare il nome di Lizzy, mentre sale le scale di legno freneticamente, rischiando di cadere due volte.

Un silenzio carico di tensione giunge dalla sommità dello scantinato, interrotto dal fruscio dell'acqua che scorre nelle tubature del palazzo.

Col cuore in gola Waits giunge alla botola e si arrampica fino al pavimento del corridoio. «Lizzy? Signora? È ancora qui? Tutto bene? È successo qualcosa?» domanda al nulla, sentendo l'eco della sua voce angosciata che si riproduce nel tunnel. Rischiando di sbattere più volte la testa contro il soffitto, e con i polmoni che sono sul punto di esplodere, il professore si mette a correre verso la porta nel muro. La raggiunge in pochi minuti e con suo grande sollievo la trova ancora aperta. Vi si butta dentro a corpo morto, scorticandosi le mani e strappandosi le maniche della giacca.

«Lizzzyyy?» grida nuovamente, quando arriva in prossimità del sottoscala. Apre di scatto lo sgabuzzino. Dentro c'è un passeggino per bambini, due cassette per la raccolta differenziata dei rifiuti e un ombrello rotto. Nessuna traccia del borsone della donna.

Sconvolto e frastornato, Waits si avvia verso il portone d'uscita quando sente dei passi sulle scale.

«Signora, sono qua!» si mette quasi a urlare, rimanendo sull'uscio, con un piede già all'esterno. «Sta bene, ha bisogno d'aiuto?»

Dopo una ventina di secondi sopraggiunge una coppia di trentenni con un bambino di pochi anni in braccio alla mamma. Il padre ha appena recuperato il passeggino che era nel sottoscala.

«Oh, mi scusi,» dice Waits «pensavo fosse la signora Lizzy.»

«Chi?» chiede il giovane papà.

«La signora anziana con gli occhi verdi che vive in questo palazzo. Si chiama Lizzy» precisa il professore.

«Mi scusi ma qui non abita nessuna persona con quel nome e tantomeno una signora anziana. Vero cara?» spiega l'uomo.

La donna annuisce.

«Ma-ma, ne è sicuro?»

«Assolutamente. Ci sono solo tre appartamenti in questo palazzo, uno per piano, e ci conosciamo tutti. Noi siamo al secondo.»

Lo sbalordimento di Waits si fa ancora più grave.

«Capisco,» dice «probabilmente ho sbagliato l'indirizzo. Posso chiederle un'altra informazione, se non le dispiace?»

«Certo, dica pure.»

«Sa se per caso al terzo piano vive una ragazza di nome Hana Collins? È una studentessa.»

«Temo proprio che si sia perso» risponde garbatamente il giovane. «Al terzo piano abita un architetto italiano. Credo si chiami Guglielmo. Il cognome adesso mi sfugge.»

«Gra-grazie!» balbetta il professore, ormai completamente atterrito. «Devo aver fatto confusione.»

«Nessun problema, capitava spesso anche a me, questa zona è piena di vicoli e angoli ciechi, bisogna imparare a girarla» lo rassicura il padre, sorridendo al professore e uscendo, assieme al resto della famiglia, dall'edificio.

Waits resta attonito, a cavallo della porta, con lo sguardo fisso verso la parete interna di mattoni, completamente uniforme e senza buchi.

27

«Sei a casa?» chiede Driscoll.

«Sì, sono rientrata da poco e sono stanca morta» spiega Daphne, tenendo il cellulare stretto tra la spalla e l'orecchio. «Al comando oggi è stato un delirio. Tu come stai?»

«Bene, sono sotto casa tua.»

«Cosa ci fai qui? È successo qualcosa?»

«Posso salire?»

«Ma stai bene?»

«Sì, sì. Tutto okay. Mi apri, per favore?»

«Certo, dammi un minuto.»

Monty Driscoll si tira su il colletto del cappotto e infila le mani in tasca, iniziando a saltellare per scaldarsi.

La temperatura si è di colpo abbassata e un vento forte, proveniente dal mare del Nord, ha invaso tutta la parte orientale dell'Inghilterra.

Daphne vive a Cheshire Street, tra Brick Lane e Bethnal Green, in un'area non ancora fagocitata da catene commerciali, locali di tendenza e club che pretendono di essere aperti a tutti ma che hanno liste di accesso inarrivabili.

Per una cifra nettamente al di sotto della media del quartiere, la poliziotta ha preso in affitto un loft al terzo di un palazzo a tre piani, dei primi del Novecento, che ospita anche uno studio di tatuaggi e un ambulatorio per la cura della pelle. Lo spazio, di circa novanta metri quadrati, fatiscente e pieno di spifferi, era utilizzato come magazzino per cibo in scatola da un ristorante bengalese di Brick Lane nel quale Daphne si recava spesso a mangiare nelle pause di lavoro. Prima di andare ad abitarvi, lo ha completamente riverniciato, cambiando tutti i vetri delle grandi finestre che si affacciano sulla strada. Quindi, grazie all'aiuto di un'amica designer, che le ha fatto avere mobili vintage ed elettrodomestici di seconda mano di ottima qualità, ha ridisegnato gli spazi all'interno, creando un angolo cucina, una luminosa living room, un bagno e una piccola zona notte. Per accedere alle scale che conducono all'appartamento di Daphne, bisogna entrare da una porta colorata di giallo, con una "A" al posto del numero civico, che si trova esattamente in mezzo tra la vetrina del tatuatore e quella del dermatologo. Non vi sono campanelli o citofoni ma solo un piccolo batocchio a forma di gufo, in ferro battuto. Che Driscoll ha però evitato di utilizzare per non rischiare di mettere in guardia i vicini.

«Che freddo!» commenta Daphne, aprendo delicatamente la porta dall'interno. Indossa una felpa rossa con cappuccio, con lo stemma della Royal Canadian Mounted Police sul lato sinistro del petto, e dei jeans neri elasticizzati. Ha i piedi nudi infilati in dei sandali infradito rosa.

«Scusami, avevo urgente bisogno di parlarti di persona ma non volevo crearti difficoltà venendo al comando» si giustifica Driscoll.

«Non c'è problema, entra pure. Solo potevi telefonarmi.»

«Hai ragione, in realtà avevo anche voglia di vederti.»

«E questo mi fa piacere. La faccia che hai, però, non mi sembra quella di uno in vena di incontri romantici... Comunque ora sei qui, mettiti comodo e raccontami tutto. Io intanto preparo una tisana.»

«Grazie, se non è un problema preferirei un goccio di gin» dice l'uomo, abbozzando un sorriso poco convinto.

«Non chiedo di meglio» risponde Daphne. «London Number One con tonica Elderflower e una montagna di ghiaccio. Va bene anche per te?»

«Perfetto!»

Mentre la poliziotta estrae dal freezer un vassoio per il ghiaccio e lo sbatte un paio di volte sul ripiano a fianco del lavello della cucina per staccare i cubetti, il professor Driscoll tira fuori il cellulare dalla tasca della giacca e inizia a scorrere le immagini presenti nella galleria. Trova il fermo fotogramma inviatogli da Malcolm, che ritrae il cadavere squartato di una donna con i capelli neri e ricci, e lo apre a schermo intero. Quindi si alza e si avvicina alla donna per mostrarle la foto.

«Dio mio, Monty! Cos'è quest'orrore che hai nel telefono?» trasalisce Daphne. «Mettilo via, per favore!»

«È esattamente ciò di cui ti vorrei parlare,» replica Driscoll, tenendo ancora l'immagine sullo schermo dello smartphone «anch'io ho avuto la tua stessa reazione quando l'ho vista la prima volta.»

«Se è uno scherzo è veramente di pessimo gusto!» commenta la donna. «Non dirmi che è stato uno dei tuoi studenti.»

«Sì, la foto me l'ha inviata un mio allievo. Non però per farmi uno scherzo. È un ragazzo serio e molto intuitivo. Prima di spedirmela me l'ha mostrata nel suo computer.»

«È un fake, vero?»

«Non lo so, sto sforzandomi di pensarla anch'io così. Purtroppo non ne sono tanto sicuro.»

Daphne prende i due Gin and Tonic e li appoggia sul tavolino di fronte al divano. Poi si siede accanto a Driscoll e fa un lungo sospiro.

«Okay, procediamo in questo modo,» suggerisce «beviamo un'ampia sorsata di questo nettare e poi mi racconti tutto, d'accordo?»

Il professore prende i bicchieri, ne porge uno alla poliziotta, lo solleva e lo porta alla bocca, lasciando che il liquido ghiacciato gli scenda in gola e assaporando il gusto intenso di ginepro e agrumi.

«È una storia un po' complicata e per certi versi assurda» dice Driscoll, schiarendosi la gola.

«Sono la mia specialità» sottolinea Daphne con tono ironico.

«Nell'ultima lezione di psicocriminologia» prosegue il docente «ho esposto la vita e le deviazioni psicotiche di un serial killer italiano di nome Michael Lupo, attivo a Londra tra gli anni Settanta e Ottanta, per esaminare gli aspetti violenti e compulsivi tipici di un determinato tipo di soggetto, sessualmente traviato. Ovviamente ne è emerso un parallelo con Jack lo Squartatore, sebbene nel caso di Lupo le vittime fossero tutti maschi. Le dinamiche però erano le stesse.»

«Mi sembra interessante» commenta la poliziotta.

«Sì, in effetti, tutti gli studenti erano attenti e concentrati. Tra questi ce n'era uno, in particolare, tale Malcolm Bellamy, seduto in prima fila che, mentre parlavo, non ha mai smesso di scrivere sul suo computer. Alla fine della lezione si è fermato per mostrarmi le ricerche che aveva compiuto durante la mia esposizione.»

«Che tipo è?» chiede Daphne.

«Il classico nerd. Ce ne sono sempre nelle classi, lui però mi è sembrato particolarmente perspicace. Non solo ha trovato immagini molto eloquenti sulla corrispondenza del modus operandi tra Lupo e Jack, come in qualche modo io avevo ipotizzato, pur senza il supporto di prove iconografiche. Ma subito dopo mi ha mostrato la foto che ti ho fatto vedere poco fa di quella donna fatta a pezzi, sostenendo, secondo me a ragione, come il modo di agire del killer, le lacerazioni inflitte nel corpo della donna e la maniera in cui è stato lasciato il cadavere abbiano evidenti similitudini con i delitti dello Squartatore londinese.»

«Sempre ammesso che sia una foto reale...» osserva Daphne.

«Malcolm sostiene di avere trovato quella foto su Instagram con l'hashtag *#jib* e di avere subito fatto uno screenshot prima che l'immagine venisse rimossa.»

«Quindi non sappiamo nulla, né se si tratta di un fake, né tantomeno l'identità della donna» aggiunge la poliziotta.

«Esatto, ed è per questo che ho pensato di rivolgermi a te. Da quando ho visto quello scatto terribile, non riesco a pensare ad altro.»

«Ci credo ma andiamo con ordine» suggerisce la donna, alzandosi e andando a prendere il suo notebook sul bancone della cucina. Lo avvia e lancia subito Instagram, quindi digita "JIB" con e senza hashtag. Subito compaiono decine di profili diversi di persone di ogni nazionalità, nulla però che abbia a che vedere con Jack lo Squartatore. Prova allora proprio con il nome del killer, Ripper, Londra, Whitechapel, Murder e Monsters.

«Qui ci sono milioni di schifezze!» commenta disgustata. «Ma nessun riferimento preciso a quella foto.»

«Prima di venire qui ho provato anch'io» spiega Driscoll «e non ho cavato un ragno dal buco.»

«Nel letame della rete c'è qualunque porcheria» rimarca Daphne. «Senza una chiave di ricerca è praticamente impossibile orientarsi. Non ci resta che ricorrere al vecchio metodo.»

«Che sarebbe?» chiede il professore.

«Quello per il quale sei venuto da me» suppongo. «Inserisco la foto nel database della polizia, cerco di ricavare un profilo della vittima e faccio una ricerca su tutti i recenti delitti, con modalità simili, avvenuti a Londra. I risultati non saranno immediati ma sicuramente più attendibili.»

«Grazie mille, Daphne, mi toglieresti veramente un peso. E poi questo riscontro mi darebbe l'occasione per mettere in guardia Malcolm, e anche gli altri studenti, sulle insidie della rete e su come a volte possa essere facile cadere nei suoi tranelli.»

«Vacci piano però, prima lasciami fare tutte le verifiche»

lo corregge la poliziotta. «Se per te non è un problema vorrei anche scambiare due parole con quello studente, Malcolm. Credi sia possibile?»

«Fai pure, credo anzi che sarà eccitato all'idea di essere interpellato da... Scotland Yard! Malcolm è un vero appassionato di criminologia. Ti inoltro il suo messaggio. Ci sono anche il telefono e la mail.»

«Certo è una bella coincidenza...» dice Daphne dopo una pausa di una cinquantina di secondi di frenetica, quanto vana, navigazione tra social e siti.

«Che cosa?» chiede Driscoll, titubante.

«Quando ci siamo visti l'ultima volta sono stata io a suggerirti di inserire anche la figura di Jack lo Squartatore tra i personaggi da analizzare con i tuoi studenti. E ora siamo qui, dopo più di centotrent'anni dai suoi omicidi, a fare un'indagine, per quanto sommaria e privata, su un possibile delitto, o presunto tale, con le stesse caratteristiche del serial killer di Whitechapel.»

«Ci vedi un nesso? Qual è la tua ipotesi?» domanda l'uomo.

«Nessuna, non riesco ancora a mettere a fuoco la situazione. Però l'istinto mi dice che c'è qualcosa di strano. Anzi, in questo caso non si tratta solo di una percezione. Non so perché ma questa storia mi dà i brividi.»

Driscoll non commenta e rimane in silenzio, con lo sguardo a fissare il nulla.

«Cosa c'è Monty, ti vedo perplesso, vuoi dirmi qualcos'altro?» interviene la donna, cercando di ristabilire un contatto visivo.

«No, cioè... sì, stavo pensando a quello che hai detto poco fa, riguardo al tuo suggerimento di parlare di Jack lo Squartatore nelle mie lezioni all'università...»

«Che dubbi hai? Io ho semplicemente rilevato questa strana concomitanza e...»

«Non so più se sia il caso di insistere,» la interrompe l'accademico «almeno fino a quando non riusciremo a venire a capo di questa storia della foto. E poi, sinceramente, il fervore e la passione di quello studente, Malcolm, mi hanno un po' turbato. Pensa che, per la prossima lezione mi sono procurato anche un oggetto d'epoca che volevo mostrare in aula, per rafforzare la tesi dei delitti connessi nel tempo e catturare ancora di più l'attenzione degli studenti ma adesso credo che non lo farò.»

«Di cosa si tratta?» domanda Daphne, perplessa.

«Di questo,» dice Driscoll, estraendo dalla tasca interna del cappotto una fodera di cuoio e pelle «è un pugnale della metà del Diciannovesimo secolo, con la lama di acciaio di 19 centimetri, decorato in ottone cesellato e col manico di osso tornito. Molto ben conservato, anche se, naturalmente, è un oggetto di antiquariato. L'ho trovato in un piccolo negozio vintage a Bermonsdey.»

«Cosa? Vuoi portare un pugnale all'università? Ma stai bene?» prorompe la poliziotta. «È una pessima idea, Monty! Londra è diventata la città più pericolosa al mondo a causa di tutti quelli che se ne vanno in giro con i coltelli ad ammazzare la gente e tu, solo per rendere la tua lezione su Jack più interessante, vuoi presentarti ai tuoi studenti con uno sbudella persone? Tra l'altro, anche se si tratta di un pezzo di antiquariato, penso che sia illegale.»

28

Ha la pistola infilata nella cintura dei pantaloni, una Glock C17 di quarta generazione, automatica, con caricatore da 17 proiettili 9x19 parabellum. È l'arma in dotazione alle forze armate britanniche. Lui però non fa parte della *armed police* e di regola non dovrebbe girare con la pistola, tanto più visto che la sua missione non ha nulla di ufficiale. Deve infatti incontrare nuovamente Obvra e l'appuntamento, questa volta, è in una zona della città che non conosce, un luogo sperduto nella penisola di Greenwich, a sud-est di Londra, dalle parti della grande arena che ospita concerti ed eventi sportivi. È stato Obvra a chiedere di incontrarlo con urgenza, e a decidere il posto, mandandogli un messaggio sul telefono. Per un attimo, prima di rispondere al trafficante, Chandler ha considerato l'ipotesi di avvertire l'ispettore Brainblee e andare assieme a lui all'appuntamento, poi vi ha rinunciato per evitare di insospettire il suo informatore dal momento che, al primo incontro, il suo capo non era presente. La circostanza però non lo fa stare tranquillo. Quell'uomo, di cui non sa nemmeno il nome, ha un aspetto e un modo di parlare che lo agitano e lo rendono inquieto.

Come da istruzioni, Chandler parcheggia l'auto nel posteggio di un Holiday Inn e procede a piedi verso l'arena. È una serata freddissima e le raffiche di vento scuotono vigorosamente gli enormi teloni di plastica che ricoprono il grande anfiteatro, con un rumore simile al terremoto. I giganteschi pali di sostegno oscillano paurosamente, dando l'impressione di potere precipitare sulle case vicine. Complice anche il tempo infame, le strade sono deserte e molte delle luci dei locali pubblici sono spente. Il sergente si guarda attorno fino a che non individua una strada minuscola che costeggia la parete esterna di una scuola elementare e sbuca in prossimità di un complesso abitativo popolare, formato da squallide case a schiera di un piano che ricordano un lugubre treno abbandonato su un binario fantasma. C'è un solo lampione in tutta la via e non è nel punto in cui è fissato l'appuntamento.

Chandler conta mentalmente cinque porte e alla sesta infila la mano sotto la giacca e accarezza l'impugnatura della Glock.

Giunto alla settima senza incontrare nessuno si blocca e tende i muscoli delle braccia, indeciso se proseguire o tornare indietro.

Uno scricchiolio alle sue spalle lo fa trasalire. Si volta di scatto con la pistola stretta tra le mani e puntata davanti a sé.

Obvra è comparso dal nulla e sta schiacciando sull'asfalto la cicca di una sigaretta. Ha sempre addosso la maglietta con Robert De Niro, il cui sguardo, nella penombra di quella strada, appare ancora più invasato.

«Tieni in alto quelle cazzo di mani!» gli urla Chandler, respirando affannosamente con la bocca aperta.

«*Tranquilo*, capo!» bofonchia il trafficante, sollevando appena le mani e rivolgendo i palmi verso il poliziotto. «Non c'è bisogno di pistola, solo parlare...»

«Resta dove sei, senza abbassare le braccia!» gli ordina il sergente, tenendo l'arma puntata sul suo petto.

Quindi lo raggiunge e lo perquisisce, facendolo anche girare di spalle. Obvra lo lascia fare, divertendosi a punzecchiarlo.

«Che problema capo? Hai paura di zingaro? *Tranquilo*,

ho detto, solo parlare. Se volevo fare altro, tua pistola inutile...» dice con un ghigno, scoprendo un'infilata di denti marci e inarcando le folte sopracciglia.

«Sei solo?» gli domanda perentoriamente Chandler.

«Sì, certo. Io e basta. E tu? Hai portato tuoi amici sbirri?»

«Non è un tuo problema. Facciamo in fretta, piuttosto. Perché mi hai scritto? Di cosa mi devi parlare?» chiede il poliziotto, abbassando la pistola ma tenendola ben salda in mano.

«C'è problema con ragazza» dice Obvra.

«Di quale cazzo di ragazza stai parlando? Sii chiaro!»

«Ragazza che tu hai chiesto di parlare. Quella arrivata con carico.»

«Be', e allora?»

«È stata già venduta.»

«E mi hai fatto venire qui per dirmi questo? Trovane un'altra, cazzo! Non sarà l'unica che avete!»

«Anche le altre vendute e poi Georgeta è okay per discorso con te. Altre no.»

«Che cazzo dici? Pensi sul serio che io sia venuto a sentire le tue stronzate? Se vuoi che faccia avere il permesso di soggiorno al tuo amico, trovami una ragazza disposta a raccontare tutto e a denunciare il tuo padrone oppure sparisci prima che ti sbatta dentro!»

«Georgeta è ragazza per te.»

«Ma chi cazzo è questa Georgeta?» sbotta Chandler.

«Lei romena, viene da campo rom. Solo diciassette anni ma grande rabbia dentro. Stata picchiata, violentata, venduta. Non vede ora di vendicarsi. Io volevo portare a te ma mio capo ha preso lei per combattimento e poi venduta.»

«Combattimento? Di cosa parli?»

«Ultimo sangue, solo tra donne, con coltelli, uomini fanno scommesse. Hai visto film *Fight Club*? Uguale.»

«Cristo! Vuoi dire che oltre a farle prostituire queste ragazze vengono costrette a combattere fra di loro?»

«Sì, divertente e poi molti soldi con scommesse.»

«E dove avvengono questi combattimenti?»

Obvra fa un ghigno e scuote la testa.

«Io non qui per parlare di questo ma di Georgeta.»

«E allora parla, cazzo, dove sarebbe questa poveretta? È ancora viva?»

«Sì, lei bene. Ha vinto combattimento. Ho detto che lei tosta. Ma capo l'ha venduta.»

«E tu cosa vuoi da me?»

«Ti dico dove portata e chi comprata ma tu poi mi fai documenti per amico.»

«Questo lo vedremo. Prima voglio sapere dov'è questa ragazza e come riuscire a liberarla. Una volta avute le informazioni, se la cosa è fattibile, possiamo parlarne.»

«Sì, molto fattibile ma tu devi essere bravo, fare tutto da solo senza troppo casino. Non dire a colleghi di polizia.»

«Perché mai? Che cosa c'è dietro questo affare? Chi ha comprato la ragazza?»

«Persone che comprato Georgeta sono molto potenti a Londra. Loro protetti in alto. Da politici e poliziotti.»

«Cazzo, addirittura! Ma chi sarebbero?»

«Lui è di famiglia reale britannica, duca di Saulton, signore Richard William Dyas. Uomo che ha preso Georgeta dopo combattimento è suo aiutante.»

«E dove l'ha portata?»

«In sua residenza, castello Beaconsfield.»

29

Why so serious?

Dan Gold, il tattoo artist più famoso dell'Est di Londra, un uomo di trentacinque anni, di origine danese, con una cresta di capelli gialli sulla testa e una goccia tatuata sotto l'occhio sinistro, ha appena terminato di incidere la frase pronunciata dal Joker, nella versione interpretata da Heath Ledger, sulla schiena di Margareth Hawking e, con un asciugamano, ripulisce la pelle dai grumi di inchiostro e sangue che si sono formati. Margareth ha ventuno anni e viene da St. Albans, un paese di cinquantamila anime, a ventidue miglia a nord di Londra, la cui attrazione principale è l'Hercules Sport Festival, una competizione tra uomini rozzi e nerboruti che ogni anno si sfidano in prove di forza al limite della comprensione umana, come trascinare tir e trattori con le spalle e la testa, sollevare enormi palle di cemento, rovesciare a ripetizione pneumatici di carrelli da aereo. La ragazza, il cui nome d'arte è Magpie, sostiene di essere una fotomodella e di posare per riviste di moda e cosmetici. In realtà le uniche foto che la ritraggono in posa sono pubblicate sul sito di un'agenzia londinese di accompagnatrici per uomini e non hanno alcunché di artistico. Fare la escort è stata una sua scelta e lo considera un impiego temporaneo. Le consente di pagare l'affitto di una graziosa stanza con bagno privato al secondo piano di un edificio vittoriano di Luke Street, nel cuore di Shoreditch, e di riuscire a mantenersi a Londra. Non erano però queste le aspettative che aveva Margareth quando, a diciannove anni, ha deciso di lasciare il suo tranquillo paese di campagna per trasferirsi nella vibrante metropoli. Sin da quando era bambina, a causa dei suoi occhi azzurri e profondi e dei suoi morbidi capelli biondi, non le hanno fatto altro che ripetere che sarebbe diventata una star del cinema e della televisione. Crescendo, e sviluppando un corpo sinuoso e aggraziato oltre a uno sguardo languido e seducente, il suo sogno di entrare nel mondo dello spettacolo e della moda si è rafforzato, tanto più dopo che gli amici e i compagni di scuola hanno cominciato a soprannominarla “Baby Moss”, sostenendo che somigliasse alla famosa modella inglese. Alla fine l’immedesimazione di Margareth nella top model è stata totale. Come lei, partita dal misero sobborgo di Croydon, anche Magpie ha iniziato a sognare un futuro da copertina di riviste patinate e di sfilate sulle passerelle di tutto il mondo.

Londra è divenuta il suo chiodo fisso. Al momento del grande passo nei suoi piani c’era un corso per diventare stilista di moda, un lavoro, anche part-time, come modella e fotomodella e magari un fidanzato carino e gentile, che non fosse interessato solo a sviluppare muscoli abnormi per potere vincere il concorso di Ercole dell’Anno.

Ogni sua speranza si è però sgretolata a meno di un mese dall’arrivo nella capitale britannica. Le scuole e le università della moda si sono rivelate per Margareth costosissime e inaccessibili, le interviste e i provini sostenuti con le agenzie pubblicitarie sono stati fallimentari e le decine di domande da lei inoltrate per trovare lavoro come modella, indossatrice o semplicemente impiegata in una casa di moda sono state regolarmente respinte a causa della sua mancanza di esperienza nel settore. In poche settimane la ragazza venuta dalla campagna si è resa conto che la sua avvenenza non avrebbe rappresentato nulla di straordinario in una città come Londra e che la concorrenza, in quel mondo di lustrini e coltellate, sarebbe stata feroce.

Poi sono arrivate quelle offerte, che un tempo avrebbe considerato inaccettabili ma che dopo un mese di porte chiuse in faccia, bocconi amari e bruciori di stomaco, ha cominciato a vedere come un'opportunità. Convincendosi che, attraverso quel percorso, di certo non il suo preferito, sarebbe comunque riuscita a raggiungere la porta principale per il successo, Baby Moss è diventata Magpie, "la gazza che ti ruba il cuore e ti fa sognare. Per prenotare un incontro scrivere a...".

Dopo quasi due anni di vita a Londra i suoi sogni sono rimasti gli stessi mentre i desideri si sono trasformati in illusioni, nascoste nei tratti che ha cominciato a farsi disegnare su un corpo che oggi non sente più suo.

«Ecco fatto, ti sta molto bene,» dice Dan Gold, piazzando un ampio specchio dietro la schiena di Margareth, come un barbiere che mostra orgoglioso il suo taglio al cliente «il carattere che hai scelto funziona molto bene con questa frase e la posizione, poco al di sopra della scapola destra, è perfetta.»

«Sei sicuro? Non vado pazza per i tattoo che posso vedere solo allo specchio» commenta la ragazza. «Purtroppo però per una modella avere tatuaggi troppo evidenti è ancora un tabù.»

«Tu sei bellissima, con o senza tatuaggi» la lusinga l'uomo che, in realtà, conosce bene il vero mestiere di Margareth. «Vedrai che avrai un grande successo, non mollare.»

«Sei un amore Dan, uno dei pochi veri amici che ho in questa città. Ti dispiace se ti pago il prossimo mese? Oppure se vuoi ti do un anticipo e il res...»

«Smettila Margareth, per me è un privilegio potere decorare il tuo corpo, lo sai. Metti via immediatamente quella borsa.»

«Ma no, scusa, non è giusto, ti ho fatto venire fuori orario, hai riaperto lo studio solo per me e tra l'altro non è nemmeno la prima volta, dai...»

«Ogni minuto passato con te è un regalo, principessa, non svilire tutto con quei luridi pezzi di carta plastificata. Tu vali molto di più.»

Margareth coglie subito il messaggio nelle parole dell'uomo e un cuneo le si allarga nel petto, facendola vacillare.

«Io-io... ora devo andare, Dan, ti ringrazio di cuore» balbetta la ragazza, stringendo i pugni per trattenere le lacrime.

«Sei sicura? È quasi mezzanotte, non vuoi che ti accompagni?» chiede il proprietario dello studio.

«No, grazie, ti sei già disturbato anche troppo» risponde Margareth, indossando un cappotto rosso di lana cotta di Moschino preso a una svendita della collezione di due anni prima.

«Allora ti chiamo un Uber,» insiste l'uomo «sto più sereno e poi stasera c'è un vento tremendo.»

«Non importa Dan, sul serio, preferisco fare due passi. Ho bisogno di ossigenarmi un po' la testa. E poi non vorrai che appoggi la mia bellissima schiena decorata di fresco sul lurido sedile di una Toyota Prius? Dai, stai tranquillo, non abito molto lontano da qui. Se vuoi ti mando un WhatsApp appena arrivo a casa, okay?»

«Sì, mi raccomando, non ti dimenticare.»

«Un bacio Dan e... grazie.»

Margareth esce dallo studio di tattoo di Cheshire Street con un nodo che le stringe la gola. L'ambulatorio di dermatologia a fianco ha la serranda abbassata e la strada è scarsamente illuminata dai lampioni, sferzati dal vento. Le uniche finestre con la luce ancora accesa sono quelle di un loft, al terzo piano dello stesso edificio dello studio di Gold. La ragazza si ferma per qualche secondo a osservare un uomo e una donna, al di là dei vetri, che sembrano impegnati in una fitta conversazione. Il miagolio di un gatto che sguscia da dietro a un bidone dei rifiuti, a pochi centimetri dai suoi piedi, le provoca una scarica di palpitazioni. Margareth fa un lungo respiro e si incammina a passo sostenuto verso la fine della strada, con il ticchettio dei tacchi 10 sul ciottolato che scandisce la sua andatura.

30

«Signore, mi spiace ma dobbiamo chiudere, è passata la mezzanotte e abbiamo già superato di un'ora il nostro orario regolare. Ho un amico che fa l'autista di minicab, se lo desidera posso vedere se è libero e la faccio venire a prendere.»

La ragazza che mi trovo davanti ha lo sguardo compassionevole di un'infermiera alle prese con un malato incurabile. Avrà al massimo venticinque anni e dall'accento mi sembra di origine polacca. È da mezzora che mi osserva a distanza, indecisa se disturbarmi o lasciarmi nel mio incubo. Finalmente ora ha preso coraggio ed è venuta al tavolo al quale sono seduto da almeno due ore. Considerando la quantità di bicchieri di birra vuoti, in fila davanti a me, nessuno sarebbe pronto a scommettere che ho trascorso la serata miseramente solo, senza parlare con nessuno e completamente assorto dalle mie nevrosi.

La giovane polacca però lo sa ed è per questo che si è offerta di farmi accompagnare a casa da un suo amico. Non voglio nemmeno immaginare il mio attuale aspetto. È la prima volta che vengo a trascorrere una delle mie serate da misantropo al Carpenters Arms, un pub non molto grande e decisamente vecchio stile, senza televisione via cavo e slot machine, situato in un palazzo ad angolo tra Cheshire Street e St. Matthew's Row. Dopo la seduta dallo strizzacervelli e tutti quei discorsi sui sensi di colpa, gli stress da trauma e le dissociazioni della personalità, avevo bisogno di stare in incognito in un luogo dove non vado abitualmente, seppure non lontano da casa. I ritratti che ha ipotizzato lo strizza sono aspetti patologici che cerco di individuare nei profili psicologici dei killer a cui do la caccia, vederli accostati ai miei vissuti anomali e alle mie perdite di contatto con la realtà mi ha destabilizzato. In teoria Doodley potrebbe anche avere ragione, non credo però che la pura analisi freudiana dei miei blackout possa servire a farli cessare o, quanto meno, diminuire. Ci ho provato con l'alcol e non è la prima volta ma il risultato è sempre lo stesso: mal di testa insopportabile, suoni e rumori che mi stritolano il cervello e senso di nausea che mi invade la gola. Credo di essere l'unico uomo a Londra che può tracannare venti pinte di birra senza ingerire nulla di solido e rimanere con la mente lucida e il cervello spappolato.

Vorrei che la mia mente smettesse di elaborare incessantemente le terribili immagini di quella donna con i capelli ricci, uccisa e fatta a pezzi e vorrei non avere mai ricevuto quello scatto di Instagram così maledettamente fedele alla mia allucinazione. Può sembrare cinico e insensibile ma, a questo punto, preferirei che il corpo di quella poveretta venisse trovato e che tutta questa storia diventasse reale, con tanto di indagine e caccia all'uomo.

La ragazza polacca è ancora qui, in attesa che le dica qualcosa.

«Non preoccuparti, adesso vado,» le rispondo in modo secco, solo perché mi vedo vulnerabile e non voglio che si senta in dovere di aiutarmi «uso un secondo il bagno e poi esco.»

Senza darle il tempo di replicare mi alzo dal tavolo e mi incammino, barcollando, verso la toilette degli uomini che, per fortuna, si trova proprio a fianco della porta d'uscita del pub. Dopo avere liberato la vescica dai litri di birra che ha dovuto accumulare, vado al lavandino e metto la testa sotto al rubinetto. Il getto di acqua fredda mi procura un sollievo momentaneo e mi rilassa la fronte. Ma quando rialzo la testa, mi si mozza il respiro. Lo specchio ha una profonda crepa al centro che lo divide in due. Anche il mio viso è sdoppiato. A destra c'è il volto riconoscibile dell'ispettore Derrick Brainblee, come compare nella foto del tesserino della polizia, anche se con un'espressione più sofferta. A sinistra, invece, la faccia di un uomo che non so identificare, con gli occhi iniettati di sangue, lo sguardo tirato e un'espressione di furia cieca che incute terrore. Chiudo gli occhi, passo una mano sotto l'acqua e inizio a sfregarla contro lo specchio con movimenti scomposti e carichi di angoscia. Le immagini diventano liquide e il vetro si risalda, restituendomi la sola versione originale del mio volto. Sento il ventre che mi si contrae come se fosse stato preso a calci da un cavallo. Mi piego sul water e vomito con violenza tutto quello che ho nello stomaco, cercando di fare meno rumore possibile per non mettere in allarme la ragazza del pub. Tiro lo sciacquone e ho l'impressione che, oltre alla mia bile e ai miei succhi gastrici, il fiotto d'acqua liberato dalla vaschetta stia portandosi via anche il mio ultimo, debole, legame con la realtà. Sprofondo in un buio che ho già visto ma che ora mi sembra più fitto e remoto che mai. C'è un ticchettio che mi rimbomba nella testa. Spero solo di essere già uscito dal pub.

31

Quando arriva alla fine di Cheshire Street, le luci del pub all'angolo con St. Matthew's Row sono già spente. Margareth incassa le spalle e stringe i pugni, ficcati saldamente nelle tasche del cappotto. Il vento e la bassa temperatura scuotono il suo esile corpo ma i brividi che sente non sono solo per il freddo. La ragazza si ferma per decidere quale direzione prendere. A illuminare le due strade c'è un lampione appeso con un cavo tra due edifici che ondeggia spaventosamente e disegna cerchi di luce sulle pareti delle case e sui marciapiedi, come un faro seguipersone sul palco di un teatro. Il cigolio sinistro dell'insegna del Carpenters Arms, sospinta dalle raffiche di vento, risuona nel cupo silenzio di quel quartiere che sembra essere stato di colpo evacuato. Anche i gatti sono spariti e la mancanza totale di auto, in movimento o parcheggiate, pare avere cancellato ogni riferimento temporale. Margareth imbocca St. Matthew's Row e comincia a percorrere a passo sostenuto il marciapiede, tenendosi radente al muro di cinta della scuola elementare William Davis che ha indicazioni scritte anche in gaelico ed ebraico. Attraversa l'incrocio con Wood Close e continua per la stessa via, divenuta ora solo pedonale. Alla sua destra si estende il parco della chiesa di St. Matthew, costruita nel 1861, in piena epoca vittoriana, nel cui giardino, di fronte alla facciata, sorge un piccolo cimitero. Le fronde degli alberi, scomposte dal vento, riflettono ombre scure sulle lapidi. Per una frazione di secondo, Margareth le immagina come le braccia dei morti che tentano di uscire dalle tombe e il suo cuore inizia a battere all'impazzata. Accelera il passo, sforzandosi di non guardare verso la chiesa. Non si è mai sentita a suo agio tra preti e crocifissi e da bambina aveva il terrore di quelle cripte sprofondate sotto il pavimento delle chiese gotiche dove, secondo i racconti delle vecchie donne che trascorrevano tutto il giorno tra i banchi e i candelabri, durante il Medioevo venivano tenuti prigionieri gli invasati, le streghe e gli indemoniati e venivano inflitte loro torture atroci. Ogni volta che sua madre la costringeva ad andare alla messa la domenica o, in certi pomeriggi dedicati alla penitenza, a pregare per ore negli inginocchiatoi degli altari laterali, Margareth aveva l'impressione di sentire delle urla strazianti provenire dai seminterrati e allora si tappava le orecchie, chiudeva gli occhi e pregava il Signore di portarla via da quell'incubo.

Adesso però non è più una bambina e il grido strozzato che ha appena sentito provenire alle sue spalle, dal lato del parco, non è un'allucinazione.

Le gambe iniziano a tremarle e camminare sui tacchi alti si rivela una fatica immane. Appoggia la mano per qualche secondo sulla recinzione, fa un respiro profondo, quindi riprende il passo, puntando con decisione alla fine della strada. Una volta giunta all'incrocio con Bethnal Green Road, una delle strade principali che collegano Brick Lane a Shoreditch frequentata giorno e notte da centinaia di persone, sarà al sicuro, cerca di convincersi, mentre stringe gli occhi per individuare la sua meta, a circa seicento metri di distanza. Allunga la falcata e il ticchettio dei suoi tacchi sul marciapiede aumenta il ritmo, come un metronomo tarato a 140 battiti al minuto. Ma il suo cuore pulsa quasi al doppio della velocità. In corrispondenza del cancello del parco della chiesa, i lampioni sono rotti e la via è immersa nel buio. Dalla parte opposta c'è un muro alto, di mattoni rossi, che delimita un complesso di case popolari, alla cui base vi sono tre rientranze con altrettante porte che conducono a rimesse o piccoli garage. Se vuole raggiungere la presunta salvezza, Margareth è obbligata ad attraversare quel buco nero, altrimenti può tornare sui suoi passi e fingere di ignorare quella specie di urlo sentito qualche minuto prima dietro di lei.

Ferma nel viottolo, con la mandibola serrata per bloccare il tremore che le attacca i denti e con i muscoli delle gambe contratti fino allo spasmo, la ragazza gira un paio di volte la testa avanti e indietro, impietrita dalla paura, rimpiangendo di non avere accettato l'aiuto del suo amico tatuatore.

Ed è proprio in quel momento che le sue orecchie colgono il fruscio, ferroso e penetrante, di una lama che viene sguainata.

32

Alza di scatto la testa dal monitor del computer e resta in silenzio, tendendo le orecchie. Quello che ha appena sentito è un urlo, breve ma inconfondibile, proveniente dall'esterno. Ha imparato a riconoscere le grida umane facendo ore di pattugliamenti notturni e sa distinguerle con precisione dai versi degli animali notturni o dai frastuoni metallici di radio e televisori con il volume troppo alto. Con un leggero senso di inquietudine, Daphne scende dallo sgabello della cucina e raggiunge una delle grandi finestre che si affacciano su Cheshire Street. Attende una manciata di secondi e poi la apre, venendo subito investita da una raffica di vento che inizia a sibilare tra gli infissi. Osserva con attenzione la strada in entrambe le direzioni, fino a dove il suo sguardo le consente di arrivare. Tutto il quartiere sembra deserto e buio. Driscoll è andato via da poco e ora la poliziotta si sente in colpa per averlo aggredito per la storia del pugnale e non essere riuscita a convincerlo a rimanere. Dopo essersi scusato ripetutamente per avere pensato di portare l'arma d'epoca all'università e avere assicurato alla sua compagna che l'avrebbe tenuta in un posto sicuro, il professore ha deciso di tornare a casa, nonostante Daphne l'abbia più volte invitato a trascorrere la notte da lei, considerato il suo stato di agitazione. Ma l'uomo non ha voluto sentire ragioni. «Ti ho recato anche troppo disturbo» si è giustificato «e domani avrai senz'altro una giornata dura.» Daphne ha provato, con scarso impegno, anche la carta della seduzione, realizzando però subito come il suo compagno non fosse dell'umore adatto. «Tesoro, resterei con te tutta la vita,» l'ha rassicurata Driscoll «ma questa notte ho veramente bisogno di tornare nel mio appartamento e cercare di svuotare la mente.» Si sono salutati con un bacio dopo che lui le ha promesso che le avrebbe dato notizie al più presto di Malcolm. Anche l'ultimo tentativo della donna di chiamare un taxi è fallito e Driscoll se n'è andato a piedi, incamminandosi in direzione del pub Carpenters Arms. Rimasta sola e con l'adrenalina ancora in circolo, Daphne si è preparata un altro Gin and Tonic e si è rimessa a fare ricerche sul suo laptop, navigando tra siti e portali che avessero qualche attinenza con i delitti di Jack lo Squartatore. Poi è entrata nel database di Scotland Yard per controllare tutti gli omicidi recenti di donne con età compresa tra i venti e i cinquant'anni, compiuti a Londra est. In nessuno dei casi, però, la vittima aveva le sembianze della donna con i capelli ricci, ritratta nella foto rinvenuta da Malcolm. Ha poi allargato la ricerca fino ai due mesi precedenti, senza ricavarne nulla di interessante. Per curiosità personale, più che per un motivo specifico, ha quindi cercato un sito internet che riportasse documenti originali delle indagini sui delitti di Jack the Ripper, compresi i verbali di autopsia e le istantanee delle vittime. Ha così scoperto che l'ispettore incaricato di seguire il caso, Frederick Abberline, venne trasferito da Scotland Yard alla stazione di polizia di Whitechapel nel 1888 proprio per indagare sugli omicidi dello squartatore, vista la sua ottima conoscenza dell'Est di Londra e in particolare di Shoreditch. Leggendo la sua biografia ha inoltre appreso come il leggendario detective, a parte la sua grande dedizione al lavoro e il suo intuito speciale nelle investigazioni, fosse un uomo che soffriva di disturbi psicologici, causati, si vociferava a quei tempi, dall'abuso di droga e alcol. Per altri si trattava invece di una malformazione congenita al cervello mai diagnosticata. Speculazioni tutte prive di fondamento, nonostante nessuno fosse mai riuscito a capire perché, nel 1892, a soli quattro anni dal caso di Jack lo Squartatore, che non fu tra l'altro mai risolto, Abberline avesse deciso, a quarantanove anni, di lasciare la polizia e ritirarsi a vita privata, vivendo per altri trentasette anni, lontano da Londra, in una casa sul mare a Bournemouth, nel Dorset.

Poco prima di sentire quell'urlo in strada, Daphne aveva cominciato a esaminare le foto realizzate all'epoca dei delitti di Jack e quelle delle donne da lui uccise.

Con la finestra ancora aperta e il vento che le gonfia i sottili capelli biondo platino, la poliziotta, affacciata in strada, estrae il cellulare e digita il numero di Driscoll. Quando parte la segreteria le torna subito alla mente come lui si fosse lamentato che il suo telefono stesse per scaricarsi e non avesse con sé nemmeno un cavo USB per rigenerare la batteria.

«Volevo solo sapere se eri arrivato a casa sano e salvo, un bacio e spero di sentirti presto» recita la poliziotta, decidendosi a chiudere la finestra. Dopo essersi risistemata sommariamente i capelli, torna al computer e lo riavvia dalla posizione di stand by. Sullo schermo compare la foto a tutta pagina del cadavere di Elizabeth Stride, la terza donna uccisa da Jack lo Squartatore. Daphne la osserva attentamente e per poco non le viene un infarto.

33

«Un inquilino della casa accanto affermò di aver sentito quella notte il grido di una donna, ma di non avere avuto il coraggio di sporgere la testa e guardare. Il giorno dopo, tra questa porta e la palizzata, in uno spazio di ottanta centimetri, venne rinvenuto il corpo senza vita di Annie Chapman, una prostituta di quarantasette anni. La gola era squarciata e la testa recisa quasi interamente dal busto, il ventre era aperto: gli intestini erano appoggiati sulla spalla destra, mentre la vagina, l'utero e due terzi della vescica erano stati asportati. Ai piedi della vittima furono rinvenute alcune monete e un pezzo di una lettera insanguinata datata 20 agosto.» John Dylan Waits fa la consueta pausa a effetto e il suo pubblico, in realtà quella sera piuttosto scarso, solo sette turisti, asiatici e americani, resta in attesa di conoscere il finale della storia con il fiato sospeso.

«Immaginate una notte di inizio settembre con lo stesso forte vento di questa sera, ma con una temperatura più mite» riprende la guida. «Nel quartiere di Whitechapel non si è ancora scatenata la psicosi dello Squartatore visto che è passata solo una settimana dal ritrovamento, a poca distanza da qui, del corpo di Mary Ann Nichols, la prima vittima dello spietato serial killer. È normale quindi che una donna se ne vada in giro da sola in piena notte tra questi vicoli, tanto più se si tratta di una prostituta. Ma l'assassino è in agguato e la sua furia omicida è ormai inarrestabile.» Waits guarda uno per uno negli occhi i pochi partecipanti a quella London Walk e non può fare a meno di pensare ad Hana Collins. Ha in tasca il suo orecchino, dopo averlo trovato in quel misterioso covo, nel sotterraneo della casa in cui ha detto di vivere. Ma la ragazza è sparita nel nulla e quel piccolo gioiello è, al momento, l'unico elemento concreto di una storia che sembra provenire dall'oltretomba, più immaginaria delle ricostruzioni che vende ai turisti.

«Per questo omicidio fu arrestato quasi subito John Pizer, un mercante ebreo, proprietario di una bottega per la lavorazione del cuoio, situata nel quartiere. Fu a causa di un grembiule di pelle conciata che venne trovato nei pressi del luogo del delitto. Ma l'uomo fu scagionato il giorno dopo, quando si scoprì che il vestiario apparteneva a un inquilino di questo stesso palazzo, lavato e appeso ad asciugare. Il vero Squartatore rimase così ignoto ma la squadra di investigatori, capeggiata dall'ispettore Frederick Abberline, un tipo stravagante e controverso, seppure dotato di grande intuito, riuscì, raccogliendo le varie testimonianze, a tracciare un primo identikit del killer. Ne scaturì l'immagine di un uomo distinto, vestito di scuro, con un mantello lungo e con in mano una valigetta simile a quella dei medici. Esattamente come quella che ho con me stasera» conclude Waits, sollevando una borsa in pelle con la chiusura a soffietto e due cinture con la fibbia. Di seguito, con il solito gesto plateale, l'uomo tira fuori l'orologio da taschino, finge di meravigliarsi per l'ora tarda e conclude il tour, facendo un breve inchino e accogliendo di buon grado le misere mance dei turisti. Dopo avere atteso che l'ultimo dei sette si allontanasse, il professore estrae il cellulare e compone, per l'ennesima volta in quelle ventiquattro ore, il numero di Hana. E anche questa volta parte la voce registrata che avverte come il numero chiamato potrebbe essere spento o disattivato. È quasi mezzanotte e

Waits non ha voglia di prendere l'autobus o tantomeno di spendere soldi per un taxi. Passando sotto un grande murale con la faccia di un pagliaccio con il viso truccato di bianco, il naso, la bocca e i capelli rossi e un ghigno alla Pennywise, l'uomo lascia Hanbury Street e si dirige verso il mercato di Spitalfields, imboccando una serie di piccole strade tra cui Spital Street, Buxton Street e Code Street. Conosce bene quel reticolo di viuzze ma in una serata così ventosa e tetra, l'atmosfera che avvolge quell'area gli appare, per la prima volta, lugubre e funerea, al pari delle sue descrizioni durante le visite. L'insolita e inattesa situazione lo rende incomprensibilmente euforico. Giungendo a Fleet Street Hill, si imbatte in un negozio di barbiere che non aveva mai visto prima. Si chiama Jack The Clipper, è arredato in stile vittoriano, e ha una scritta sulla vetrina che recita NATO E DISSANGUATO A LONDRA. Waits sorride e non può fare a meno di pensare come, negli anni, in quella zona di Londra, lo Squartatore sia diventato un brand oltre che un'attrazione per i visitatori. Supera la sezione del mercato e si immette a Cheshire Street, percorrendola interamente fino al pub Carpenters Arms. Le luci del locale sono spente e la strada appare deserta. Poi però scorge, in lontananza, e per qualche secondo, la sagoma di un uomo che cammina barcollando, appoggiandosi alla parete come un ubriaco. Nello stesso istante, proveniente dal medesimo angolo, gli sembra di sentire il ticchettio ritmato dei tacchi di scarpe da donna che picchiettano il marciapiede. Si ferma e si concentra su quella parte di strada ma non riesce a vedere nessun altro. Sta per riprendere il cammino quando, dalla parte opposta della via, girato di spalle e a una distanza tale da non poterne individuare il viso, nota un uomo, con la testa incassata in un cappotto, il colletto tirato su e le mani infilate nelle tasche. Cammina a passi veloci nella stessa direzione di quello precedente e dà l'impressione di essere particolarmente sconvolto.

34

Il sangue esce a fiotti dalla ferita profonda e slabbrata che ha nel fianco e ha già imbevuto buona parte del cappotto, al di sotto della cintura. Rosso su rosso, "*Ton sur ton*" pensa Margareth, non capacitandosi che possa esserle venuta un'idea del genere in quelle circostanze.

Una frazione di secondo dopo avere sentito quel fruscio alle sue spalle, qualcuno l'ha aggredita, da dietro, con una lama lunga e affilata. Lei ne ha appena scorto il riflesso e poi quel pugnale si è conficcato nel suo fegato, con veemenza e precisione.

Margareth non ha sentito immediatamente dolore, l'urlo rauco che le è uscito dalla bocca è stato una reazione più mentale che fisica. Adesso però il bruciore è insopportabile e le ha appesantito tutti i movimenti. Tentando di scappare, ha perso una scarpa e nell'altra il tacco si è spezzato. Appoggiandosi alla rete che delimita il parco, è riuscita comunque a rimanere in piedi e a vacillare per una decina di metri. Poi le è venuto da vomitare e ha sputato una palla di sangue e bava sul marciapiede, mentre le sue ginocchia hanno ceduto. Accucciata su sé stessa, con la mano destra stretta sulla ferita e la faccia a pochi centimetri dal selciato, Margareth comincia a tossire e singhiozzare. Non vuole girarsi indietro per non rendere reale l'orrore che sta vivendo. Chiude gli occhi e immagina di essere sulla passerella di una sfilata della collezione firmata da Kate Moss, durante la London Fashion Week, mentre indossa uno splendido abito da sera rosso, lungo, con uno scollo profondo sulla schiena e fiori decorati nella gonna. È il modello di punta di tutta la serata ed è la stessa top model-stilista a presentarlo, prendendola per mano e accompagnandola sulla pedana, tra gli applausi fragorosi di tutta la sala. Lei è raggiante e, colma di felicità, non riesce a trattenere le lacrime.

Ma quelle che ora stillano dai suoi occhi serrati sono tutt'altro che lacrime gioiose. Le solcano il viso, raccogliendosi nella punta del mento, prima di infrangersi sull'asfalto. Una piccola goccia di pianto rimane intatta e le scivola lungo il collo. La lama acuminata la centra in pieno, conficcandosi per quasi venti centimetri nella sua gola, tranciandole di netto la giugulare interna e perforandole la carotide.

35

«È ferita?» chiede Richard William Dyas, duca di Saulton.

«In modo superficiale,» risponde il suo assistente, Colin D. Hoxton «ha un taglio poco profondo alla spalla e qualche livido. Nulla di preoccupante, qualche ora di riposo e sarà a posto.»

«Ha un nome?»

«Si chiama Georgeta, Sir, è di origine romena.»

«Una zingara!»

«Effettivamente pare che sia cresciuta in un campo rom, signore.»

«Te pareva! E che nome del cazzo che le hanno dato! Comunque, chi se ne frega! Com'è fisicamente?»

«Piccola e minuta ma con grande resistenza e forza fisica.»

«Intendevo esteticamente, Hoxton! Me ne fotto del suo carattere, mica mi ci devo fidanzare! È bionda? Mora? Carnagione chiara? Gambe? Tette? Culo?»

«Be'... non è certamente una pin-up ma credo sia molto vicino a ciò che stava cercando, Sir.»

«Questo lo capiremo presto, dov'è adesso?»

«L'ho sistemata in una stanza nei sotterranei e ho messo un uomo di guardia.»

«Bene, non voglio che nessuno, nel castello, sappia che è qui, nemmeno il personale di servizio. Occupati di farla mangiare e vestire. Quando sarà il momento dovrà essere in piena forma.»

«Molto bene. La vuole... vedere, Sir?»

«È ovvio, Hoxton, che domande! Devo capire se è in grado di superare il test. Portamela stasera ma, mi raccomando, nessuno deve accorgersi di nulla!»

«Come sempre, signore, sarà fatto. Ha bisogno d'altro?»

Con una cannuccia d'argento, il duca aspira con foga una striscia di cocaina che ha diligentemente steso sul tavolo di cristallo del suo studio e la fa scomparire in un baleno dal ripiano. Quindi si gratta la punta del naso, inspira rumorosamente con le narici e scuote la testa.

«No, grazie, Hoxton, puoi andare per il momento, ma resta nei dintorni, per cortesia» dice, sfregandosi sugli incisivi il polpastrello dell'indice col quale ha raccolto le briciole di coca dal tavolo.

«A sua disposizione, Sir» risponde l'assistente, poi si gira ed esce dalla stanza.

Bill Dyas si alza dal tavolo e si va a sedere sulla poltrona, in stile veneziano, della metà dell'Ottocento, sistemata di fronte a una grande vetrata che domina il parco del castello e le case circostanti. Reclina la testa all'indietro per apprezzare profondamente quella sensazione di benessere ed euforia che gli procura la droga anche se l'effetto, a causa del consumo sempre più frequente, dura sempre meno. Sente i vasi sanguigni che si costringono e la pressione del sangue che aumenta, quindi comincia a pregustare i test a cui sottoporrà la sua nuova giovane preda. Se risulterà idonea, pensa, la condividerà con gli altri e organizzerà una di quelle feste che piacciono tanto alla sua cerchia di amici depravati con la puzza sotto il naso e il titolo nobiliare ammuffito. «Alla faccia di quelle cariatidi di Windsor e alle loro regole di corte del cazzo!» dice, a voce alta, abbandonandosi a una grossolana risata. Quindi il suo sguardo punta verso la parete che sovrasta un maestoso camino, sormontato da un mantello in legno intagliato con rivestimento in rovere del periodo elisabettiano dei Tudor, per ammirare la collezione di spade e pugnali del Diciannovesimo secolo, conservata in una teca di vetro a muro. Di una baionetta da caccia del 1888, con lama di venti centimetri e manico in argento decorato, vi è solo il fodero, di Old Sheffield. Con la mente annebbiata dagli effetti della cocaina, il duca si mette a osservare l'andirivieni di persone nella grande piazza che si estende fuori dalle mura della sua residenza, senza però riuscire a distinguerne le figure e tantomeno i volti. Tra le tante cose, non vede nemmeno un uomo sulla trentina, alto, con i capelli castani tagliati molto corti sulle tempie, la muscolatura ben definita e un giubbotto di pelle nera da motociclista, che si aggira con aria curiosa e guardinga tra gli stand del mercato all'aperto di oggetti di antiquariato, facendo domande e indicando il castello.

36

Un suono acuto e martellante mi perfora i timpani. Ormai vi ho fatto l'abitudine ma questa volta il tintinnio non accenna a placarsi e continua a picconarmi il cervello. Mi alzo a sedere, con fatica, sul divano, stringendo i palmi delle mani sulle tempie mentre penso che, se non altro, questa specie di allarme da elettrocardiogramma piatto ha avuto il merito di destarmi da quello stato di incoscienza e narcosi in cui sono precipitato da non so quante ore.

Mi ci vogliono però almeno due minuti per realizzare che il sibilo questa volta non è nella mia testa ma proviene dal cellulare che vibra, come un coleottero ribaltato, sul tavolino di fronte a me.

«Brainblee!» rispondo, con una voce che stento a riconoscere, dopo avere identificato il numero della stazione di polizia di Whitechapel.

«Ispettore, sono l'agente Lamb, dell'ufficio denunce, scusi il disturbo, ho provato a contattare il suo ufficio ma mi hanno detto che non era ancora arrivato.»

«Certo, sì... voglio dire, adesso... ma, dimmi, cosa posso fare per te agente La...»

«Lamb, signore, agente scelto.»

«Naturalmente, ehm, scelto...»

«C'è una persona che vorrebbe vederla, ispettore.»

«Dove? Ch-chi?»

«La persona è qui, alla stazione di Whitechapel, è arrivata circa dieci minuti fa. Non ha un appuntamento ma sostiene che si tratti di una cosa urgente...»

«Certo, immagino...» bofonchio, mentre cerco di rimettere in attività tutte le parti del mio cervello che riesco ancora a controllare «...lo hai identificato?»

«Sì, mi ha mostrato una tessera per i trasporti pubblici con una foto. Si chiama John Dylan Waits e si è presentato come un insegnante in pensione che ora fa la guida turistica e...»

«Aspe-aspetta un attimo, Lang.»

«Lamb, ispettore.»

«Sì, chiaro, Lamb, questo Waits ha chiesto espressamente di me? Non credo di conoscerlo.»

«In effetti lui non ha fatto il suo nome. Ha chiesto genericamente di potere parlare con un funzionario che si occupa di persone scomparse e di omicidi. Sono stato io a ritenere che avrebbe potuto parlare con lei. Ho sbagliato?»

«Nient'affatto ma, fammi capire, ti ha accennato, anche brevemente, di cosa si tratta?»

«Non ha voluto, ho provato a insistere ma non c'è stato verso. Ha detto che dirà tutto a un funzionario, oppure se ne andrà.»

«E, dimmi, ti sembra un tipo a posto? Nel senso, ha l'aria del mitomane o del tipo un po' fuori di testa?»

«Be', non mi sarei permesso di disturbarla, ispettore, se avessi avuto questo timore. Sembra un uomo di altri tempi ma molto lucido e determinato. È grosso e barbuto.»

«Un'ultima cosa, per caso gli hai detto che avresti cercato di contattarmi? Insomma gli hai fatto il mio nome?»

«No di certo. L'ho accompagnato in sala d'attesa, spiegandogli che lo avrei fatto parlare con qualcuno della Omicidi.»

«Perfetto, allora, torna da lui e digli per favore che tra venti minuti l'ispettore Brainblee potrà riceverlo.»

«Agli ordini, ispettore, grazie.»

Nel riappoggiare il telefono sul tavolino, scopro di avere la mano destra piena di tagli e una quantità di schizzi di sangue secco sul polsino della camicia. Con un impeto d'ansia, mi slaccio il resto dei bottoni e rimango a torso nudo, verificando, con sollievo, che nel resto del corpo non sono ferito. Ma un secondo dopo torna ad assalirmi l'angoscia. "Che cosa mi è successo alla mano?" mi domando. Poi d'improvviso ricordo una rovinosa caduta, fuori dal pub, su un cumulo di cocci di bottiglia e vetri rotti, abbandonati sul marciapiede, in una pozzanghera di birra e vomito sulla quale sono scivolato. La mia camicia fa una puzza rivoltante e devo respirare profondamente a bocca aperta per respingere un conato. Mi trascino in bagno con la paura di guardarmi allo specchio. Lo faccio di sfuggita, mentre mi sciacquo la faccia con l'acqua fredda, notando, con soddisfazione, che non vi sono crepe nel vetro e che il mio volto, per quanto esausto e inaridito, è quello che conosco. Sotto il getto d'acqua bollente della doccia le mie membra cominciano finalmente a rilassarsi e le sinapsi si mettono in funzione, cominciando a inviarmi una serie di immagini frammentate. Rivedo quella scena mostruosa nella toilette del pub, con il mio doppio volto riflesso nello specchio, poi parte una sorta di videoclip in soggettiva le cui figure sono sfocate. Mi passano davanti agli occhi, per pochi attimi, il viso della ragazza polacca del pub mentre mi parla, la porta del locale che si apre, il flash luminoso di un lampione acceso in strada, una catasta di vetri sul marciapiede e un'enorme macchia rossa uniforme. Si blocca per qualche secondo e poi lo stesso rosso mi fa da schermo a qualcosa che si muove, dietro di esso, che non riesco a distinguere. In compenso colgo un ticchettio, forte e cadenzato, che aumenta progressivamente di volume e velocità. Le ultime sequenze sono le più terribili e mi troncano il respiro. Una chioma di capelli biondi alzata dal vento, una lama in primo piano che penetra la carne, il sangue che zampilla e un urlo che squarcia il silenzio della notte.

A gridare sono io, adesso, nel box della doccia, mentre l'acqua bollente mi riempie la bocca. Appoggio la schiena alle mattonelle bagnate, piego le ginocchia e mi lascio scivolare giù fino al piatto di ceramica. Resto seduto con il flusso d'acqua che mi rimbalza sulla testa e mi disegna rivoli irregolari sul volto. O forse, sto piangendo.

37

«Se ha altri impegni possiamo rimandare il nostro appuntamento. Naturalmente non le farò pagare nulla» precisa il dottor Robert Doodley, seduto nella poltrona davanti alla sua scrivania, rivolgendosi a Daphne, la quale non ha ancora aperto bocca e continua a controllare in modo ossessivo il suo cellulare.

«Ehm... no, mi scusi dottore, devo solo... sì, certo che voglio restare, ci mancherebbe, mi dia solo un minuto e spengo il telefono» spiega la poliziotta, scorrendo freneticamente l'indice della mano destra sullo schermo del suo smartphone.

Per tutta la mattina Daphne ha cercato, senza riuscirvi, di rintracciare Monty Driscoll. Gli ha lasciato almeno tre messaggi in segreteria e ha telefonato anche all'università di Westminster, dove le hanno spiegato che il professore non era ancora arrivato. Non ha chiuso occhio fino all'alba, rimuginando su quell'urlo avvertito in strada, nel cuore della notte e soprattutto su quell'agghiacciante scoperta riguardo a uno degli omicidi di Jack lo Squartatore. A un certo punto, in preda all'ansia, si è anche collegata, attraverso un canale online riservato alla Metropolitan Police, ai servizi di emergenza della centrale operativa, per verificare che non vi fossero state chiamate o segnalazioni nella sua zona. Ha dormito a malapena un'ora, dalle 5.30 alle 6.25, svegliandosi con il trillo gentile dell'allarme impostato sul telefono che le ha ricordato gli impegni della giornata. Primo fra tutti, alle 8, la seduta dallo psichiatra. È stata sul punto di mandare un messaggio al dottor Doodley per disdire l'incontro, poi ha ritenuto che, visto lo scombussolamento in cui si trovava, sessanta minuti di meditazione e analisi le avrebbero fatto bene.

«C'è qualcosa che posso fare per lei?» domanda lo psichiatra.

«No, grazie, aspetti solo che... okay, messaggio inviato. Ora inserisco la modalità aereo e sono pronta.»

«Non è necessario, Daphne, può rimanere connessa, se ciò la fa stare più tranquilla, a molti dei miei pazienti lo consento, li aiuta a controllare l'ansia.»

«Nel mio caso non funzionerebbe, dottore, glielo assicuro, meglio staccare completamente, almeno per un'ora. Non mi sembra la fine del mondo. Ma, cos'ha fatto alla mano?» chiede la donna, non appena nota la vistosa fasciatura che avvolge l'arto destro dello psichiatra.

«Uno stupido incidente, ieri sera, con il robot tritatutto» la rassicura l'uomo. «Per fortuna è solo un taglio superficiale ma non smetteva più di sanguinare. Sono i classici infortuni degli uomini single che si credono dei grandi chef...» si schernisce Doodley.

«Io non ho mai posseduto il robottino,» commenta la poliziotta «in compenso sto diventando una finanziatrice di Just Eat e Deliveroo.»

«È sicuramente molto meno rischioso» ironizza lo psichiatra. «Ma veniamo a noi. C'è qualcosa in particolare di cui mi vuole parlare? Magari potrebbe spiegarmi il motivo per cui oggi è così in apprensione.»

«Nulla di importante,» cerca di minimizzare la poliziotta «sono io che tendo sempre a ingigantire i problemi o a vederne dove non ce ne sono.»

«Be', mi sembra un ottimo punto di partenza per la nostra seduta. La sua tendenza, come dice lei, a ingigantire le cose.»

«Secondo me invece è una perdita di tempo,» insiste Daphne «ormai fa parte della mia indole e so come controllarla ed evitare che faccia danni.»

«Bene, allora, potremmo parlare dell'inclinazione a volere negare i problemi e a fuggire dalle situazioni che le provocano ansia invece che affrontarle. Che ne pensa?»

Daphne, sospira, fa un sorriso incerto e scuote la testa.

«Con lei è una partita persa in partenza» ammette la poliziotta.

«Lo prendo come un complimento» commenta lo psichiatra, sorridendo.

«Vuole veramente sapere che cosa mi inquieta da quando mi sono svegliata questa mattina? Anzi,» precisa la donna «che cosa non mi ha fatto dormire per quasi tutta la notte?»

«Sono qui per ascoltarla» la invita Doodley.

Nei trenta minuti successivi Daphne racconta al terapeuta, con dovizia di particolari, la notte insonne che ha trascorso, a partire dall'arrivo a sorpresa, a casa sua, del suo compagno, Monty Driscoll. Gli descrive la scoperta fatta dallo studente di Driscoll, Malcolm Bellamy, mettendo in evidenza, con la scrupolosità di una detective, tutti i dubbi riguardo alla plausibilità della vicenda. Infine sottolinea la straordinaria somiglianza che ha creduto di riscontrare tra la terza vittima storica di Jack lo Squartatore, Elizabeth Stride, e la donna riccia che compare in quella misteriosa foto pubblicata e poi rimossa da Instagram. E di come, pur non essendo riuscita a trovare una spiegazione logica per la sua tesi, soprattutto per la mancanza di elementi concreti, la sola supposizione che ci possa essere un collegamento tra i due presunti delitti le abbia procurato una valanga di emozioni contrastanti.

«Posso dare un'occhiata a questa foto, se per lei non è un problema?» domanda lo psichiatra. «Vedendola potrei rendermi conto meglio delle reazioni che può suscitare.»

La sua voce è pacata e rassicurante ma dentro di sé il terapeuta sta facendo appello a tutte le sue capacità di autocontrollo per non fare trasparire il suo stupore. È pronto a scommettere che la foto del cadavere della donna con i capelli ricci, descrittagli dall'ispettore Brainblee durante il loro incontro, sia la stessa che ora la poliziotta gli ha tratteggiato, attribuendo però la scoperta a uno studente universitario.

La poliziotta rimane inizialmente perplessa dalla richiesta del medico, poi decide che in nessun modo può essere un intralcio alle indagini e gli passa il suo cellulare, dopo avere selezionato l'immagine. Lui osserva la foto in silenzio per qualche secondo quindi, impassibile, restituisce il telefono a Daphne.

«La ringrazio» dice, poi aggiunge: «Che cos'è che la preoccupa di più di questa congettura, per usare le sue parole?».

«Mah... forse l'idea che a Londra ci possa essere una mente malata che considera Jack lo Squartatore un modello da imitare e che, dopo più di centotrent'anni, abbia intenzione di ripercorrere le sue orme, anche nella scelta delle vittime.»

«Mi sembra molto, troppo, razionale,» rimarca l'uomo «va bene per esporre i dubbi e gli interrogativi della detective Daphne Bird ma non spiega i suoi tormenti interiori. Tanto più che non esistono conferme che quella foto documenti un omicidio realmente avvenuto. O mi sbaglio? Le risulta che di recente sia stato commesso un delitto con queste modalità?»

«No, negativo, ho controllato» precisa la poliziotta.

«Eppure il solo pensiero le ha impedito di dormire. Perché secondo lei?»

La donna chiude gli occhi e abbassa la testa, rimanendo per qualche secondo in silenzio.

«Non lo so... davvero» dice poi, fissando negli occhi il medico «mi sarò fatta suggestionare da Monty, o forse, in questo periodo, sono più vulnerabile del solito.»

«Perché suggestionare?»

«Be'... è da un po' di tempo che lo sento molto teso. Ieri sera, quando è venuto a casa mia per riferirmi questa storia, quasi tremava e faticava a respirare. Non l'avevo mai visto così scosso.»

«Ha cercato di calmarlo?»

«Sì, più di una volta. Gli ho anche proposto di fermarsi a casa mia ma ha insistito per andarsene e non ha voluto nemmeno che gli chiamassi un taxi.»

«Ci è rimasta male?»

«...sì, anche. Mi sono sentita soprattutto in colpa per avere reagito severamente ad alcune sue considerazioni» ammette Daphne, senza però menzionare la questione del pugnale.

«Si ricordi che lei è la sua compagna, non la sua terapeuta. Si deve sentire libera di reagire come meglio crede» puntualizza Doodley.

«Ha ragione ma, vede, qualche minuto dopo che Monty se n'è andato, mi è parso di sentire un urlo, quasi bestiale, provenire dalla strada. Ho aperto la finestra con il cuore in gola e sono rimasta a lungo a guardare fuori.»

«E...?»

«Niente, tutto tranquillo. Tutta la zona era calma e deserta.»

«Immagino che abbia fatto tutte le verifiche del caso» dice lo psichiatra.

«Naturalmente. Da quello che ho potuto accertare, i servizi di emergenza e pronto intervento della polizia non hanno avuto segnalazioni o chiamate.»

«È sicura, Daphne, di avere udito quell'urlo? Non può essere che si sia momentaneamente addormentata e che si sia risvegliata di soprassalto, convinta di avere sentito qualcosa che ha invece solo sognato?»

«Impossibile!» precisa la poliziotta, risentita. «Stavo facendo delle ricerche al computer quando quel grido ha rotto il silenzio della stanza, posso confermarglielo al cento per cento, non stavo dormendo!»

«D'accordo, mi scusi, non volevo contraddirla. Ha avuto modo di riparlare con il suo compagno dopo che vi siete salutati?»

«Finora no e la cosa mi rende leggermente inquieta. Ho provato anche prima a chiamarlo e a lasciargli l'ennesimo messaggio in segreteria ma niente...»

«Senta Daphne, io credo che oggi la nostra seduta possa terminare anche cinque minuti prima. Tra l'altro sono venuti fuori aspetti molto interessanti su cui potremo tornare le prossime volte. Ora ritengo che sarebbe più opportuno e rassicurante se riaccendesse il cellulare.»

«Grazie mille, dottore» dice la poliziotta, senza farselo ripetere due volte.

Disinserisce la funzione *flight mode* del telefono e si mette in attesa. Dopo un secondo e mezzo, compare il simbolo verde di WhatsApp per avvertirla che c'è un nuovo messaggio.

Ciao Daphne, ho visto le chiamate. Scusa, ma ho riacceso solo ora il telefono. Ieri notte si è completamente scaricato e quando sono arrivato a casa mi sono dimenticato di metterlo in carica e avvisarti, come ti avevo promesso. Stamattina ho dormito fino a tardi. Sarà stato il Gin and Tonic, non sono abituato a bere alcolici. Mi spiace averti fatto preoccupare. Nel pomeriggio ho lezione all'università e dovrei vedere Malcolm. Ti chiamo subito dopo, promesso. Un bacio. Monty.

Un sorriso radioso si spalanca sul viso della poliziotta che risponde al messaggio con un cuoricino rosso.

«Era lui?» chiede Doodley.

«Sì, tutto a posto, dottore, e grazie infinite» dice la donna, alzandosi e avviandosi vero l'uscita dello studio, senza più quel macigno che le opprimeva il petto un'ora prima.

Lo psichiatra l'accompagna fino all'ascensore e la saluta, sfoderando un sorriso accomodante. Richiude la porta dello studio e, stando attento a non fare rumore, si gira, vi appoggia la schiena e respira profondamente con la bocca aperta, mentre il taglio che ha nella mano comincia a pulsargli dolorosamente.

38

Gli crea sempre un po' di tensione aggirarsi dalle parti del palazzo del ministero dell'Interno. Il suo permesso di soggiorno è scaduto da un anno e mezzo ma la sua condizione di clandestino, fino a ora, non gli ha creato grossi problemi. Questo perché Andrej Drazkovsky è sempre stato molto attento a rendersi invisibile, frequentando luoghi e persone fidati e cercando di sottrarsi agli obiettivi delle migliaia di telecamere di sorveglianza disseminate a Londra. Espediente che a Marsham Road, nel centralissimo quartiere di Westminster, a un tiro di schioppo da Scotland Yard, non è nemmeno pensabile. Il rischio che venga identificato grazie al riconoscimento facciale è alto, anche per questo lo slavo si è ficcato in testa una coppola scura di lana, tirandosela sulla fronte, ha alzato il bavero del giaccone, infilandovi sotto i capelli legati nella coda di cavallo e ha camminato per tutto il tempo guardandosi i piedi.

Non appena svolta l'angolo, provenendo da Romney Street, ai suoi occhi si presenta una scena che lo paralizza. L'intera via nella quale sorge il ministero è occupata da decine di macchine e furgoni della polizia con i lampeggianti accesi, dai quali stanno balzando fuori le squadre speciali di pronto intervento e gli agenti armati di mitra. L'ingresso del palazzo è cordonato con il nastro bianco e rosso, oltre al quale una decina di poliziotti in borghese e uomini dei servizi segreti stanno parlando animatamente con radio e auricolari. Ci sono almeno due ambulanze e un'auto medica, ferme a lato dell'ingresso. Una di queste ha il portellone posteriore spalancato. Dalla parte opposta della strada sta giungendo di corsa un manipolo di reporter, fotografi e cameraman, contenuti a fatica da poliziotti in divisa. Almeno due elicotteri stanno sorvolando la zona e il rumore intenso, emesso dai loro rotori, si fonde con quello incessante delle sirene. La gente è affacciata alle finestre, molti hanno il cellulare in mano e stanno riprendendo lo spettacolo con gli occhi carichi di eccitazione.

Un boato di stupore si leva dalla folla ammassata dietro gli sbarramenti quando, all'improvviso, la porta del ministero dell'Interno si apre ed esce un uomo di circa cinquantacinque anni, corpulento e calvo, sorretto da due paramedici e scortato da un poliziotto armato in uniforme tattica. È ferito in modo profondo alla testa, al volto e al petto. Si tiene una mano sugli occhi, stringendo un asciugamano, lordo di sangue e cammina a fatica, trascinando i piedi. Indossa un vestito blu scuro sopra una camicia strappata in vari punti e completamente inzuppata dal sangue che continua a stillare dalle ferite. Accompagnati dai *clic* frenetici delle macchine fotografiche, i paramedici fanno salire l'uomo sull'ambulanza e partono a sirene spiegate, seguiti da una pattuglia.

Drazkovsky incassa la testa nel giaccone e si avvicina al muro, sottraendosi allo sguardo degli agenti che stanno vietando l'accesso ad auto e pedoni. Inizia a riflettere sul modo migliore per allontanarsi da quella zona senza dare nell'occhio, o finire nell'obiettivo di qualche cameraman o fotoreporter, quando il suo telefono Nokia emette una breve vibrazione. Lo estrae dalla tasca e legge rapidamente il messaggio.

Evita Marsham Street, c'è stato un assalto al ministero ed è pieno di poliziotti. Torna indietro, gira a sinistra e raggiungi Horseferry Road. Poi procedi a destra per trecento metri ed entra in un ristorante italiano che fa anche servizio da asporto. Si chiama Gusti. È pieno di gente e non ha telecamere. Supera il bancone e arriva in fondo alla sala. Ti aspetto nell'ultimo tavolo ad angolo.

Lo slavo decide di tagliare per il giardinetto della chiesa di St. John, a Smith Square, ed è in quel momento che lo vede. L'uomo è accucciato sui primi tre gradini della scalinata che conducono alla porta posteriore della basilica, con il corpo a ridosso del muro laterale. Sembra un senzatetto di una quarantina d'anni, la pelle pallida come un lenzuolo e il corpo smilzo e ossuto. Si è tolto il giubbotto nero che indossava e lo ha gettato a terra, assieme a qualcosa di lungo e rilucente. Con un ritaglio stropicciato di giornale sta cercando nervosamente di pulirsi il sangue dalle mani. Appare turbato e spaventato e continua a guardarsi attorno. D'improvviso i loro sguardi si incrociano. Drazkovsky non impiega nemmeno un secondo per capire che quel soggetto allampanato è l'autore dell'aggressione al ciccione pelato che ha visto portare fuori, coperto di sangue, dal ministero dell'Interno. Lo identifica immediatamente come un immigrato dell'Est Europa, forse addirittura polacco come lui. Dentro di sé sorride all'idea che il tizio a cui sta dando la caccia un intero battaglione di polizia in assetto tattico sia riuscito a fuggire e si nasconda a pochi passi dal luogo dell'assalto. I due si fissano negli occhi per una manciata di secondi, in silenzio. Lo smilzo resta immobile come un gatto, mentre valuta se schizzare via o avventarsi sul coltello di cui si è appena liberato. Drazkovsky increspa leggermente le labbra e poi fa un impercettibile cenno con gli occhi, indicando una strada alla sua sinistra che appare sgombra da auto della polizia e posti di blocco. Con un balzo felino l'uomo scende i gradini e schizza via, nella direzione suggeritagli dallo slavo che lo segue con lo sguardo fino a quando non sparisce del tutto. Solo allora Drazkovsky riprende a camminare, con un ghigno stampato sulla bocca.

Entrando da Gusti viene assalito da un effluvio dolciastro di sudore, umidità e tanfo di olio fritto. Tutti i tavolini vicini alla porta sono occupati da clienti concentrati a consumare piatti strabordanti di pasta, assieme a salsicce, uova o hamburger, seppelliti da montagne di patate fritte. Oltre una quindicina di persone è invece in fila davanti al bancone in attesa di ordinare il pranzo da portare via. Il locale è gremito e l'aria è irrespirabile. Lo slavo resiste alla tentazione di girarsi e andarsene, supera la folla in attesa della propria dose di cibo spazzatura e conquista il fondo della sala.

Il suo contatto lo sta aspettando in un tavolino ad angolo, vicino alla porta del bagno, con una tazza di caffè americano fumante davanti a sé. Ha i capelli a spazzola, sale e pepe e il viso largo, coperto da un paio di occhiali da sole che nascondono, solo in parte, una benda nera sull'occhio sinistro. Gli ha tenuto una sedia libera che, nel momento in cui Drazkovsky si siede, inizia a scricchiolare, dando l'impressione di schiantarsi da un momento all'altro.

«Ti ha notato qualcuno?» gli domanda l'uomo.

«Non lo so, non credo,» risponde lo slavo «facciamo presto però, non sono affatto tranquillo con tutti quegli sbirri per strada.»

«Hai ragione, stare qui è rischioso anche per me, ma non potevo immaginare che ci sarebbe stato questo casino!»

«Che cazzo è successo?»

«Non ne sono certo, pare che un muratore polacco a cui il ministero dell'Interno ha consegnato il foglio di via, poiché non ha più un lavoro, abbia perso la testa. Si è presentato all'ufficio immigrazione con un coltello e ha aggredito un impiegato, dopo avere farneticato che ha una moglie e tre figli da mantenere, accusando di razzismo il governo, il primo ministro e l'intero paese.»

«Lo hanno preso?»

«Non ancora, ma non andrà lontano. Grazie alla Brexit

tutti gli stranieri che sono rimasti da noi sono stati identificati e schedati e vengono costantemente monitorati. Lo stesso vale per quelli che arrivano. Questo paese non è mai stato così sicuro.»

Poi l'uomo si rende conto della gaffe e si corregge.

«Intendo dire tutti quelli che non hanno una protezione...»

Drazkovsky non fa una piega, mentre pensa che se dovesse nuovamente incontrare lo smilzo, non esiterebbe a prenderlo sotto la sua ala.

«Allora? Che cosa c'è di così urgente» chiede il trafficante.

«Cosa c'è? Succede che mentre tu fai i tuoi sporchi comodi, qualcuno ha iniziato a parlare. Circolano voci che non mi piacciono affatto» attacca l'uomo, irritato dall'atteggiamento sprezzante dello slavo.

«E queste... voci, come dici tu, che cosa raccontano?»

«Tante belle cose. Per esempio, riferiscono di ragazze di ogni razza che vengono introdotte illegalmente dal porto di Dover per il racket della prostituzione...»

«E allora? Dov'è la novità? Basta leggere il "Daily Mail".»

«Non fare lo stronzo! Non sto parlando di buffonate da tabloid! Qualcuno sta facendo nomi, orari e luoghi. Se non ci muoviamo in fretta, rischiamo di rimanerci tutti invischiati.»

«Parla per te io sono l'uomo invisibile.»

«Ne sei così sicuro? Io invece credo che qualcuno che ti conosce bene stia pensando di fotterti.»

«Davvero? E chi sarebbe questo infame?»

«Lo scoprirò presto ma devo andarci cauto. Tu stai in allerta e guardati attorno. Potrebbe essere anche uno dei tuoi...»

Drazkovsky mugugna, grattandosi la barba.

«Se è così farà una brutta fine, non ti preoccupare,» dice «dammi solo il tempo di appurare un paio di cose. Chi è il confessore, un'altra barba finta?»

«No, noi abbiamo altri metodi, non ci sporchiamo le mani. Questi sono giochetti da detective di quartiere!»

«Di chi si tratta? Hai il numero di matricola?»

«Al momento è solo un sospetto. Per avere la conferma, ho bisogno che anche tu faccia una verifica.»

«Lo farò, te l'ho già detto. E se scopro qualcosa ti avverto, tranquillo. Ma poi?»

«Poi faremo come tutte le altre volte. C'è solo un rimedio veramente infallibile.»

39

«Lei assomiglia in modo impressionante a Karl Marx» recito, allungando la mano all'uomo che si trova di fronte a me, in piedi, nella sala d'aspetto della stazione di polizia di Whitechapel.

La sua reazione si limita a un sorriso di circostanza e a un «Già» sussurrato a mezza voce. Appare evidente che l'uomo è turbato e preoccupato.

«Sono l'ispettore Derrick Brainblee, piacere di conoscerla signor?»

«Waits, professor John Dylan Waits, ex insegnante di storia e attualmente guida turistica.»

«D'accordo professore, mi segua in ufficio, per favore.»

Mi avvio verso la mia stanza con un impercettibile morso di angoscia che mi punge il petto. Sono certo di avere già visto quest'uomo e non solo perché sembra il sosia di Marx.

«Si sieda, la prego,» gli dico, indicandogli una poltrona davanti alla mia scrivania «posso offrirle solo dell'acqua, se la gradisce.»

«Non ce n'è bisogno, ispettore» risponde. «Prima di iniziare, posso chiederle la sua specializzazione?»

«Certo, dirigo una sezione multisettoriale, collegata direttamente a Scotland Yard, che si dedica al contrasto dell'immigrazione clandestina, del traffico di esseri umani e dei reati contro la persona, quali violenza sessuale, lesioni aggravate e omicidio» declamo, cercando di essere credibile e professionale.

«Seguite anche i casi di persone scomparse?»

«Naturalmente, soprattutto se si tratta di stranieri o immigrati clandestini. Ma di cosa voleva parlarmi, professore? Vuole denunciare la sparizione di qualcuno?»

L'uomo mi guarda fisso negli occhi e mi rendo conto che mi sta studiando per capire se può fidarsi di me. C'è qualcosa che lo agita. Ho notato un velo di stupore nel suo sguardo non appena mi ha visto entrare nella sala d'aspetto.

«Ecco, ispettore, è una storia un po' complessa...» attacca «...come le dicevo, da un po' di tempo ho smesso di insegnare e ho iniziato a portare in giro i turisti per i siti storici di Londra, raccontando loro cronache, leggende e resoconti del passato. È un lavoro che mi dà molte soddisfazioni, tanto tempo libero e mi permette di vivere senza particolari affanni.»

«Interessante, quale zone copre?»

«Lavoro soprattutto qui, nell'East End, e uno degli argomenti principali che tratto è la storia di Jack lo Squartatore. Facciamo delle escursioni sui luoghi dei ritrovamenti delle vittime e, quando siamo su quella che fu una scena dei suoi crimini, descrivo ai turisti le modalità del delitto e i collegamenti con gli altri omicidi attribuiti al misterioso serial killer. La sua è una storia quasi mitologica. I visitatori rimangono sempre molto colpiti.»

«Lo immagino» mi limito a commentare, mentre dentro di me quel senso di ansia sta aumentando.

«Ultimamente, durante una di queste passeggiate turistiche notturne» riprende Waits «ho conosciuto una ragazza. Si chiama Hana Collins, ha ventitré anni, è di Coventry ma si è trasferita a Londra per frequentare un master in letteratura dell'epoca vittoriana. È una giovane donna molto attenta e competente. Mi ha colpito subito per la sua sensibilità e siamo rimasti a parlare per quasi un'ora, al termine del tour, sugli aspetti sociali della Londra della fine dell'Ottocento, legati alla particolare situazione che si viveva nell'Est della capitale a causa degli omicidi dello Squartatore. Poi l'ho accompagnata a casa e ci siamo salutati.»

«Dove vive?»

«In un appartamento a Wilkes Street, vicino al mercato di Spitalfields.»

«Ah! Qua vicino?»

«Sì, è tutto in zona.»

«Proceda pure, prego» dico al sosia di Marx e intanto prendo appunti, trascrivendo su un blocchetto il nome e il recapito della ragazza.

«Dopo averla condotta fino al suo indirizzo,» riattacca Waits «ho atteso qualche minuto in strada per essere certo che salisse in casa. Poi, dal marciapiede, ho visto la luce della sua camera accendersi e ho fatto per andarmene. Ma mentre stavo per allontanarmi da Wilkes Street mi è parso di vedere un bagliore attraversare una delle finestre del vano scale del palazzo, allo stesso piano in cui vive Hana. La cosa mi ha sorpreso poiché, non solo era ormai notte fonda, ma anche perché quel riflesso luminoso sembrava completamente diverso dalla luce prodotta dalle lampade dell'interno dell'edificio.»

«In che senso, diverso?»

«Come posso dire... somigliava di più al chiarore fiammeggiante di un candelabro o di una torcia ma nella casa l'elettricità era regolarmente funzionante visto che la camera di Hana continuava a essere illuminata. E poi...»

Waits sta esitando. Il suo nervosismo cresce e io avverto la tensione che si diffonde nella stanza. Decido di non fargli pressioni e dopo qualche secondo di silenzio l'uomo ricomincia il suo racconto.

«...mi è parso di vedere un'ombra, scura e indefinita.»

«In quella stessa finestra?» domando.

«Sì, è comparsa dopo quel barlume, per una piccola frazione di tempo. Una sagoma nera e imponente, con i contorni irregolari e sfocati dai vetri.»

«Un uomo?»

«Non lo so, non sono riuscito a mettere a fuoco l'immagine, è successo tutto in un attimo.»

«E a quel punto lei cos'ha fatto?»

«Niente, sono rimasto fermo in strada e ho continuato a fissare per una decina di minuti le finestre dell'ultimo piano del palazzo. In quella di Hana la luce non si è mai spenta mentre le altre sono rimaste al buio. Siccome poco prima avevamo scambiato i nostri numeri di cellulare, sono stato sul punto di chiamarla per assicurarmi che stesse bene. Poi vi ho rinunciato e me ne sono andato. Non volevo apparire ridicolo, in fondo non ero nemmeno sicuro di avere visto quell'ombra.»

«Però adesso lo è?»

«Sì, cioè, non esattamente... l'indomani sono tornato a quell'indirizzo» spiega Waits «poiché continuavo ad avere un brutto presentimento e inoltre Hana non rispondeva alle mie chiamate.»

«Mi scusi se la interrompo,» faccio «quando dice "l'indomani" a che giorno si riferisce esattamente?»

«Circa ventiquattr'ore fa» precisa il professore.

Di colpo realizzo che si tratta dello stesso giorno in cui anch'io ero nei pressi del mercato di Spitalfields, dove, tra l'altro, ho sofferto uno dei miei blackout. Un brivido si abbatte sulla mia schiena e mi costringe ad aprire la bocca per buttare aria nei polmoni. Waits se ne accorge e si blocca.

«Tutto bene, ispettore?» mi chiede, perplesso.

«Sì, certo, continui pure professore» lo invito.

«Dicevo, sono andato a Wilkes Street e ho suonato alcune volte il campanello dell'appartamento della ragazza senza ricevere alcuna risposta. Quindi ho atteso che qualcuno entrasse o uscisse dal palazzo e quando una signora anziana è comparsa sul portone, in procinto di uscire, ne ho approfittato per entrare nell'edificio.»

«È salito fino al suo alloggio?»

«Sì,» mente Waits, che ha deciso di non riferire dell'inquietante storia del presunto sotterraneo segreto della casa «ho bussato ripetutamente alla porta di Hana e sono rimasto in silenzio per ascoltare eventuali rumori provenienti dall'interno dell'abitazione, ma nulla. Ho anche riprovato a chiamarla al cellulare e ancora una volta è scattata la segreteria telefonica. Così ho desistito.»

«E ora teme che la ragazza sia scomparsa?» gli domando, con fare dubbioso.

«Be'... in un certo senso...»

«Non la seguo, professor Waits, mi scusi. È riuscito a mettersi in contatto con Hana dopo la sua visita alla casa di Wilkes Street?»

«In effetti no, non l'ho più sentita...»

«Però non è convinto della sua sparizione, giusto?»

L'uomo inizia a sbattere nervosamente le palpebre, quindi infila l'indice e il pollice nel taschino della giacca, estrae un orecchino di corallo e me lo mostra, tenendolo nel palmo della mano.

«È uno degli orecchini che Hana indossava la notte che ci siamo conosciuti,» dice in tono grave «l'ho trovato sull'ultima rampa di scale del palazzo in cui vive.»

Guardo quel piccolo oggetto con un velato sgomento. Vorrei poterlo fare esaminare per capire se ci sono delle impronte e a chi appartengono ma il professore stringe il pugno e ripone in tasca l'orecchino.

«Capisco la sua apprensione» dico «però non basta avere ritrovato quell'orecchino sulle scale per aprire un'indagine. Se me lo lascia posso comunque farlo analizzare.»

«Preferisco tenerlo, se non le dispiace. Vorrei consegnarglielo di persona quando, come spero, la rivedrò.»

«Come vuole professore, a questo punto però non vedo come io possa esserle d'aiuto.»

«Ha ragione ispettore, mi scusi, è che sono veramente combattuto e confuso...»

Di nuovo quella sensazione di soffocamento mi stringe la gola quando l'uomo seduto davanti a me abbassa lo sguardo, si passa una mano sui lunghi capelli grigi e incomincia a fissarmi con gli occhi di chi non sa più cosa fare e cosa dire.

«C'è qualcos'altro?» gli chiedo, ansioso.

Waits sospira profondamente, si inumidisce le labbra e attacca.

«Uscendo dal palazzo di Wilkes Street ho incontrato una giovane coppia con un bambino che stava andando a fare una passeggiata. Ho chiesto loro se per caso, quella mattina, avessero incontrato Hana o se fossero a conoscenza di una sua eventuale partenza...»

«Ebbene, l'hanno vista?»

«No. Ma il punto è che non sapevano nemmeno chi fosse!»

«Non mi sembra così strano, al giorno d'oggi capita spesso di non sapere chi siano o che faccia abbiano i tuoi vicini...»

«Forse non mi sono spiegato,» insiste il professore «quei ragazzi mi hanno detto che in quello stabile non abita nessuna studentessa di nome Hana Collins e che nell'appartamento all'ultimo piano ci vive un architetto italiano!»

«È sicuro che abbiano capito a chi lei si riferisse?»

«Totalmente, ispettore! È una cosa senza senso! Le giuro che quella notte Hana è entrata in quella casa ed è salita fino all'ultimo piano!»

Waits chiude gli occhi e si porta entrambe le mani sulla fronte. È visibilmente prostrato e mi trasmette tutto il disagio che sta provando. Mi alzo dalla sedia e gli verso un bicchier d'acqua da una caraffa che tengo sulla scrivania.

«Tenga, professore, beva un sorso» gli propongo «e non si preoccupi vedrà che c'è senz'altro una spiegazione. Capita spesso a Londra che gli appartamenti vengano affittati a persone che non vi risiedono e che a loro volta subaffittano il locale. Faremo subito tutte le ricerche e le verifiche necessarie. Troveremo presto la ragazza.»

L'uomo vuota il bicchiere in un baleno e scatta in piedi, come a voler dimostrare di avere già superato il momento di sconforto.

«La ringrazio di cuore, ispettore Brainblee,» recita a voce alta, scandendo il mio cognome «la prego di tenermi al corrente di ogni sviluppo, ho lasciato tutti i miei riferimenti all'agente al ricevimento.»

Mentre gli stringo la mano, che mi ha allungato con fare marziale, lo fisso negli occhi e rivedo quell'inquietudine che mi aveva turbato sin dal primo sguardo.

Lui dà l'impressione di percepire il mio disagio o forse, dietro a quell'espressione vagamente ostile c'è un altro motivo che mi sta nascondendo.

«Ci sentiamo presto, professore» lo congedo. «Vuole che le faccia chiamare un taxi?» aggiungo.

«Non importa, grazie. Faccio volentieri due passi» risponde. «Abito vicino, a cinquecento metri dal pub Carpenters Arms nei pressi della chiesa di St. Matthew's. Tra l'altro è un locale molto carino. Glielo consiglio, ispettore.»

L'uomo che sembra Karl Marx esce dalla mia stanza e io sprofondo in un vortice di immagini, suoni e colori che mi contorce lo stomaco e mi provoca una nausea lancinante. Mi lascio cadere sulla poltrona, senza nemmeno tentare di opporre resistenza.

Mi risveglio in un bagno di sudore e con la gola che brucia. Guardo l'orologio. Sono passati solo otto minuti da quando il professor Waits se n'è andato. Non sono certo di avere avuto uno dei miei blackout o se si sia trattato solo di un mancamento temporaneo. Trangugio avidamente due bicchieri d'acqua e controllo il cellulare. Nessuna chiamata negli ultimi dieci minuti. Lo stesso vale per il telefono interno che ho sulla scrivania. La porta della mia stanza è chiusa. Dall'altra parte dell'uscio regna il silenzio. Avvicino la tastiera del desktop e clicco due volte sulla barra spaziatrice.

Quindi avvio la ricerca intranet e, inserendo le credenziali, mi collego con il portale del centro operativo di Scotland Yard che controlla tutte le telecamere di sicurezza di Londra.

Digito Cheshire Street e mi appaiono tre schermate che si riferiscono ai due angoli della strada e al tratto centrale. Nel primo si scorge anche l'entrata del pub Carpenters Arms. Inserisco data e ora e comincio a scorrere le immagini, facendo viaggiare il cursore sulla traccia lineare del download. A un certo punto nelle sequenze riconosco me stesso mentre esco dal pub, barcollando. Le luci del locale sono ormai spente e la strada sembra deserta. Faccio due passi incerti, appoggiandomi alla parete esterna del pub, poi la mia figura esce dal raggio della telecamera e non ricompare più. Provo ad allargare la zona di ricerca ma le strade adiacenti, compresa St. Matthew's Row, non sono coperte dal circuito. Sto riflettendo sul significato di quella frase sibillina pronunciata dal professor Waits riguardo al pub, quando nello schermo compare un uomo che passa velocemente davanti al pub, camminando nella mia stessa direzione, verso la chiesa di St. Matthew. Blocco la sequenza e torno indietro fino a ottenere un'immagine accettabile del soggetto nel centro del monitor. Per la durata di un paio di fotogrammi, l'uomo passa sotto la luce di un lampione. Schiaccio la pausa e allargo l'inquadratura. Il suo volto è in penombra e lo zoom ne riduce sensibilmente i contorni. Io però non ho alcuna difficoltà a riconoscere il viso del dottor Robert Doodley.

40

C'è qualcosa che non torna al quartier generale di Scotland Yard, pensa Daphne, mentre raggiunge il Victoria Embankment, sulla riva nord del Tamigi, provenendo dal ponte dominato dal Big Ben. Fuori dall'ingresso della stazione, un gruppo di manifestanti, quasi tutti immigrati da paesi dell'Unione Europea, in maggioranza greci, portoghesi, polacchi e lituani, sta gridando slogan contro il governo e la polizia, chiedendo di porre fine alle deportazioni indiscriminate e di concedere visti di lavoro e di soggiorno a tutti i lavoratori. Agitano cartelli con le scritte FUCK BREXIT e STOP THE NAZIS, inveendo contro i razzisti che, a loro dire, guidano il paese. Gli agenti di polizia che controllano il perimetro della struttura li guardano con disgusto, impazienti di poter usare la forza per disperderli.

Ma non è questa atmosfera di rabbia e rivendicazione, ormai quotidiana attorno a Scotland Yard, a mettere in agitazione Daphne. Quel luogo le appare, per la prima volta, incomprensibilmente diverso, quasi ostile. C'è il solito andirivieni di pattuglie e agenti, ci sono gli immancabili turisti che si fanno fotografare davanti allo stemma della Metropolitan Police e il suono costante delle sirene fa da sottofondo a quel familiare contesto di caos calmo. Eppure non va bene. C'è un sentore di pericolo. La poliziotta si ferma con le spalle al fiume e inizia a esaminare i dettagli come se si trovasse davanti a una scena del crimine. Fa scorrere il suo sguardo sui due angoli della facciata del palazzo, sulla vetrata dell'ingresso, sul cancello da cui escono i mezzi di servizio e pronto intervento, sulla decina di telecamere puntate verso ogni segmento esterno alla stazione e sui gradoni che conducono al posto di guardia. E di colpo la vede. L'insegna girevole a tre facce con la scritta Scotland Yard, montata su un pilone, alla base della scala, è inspiegabilmente ferma. Daphne non ricorda di averla mai vista immobile, nemmeno quando il quartier generale traslocò da St. James's alla riva del fiume. Dal 1968, quando venne installato, su progetto dell'architetto Edward Wright, del Royal College of Art di Londra, lo stemma rotante è divenuto il simbolo dell'attività incessante della polizia londinese. Ruota su se stesso quattordicimila volte al giorno per ventiquattro ore, senza sosta. La manutenzione è costante e ogni quindici anni il meccanismo che lo fa girare viene collaudato e, se necessario, rinnovato. Ma anche durante questa fase l'insegna non smette mai di circolare. Per i più superstiziosi, un suo eventuale blocco, anche di poche ore, è presagio di sciagure imminenti e minacce impreviste. Neppure durante gli attacchi terroristici del 2005, a Londra, lo storico emblema della polizia metropolitana ha interrotto la sua simbolica ricognizione a trecentosessanta gradi e sotto di esso, nel corso degli anni, hanno tenuto discorsi e appelli, primi ministri, sindaci e alti funzionari delle forze dell'ordine.

Ma adesso è fermo. Tragicamente inerte nel tramestio inconsapevole di una mattinata, solo in apparenza, ordinaria. Con il cuore in gola Daphne fissa l'insegna esanime. E si prepara al peggio.

Passa il badge magnetico nei lettori ottici dei varchi scorrevoli dell'atrio di ingresso, accenna un saluto ai colleghi della reception e sale in ascensore fino al quarto piano, dove si trova la sua sezione.

Deve consegnare, entro due giorni, un rapporto su un'operazione, a cui ha preso parte sia a livello investigativo sia sul campo, che ha portato all'arresto di nove componenti di due famiglie nigeriane nel quartiere di Lewisham, nel Sud di Londra, per traffico di esseri umani e riduzione in schiavitù di diciotto minorenni del loro paese, fatte entrare illegalmente in Inghilterra. Per questo ha chiesto di essere temporaneamente esentata dai turni esterni. Ciò che ha però in mente di fare quella mattina non ha nulla a che vedere con la gang dei nigeriani.

Non appena raggiunge la sua scrivania, nell'open space, Daphne avvia il terminale da tavolo, controllando discretamente alle proprie spalle che nessuno possa scrutare il monitor. Per sua fortuna, nello stanzone vi sono solo altri due detective, un uomo e una donna, completamente assorti nel loro lavoro. Per prima cosa scarica dal cellulare la foto del presunto cadavere della donna con i capelli ricci, straordinariamente somigliante a Elizabeth Stride, la terza vittima dello Squartatore, quindi lancia un programma di riconoscimento facciale. Ma l'immagine è di pessima qualità e i contorni del viso sono poco delineati. Tra i milioni di volti di persone inseriti nei database della polizia londinese, l'algoritmo non trova nessuno con quelle sembianze. Ripete l'operazione mettendo a confronto la foto con le istantanee prese dalle scene più recenti di omicidi violenti ai danni di donne. Ancora zero corrispondenze. A quel punto le resta solo una scelta e non c'è momento migliore per compierla. Dopo essersi accertata nuovamente di non avere osservatori alle spalle, Daphne estrae dallo zaino il suo laptop e, con le credenziali generiche della sua sezione, si collega al wifi della Human Trafficking Unit.

Quindi scarica il browser Tor per accedere alla rete di anonimizzazione. Una volta installato, si collega a due siti, Hidden Wiky e Onion Url Repository, quindi lancia il motore di ricerca Torch per navigare nel dark web. Un impercettibile segnale acustico la avverte che è entrata nella famigerata rete sommersa, in cui vengono svolte, in modo anonimo, tutte le più svariate attività illegali e criminali del mondo, dalla vendita di armi, droga e documenti falsi all'organizzazione di attentati terroristici, rapine e sequestri di persona. E naturalmente il traffico di esseri umani.

Daphne digita da più parti l'acronimo "JIB" e si mette in attesa. Sullo schermo compaiono in veloce sequenza file di cifre, numeri e codici, fino a quando si materializza un link, di tre righe e mezzo, che contiene le tre lettere richieste, assieme a una quantità di simboli e numeri. Con i battiti accelerati la poliziotta clicca sul link e il monitor diventa completamente nero. Dopo mezzo secondo dalla parte alta scende una cascata di colore rosso come il sangue che permea tutto lo schermo e inizia poi a scivolare verso il basso, scoprendo la copertina di quello che appare un libro elettronico. Il titolo è *Jib* e in prima pagina vi è una porta di colore marrone scuro, simile a quelle esterne ai palazzi. Spostando il cursore, Daphne scopre che si tratta di un varco d'accesso. Schiaccia il pulsante sinistro del mouse e la porta di apre, introducendo alle pagine interne del libro. Le immagini che compaiono su quella specie di album fotografico digitale sono un pugno nello stomaco e la donna è costretta a tapparsi la bocca con la mano per non urlare. Vi sono decine di foto di donne seviziate, mutilate e fatte a pezzi nei modi più efferati con dovizia di particolari raccapriccianti. Le vittime sono di età e provenienza diverse e le modalità degli omicidi sembrano variare, pur mantenendo i segni di una violenza brutale. La maggioranza dei cadaveri giace in luoghi esterni, seppure irriconoscibili, essendo stati cancellati artificialmente tutti i riferimenti. In alcuni casi limitati i corpi violati delle donne sono stesi su un letto o su un pavimento. Non vi sono didascalie e nemmeno righe di testo. Con lo stomaco rivoltato e lottando per trattenere il vomito, Daphne esamina a una a una tutte le immagini del libro, fino ad arrivare alle ultime due pagine. Il suo cuore perde un battito quando si rende conto di avere trovato la foto del cadavere della donna con i capelli ricci che gli ha mostrato Driscoll ma la sua angoscia aumenta nello scoprire che non si tratta dell'ultima immagine inserita in quel catalogo dell'orrore. Dopo di essa c'è quella di una giovane ragazza asiatica a cui l'assassino, tra le altre insopportabili atrocità, ha trafitto e lacerato gli occhi con un oggetto affilato, come a volerli arrotondare. Poi c'è un'altra ragazza, con la pelle chiara e i capelli rosso corvino che ha una frattura scomposta del cranio, a livello della fronte, e uno squarcio slabbrato che collega la gola all'ombelico, dal quale fuoriescono lo stomaco e parte dell'intestino. I corpi di queste ultime tre donne sono tutti in un ambiente interno. A differenza di una quarta che sembra giacere su un marciapiede, lordo del suo stesso sangue. I suoi occhi, di un azzurro intenso, sono sbarrati. Il suo corpo, quasi completamente nudo, è in posizione innaturale, con le spalle girate su un fianco, il bacino orizzontale al terreno e le gambe aperte. Ha segni di coltellate profonde all'altezza del fegato, nel ventre e nella vagina. Sulla scapola si scorge una frase tatuata che inizia con WHY.

Ma la scoperta che lascia Daphne sconcertata è quella del cadavere di un ragazzo che sembra avere poco più di vent'anni, l'unica vittima di sesso maschile presente nel libro. Ha il volto completamente sfondato, le ossa della testa spaccate, i bulbi oculari schiacciati nelle orbite e trafitti da una miriade di frammenti di vetro, il naso e le labbra che sono diventati un'unica poltiglia sanguinolenta e i denti che sembrano essere stati frantumati da un piccone. Le modalità dell'omicidio sono completamente differenti rispetto alle donne. Nel suo caso non sembra siano stati usati coltelli, pugnali o altri oggetti taglienti. Considerate le condizioni del viso del ragazzo, non vi è alcuna possibilità di poterlo identificare, quantomeno attraverso la foto. Daphne ha però una terribile intuizione che le fa gelare il sangue.

41

«Sa come si chiama questa stanza?» domanda l'uomo senza un braccio.

«Non saprei, è la prima volta che mi trovo a passare da queste parti» risponde il sergente Chandler.

«Allora glielo dico io, è chiamata la sala delle candele. E sa perché?»

«Immagino perché ci sono, o ci sono state, delle candele a...»

«Esatto, proprio così!» insiste l'uomo, senza lasciare il tempo al poliziotto di finire di rispondere. «Non più tardi di vent'anni fa in questo pub non c'era illuminazione elettrica ma solo torce, candele e lumiere, esattamente come ottocento anni fa, quando questo posto venne costruito. E in questa stanza, soprattutto, al calar della sera, venivano accese le candele, come in un rito sacro. Ne ho contate fino a centoventi, tutte accese. Un'atmosfera d'altri tempi, degna del più antico pub dell'Inghilterra. Che peccato...»

«Per cosa, scusi?» chiede Chandler.

«Per quell'incendio maledetto! Otto anni fa. Ha quasi distrutto metà del locale. Da allora i proprietari hanno deciso di installare l'impianto elettrico, mettere gli allarmi antincendio, gli estintori, gli aspiratori, le uscite di sicurezza, insomma, tutta quella porcheria lì...»

«Be', meno male, è importante che un luogo aperto al

pubblico e frequentato da così tanta gente sia a norma di legge e poi...»

«Ma quale legge e legge! Tutti qui sanno perfettamente chi è stato ad appiccare il fuoco!»

«Ah, sì? E chi è stato? Lo hanno arrestato?»

«Certo, come no, hanno chiamato i ghostbusters per mettergli le manette!» esclama l'uomo mutilato, scoppiando in una grassa risata che mette in imbarazzo il poliziotto.

«Non ho capito, mi scusi...»

«Amico mio, non sia ridicolo. Lei è seduto al famoso bancone del bar del Royal Standard of England, sta bevendo una pinta della leggendaria Owd Roger, la Ale con gradazione sette, ricavata da una vecchia ricetta prodotta in epoca vittoriana dal birrificio Marston di Beaconsfield, venduta illegalmente in questo pub per decenni, e non conosce la storia del fantasma della sala delle candele? Cristo santo, ma proviene veramente da un altro mondo?» enfatizza l'uomo, alzando ulteriormente il tono della voce.

«Sono di Londra, anzi, per dirla tutta, vengo da Londra ma sono del Sud dell'Inghilterra,» precisa Chandler «ed è la prima volta che capito da queste parti.»

«Un turista? Un viaggiatore? Cosa ci fa in questo pub se non ha nemmeno una minima idea della storia che trasuda da questi muri!» lo riprende l'uomo con un braccio solo. «Lo sa che nel 1600 in questa locanda si è nascosto niente meno che re Carlo II della dinastia Stuart, sovrano di Inghilterra, Scozia e Irlanda, il monarca che restaurò il potere della casa reale inglese dopo la fine del protettorato di Oliver Cromwell...»

«Non lo sapevo» ammette il sergente. «E da cosa si doveva nascondere?»

«Da cosa? Ma dai *Roundhead*! Ha mai sentito parlare delle milizie dei puritani di Cromwell, noti per la loro acconciatura da frate, che durante la guerra civile inglese davano la caccia alle guardie del re? Niente vero? Lei è proprio un disastro! Ora le spiego. Nel 1642 questo pub era una specie di ritrovo per i monarchici di Lord Westworth, uomo di fiducia di Carlo II. Il re se ne stava pacificamente nel castello di Beaconsfield, assieme alle sue concubine a organizzare feste e banchetti, non a caso era soprannominato "*The Merrie Monarch*", "il monarca allegro", mentre i suoi soldati combattevano i miliziani parlamentari di Cromwell e si riunivano segretamente in questo pub per studiare le strategie e pianificare le azioni. A uno di questi incontri partecipò straordinariamente anche il re ma la notizia giunse ai *Roundhead*, i quali organizzarono un attacco e fecero irruzione nel pub, durante l'adunata dei monarchici. Carlo II si salvò poiché venne nascosto in una soffitta ma i puritani uccisero una dozzina di cavalieri del re e piantarono le loro teste decapitate sulle guglie del tetto della locanda. Tra questi vi era anche un giovane soldato di appena dodici anni, il cui fantasma si aggira ancora in queste stanze e in particolare nella sala delle candele. Almeno una volta al mese compare proprio dove è seduto lei, ignaro turista, e si dirige verso quel vecchio camino, scomparendo attraverso il muro.»

«Una storia interessante» commenta Chandler, senza troppa convinzione «e quindi...»

«Quindi è stata l'anima perduta ed errante del povero giovane soldato ad avere dato alle fiamme questa stanza per mandare al rogo i suoi persecutori e vendicarsi delle "teste tonde"!»

«Ah, ecco, sì, non ci avevo pens...»

«Ma non si può scherzare col fuoco!» lo interrompe nuovamente l'uomo, sempre più preso dal suo furore narrativo. «E lei che dice di essere di Londra dovrebbe saperlo bene!»

«In che senso, mi scusi, e poi ho detto che non sono proprio di L...»

«Come certo ricorderà, nel 1666, durante il regno di Carlo II, Londra fu devastata dal famoso grande incendio che distrusse gran parte della città. Il fuoco bruciò oltre trentaduemila case e ottantasette chiese, compresa la cattedrale di St. Paul. Una sciagura epocale che ebbe però un grande merito.»

«Ah sì? E sarebbe?»

«Sarebbe che l'incendio pose fine alla grande peste, scoppiata a Londra nel 1665, che sterminò decine di migliaia di persone e durò per mesi e mesi. L'intera corte, re compreso, fu costretta a trasferirsi a Salisbury per evitare di essere contagiata.»

«Un periodo e un regno abbastanza movimentati per questo Carlo II, non c'è che dire» sottolinea il sergente, tentando di chiudere la conversazione e sottrarsi definitivamente da quella scomoda situazione in cui è andato a ficcarsi inconsapevolmente, quando ha deciso di fingersi un turista e ha iniziato a chiedere a un avventore del pub informazioni sui luoghi e sulle persone che vivono nel paese.

«Sì, può darsi, ma lui sapeva come distrarsi» continua imperterrito l'uomo. «L'allegro sovrano, sposato con Caterina di Braganza, della casa reale del Portogallo, che era sterile, ha avuto però ben dodici figli illegittimi da sette diverse amanti. Lady Diana Spencer discendeva da due dei figli di Carlo II e quando il suo primogenito, William, duca di Cambridge, salirà sul trono, sarà il primo monarca britannico a discendere da questo gioioso re e unirà le due storiche dinastie, i Windsor e gli Stuart. Si narra poi che su, al castello di Beaconsfield, che Carlo preferiva di gran lunga a quello ufficiale di St. James, non passasse giorno senza un banchetto reale, una festa danzante, o un ritrovo spumeggiante di artisti e giullari. Il sovrano era amante del cibo, della musica, del teatro e, ovviamente, delle belle donne. Sembra che ogni notte i suoi servi più fidati facessero entrare di nascosto le concubine nel palazzo e gliele portassero nelle stanze a lui riservate. Usavano un passaggio segreto di cui in pochi, ancora adesso, conoscono l'esistenza.»

L'ultima frase pronunciata dall'uomo riaccende improvvisamente l'interesse di Chandler che sente i pori della sua pelle aprirsi simultaneamente come tanti boccioli.

«Ma... questa storia del passaggio segreto, è vera o è un'altra leggenda?» domanda al cliente senza un braccio, cercando di interpretare il suo sguardo.

«Caro il mio viaggiatore scettico, io non racconto frottole!» lo punzecchia l'uomo. «Esiste eccome ed è rimasto esattamente come allora.»

«Volendo lei... sì, insomma, saprebbe indicarmelo? E magari anche accompagnarmi sul posto...» chiede Chandler abbassando la voce fino a quasi un sussurro «...naturalmente sono pronto a riconoscerle un compenso...»

L'uomo lo fissa incuriosito e inarca le ciglia, mostrandosi sorpreso ma allo stesso tempo compiaciuto di quella insolita richiesta.

«Mi ha convinto!» sentenzia, dopo una decina di secondi. «Nonostante tutto lei mi piace, non sembra uno di quei tanti turisti ignoranti e apatici che arrivano qui con la lista dei pub e dei ristoranti scaricata da TripAdvisor e se ne fregano di tutto il resto. La condurrò attraverso i segreti del castello di Beaconsfield ma a due condizioni.»

«Certo, mi dica, se vuole dei contanti io...»

«Ma quali contanti! Non voglio nemmeno una sterlina! I patti sono questi: ci andremo di notte, quando nessuno potrà notarci e una volta che le ho indicato il percorso, entrerà da solo nella reggia. Io conosco il duca di Saulton e i suoi uomini e non voglio avervi niente a che fare.»

42

«Ehi, Brain!» mi urla Blake, il caposezione, entrando nella mia stanza senza bussare. «Ma che fine ha fatto il sergente Chandler? Lo sto cercando da ieri sera ma non riesco a trovarlo. Il suo cellulare è sempre disattivato. Non dovevate occuparvi di quella storia delle minorenni arrivate a Dover?»

Basterebbe solo la sua ostinazione nel chiamarmi Brain a farmi venire voglia di mandarlo a farsi fottere. Per fortuna soffro di amnesia globale transitoria e questo, forse, mi aiuta a dimenticare quanto lui sia miserabile e inadeguato, oltre che fastidioso.

Il problema è che non ho la minima idea di dove sia Chandler. Dopo essere andati assieme a quel disastroso, almeno per me, appuntamento con un informatore al Pride of Spitalfields, gli ho praticamente lasciato carta bianca e ho smesso di occuparmi di quest'indagine sul traffico di esseri umani, senza avere di fatto mai iniziato. In realtà eravamo d'accordo che mi avrebbe tenuto al corrente di ogni possibile sviluppo ma deve avere capito che, in questo momento, il mio interesse per quest'inchiesta è pari a zero. Non solo, quindi, non so dove Chandler sia finito ma non ho nemmeno una vaga idea di come stia procedendo la sua, anzi la nostra, missione.

Blake è rimasto sulla porta e mi fissa con quel suo sguardo pedante da insegnante di catechismo.

«Salve, capo» gli rispondo, chiudendo con un gesto perentorio il programma di ricerca persone dell'agenzia governativa di sicurezza, che avevo lanciato nel mio computer per trovare informazioni su quella ragazza di nome Hana Collins, di cui mi ha parlato il professor Waits. «Stavo appunto facendo una ricerca che mi ha chiesto Chandler riguardo a una persona di interesse per le indagini» mento, con una voce così tentennante da risultare improbabile persino a me stesso.

Blake si gratta il mento e fa un lungo e teatrale sospiro.

«Una ricerca dici?» riprende. «E non può farla lui? Dove si è cacciato? Ho provato più volte a chiamarlo ma il suo telefono non prende.»

«Ehm, sì, esatto. È per questo che mi ha chiesto il favore. È fuori Londra, verso il Kent,» dico a vanvera «so che doveva incontrare una specie di confidente.»

«Questo non giustifica il telefono staccato...» insiste il capo.

«Non saprei,» farfuglio «le zone rurali spesso non sono coperte dal segnale e poi, se ricordo bene, questo incontro mi pare dovesse tenersi nel seminterrato di un albergo, in un garage o in qualcosa di simile...»

«E tu perché non sei con lui?»

«Ci siamo divisi i compiti, almeno in questa prima fase. Chandler preferisce essere da solo quando deve incontrare i suoi contatti e io nel frattempo lavoro da Londra e, se c'è bisogno, lo assisto.»

«Da quando prendi ordini da un sottoposto, Brain? Io ho affidato a te l'indagine e sei tu che decidi e ne rispondi.»

«Infatti il sergente sta agendo su mie disposizioni e mi tiene costantemente informato di ogni sviluppo. Non si preoccupi, capo, è tutto sotto controllo» gli assicuro, sperando che per nessun motivo Chandler si faccia vivo proprio adesso.

«Non mi va che lavoriate separati,» insiste Blake «è anche una questione di sicurezza. Se Chandler si dovesse cacciare nei guai chi gli guarderebbe le spalle? Fallo rientrare al più presto a Londra e poi venite ad aggiornarmi, okay Brain?»

Questa volta lo ha fatto apposta, glielo leggo negli occhi. Ma non gli darò la soddisfazione di incazzarmi.

«Ricevuto, Sir. Ora se non le dispiace riprendo il mio lavoro» gli rispondo, sfoderando un ghigno da iena.

«Mah, i computer, ai miei tempi...» borbotta Blake, allontanandosi dalla stanza e portando con sé tutti i vaffanculo non detti che gli ho mandato.

Dopo essermi accertato di essere nuovamente solo, mi scrivo di chiamare Chandler al più presto, poi rilancio il programma di ricerca che avevo messo in stand by.

Dall'ufficio anagrafe di Coventry, Hana Collins risulta nata nel 1997. Figlia unica, la madre è segretaria di una scuola elementare, il padre, muratore, è morto quando Hana aveva dodici anni, cadendo dall'impalcatura di un edificio. Il caso venne archiviato come incidente sul lavoro, il che consentì alla vedova di ottenere i soldi dell'assicurazione, sottoscritta dall'impresa di costruzioni. Denaro con il quale, la donna, che non si è mai risposata, ha potuto crescere e fare studiare Hana.

Esaminando il registro dei sussidi e prestiti versati dallo Stato, scopro che la ragazza ha ottenuto una concessione per iscriversi all'università di Coventry dove si è laureata in tre anni con il massimo del punteggio in storia, filosofia e studi sociali. Quest'anno ha lasciato Coventry dopo avere vinto una borsa di studio per un master sulla società inglese in epoca vittoriana alla Goldsmith University di Londra.

Per ora ciò che ha raccontato il professor Waits pare essere confermato, manca però la prova basilare, l'indirizzo londinese di Hana. Con le credenziali della polizia, entro nel registro dell'agenzia delle entrate e vado nel settore delle tasse comunali, imposte a cui sono soggetti tutti i residenti, con versamenti mensili. Ma non risulta nessun pagamento compiuto della ragazza e tantomeno è stato registrato un contratto d'affitto a suo nome in alcuno degli appartamenti del civico di Wilkes Street. Provo allora con l'iscrizione al servizio sanitario per il medico di base. Ancora nulla.

Negativa anche la verifica con i trasporti pubblici cittadini e con quelli ferroviari sulla linea che collega Coventry a Londra.

Dal momento che la mia ricerca telematica non ha prodotto risultati, non mi resta che il vecchio metodo investigativo di cui, considerato lo stress che mi sta consumando in questi giorni, avrei fatto certamente a meno.

Prendo il telefono e chiamo la Goldsmith University, dopo avere trovato, sul loro sito, il numero della facoltà di storia e antropologia.

Attendo che la centralinista digitale elenchi tutte le possibili opzioni e finalmente sento una voce umana, sottile come quella di una adolescente.

«Sono Rose, in cosa posso esserti utile?» domanda la voce.

Il tono confidenziale mi sorprende e sarei quasi tentato di nascondere la mia vera identità per non mettere in allarme la ragazza. Ma è un pensiero che dura solo pochi secondi.

«Buongiorno, Rose,» dico, con voce calma e rassicurante «sono il detective Derrick Brainblee del distretto di polizia di Whitechapel, ho bisogno di un'informazione, se possibile.»

«Ah!» esclama Rose, come se fosse stata scoperta a fumare di nascosto marijuana. «Io però non so se...»

«Non si preoccupi,» la interrompo «ci vorrà solo un attimo. Sto cercando l'indirizzo di residenza di una studentessa che frequenta un master presso la vostra facoltà. Mi può aiutare?»

«Be', s-sì, credo di sì. Insomma, c'è la tutela dei dati personali ma in questo caso... lei è della polizia, giusto?»

«Esattamente ma comprendo perfettamente la sua prudenza. Per cui facciamo così. Io adesso metto giù e lei chiama la stazione di polizia di Whitechapel, si presenta e chiede di potere parlare con l'ispettore Brainblee. Non le darò il numero così dovrà cercarlo e sarà sicura che si tratta di un numero reale. D'accordo?»

«Sì, oppure... ma no, guardi... non è necessario. Mi dica pure ispettore, come si chiama la studentessa?»

«Grazie per la fiducia. Si chiama Hana Collins, nata a Coventry il 14 aprile del 1997. È iscritta da quest'anno al master sulla società inglese in epoca vittoriana.»

«Oh, è molto interessante quel corso,» sottolinea Rose «un secondo che vado nel registro degli iscritti.»

La sento digitare velocemente una serie di tasti e ripetere sottovoce il cognome Collins.

«Strano...» dice.

Poi resta in silenzio.

«Eppure... mmm...» ricomincia.

«Qualche problema signorina?» domando, impaziente.

«No, è che... non capisco. Hana Collins risulta in effetti iscritta a quel master e ha pagato regolarmente la quota. Però...»

«Però cosa?»

«Nel formulario richiesto per l'iscrizione avrebbe dovuto essere indicato anche l'indirizzo di Londra, invece c'è solo quello di Coventry.»

«Forse quando ha fatto la domanda non aveva ancora trovato casa a Londra» sottolineo.

«Certo, ma poi gli studenti hanno l'obbligo di comunicare alla segreteria dell'università tutti i dati aggiornati sulla loro residenza. Qui invece non risulta.»

«Una studentessa pendolare?»

«Certo, è possibile, Coventry è a due ore di treno, lo so bene perché una mia amica era fidanzata con un ragazzo di quella città e ogni fine settimana...»

«C'è l'obbligo di frequenza per il master?» la blocco, deciso a risparmiarmi la triste storia dell'amore a distanza dell'amica.

«Giusto, mi faccia controllare. Un attimo, per favore...»

Sollevato per lo scampato pericolo, la sento nuovamente percuotere con foga la tastiera del computer.

«Nel primo mese sicuramente» precisa. «Ora vedo se Hana...»

Ha anticipato la mia richiesta. Comincia a piacermi questa Rose.

«È veramente insolito...» sottolinea, con tono perplesso. «Sembra che Hana non abbia mai frequentato nemmeno una lezione da quando si è iscritta. Aspetti, voglio controllare anche un'altra cosa...»

La immagino concentrata sul suo terminale. Più motivata di tanti colleghi del mio ufficio.

«È incredibile! Non ho mai visto una cosa simile!» esclama.

«Qualcosa non va?» le chiedo con un crescente senso di ansia.

«Direi proprio di sì!» risponde Rose. «Ho verificato quante volte il tesserino magnetico di Hana Collins è stato utilizzato per entrare e uscire dall'università dopo che si è iscritta al master. Vuole sapere quante?»

Resto in silenzio.

«Zero! Capisce? Zero! Dopo che ha pagato la quota attraverso la banca non si è mai vista. A questo punto sono pronta a scommettere che questa ragazza non abbia mai messo piede qui a Goldsmith. Ha fatto tutto online ed è sparita. Pazzesco!»

Non sono del tutto sorpreso, visto che non ero riuscito a trovare traccia dei suoi viaggi da Coventry a Londra. Mi domando però chi sia quella ragazza che Waits ha conosciuto durante il suo appuntamento turistico e che ha visto entrare in quella casa alle spalle del mercato di Spitalfields.

«È possibile che qualcuno della vostra segreteria le abbia parlato al telefono?» chiedo a Rose.

«Sì, ma anche no» risponde. «Se la domanda di ammissione è andata liscia e la ragazza non ha sentito la necessità di avere ulteriori delucidazioni o informazioni, potrebbe non avere mai chiamato. Posso tentare di chiederlo ai miei colleghi ma dubito che si ricordino.»

«Capisco, in effetti il modo di agire di questa studentessa è piuttosto anomalo» sottolineo.

«Direi proprio di sì. Credo sia il primo caso del genere da quando lavoro qui» rimarca Rose, con un piglio quasi da poliziotta.

«La ringrazio Rose, mi è stata molto utile» aggiungo, sforzandomi di ritrovare quel tono tranquillizzante dell'inizio della telefonata. Ma il mio cuore ha tutto un altro ritmo e la mia voce è tesa come una corda. «Se riuscirà ad avere altre notizie su Hana Collins o lei stessa si dovesse fare viva in qualunque maniera, le sarei grato se mi avvertisse» aggiungo, lasciandole il mio numero di cellulare.

«Lo farò senz'altro» promette la segretaria. «Spero non le sia successo nulla di grave.»

«No, stia tranquilla Rose, sono sicuro che si tratta solo di coincidenze. Un'ultima cosa, se non le dispiace...»

«Prego, ispettore.»

«Nella domanda di iscrizione al master inoltrata dalla signorina Collins sono indicati i suoi recapiti telefonici? Inoltre mi può dire se, per caso, allegata ai documenti vi è anche una sua foto?»

«Mi dia solo un secondo...»

...

«Sì, c'è un numero fisso di Coventry e un cellulare. E anche una foto formato tessera. Ha un viso molto interessante questa ragazza...»

«Crede che sia possibile...»

Non finisco di formulare la domanda che Rose mi chiede: «Posso avere una sua mail?».

Le detto l'indirizzo di posta e la saluto, rinnovandole i ringraziamenti. Dopo trenta secondi un leggero *bip* del mio cellulare mi avverte che ho una nuova notifica. Clicco sul messaggio e apro l'allegato. Salvo subito i numeri di telefono, uno è lo stesso che mi aveva segnalato Waits. Poi osservo la foto. Un nodo mi stringe la gola e sento come un pugno nella bocca dello stomaco. Non so dove e non so quando ma di un fatto sono certo. Ho già visto il volto di Hana!

43

La lunga vite gira su sé stessa e fa scattare il meccanismo. Le quattro foglie di bronzo, ognuna delle quali termina con una punta acuminata e tagliente, cominciano lentamente ad allargarsi come i petali di un lilium. William Dyas osserva eccitato la mutazione nella struttura dello strumento di tortura medievale che tiene fra le mani, immaginando il momento in cui lo inserirà nella vagina della ragazza e inizierà ad avvitare il perno centrale.

Soddisfatto e impaziente, il duca osserva quell'oscuro e, per lui, prezioso, oggetto. Gli è costato una fortuna ma le fantasie e le perversioni sessuali che gli scatena lo stanno già ripagando dei soldi spesi. Per procurarselo ha mandato Hoxton fino al *Festungmuseum* di Salisburgo, dove l'arnese era custodito assieme ad altri attrezzi di tortura del 1600, utilizzati durante la santa inquisizione. Era chiamato la pera della tortura. Un congegno di ferro o di bronzo estremamente doloroso, usato per torturare le donne che avevano indotto un aborto o accusate di stregoneria, i bugiardi, i blasfemi e gli omosessuali. Veniva conficcato indifferentemente nella vagina, nella bocca o nel retto della vittima e azionato lentamente fino a quando la dilatazione completa delle quattro lamelle della pera provocava gravi lacerazioni interne. La tortura raramente portava al decesso ed era spesso seguita da altre forme di supplizio. Tuttavia era estremamente brutale e molte donne morivano a causa di infezioni ed emorragie. Corrompere il direttore del museo austriaco per convincerlo a farsi consegnare il reperto era stato tutto sommato facile. Più complesso introdurre quell'arnese attraverso i confini britannici, considerati i rigidi controlli alle frontiere. Per fortuna, il suo fedele assistente poteva contare su una rete di trafficanti e contrabbandieri capaci di fare entrare nel paese ogni genere di articolo, naturalmente dietro cospicui pagamenti in contanti.

Dyas era impazzito dalla frenesia quando, leggendo un vecchio volume sulle leggi medievali, intitolato *The Magician, the Witch, and the Law*, scritto dallo storico statunitense Edward Peters e conservato nella ricca biblioteca del castello, aveva scoperto dell'esistenza della *choke pear*. Non vedeva l'ora di entrarne in possesso e sperimentarla. Adesso, finalmente, con l'arrivo di Georgeta a Beaconsfield, i suoi sadici appetiti sarebbero stati soddisfatti.

La stanza è sufficientemente grande per contenere un letto singolo con struttura in ferro battuto e un materasso di lana, appoggiato su un'asse di legno. Sotto di esso un vaso di latta per contenere le deiezioni. A fianco un lavatoio del 1800 formato da un telaio in metallo a tre gambe che regge un cerchio a due piani su cui sono sistemati un catino di ceramica smaltata e una brocca con manico laterale. In un angolo vi sono un tavolo rettangolare in mogano, quattro sedie e una poltrona in noce massello con schienale e sedile imbottiti, posizionata a fianco di un camino in pietra, scavato nella parete. L'ambiente, opprimente e senza finestre, è buio e freddo, rischiarato e riscaldato sommariamente dai ceppi di legno che ardono nel camino. Per raggiungerlo è necessario scendere le strette scale di porfido che dalle cucine del castello conducono nelle segrete sotterranee, un tempo utilizzate per nascondere fuggiaschi, disertori e ricercati. In pochi, nel castello, sanno dell'esistenza di quella camera e ancora meno sono coloro in grado di districarsi tra i pertugi e i cunicoli del sottosuolo. La leggenda popolare sostiene che vi sia un passaggio nascosto che collega il castello al parco esterno alle mura della fortezza, scavato nelle viscere della terra. Nonostante le ricerche sulle piantine e le carte antiche del castello e le meticolose perlustrazioni ordinate ai suoi uomini, il duca di Saulton non è però mai riuscito a trovare traccia di quel tunnel segreto e alla fine si è convinto che si tratti solo di una favola.

Georgeta è sdraiata sul letto e fissa il soffitto. Indossa una camicia da notte bianca, di cotone, di due taglie più grande della sua che le copre anche le ginocchia. Il suo esile corpo è attraversato da fremiti e brividi di freddo che le provocano dei tremori continui, facendo cigolare le giunture del letto. Il suo polso destro è chiuso in un anello di ferro collegato a una catena fissata a un montante della spalliera di ferro. Si sente stanca e svuotata e le fa ancora male la spalla. Nonostante la spossatezza e la debilitazione non riesce a rilassarsi e a chiudere gli occhi. Ha perso la cognizione del tempo sebbene sia certa che siano passate almeno dodici ore da quando si trova in quella specie di galera. Sa riconoscere i silenzi e i presagi della notte anche nella quiete smorzata di quattro muri. I suoi muscoli sono duri e irrigiditi. Deve combattere continuamente contro i crampi che le salgono dai polpacci. Vorrebbe vomitare ma ha lo stomaco serrato come un guscio di noce. Il vassoio con la zuppa e il pane che le hanno portato è ancora sul tavolo. Non lo ha nemmeno sfiorato. Non è la prima volta che si trova rinchiusa dentro una stanza fredda e spoglia, in attesa dell'ennesimo tragico capitolo della sua vita da sopravvissuta. Questa volta però la sensazione di terrore e panico allo stato puro è incontrollabile. E diventa angosciante quando, fuori dalla porta, avverte un rumore di passi.

44

«Non mi dire che hai ancora con te quel pugnale?» chiede Daphne, subito dopo avere salutato Monty Driscoll con un bacio sulla guancia.

«No, non ti preoccupare, anche volendo non avrei potuto portarlo. Non lo trovo più, sembra sparito nel nulla. È da questa mattina che lo cerco...» risponde il professore.

«Be', mi spiace se ci hai rimesso dei soldi ma è cento volte meglio così. Non stavo tranquilla a saperti in giro con quel coso.»

«Non è per i soldi, però mi sembra assurdo.»

«Cosa?»

«Tutto il contesto. Non capisco dove il pugnale possa essere finito. Quando sono uscito da casa tua ce l'avevo e il giorno dopo, sparito!»

«L'avrai perduto nel tornare a casa, ricordo che eri abbastanza stanco. Magari ti è scivolato fuori dal cappotto e non te ne sei accorto.»

«Tutto è possibile, certo, ma allora perché non ho perso anche le chiavi? O il telefono?»

«Non lo so, forse la lama ha tagliato la fodera della tasca e il coltello è caduto a terra mentre camminavi. E tu non hai sentito alcun rumore perché la pelle del manico ha attutito il suono.»

«...mah, sarà come dici tu» commenta Driscoll, perplesso.

Lui e Daphne si sono dati appuntamento al Blues Bar, un piccolo locale nel cuore di Soho, famoso per le sue Jam Session e i concerti dal vivo di gruppi jazz e blues provenienti da tutta l'Inghilterra e dagli Stati Uniti, nonostante le dimensioni limitate dell'ambiente. Un luogo in cui, durante gli show, è impossibile parlare o sostenere qualunque tipo di conversazione. Per loro fortuna, nell'ora in cui la poliziotta e il professore hanno deciso di incontrarsi, la musica non è ancora iniziata e il bar è semivuoto.

«Cosa ti è successo alla mano?» chiede Daphne, notando, con sorpresa, i due vistosi cerotti che avvolgono l'indice e il medio della mano destra di Driscoll.

«Una stronzata! Mi sono tagliato con la carta mentre stavo sfogliando uno di quei cataloghi da galleria con le pagine lucide che sembrano lame.»

«Addirittura due dita?» insiste la poliziotta.

«Sì, ma in questo la ferita è minima» spiega il professore, sollevando il medio. «In casa però avevo solo dei cerotti da... cavallo.»

«Che combinazione...» sottolinea Daphne.

«In che senso, scusa?»

«No, niente, pensavo a come siete sbadati voi uomini...»

«Perché?»

«Questa mattina ho visto il dottor Doodley per una seduta e anche lui aveva una mano fasciata. Mi ha spiegato di essersi ferito accidentalmente con il robottino da cucina...»

«Okay ma continuo a non vedere il nesso» sottolinea l'uomo, vagamente confuso.

«Infatti non c'è alcun collegamento, stavo solo riflettendo a voce alta sulla svagatezza di voi uomini e su certe curiose coincidenze» precisa la poliziotta, fissando un punto immaginario davanti a sé.

Driscoll resta in silenzio, cercando di interpretare la logica di Daphne ma l'indagine sommaria della donna non è ancora terminata.

«Dopo che ci siamo salutati, sei andato a casa a piedi?»

domanda la poliziotta, mantenendo quell'intonazione da controinterrogatorio.

«Certo!» risponde perentoriamente il professore. «Volevo fare due passi, te l'avevo detto.»

«E, mentre ti stavi allontanando, hai sentito per caso un urlo?» prosegue imperterrita la donna.

«Un urlo? No. Di che genere?»

«Tipo il grido di qualcuno terrorizzato o aggredito per strada. L'ho udito distintamente dal mio appartamento poco dopo che te ne eri andato, strano che tu non l'abbia sentito.»

«Ti assicuro che non ho colto nulla, tantomeno un urlo. Ho attraversato velocemente il quartiere senza incontrare anima viva e sono arrivato a casa abbastanza presto. Se qualcuno avesse gridato me ne sarei accorto. Ma, è successo qualcosa?»

«No, apparentemente è stata una nottata tranquillissima. Però io sono sicura di avere sentito quell'urlo, era... era... quasi sovrumano.»

Driscoll prende tempo, il tono drastico della poliziotta lo sta mettendo a disagio. Ha capito la sua alterazione ma vorrebbe evitare ulteriori stress, chiedendo spiegazioni.

Il bar comincia lentamente ad animarsi. Uno dei gestori del locale, con una lunga barba grigia, un gilet di pelle nera sopra una consunta maglietta nera dei Motörhead, jeans sdruciti e anfibi, sale sul piccolo palco in fondo alla parete e inizia a rassettarlo, spostando sedie e leggii. Un uomo sui trent'anni si alza dal tavolino che condivide con una donna con i capelli biondo platino, più vecchia di lui, si avvicina al bancone e chiede al barista a che ora è prevista la prima esibizione.

Il professore controlla l'orologio e decide di cambiare argomento ma prima che riesca ad aprire bocca Daphne lo sbalordisce con un'affermazione che gli gela il sangue.

«Jack è tornato!» dice la donna, scandendo ogni parola e guardandolo dritto negli occhi.

«Che cosa?» chiede Driscoll. «Chi è tor...»

«È il significato di quell'hashtag, *#jib*!» riprende Daphne, senza lasciargli finire la domanda. «Si riferisce a Jack, lo Squartatore di Whitechapel. J-I-B, ovvero "Jack is back". È una firma, capisci? E anche un avvertimento.»

L'uomo appare disorientato ma cerca ugualmente di concentrarsi sulle parole della poliziotta.

«Ti stai riferendo a quella storia su Instagram, segnalatami dal mio studente?» chiede il professore.

«Sì, sì, proprio quella,» lo incalza Daphne «è un messaggio. Ci ho pensato a lungo. Vuole comunicare a tutti il ritorno di Jack lo Squartatore. La donna che compare nella foto è una sua vittima.»

«Be', il senso potrebbe anche essere quello ma ciò non esclude che si tratti dell'opera di un mitomane» rimarca Driscoll. «Chi ci assicura che quella foto non sia stata costruita artificialmente?»

«È reale, ne sono quasi certa! Ed è terribile!» insiste la poliziotta. «Tra l'altro credo anche di essere riuscita a risalire all'identità della donna, o quantomeno...»

«Veramente? Chi è? Come si chiama? È di Londra?»

«Aspetta, mi spiego meglio. Non so chi sia esattamente la donna nella foto ma ho capito il collegamento tra chi ha postato l'istantanea e il serial killer dell'Ottocento. Se fai attenzione e cerchi negli archivi e nei documenti riguardanti i crimini attribuiti a Jack, scoprirai che il volto sfigurato della donna che compare nell'immagine è straordinariamente somigliante a quello di Elizabeth Stride, la terza vittima dello Squartatore. Stessi capelli ricci e neri, stesso ovale del viso, identico taglio degli occhi.»

«Intendi dire che l'assassino ha cercato una donna che avesse gli stessi connotati di una delle vittime di Jack the Ripper?»

«Esattamente, inoltre, da quel poco che si può dedurre da quell'immagine, è possibile che l'abbia uccisa nello stesso modo.»

«Un emulatore, quindi.»

«No, ed è questo il vero mistero.»

Driscoll stringe gli occhi e scuote leggermente la testa.

«Come no? Allora non capisco. Chi è questo psicopatico?»

«La faccenda sembra molto complessa, Monty,» dice Daphne, facendo un lungo sospiro «in anni di carriera non mi sono mai trovata ad avere a che fare con un caso simile.»

«Vuoi provare a spiegarmelo?» domanda trepidante il professore.

«Tenterò, anche se io stessa, al momento, ho le idee parecchio confuse» ammette la poliziotta.

In quell'istante sulla pedana salgono due musicisti con una chitarra elettrica e un basso e cominciano ad accordare gli strumenti.

Daphne si avvicina a Driscoll per evitare che la sua voce venga coperta dai suoni distorti delle corde che vibrano.

«La cosa veramente strana» attacca la donna «è che non esiste nessuna traccia di questo delitto negli archivi della polizia. Il corpo della donna non è stato rinvenuto, nessuno ha segnalato la sua scomparsa e non sono giunte denunce in alcuna delle stazioni di polizia di Londra. E nemmeno ai comandi delle contee confinanti, ai quali ho allargato la mia ricerca.»

«E Instagram?» domanda Driscoll. «Hai provato a identificare chi ha postato quella foto con quell'hashtag?»

«Tempo perso» minimizza la poliziotta. «I social network proteggono strenuamente i loro iscritti. Risalire alla vera identità degli autori dei messaggi è impossibile senza il consenso degli amministratori. E non essendoci un'indagine ufficiale non ho il potere di costringerli a collaborare. Però ci sei andato vicino.»

«Cioè? Come?»

«È proprio dalla rete e da internet che ho avuto le prime risposte. Ma non da quella visibile a tutti, bensì dal dark web.»

«La rete oscura? Il non-luogo dell'etere dove regnano l'illegalità e l'anonimato?»

«Quella. Attraverso una serie di passaggi che ora non ti sto a specificare sono riuscita a penetrare in quella terra di nessuno e ho iniziato a cercare tutto ciò che avesse, da qualche parte, l'acronimo JIB, collegato a delitti, squartamenti e sevizie. Ho dovuto sorbirmi decine di schifezze e visioni disgustose ma alla fine l'ho trovato» annuncia Daphne.

«Sul serio? Ma che cosa?»

«Un album fotografico digitale degli orrori di Jack. E forse non solo suoi» spiega la poliziotta. «E l'intestazione è proprio JIB.»

«Un-un album?» chiede Driscoll, sempre più sconcertato.

«Sì, una specie di raccolta di immagini raccapriccianti relative a delitti estremamente violenti. Corpi squartati, mutilati, sezionati, primi piani dei cadaveri, scene del crimine, insomma una carrellata horror da fare invidia ai peggiori registi splatter. Ma la cosa veramente interessante è che tra le varie foto, tutte senza didascalia, vi è anche quella del cadavere della donna con i capelli ricci che è finita su Instagram e che mi hai mostrato.»

«Ne sei sicura?»

«Al cento per cento. È una delle ultime nella sequenza delle foto. Dopo la sua, compaiono immagini di altri quattro cadaveri, tre donne e un uomo. Poi l'album si chiude, facendoti però intuire che presto potrebbe essere completato con nuove istantanee.»

«Se ho capito bene, quindi, è una specie di registro online degli omicidi del nuovo Jack, o di chi per lui, aggiornato in tempo reale man mano che questi presunti delitti vengono commessi e consultabile solo entrando nel dark web?» puntualizza Driscoll.

«Esattamente, un fascicolo del male, estremamente particolareggiato, che però non fa parte del mondo, cosiddetto, reale» aggiunge Daphne.

«Impressionante!» commenta il professore. «Chissà chi lo ha creato, chi lo cura e dove si procura le immagini...»

«Nella rete oscura non avrai mai queste risposte» chiarisce la donna «e di sicuro non troverai alcun riferimento all'autore dei delitti.»

«Ma siamo certi che sia tutto vero?» insiste l'uomo. «Hai appena detto che i corpi dei morti non sono stati rinvenuti. Come facciamo ad avere la sicurezza che siano fatti realmente avvenuti?»

«Se osservi anche solo una volta il video di questo album agghiacciante non avrai più dubbi» risponde sicura la poliziotta.

«Allora temo che dovrò tenermeli» dice Driscoll. «Non ho la minima idea di come penetrare nella rete oscura.»

«Non è necessario» precisa Daphne, estraendo il cellulare dalla tasca dei jeans. «Il documento non è scaricabile, né ho mai pensato di farlo, soprattutto con un computer di Scotland Yard,» prosegue «però, per avere una prova di ciò che avevo trovato, ho filmato il monitor mentre scorreva il video. La qualità è scarsa ma le immagini sono sufficientemente distinguibili. Lo vuoi vedere? È senz'audio.»

«Sì, sì, certo!»

«Okay, dammi solo un attimo.»

Daphne ispeziona i video archiviati e ne seleziona uno senza nome. Quindi avvicina lo smartphone a Driscoll, reggendolo in modo che lui possa vedere agevolmente lo schermo.

«Pronto?»

«Sì, vai pure.»

La donna digita la freccetta e il video inizia a girare.

Mentre scorrono le immagini atroci di corpi violati e fatti a pezzi, Driscoll sente crescere dentro di sé un'angoscia incontenibile. Quando arriva l'ultima sequenza il suo cuore rischia di spaccarsi.

«Mio Dio!» urla, portandosi la mano sulla bocca per soffocare un grido.

Daphne blocca bruscamente il filmato, chiude il telefono e se lo rinfila velocemente in tasca. Poi appoggia dolcemente una mano sui capelli di Driscoll, rimasto chino sul tavolino, con gli occhi chiusi.

«Mi dispiace, Monty» sussurra. «Non pensavo che ti saresti tanto impressionato. Ti chiedo scusa.»

L'uomo non risponde. Le sue spalle continuano a sollevarsi mentre i polmoni cercano disperatamente di impadronirsi di aria.

Poi Driscoll alza la testa e fissa Daphne con lo sguardo sconvolto.

«È lui!» farfuglia. «È Malcolm!»

45

«Sono sorpreso, Derrick,» mi dice Doodley, accogliendomi all'ingresso del suo studio «dopo il nostro primo incontro pensavo che non l'avrei più rivista. Capita spesso che la prima seduta provochi nei pazienti un'incontenibile voglia di fuggire e che poi invece cambino idea ma lei mi era sembrato molto sicuro di sé e determinato. La sua telefonata mi ha stupito, però sono felice di ritrovarla» aggiunge, senza nascondere la soddisfazione per quella che probabilmente considera una vittoria personale.

«Non corra dottore, non sono un suo paziente e non sono venuto qui per iniziare la terapia» metto subito le mani avanti. Il suo tono amichevole e untuoso mi irrita e sono già pentito di averlo ricontattato. Respiro a fondo e allontano l'impulso di salutarlo malamente e andarmene. Devo prima avere delle risposte.

«Prego, si accomodi,» mi esorta «ho cancellato due appuntamenti, così nessuno ci disturberà. Preferisce sistemarsi sul divano o sul let... oh, mi scusi, Derrick, è l'abitudine.»

Resto in piedi, al centro della sala, con i muscoli dell'addome contratti. Inizio mentalmente a contare fino a dieci. Ma arrivo appena a quattro.

«Posso avere un bicchiere d'acqua» chiedo, avviandomi verso un divano grigio a forma di mezzaluna, delle dimensioni di un'astronave, che ricordo di avere visto nella copertina di una rivista di design dedicata a Zaha Hadid.

«Ma certo, si metta pure a suo agio!» risponde prontamente Doodley, affrettandosi a prendere da un frigorifero d'acciaio a due ante una bottiglia di cristallo, colma d'acqua filtrata, che sembra appena uscita da un laboratorio artigianale di Murano.

«Ghiaccio e limone?»

«No, grazie, solo acqua.»

Lo psichiatra mi porge il bicchiere e si siede nell'angolo opposto della "navicella". Bevo un'ampia sorsata e sento il liquido freddo invadermi lo stomaco.

«Si prenda pure tutto il tempo necessario, Derrick» attacca Doodley ma io non ho alcuna intenzione di rimanere a lungo in quel museo di architettura insolente.

«Ho solo un paio di domande» esordisco, smorzando sul nascere ogni suo tentativo di creare un ambiente complice ed empatico.

«La prima. È possibile, secondo lei, che quando si verificano quegli episodi di... insomma quei blackout...»

«Disturbi psicotici transitori» puntualizza lui e le sue parole hanno su di me l'effetto di una mazzata a tradimento.

«Ah... sì... non li avevo mai considerati un...»

«Non si preoccupi, Derrick, è solo il termine scientifico. Blackout va benissimo.»

«Ecco, bene» riprendo. «Allora sì... dicevo, crede sia possibile che durante quei momenti in cui mi sembra di cadere in trance e perdere la memoria, io possa vedere cose che non appartengono a questa epoca?»

«Si riferisce a situazioni del passato o del futuro?»

«Non lo so. Non riesco a fissarli in un periodo temporale preciso. Sono immagini confuse, come dei flash non consequenziali e i dettagli sono spesso sfocati.»

«Ricorda qualche elemento che potrebbe aiutarla a determinare un periodo storico. Che so, il modello di un'auto, un particolare tipo di abbigliamento, una musica...»

«No, è tutto inintelligibile e caotico. Le poche cose che riesco a intuire sono quasi sempre le più terribili.»

«Ovvero?»

«Lame che squarciano le carni, sangue che esce a torrenti dalle ferite, ossa che si spezzano, sguardi terrorizzati e il freddo della morte.»

«Freddo? Mi vuole dire che, oltre alla vista, durante questi episodi percepisce altri sensi?»

«Oh, certo! Odori, suoni e poi caldo, freddo...»

«Interessante. E, mi dica Derrick, riesce a ricordare se ha anche sensibilità tattile?»

«Si spieghi meglio» dico. Il suo modo di fare domande mi infastidisce. Preferisco discorsi chiari e diretti.

«Vede Derrick, nel corpo, e più precisamente nel derma, lo strato di cute sotto l'epidermide, abbiamo numerosi recettori tattili che reagiscono diversamente a seconda degli stimoli. La percezione più alta si ha nel palmo della mano ed è più sviluppata quando il soggetto muove l'arto attivamente. In questo caso la sensazione è coerente con le nostre azioni. Mentre una sensazione differente, ma altrettanto intensa, si prova se, per esempio, ci viene rovesciato, a nostra insaputa, un secchio d'acqua gelata sulla schiena. È uno choc improvviso e, almeno inizialmente, inconscio. Poi il cervello lo elabora e ci consente di comprenderlo. Lei quale percezione tattile ritiene di avere provato durante i suoi blackout?»

D'un tratto avverto un formicolio incessante che mi sale dalle gambe. Provo a concentrarmi sulle mie esperienze ma la testa rimbalza da un'immagine all'altra senza darmi il tempo di inquadrarne i contorni. È come se la mia mente si rifiutasse di analizzare ricordi che sono sigillati dentro dei cassetti blindati.

«Io non... non ricordo, mi spiace.»

«Non si preoccupi, è naturale. Probabilmente è questo l'aspetto più traumatico dei suoi disturbi ed è comprensibile che scattino delle difese che portano a rimuovere i fatti.»

«Fatti? Ma a quali fatti si riferisce? Non ho mai detto che si tratta di avvenimenti reali, non capisco che cosa voglia insinuare!»

Il formicolio è diventato fuoco. Ho la schiena bagnata di sudore e la mascella serrata. Doodley continua a guardarmi con un'aria da prete confessore e io vorrei cancellargli dalla faccia a calci quello sguardo indulgente e comprensivo.

«Cerchi di rilassarsi, Derrick, faccia un respiro profondo e beva un altro goccio d'acqua,» mi dice «qui nessuno vuole fare insinuazioni o, tanto meno, esprimere giudizi. Esca dai suoi rifugi antiaereo ed entri nelle zone vietate del suo io, che poi non sono affatto vietate. Solo così riuscirà a capire e a rivivere a fondo le sue sensazioni.»

«Senta, dottor Doodley, a me non interessano queste sue fantasticherie psicosociali. Le avevo fatto una domanda precisa riguardo alla collocazione temporale dei miei... ricordi ma vedo che non c'è modo di venirne a capo, pertanto...»

La mia pazienza si è esaurita. Mi maledico mentalmente per essere venuto da questo presuntuoso strizza. Faccio per alzarmi e andarmene ma lui mi blocca con un gesto della mano.

«Aspetti, Derrick, la prego. Mi deve scusare, non volevo farle una lezione di psichiatria, mi sono fatto prendere un po' la mano. In qualche modo il suo caso mi affascina e vorrei avere più tempo per analizzarlo. Però non è giusto, tra l'altro, lei non è nemmeno un mio paziente.»

«Esattamente!» puntualizzo, rimanendo seduto in punta, con le braccia tese sui cuscini di pelle del divano.

«Comunque la risposta alla sua domanda è... sì» prosegue Doodley. «Durante la perdita temporanea della memoria, il suo cervello potrebbe rielaborare episodi non contemporanei. Ma escludo che possano essere situazioni, diciamo, future. Lei non è un veggente, ammesso che ne esistano. Mentre è plausibile che si tratti di eventi del passato.»

«Passato recente o remoto?»

«Anche di diversi anni. Dipende dai vissuti che conserva.»

«Lei insiste con questa cosa dei vissuti» dico, spazientito. «Non potrebbero invece essere situazioni che non fanno parte della mia vita e della mia storia? Qualcosa che, per qualche strano motivo, riesco a vedere come se fossi lo spettatore di un film dell'orrore di cui non sono né protagonista, né comparsa?»

«Be', sì, è possibile. Però in questo caso non potrebbe sentire odori o avere sensazioni tattili. Sarebbe una sorta di osservatore esterno e oscuro. Mentre mi sembra lei viva in prima persona, e con tutti i sensi, questi stati quasi onirici.»

«Non mi convince» ribatto con stizza. «Stiamo perdendo solo del tempo. Io ho bisogno di una consulenza scientifica non di una seduta psicanalitica. Grazie lo stesso.»

Mi alzo di scatto e mi avvio verso la porta dello studio. Ho solo voglia di uscire e dimenticarmi al più presto la faccia di questo borioso lavacervelli. Doodley mi segue con movimenti lenti e rassicuranti. Non appare per nulla contrariato dalla mia reazione.

«Ah, quasi dimenticavo!» dico, con i piedi già sul pianerottolo. «La seconda domanda è: cosa ci faceva l'altra sera, in piena notte, dalle parti del pub Carpenters Arms a Shoreditch?»

«Cosa? Dove?» mi domanda stupito. E per la prima volta da quando è iniziato il nostro incontro colgo una certa apprensione nel suo sguardo.

«È un locale che si trova su Cheshire Street, tra Shoreditch e Bethnal Green. Ma quando lei vi è passato davanti era già chiuso. Quindi sarà stato dopo la mezzanotte.»

«Non capisco. Cosa c'entra? E poi lei cosa ne sa... sì, intendo dire, per caso mi sta controllando?»

«Tutti siamo sotto controllo, dottor Doodley, Londra è una città con mille occhi, dovrebbe saperlo. Le rifaccio la domanda. Sa spiegarmi, per cortesia, cosa ci faceva in quel pub?»

Sto evidentemente forzando la mano, quei pochi fotogrammi che ritraggono lo psichiatra davanti al locale non hanno alcun significato investigativo. Ma sono importanti per me, dal momento che qualche minuto prima, quella notte, ero anch'io in quel pub, in preda a uno dei miei peggiori blackout. E poi non riesco a togliermi dalla testa l'ambiguo riferimento al Carpenters Arms fatto da quello strano personaggio che sembra il sosia di Marx alla fine del nostro colloquio nel mio ufficio.

«Non ricordo di essere mai stato in un pub con quel nome, soprattutto di recente. Mi spiace, Brainblee, ma credo che le sue informazioni non siano corrette.»

Improvvisamente lo strizza sembra avere perso tutta la sua alterigia. Già questo mi fa sentire meglio. Sento i muscoli che si rilassano e sarei pronto a giurare che le mie labbra stanno abbozzando un sorriso.

«Nessun errore, dottore, ci pensi, sono certo che le tornerà la memoria. Forse anche lei ha qualche disturbo transitorio di cui non è consapevole. A presto.»

Mi dirigo verso l'ascensore, leggero come se stessi camminando sull'acqua.

«Ispettore, aspetti un secondo, per cortesia!»

Mi volto, tenendo il dito sul pulsante dell'ascensore. Ma la mia ritrovata autostima scompare di colpo. Doodley mi raggiunge con in mano un flacone di capsule.

«Tenga, è un farmaco neurolettico, con un composto molto blando. Non induce alcun effetto indesiderato, ha solo un potere calmante e antiallucinatorio. Agisce sui sintomi ma possiede anche proprietà terapeutiche. Lo può prendere quando sente che stanno per arrivare i suoi blackout. Non importa che lo assuma regolarmente. Vedrà però che le sarà d'aiuto. Per qualsiasi cosa mi contatti pure liberamente. Mi ha fatto veramente molto piacere rincontrarla, Derrick.»

Mi stringe la mano e mi gira le spalle come se nulla fosse. E io rimango con la boccetta in mano e con una voglia assurda di ingoiare subito un paio di pastiglie.

46

I passi si fanno serrati. Diventano un tramestio, poi un andirivieni, una rincorsa, quindi un tafferuglio. Sta succedendo qualcosa di imprevisto e pericoloso dietro quella porta. Georgeta ha il cuore in gola. Si alza dalla branda e si rannicchia contro il muro nella parete opposta all'ingresso di quella angusta cella. Le ruvide pietre del muro le graffiano la schiena. Abbraccia le ginocchia e le stringe al petto. La polvere che sale dal selciato di ciottoli grezzi le occlude le narici. Respira a bocca aperta, scossa dai brividi.

Un urlo rauco e un lamento soffocato, fuori dalla stanza, la fanno sussultare. Georgeta comincia a guardarsi freneticamente intorno, in cerca di una via di fuga che non esiste. Il panico si sta impadronendo di lei, abbassa la testa e serra gli occhi. Immagina di essere lontano, al sicuro, nella stalla della fattoria di suo nonno Lazlo, a Baia Mare, dove si rifugiava da bambina le poche volte che riusciva ad allontanarsi dal campo nomadi in cui vivevano i genitori. Ma un fruscio sordo la riporta drammaticamente alla realtà. Il baccano è terminato e qualcuno sta cercando di aprire la porta. Partono alcuni colpi secchi all'altezza del chiavistello. Poi uno schianto poderoso che spalanca la porta, scaraventando il lucchetto in aria come un proiettile, tra nuvole di polvere. Georgeta lancia un grido e striscia verso l'angolo lontano della stanza. Sulla soglia è comparsa una figura scura, massiccia, minacciosa. È in piedi con le braccia e le gambe allargate. Il chiarore di una torcia alle sue spalle ne delinea i contorni, oscurandone il volto. In una mano stringe un lungo pugnale dalla cui lama stillano gocce di sangue.

La giovane lo fissa, terrorizzata, e di colpo lo riconosce. È il *boogeyman*, l'uomo nero dei suoi incubi infantili che è venuto a prenderla. Nei suoi diciassette anni di vita ha già incontrato tanti demoni, ognuno con la propria maschera, ed è sempre riuscita a sconfiggerli. Questa volta però è diverso. Georgeta non ha più la forza per combattere, né la volontà. Si lascerà sopraffare dal buio e condurre nell'abisso. Chiude gli occhi e pensa al nonno, quando, da piccola, la nascondeva sotto una coperta, nel carretto con cui trasportava il fieno, per portarla fuori dal campo, lontano dagli orchi. Resta immobile, nell'angolo della stanza, con la testa incassata tra le ginocchia, mentre sente avvicinarsi i passi del mostro. Ora è fermo, di fronte a lei, a pochi centimetri di distanza. Ne percepisce l'odore acre di sudore e il fetore dell'alito caldo. Le sue ossa scricchiolano mentre si accovaccia. Allunga una mano e gliela appoggia su una spalla. Georgeta avverte il calore del contatto e inizia a tremare, mentre dalla sua bocca escono versi strozzati che lei stessa non riconosce.

«È ora di andare» ordina l'uomo.

47

«Aspetta Monty, dove corri? Fermati, per favore!» implora Daphne.

«Ma non capisci?» risponde Driscoll, senza voltarsi verso la donna e continuando a camminare speditamente. «È Malcolm in quella foto! Il mio studente! Lo hanno massacrato! Dio mio...»

Il professore esce correndo da Kingly Court e imbocca Carnaby Street, rischiando più volte di travolgere i passanti. La storica strada del centro di Londra è affollata di turisti ma lui sembra non vederli e prosegue la sua fuga scomposta, iniziata dal Blues Bar, dopo avere visto le immagini atroci dei delitti firmati JIB. Daphne lo ha rincorso, cercando di calmarlo, ma non è ancora riuscita a raggiungerlo. Arrivato all'angolo con Ganton Street, Driscoll sterza bruscamente a sinistra ma scivola sui resti di un'insalata thailandese di mango verde e rovina a terra, battendo malamente la schiena. La poliziotta sopraggiunge in pochi secondi e si lancia in suo aiuto, sollevandogli le spalle.

«Vuoi romperti l'osso del collo?» lo rimprovera. «Smettila di comportarti da pazzo! Ce la fai ad alzarti?»

«Sì, sì... scusami» balbetta l'uomo, sollevandosi faticosamente da terra. Poi un dolore acuto gli trafigge le vertebre lombari.

«Ah! La mia schiena...» si lamenta, cingendosi i fianchi.

«Ti è anche andata bene,» sottolinea la poliziotta, prendendolo sotto braccio «avresti potuto romperti una gamba. Dove pensavi di scappare in quel modo?»

«Non lo so, mi dispiace, quell'immagine di Malcolm mi ha sconvolto. C'è qualcosa di sbagliato, di terribile, di maligno in tutta questa storia...»

«Sì, mi rendo conto. Ma che senso ha fuggire? E da cosa? Da chi? Non abbiamo nessuna prova, nessun elemento. Solo un elenco di foto in rete di cui non sappiamo né la provenienza, né l'autenticità.»

«È tutto vero, Daphne, e tu lo sai, come lo so io. Malcolm è stato ammazzato. Quel povero ragazzo aveva scoperto ogni cosa e per questo lo hanno massacrato. E adesso siamo tutti in pericolo.»

«Tutti chi? Devi calmarti, Monty! Stiamo dando spettacolo. Adesso andiamo. Voglio portarti al pronto soccorso per fare una lastra, potresti esserti fatto male seriamente alla schiena. Con queste cose non si scherza...»

«No, niente ospedale, voglio andare all'università. Portami là, ti prego, Daphne, devo sapere se qualcuno ha visto Malcolm.»

«Non mi sembra una buona idea, in questo momento, coinvolgere il tuo ambiente di lavoro. Nello stato in cui sei, non faresti altro che seminare il panico tra gli studenti e creare un allarme non giust... cioè, voglio dire, prematuro. Lasciami prima fare una verifica con i miei canali. Se Malcolm risultasse scomparso, apriremo un'indagine ma, allo stato attuale, non siamo nelle condizioni di affermare che gli sia successo veramente qualcosa.»

«Malcolm è morto, Daphne, sei stata tu a scoprirlo e adesso ti tiri indietro? E allora cosa mi dici delle altre immagini degli omicidi? Di quella donna con i capelli ricci? E la tua teoria sul ritorno di Jack lo Squartatore? Te ne sei già dimenticata?»

«No, ti sbagli, ce l'ho ben presente, sono stata io a elaborarla e se avessi avuto dei dubbi non te ne avrei parlato.

Ma non l'ho fatto perché tu ti facessi prendere dall'angoscia e andassi a spiattellarla in giro. Immagini la reazione della gente se si diffondesse la notizia del presunto ritorno del più feroce serial killer della storia britannica? E poi, su quali basi possiamo affermare che Jack è tornato? Tirando fuori un album dell'orrore scovato sul dark web? I tabloid ci andrebbero a nozze ma sia io sia tu perderemmo subito la credibilità... e il posto di lavoro.»

«Quelle foto non sono un fake, Daphne, mi danno i brividi ogni volta che ci penso. Sono l'essenza del male.»

«Sono d'accordo con te, Monty, ma dobbiamo rimanere lucidi e agire con la massima prudenza. Adesso ti porto a casa. Hai bisogno di riposare e soprattutto di ristabilirti. Dopo la botta che hai preso, ti verrà un ematoma gigantesco nella schiena. Non escludo che nelle prossime ore tu possa fare fatica anche a muoverti. Ti consiglio di chiamare l'università e prenderti un paio di giorni di malattia. Io nel frattempo procederò come ti ho detto nelle mie ricerche, usando la massima riservatezza.»

«Okay, come vuoi, ma tienimi costantemente informato. Malcolm è un bravo ragazzo e uno studente modello.»

«Lo farò, non dubitare. Tu però promettimi di non parlare a nessuno di questa storia. Dobbiamo stare attentissimi e poi...»

Daphne si zittisce improvvisamente. Lei e il professore sono giunti dinanzi all'entrata dei grandi magazzini Liberty, all'angolo tra Great Marlborough Street e Regent Street, in uno slargo dove, abitualmente, sostano i taxi in attesa dei clienti carichi di borse. Prima di fare cenno a uno dei tassisti, la poliziotta guarda negli occhi Driscoll. Nel suo sguardo c'è un misto di paura e incredulità.

«Daphne, cosa...» le domanda lui, allarmato.

«Ne manca una» dice la donna, con un filo di voce, guardando nel vuoto, davanti a sé.

«Chi manca? Cosa stai dicendo?» sbotta Driscoll. «Spiegati Daphne, per l'amor di Dio!»

«Manca la quinta vittima e poi Jack ha raggiunto il suo obiettivo» riprende la poliziotta, con i pugni stretti e con un affanno incontrollabile che le solleva il petto.

«Quale obiettivo? Cristo santo, ora mi stai di nuovo facendo preoccupare!»

«Tra il 31 agosto e il 9 novembre del 1888, il mostro di Whitechapel ha ucciso cinque donne» spiega la detective. «La terza è Elizabeth Stride, trovata con la gola squarciata in un cortile di una scuola del quartiere. In quell'album digitale che ho trovato in rete, le foto dei delitti più recenti, tolto quello del ragazzo, riguardano quattro donne. La terza è una vittima molto somigliante alla Stride. Poi ve n'è una quarta, il cui corpo è completamente irriconoscibile. Proprio come il cadavere di Catherine Eddowes, la quarta prostituta uccisa dallo Squartatore, a Mitre Square. Nella lista ne manca ancora una. L'ultima vittima del killer è Mary Jane Kelly. Il suo omicidio fu il più brutale di tutti i delitti attribuiti a Jack.»

«Stai dicendo che quindi...»

«Se Jack è tornato, vorrà finire la sua opera. E non permetterà a nessuno di mettersi sul suo cammino.»

48

«Su alzati, Georgeta, dobbiamo fare in fretta, qualcuno potrebbe avere dato l'allarme.»

La ragazza è frastornata. Guarda quell'uomo possente che le tende la mano, indecisa se seguirlo o tentare di fuggire, ora che la porta della cella è aperta. Ma c'è qualcosa, negli occhi di quello sconosciuto, che le dà fiducia. Ormai è abituata a distinguere i mostri che assumono sembianze umane e in quello sguardo non avverte alcun pericolo, anzi.

«Fidati di me,» insiste l'uomo «sono un poliziotto. Mi chiamo Dustin Chandler e sono un sergente del distretto di Whitechapel, a Londra. Sono qui per metterti in salvo, non devi avere paura.»

Georgeta fa per alzarsi, poi i suoi occhi scorgono il sangue sull'avambraccio di lui e l'impugnatura del grosso coltello da combattimento che spunta dalla fondina agganciata alla sua cintura. E di colpo si blocca.

«C'era un uomo di guardia alla tua cella» spiega prontamente il poliziotto, intuendo i timori della giovane. «Abbiamo avuto uno scontro, non credo che possa crearci altri problemi ma non c'è tempo da perdere. Tu come stai? Sei ferita?»

La ragazza scuote la testa e finalmente si mette in piedi, pronta a consegnare il proprio destino nelle mani di quell'uomo.

«Bene, allora andiamo» la esorta il sergente. «Cerca di fare meno rumore possibile, conosco un passaggio segreto che conduce all'esterno del castello. Se dovessimo incontrare qualcuno resta alle mie spalle e lascia fare a me. Ti porterò fuori da qui, te lo prometto.»

Chandler prende per mano Georgeta e i due escono velocemente dalla cella. Non appena varcata la soglia, la ragazza scorge un uomo massiccio, con la barba e i capelli rasati a zero, riverso a terra in un lago di sangue. Ha uno squarcio nella gola e la maglia completamente inzuppata di un liquido scuro. Le sue gambe sono incrociate in modo innaturale. D'istinto la ragazza si porta la mano sulla bocca per reprimere un grido.

«Non lo guardare!» le ordina Chandler, facendole segno di seguirlo sotto un piccolo arco che si apre alla fine di un angusto corridoio.

Le sbarre di ferro che ne bloccano l'ingresso sono sollevate ma per attraversare la volta occorre quasi mettersi in ginocchio.

«Vieni, da questa parte!» dice il poliziotto, piegandosi fino quasi a toccare le ginocchia con la testa. I due superano l'arco e si intrufolano in un budello che sembra scavato nella pietra con una trivella per gasdotti. Il percorso è buio e freddo. Chandler estrae una piccola torcia da una tasca del giubbotto e la punta davanti a sé, facendo scappare un ratto che schizza via, tra i piedi di Georgeta. La ragazza rimane immobile e soffoca un urlo.

«Coraggio, vieni!» la sprona Chandler, indicandole il percorso. Camminano ricurvi per una decina di minuti, muovendosi a piccoli passi in un labirinto di roccia e terra. La giovane è scossa da brividi di freddo e fa fatica a respirare ma le sue gambe continuano a muoversi senza alcuna esitazione. Le sembra di vagare da ore nelle viscere di una montagna di granito. Fissa ipnotizzata il piccolo cerchio luminoso che volteggia sulle pareti davanti a loro, seguendolo come un faro nella tempesta. Poi, d'improvviso, dietro l'ennesima svolta, un tenue bagliore compare sopra di loro. Hanno raggiunto uno spiazzo, delle dimensioni di circa due metri e mezzo. Il soffitto è alto tre metri e sopra le loro teste vi è una botola, aperta, da cui filtra un debole fascio di luce e scende una corda sottile di canapa, del tipo di quelle usate per gli imballaggi.

«È tutto quello che ho trovato ma reggerà, non preoccuparti!» dice Chandler, incrociando le dita delle mani per formare un gradino. «Sali e afferra la corda,» le ordina «quindi arrampicati su, oltre l'apertura. Io ti seguo in un attimo.»

In pochi attimi Georgeta raggiunge il piano superiore e si schiaccia contro la parete in attesa del poliziotto. Chandler sopraggiunge dopo qualche secondo, faticando non poco per passare attraverso lo stretto pertugio. Una volta tornati insieme, il sergente recupera la corda e richiude la botola, posandoci sopra una pesante piastra di ferro.

Davanti ai loro occhi si rivela una galleria di diverse centinaia di metri, tutta dritta. Una piccola luce bianca mostra la fine del tunnel. Si può percorrere solo in fila indiana ma le pareti sono alte oltre due metri. La temperatura è decisamente più accettabile e la quantità di ossigeno è aumentata.

«Siamo quasi arrivati,» dice il poliziotto, puntando la torcia verso il fascio di luce all'orizzonte per indicare alla ragazza la via d'uscita «ancora un piccolo sforzo, okay?»

Georgeta accenna un gesto di consenso con la testa ed entrambi ripartono a passo veloce. Sulla loro testa avvertono il rumore dell'acqua che scorre e una serie di colpi ovattati e sordi.

A metà strada Chandler si blocca e fa un cenno con la mano a Georgeta di fermarsi dietro di lui. Quindi punta la torcia verso il proprio viso, illuminandolo.

«Ascoltami bene,» attacca l'uomo sottovoce, guardando fisso negli occhi la ragazza «fra poco saremo fuori di qui. Sbucheremo alla base di una piccola scala di pietra, scavata nel terreno del parco, dietro al castello di Beaconsfield.

È un luogo piuttosto nascosto ma fa ancora parte della tenuta, per cui dovremo fare molta attenzione. Non appena raggiungeremo l'esterno, spegnerò la torcia. Ci appiattiremo al suolo e resteremo qualche secondo immobili per capire se ci sono pericoli. Tu guarda attentamente quello che faccio e tieniti pronta a seguirmi. C'è un buco nella recinzione di ferro, che ho creato con il coltello quando mi sono introdotto nella proprietà. Puntiamo diretti verso quel pertugio, ci condurrà fuori, in prossimità di una strada sterrata. Percorrendola per qualche decina di metri, arriveremo a un grosso platano, sotto al quale ho parcheggiato la mia auto. Tutto chiaro?»

Georgeta scuote la testa in senso affermativo e i due ripartono, con il cuore in gola. Giungono velocemente alla fine della galleria, escono e si fermano davanti al primo dei dieci piccoli gradini di pietra che portano in superficie. L'aria fredda della notte sorprende Georgeta, che ha indosso solo una camicia bianca e lunga, di cotone. L'odore di erba e fango le satura il naso. La ragazza inizia a tremare, scossa dai brividi, e d'istinto si stringe al poliziotto che, con un gesto paterno, le cinge le spalle con un braccio. Poi lui si toglie il giubbotto, modello Avirex, di colore nero, e glielo porge, rimanendo con una maglietta nera, a pelle.

«Infilati questo,» le dice «sarai anche meno visibile.»

Silenziosi e in allerta come felini, Chandler e Georgeta salgono lentamente la scala. Arrivati in cima, si accovacciano nell'erba, uno davanti all'altra. È una notte senza luna e il buio avvolge il parco del castello, rendendolo ancora più spettrale. Per una frazione di secondo al poliziotto sembra di avvertire un fruscio e un sottile lamento alle sue spalle ma si convince che si tratti di Georgeta.

«Ssst! Non fare rumore!» le ordina, senza girarsi. «Stai vicino a me, dobbiamo andare in quella direzione» aggiunge, puntando la torcia spenta verso una zona della tenuta alla sua destra.

Senza attendere una risposta della ragazza, il poliziotto

si alza di qualche centimetro e inizia a camminare a passo spedito, tenendo le gambe piegate. Guadagna velocemente una ventina di metri, scegliendo il tracciato meno esposto alla luce. Nel farlo continua a provare la sgradevole sensazione che qualcuno lo stia osservando. Poi la percezione diventa quasi una certezza e un'ondata di angoscia gli invade le membra. Si ferma a circa dieci metri dalla recinzione, si incurva sul terreno e si volta all'indietro, con il cuore che batte come un tamburo. Georgeta è scomparsa.

49

«Possibile che sia sparita nel nulla?»

«Guarda nelle bozze cancellate. A volte i file ci finiscono automaticamente. Misteri della posta elettronica...»

«Hai ragione, eccola qua. Ora te la rimando.»

Il direttore di «Ghost Dossier», Roy Meyer, resta in attesa qualche secondo, poi vede comparire sul monitor il simbolo di una busta in arrivo. Ci clicca sopra e attende la completa apertura del file. Un breve messaggio accompagna il documento allegato.

Caro Roy, ecco, come promesso, l'articolo sull'ossessione per la vita ultraterrena nell'età vittoriana. Credo ci ritroverai molti dei concetti osservati dal mio celebre bisnonno. Ora vorrei concentrarmi sull'inchiesta relativa al mercato del sesso, dall'ascesa dei Windsor all'epoca post Brexit. Ci sto lavorando da mesi ed è giunto il momento di tirare le somme. Ti terrò informato. Un abbraccio. T. Stead.

Il giornalista trascina il cursore sul documento accluso e inizia a leggere, qua e là, partendo dal quarto capoverso.

...L'attenzione morbosa per tutto ciò che era "oltre il velo" spinse i vittoriani a intraprendere consuetudini bizzarre, macabre e spesso altamente nocive per la salute. Un esempio di queste "mode" furono le fotografie post mortem, molto diffuse in quest'epoca. Ritraevano cadaveri come se fossero in vita, in compagnia dei membri della famiglia, adagiati su dei divani, quasi fossero semplicemente addormentati, oppure seduti, ancora una volta, in mezzo ai loro cari. L'ossessione per una vita che non terminava con la morte portò a seppellire i corpi in modo ammassato, spesso all'interno delle chiese e, ovviamente, l'odore nauseabondo che essi emanavano costringeva i fedeli a coprirsi il naso con dei fazzoletti durante le funzioni religiose. Un'altra paura, tipica del tempo, era data dal possibile "risveglio" dei defunti dopo la morte. Le tombe, per ovviare a questa paranoia popolare, erano spesso recintate da delle pesanti grate di ferro e i morti venivano sepolti a faccia in giù in modo che se mai si fossero risvegliati avrebbero scavato verso il basso...

...l'età vittoriana è stata un periodo storico gotico e oscuro nel quale convivevano contraddizioni che, probabilmente, rappresentavano le due facce della stessa medaglia, dove lo sfarzo e la ricchezza si mescolavano con la miseria e dove leggende antiche mutavano ad arte, diventando nuove storie, condite di mistero e morte...

«Mi sembra perfetto!» sottolinea il giornalista. «Lo metto subito in pagina. Uscirà nel prossimo numero, corredato da foto e disegni storici, con un richiamo in copertina. Inoltre lo lanceremo nel sito e attraverso i social. Farà il botto! Grazie ancora!»

«Grazie a te, Roy, ma il merito è tutto del boss, il capostipite della dinastia Stead!» dice Thomas, in tono sarcastico ma altrettanto orgoglioso. «Sono temi che lui aveva già studiato e approfondito, visto che ha avuto la fortuna, o la sfiga, di viverli di persona. Io ho solo fatto un sapiente e attento copia e incolla.»

«Non scherzare, lui sarebbe fiero del tuo lavoro, Tommy, ne sono sicuro.»

«Lo è, amico mio, e anche la mia prozia Estelle apprezza molto il mio impegno. E ciò mi rende felice.»

«Sei la nostra firma più autorevole, Thomas, i nostri lettori ti considerano una specie di loro guida spirituale» ribadisce Roy, non cogliendo affatto il significato dell'ultima affermazione dell'autore. «Qualunque argomento ti venga in mente, sarò sempre pronto a dargli ampio spazio nella mia rivista. Buon lavoro e a presto.»

Conclusa la telefonata, Thomas William Stead accenna un sorriso indulgente mentre appoggia il cellulare sulla sua scrivania di mogano massiccio, con sette cassetti e piano di pelle color porpora del 1890, ereditata dal bisnonno, William Thomas Stead.

Non è l'unico bene che conserva dei suoi antenati. Anche la casa in cui vive, da solo, dopo la morte della moglie Florence, consumata dal cancro, fa parte della storia della sua famiglia. È un cottage in stile vittoriano a due piani e si trova ad Hampstead, nel Nord di Londra. Si affaccia sul giardino della casa in cui abitò Sigmund Freud, in fuga dall'Austria nazista nel 1938, ed è stata abitata, nel tempo, dagli eredi maschi, in linea diretta, del celebre scienziato.

Quest'ultimo aveva sessantatré anni quando morì, esattamente la stessa età che ha ora Thomas, i cui ultimi quindici anni di vita sono stati interamente dedicati agli studi sullo spiritualismo. Lo scrittore parlava sul serio quando ha spiegato al direttore della rivista di occultismo scientifico come il suo celebre avo, e sua figlia Estelle, fossero compiaciuti del percorso di ricerca che ha intrapreso. Glielo hanno detto chiaramente, attraverso la trasmissione del pensiero, durante uno dei diversi contatti extratemporali che hanno avuto. In realtà, fino a ora, i suoi colloqui telepatici lo hanno messo in comunicazione solo con Estelle, la zia di suo padre, nonché terzogenita di William Stead, l'unica dei sei figli del celebre giornalista e letterato ad avere ereditato dal padre le facoltà paranormali che anche lui possiede. Il contatto diretto con il bisnonno non è ancora avvenuto ma Thomas è già riuscito a sviluppare quella stessa capacità di scrivere, in una sorta di trance medianica, testi dettati da soggetti del passato, che hanno reso Stead uno dei progenitori dello spiritismo e della ricerca psichica della fine dell'Ottocento in Inghilterra. Proprio durante uno di questi approcci con lo spirito di Julia Aimes, una giornalista morta in quegli anni, William Stead, nel 1886, scrisse una storia breve, in cui raccontava di una collisione fra due navi, nel mezzo dell'Atlantico, che avrebbe provocato diverse vittime a causa di un numero insufficiente di scialuppe di salvataggio. Ventisei anni dopo, lo scrittore morì, nel naufragio del *Titanic*, transatlantico a bordo del quale si trovava per recarsi a una conferenza a New York. Le testimonianze dell'epoca riportano che Stead aiutò diverse persone, tra cui donne e bambini, a salire sulle scialuppe di salvataggio e diede il suo giubbotto salvagente a un altro passeggero. Il corpo dello scrittore non venne mai ritrovato.

Un'auto della polizia sfreccia a tutta velocità, ma senza sirena, lungo la strada, davanti al cottage. Attraverso la grande finestra del suo studio, Thomas vede scomparire la macchina dalla sua visuale e per una manciata di secondi la sua mente si distrae dal dossier sulla prostituzione a cui sta lavorando. Lo sguardo gli cade sulla riproduzione, in scala, della targa commemorativa in ricordo del suo bisnonno, che si trova al Central Park di New York, regalatagli da Florence. La tiene in un angolo della scrivania, assieme a due foto della moglie defunta, una in cui sono insieme, il giorno del loro matrimonio, e l'altra che la ritrae all'età di ventitré anni, quando divenne la donna che avrebbe amato per tutta la vita.

Prima che la nostalgia lo costringa a fermarsi, lo scrittore afferra il dossier e rilegge la parte che ha dedicato al periodo compreso tra il 1888 al 1891 a Londra. Fino a ora si è limitato a scrivere i fatti, basandosi su ricerche storiche, compiute consultando decine di testi e volumi della British Library ed esaminando montagne di verbali conservati negli archivi di Scotland Yard. Ma si tratta solo della premessa, della descrizione, seppure estremamente dettagliata, dello scenario dell'epoca. Per entrare nel vivo degli accadimenti e ottenere informazioni di prima mano, Thomas attende di comunicare con le sue fonti del passato. La prima, vera, inchiesta sulla prostituzione in età vittoriana la fece proprio suo bisnonno, William. E aveva un unico, indiscusso, protagonista: Jack lo Squartatore.

50

L'uomo seduto di fronte la sta fissando con insistenza da quando è salita sul convoglio, alla stazione di Bond Street. È una situazione insolita, soprattutto per i vagoni della metropolitana londinese, dove, specie nelle ore di punta, migliaia di pendolari, seppure schiacciati come sardine, riescono a evitare con grande abilità di incrociare i loro sguardi per decine di minuti. Solo i turisti del Sud dell'Europa non rispettano questa regola, non scritta, ma il tipo che da quasi un quarto d'ora ha gli occhi puntati con ostinazione su Daphne non ha per nulla le sembianze di un indiscreto visitatore in arrivo da qualche paese del Mediterraneo. È alto, con i capelli scuri e ricci e le basette lunghe, su un viso liscio e curato. Potrebbe avere tra i quaranta e i quarantacinque anni. Indossa un completo blu notte con giacca, pantaloni e panciotto dello stesso colore, sopra una camicia di seta bianca con collo ampio e un foulard azzurro, tenuto fermo con una spilla dorata. Tra le mani, congiunte, stringe un bastone da passeggio. Sembra un personaggio dell'aristocrazia inglese di fine Ottocento, con un'eleganza vintage, decisamente fuori contesto, rispetto al look della popolazione che frequenta abitualmente la metropolitana londinese. Daphne non ricorda di averlo notato al momento di entrare nel vagone e nemmeno quando si è seduta a ridosso delle porte scorrevoli ma non è in grado di giurare che non ci fosse già. Il suo sguardo è glaciale, assorto e paurosamente invadente. La poliziotta tenta in tutti i modi di evitarlo, concentrandosi sugli avvisi pubblicitari nelle pareti dello scompartimento o fingendo di controllare l'elenco delle fermate, nelle mappe affisse sopra le porte. Ma ogni volta che i suoi occhi ricadono sull'uomo, lui sembra puntarla con ancora maggiore tenacia. Le stazioni scorrono veloci e il treno si appresta a raggiungere Liverpool Street. Poco prima di arrivare alla fermata, Daphne estrae il cellulare dalla borsa, lo dispone in modalità silenziosa, seleziona il tasto della macchina fotografica, punta la telecamera e scatta una serie di foto allo sconosciuto stalker. Tutto avviene in meno di trenta secondi. Lui non fa una piega e continua a guardare fisso la donna, anche quando, dal telefono di lei, parte una raffica di *clic* silenziosi. Non appena il treno si ferma e apre le porte, la poliziotta si alza e si precipita fuori, lanciandosi sulla piattaforma in direzione dell'uscita. Si volta indietro solo al momento di infilarsi sulle scale mobili. Sul binario si è riversata una folla di persone ma di quello strano individuo non c'è nemmeno l'ombra. Tirando un sospiro di sollievo, Daphne sale sul primo gradino della scala, sistemandosi sulla destra, per consentire a chi ha fretta di salire velocemente. Il motore del meccanismo di risalita cigola sotto i suoi piedi mentre la poliziotta rovista nervosamente nella borsa in cerca del suo smartphone. Lo trova poco prima di arrivare al piano superiore e decide di rimandare il controllo dell'album fotografico di qualche minuto. Attraversa il grande atrio della stazione e si dirige verso l'uscita di Bishopsgate. Giunta all'esterno si ferma a fianco della statua che ricorda i diecimila bambini ebrei non accompagnati che, tra il 1938 e il 1939, furono trasportati in Gran Bretagna per sfuggire alle persecuzioni dei nazisti in Germania e Austria e giunsero alla stazione di Liverpool Street grazie alle donazioni di migliaia di cittadini inglesi che pagarono loro i biglietti del treno. Protetta dal monumento, Daphne inizia a digitare sul cellulare. Apre la galleria fotografica e rimane letteralmente senza fiato. Nell'album ci sono cinque nuove foto, scattate, con un intervallo di pochi centesimi di secondo, all'interno del vagone della metropolitana. In nessuna di esse compare però l'uomo che era seduto dinanzi a lei e che la fissava. Il suo sedile è vuoto, mentre nelle poltrone a fianco figurano esattamente le stesse persone che la poliziotta ricorda di avere visto qualche minuto prima. Prima di farsi prendere dall'ansia, Daphne verifica i dati delle fotografie, in particolare il giorno e l'ora. Quindi scatta un paio di foto alla statua dei bambini e controlla subito il risultato. Le immagini sono nitide e i visi bronzei dei piccoli riempiono le cornici delle istantanee. Il cuore della donna comincia a battere come un martello pneumatico. Gira freneticamente la testa a destra e a sinistra e passa in rassegna le centinaia di persone che stanno uscendo dalla stazione. Riprende quindi lo smartphone e inizia a filmare tutto ciò che sfila davanti ai suoi occhi. Ma le tremano le mani e non riesce a tenere fermo il cellulare. Gli occhi di ghiaccio di quell'uomo continuano a tornarle in mente sebbene di lui non vi sia più alcuna traccia. Il sole è quasi tramontato e la grande fuga quotidiana della gente verso le proprie abitazioni è in pieno corso. Casa sua dista non più di trenta minuti a piedi e Daphne resiste alla tentazione di cercare un taxi. L'istinto le consiglia comunque di evitare le zone più isolate, così, nonostante il tragitto da percorrere sia leggermente più lungo, lasciata Liverpool Street, si dirige a piedi verso lo Spitalfields Market e Brick Lane. Molti ambulanti hanno però già smontato gli stand e sul gigantesco piazzale del mercato è rimasto giusto un piccolo gruppo di commercianti, intenti a riporre la merce nelle sacche e caricarla in auto. I fasti e gli sperperi dell'era di Tony Blair e dell'idillio tra Gran Bretagna ed Europa sono ormai soltanto un ricordo. I tagli e l'austerità, voluti dal governo, hanno imposto rigide misure di risparmio energetico, a partire dall'illuminazione dei luoghi pubblici. Senza le luci colorate dei gazebo, il mercato di Spitalfields, nelle sere dei giorni feriali, precipita nell'oscurità, acquisendo un aspetto lugubre e minaccioso. Le lunghe ombre dei pilastri di ferro che reggono la copertura a volta di quell'immenso spazio si riflettono sul terreno, creando macabre figure, simili a braccia contorte. Daphne cammina a ritmo sostenuto, con il cuore che le pulsa nelle tempie. Si concentra sulla strada, cercando di mantenere lo sguardo fisso davanti a sé, ma nell'archivio visivo della sua memoria si alternano le immagini terribili dei delitti che ha scoperto in rete e l'espressione sinistra di quell'uomo nel vagone della metropolitana. "Ne manca una!" le ripete una voce nel cervello "Manca la quinta vittima, poi Jack avrà terminato la sua missione..." E di colpo la poliziotta realizza che Mitre Square, dove venne ritrovato il corpo straziato di Mary Jane Kelly, l'ultima donna uccisa dallo Squartatore, si trova a pochi minuti da casa sua.

Colpita da una scarica incontrollabile di brividi, Daphne si blocca, esattamente al centro dell'area del mercato. Tutti gli ambulanti se ne sono andati e la poliziotta scopre, con terrore, di essere sola in quel luogo buio e smisurato. Si è alzato un vento freddo e insistente che fa ondeggiare i cavi delle poche lampade accese che pendono dal soffitto. Le raffiche sibilano attraverso le volte di ferro, creando suoni acuti, come degli ululati, che si fondono con il clangore di una catena che sbatte contro i pilastri d'acciaio. Sacchetti di plastica e cartacce rotolano e volteggiano nell'aria, sollevandosi dal pavimento di cemento. Il fischio di un treno della linea sopraelevata risuona in lontananza. Allo svanire di quel suono la poliziotta avverte un breve scalpiccio che si fa sempre più presente. Le sue pulsazioni aumentano a ritmo frenetico. Con la bocca aperta, il petto che si alza e si abbassa in modo convulso e i pugni serrati, la donna allarga le gambe e compie, per un paio di volte, un giro di trecentosessanta gradi, cercando di visualizzare e mettere a fuoco ogni dettaglio attorno a sé. Si ferma nella posizione di partenza con una sensazione violenta di vertigini e nausea. Chiude per un istante le palpebre per elaborare le immagini che il suo cervello ha registrato in quei sofferti giri di giostra. Le riapre in un palpito, in preda al panico. La nebbia dei ricordi brevi svanisce e i contorni si fanno chiari. A centottanta gradi, esattamente dietro di lei, seminascosto da un pilone, i suoi occhi hanno visto un uomo.

51

Una serie di colpi violenti. Mi sento stordito, frastornato. Ho come la sensazione che qualcosa nella mia testa stia cercando di sfondare le ossa del cranio dall'interno. Tutti i fischi e i sibili sono diventati dei suoni acuti e perforanti. Mi trapassano il cervello, provocandomi una serie di spasmi incontrollabili. Ho voglia di sbattere la testa contro il muro per farli smettere. Ma non ho la forza nemmeno di alzare un braccio. Un liquido acre mi sale dallo stomaco e mi esplode dalla bocca, colandomi giù per il collo. Ne avverto la puzza acida mentre cerco di girare la testa da un lato per evitare di soffocarmi con il mio vomito. È la crisi più violenta che abbia mai avuto da quando sono iniziati i miei blackout. Ho fatto appena in tempo ad arrivare a casa. Subito dopo avere richiuso la porta, sono crollato sul pavimento dell'ingresso, ho sbattuto la faccia a terra e credo di essermi rotto il naso. Il sangue mi è finito in gola, ne ho riconosciuto subito il sapore ferroso. No, non è come le altre volte. Il mio corpo è in preda a delle convulsioni violente e involontarie ma la mia mente è ancora qui. È come se mi stessi osservando, dall'alto della stanza, mentre rantolo sulla sudicia moquette del mio appartamento. Sono spettatore del mio stesso supplizio senza potere fare nulla per interrompere le contrazioni e combattere le fitte di dolore che mi troncano il respiro. Mi maledico per avere ceduto e vorrei avere l'energia per prendermi a pugni sullo stomaco pur di riuscire a sputare fuori quelle dannate pillole che mi ha dato lo psichiatra. Doodley ha detto che sono degli antipsicotici e che riducono i miei disturbi. A me sembra invece che li abbiano amplificati, facendomeli vivere più razionalmente. Almeno fino a pochi minuti fa. Adesso i suoni si stanno allontanando, le martellate nel cervello sono sempre meno frequenti e l'aria ha ripreso a passarmi attraverso i polmoni. Non so quanto tempo è trascorso e nemmeno dove mi trovo. La mia testa però sta viaggiando come un treno in corsa. Non vedo più il mio misero corpo riverso sul pavimento e coperto di vomito. C'è un buco, all'orizzonte, verso il quale sto puntando a velocità supersonica. Una serie di lampi luminosi di tutti i colori scorrono davanti a me assieme al riverbero dei toni bassi di un elettrofono che si trasforma in un tono grave, quasi stridulo, e poi si esaurisce. D'improvviso il silenzio. Sono arrivato in un posto che mi sembra di conoscere, anche se non riesco ancora a inquadrarlo. È buio e c'è molto vento. Uno spazio grande, aperto. Sento il frastuono di qualcosa che sbatte, tipo un bastone, o qualcosa di ferro. C'è qualcuno al centro di quell'enorme piazzale. Una figura umana. È in piedi. Mi sto avvicinando sempre di più. Comincio a metterla a fuoco. Ecco! Ora la vedo! E la riconosco! È Daphne Bird, la mia collega di Scotland Yard!

52

«È stata davvero una brutta idea quella di tornare indietro. Ma davvero credevi di essere l'unico a conoscere le viscere segrete del castello?»

I due uomini sono fermi alla sommità della scaletta di pietra, nel parco del castello di Beaconsfield. Il sergente Chandler non riesce ancora a distinguerne i volti poiché i raggi di luna, alle loro spalle, ne mettono in evidenza soltanto i contorni. Quello che parla è più piccolo e più magro e dal tono delle sue parole sembra evidente che si tratti di qualcuno che vive in quell'edificio. Ha una dizione pressoché perfetta e un accento vagamente snob. L'altro è massiccio, con i capelli lunghi, raccolti in una coda di cavallo, e un atteggiamento minaccioso. Il possente braccio di quest'ultimo è chiuso attorno al collo di Georgeta. Non lo sta stringendo ma appare pronto a farlo in qualunque momento. La ragazza sta tremando e singhiozzando. Dopo essersi accorto che la giovane non lo stava più seguendo, il poliziotto è tornato sui suoi passi, temendo il peggio. I due uomini lo stavano aspettando e Chandler è riuscito per un soffio a nascondere nella cintura dei pantaloni, all'altezza della schiena, la pistola che aveva estratto al momento di fare dietrofront.

«Lasciatela andare, non fatele del male!» dice il sergente, con poca convinzione, fermandosi a una decina di metri da loro. «Lei non c'entra nulla, è solo una ragazzina!»

«Che richiesta scontata!» risponde il tipo più magro. «Non finirò mai di domandarmi perché in queste situazioni c'è sempre qualcuno che si sente in dovere di dire cose banali e prevedibili! La ragazza c'entra, eccome, anzi, direi che è proprio la protagonista principale di tutta questa storia. Non è così, signor Chandler? O preferisce che la chiami detective...»

«Come fate a sapere chi sono? Comunque, stanno arrivando i rinforzi, tra poco il castello sarà circondato. Vi conviene mollare la ragazza e sparire!» insiste il poliziotto, nel disperato tentativo di prendere tempo.

L'uomo con la cadenza raffinata si lascia andare a una risata beffarda e a un applauso.

«Bravo, ottima interpretazione. Devo ammettere che ha studiato bene il copione del perdente!» ribatte, continuando a ridere. «Ma dove l'ha sentita questa frase? Non si trova più nemmeno nei dialoghi più beceri dei b-movie degli anni Settanta... ma veramente lei pensa che io possa credere che la sua sia una missione ufficiale, autorizzata da Scotland Yard, senza un mandato? Da quando la polizia si introduce nelle proprietà private degli onesti cittadini, usando passaggi segreti e uccidendo senza scrupoli chi trova sulla sua strada? Sono cambiate le regole o lei, caro Chandler, ha licenza di uccidere?»

Una nuvola spessa e scura copre la luna, facendo calare una coltre opaca e tenebrosa sul parco. Il sergente ne approfitta per portare lentamente la mano destra dietro la schiena.

«Che sgarbati, non ci siamo ancora presentati!» riprende l'uomo, accendendo uno zippo e portandolo vicino al suo volto. «Io mi chiamo Colin Duncan Hoxton e sono l'assistente personale del duca di Saulton, unico proprietario del castello di Beaconsfield. Il signore al mio fianco è invece Andrej Drazkovsky, ma gli amici lo chiamano lo slavo» prosegue Hoxton, avvicinando l'accendino al gigante al suo fianco. «È un brillante uomo d'affari, esperto di importazioni e nostro prezioso collaboratore. È a capo di un team di uomini molto efficiente, sebbene ogni tanto qualcuno faccia delle scelte sbagliate. Non è così Andrej? Puoi mostrare, per favore, al nostro gradito ospite quell'oggetto così eloquente? Sono sicuro che il sergente sarà in grado di riconoscerlo.»

Continuando a tenere saldamente la ragazza per il collo, Drazkovsky infila una mano nella tasca del giaccone ed estrae un sacchetto di cellophane, delle dimensioni di quelli usati negli aeroporti per il controllo ai raggi X dei liquidi, contenente un grumo di peli, carne e sangue. Quindi lo getta ai piedi del poliziotto che, d'istinto, fa un piccolo passo indietro.

«Gli dia un'occhiata, detective, vedrà che non mi sono sbagliato. Lei sa perfettamente di cosa si tratta.»

Chandler osserva inorridito il sacchetto mentre un terribile presentimento si fa strada nella sua mente. Con movimenti lenti si accovaccia per controllare il macabro contenuto di quella piccola busta. Non appena i suoi occhi cominciano ad abituarsi all'oscurità, il poliziotto capisce cosa c'è dentro al sacchetto e immediatamente viene colto da un senso di disgusto e repulsione. Si rialza di scatto e fa un lungo respiro per ricacciare in gola uno sciame di succhi gastrici.

«Eh, sì, caro Chandler, sono proprio quelle!» sottolinea Hoxton, soddisfatto. «Sono le inconfondibili sopracciglia del povero Obvra, il suo sprovveduto informatore, nonché ex braccio destro di Andrej. Un uomo che non sa cosa sia la riconoscenza e non ha un briciolo di dignità. E adesso è anche senza testa...» aggiunge l'assistente del duca, girandosi divertito verso Drazkovsky il quale, al contrario, non fa una piega.

«Prima di regalarci questo suo souvenir» prosegue Hoxton. «Obvra ci ha raccontato dei vostri incontri e del suo assurdo piano per sgominare la presunta rete di trafficanti. Che ingenuità. Sapesse veramente come stanno le cose... in ogni caso la stavamo aspettando, Chandler, ma a essere sinceri non pensavamo che sarebbe stato così stupido da agire da solo. Adesso che l'ho conosciuta di persona, però, tutto mi è molto più chiaro. Lei è talmente presuntuoso da volersi prendere tutto il merito dell'operazione.»

«Vi sbagliate, la mia è una missione concordata con i miei superiori» replica il poliziotto, riportando la mano dietro la schiena. «Loro sanno perfettamente dove sono e cosa sto facendo. In questo momento stanno tracciando la mia posizione. Saranno qui in un batter d'occhio.»

«Wow! Complimenti! Un'altra battuta a effetto! E, mi dica, dove tiene nascosto il transponder satellitare? Nei tacchi delle scarpe? O ce l'ha inserito sottopelle? Anche perché senza quello è difficile che qualcuno possa localizzarla visto che in questa zona i normali GPS non funzionano...»

Chandler resta in silenzio e cerca lo sguardo di Georgeta. La ragazza ha il viso rigato dal pianto e non riesce a smettere di tremare. Il braccio imponente dello slavo, attorno al suo esile collo, le impedisce qualsiasi movimento.

«Sa una cosa?» riprende Hoxton con un tono ora più tagliente e sinistro. «L'aristocrazia inglese, che mi onoro di servire da quando ero bambino, nutre un grandissimo rispetto per i rappresentanti delle forze dell'ordine. Odia però chi non sa stare alle regole e supera i limiti della riservatezza e della privacy. Lei è un cattivo esempio di poliziotto e di certo non mancherà al nostro paese.»

Avviene tutto in pochi secondi.

Drazkovsky infila la mano destra nella stessa tasca da cui aveva estratto la busta con le sopracciglia di Ovra e afferra una pistola a tamburo Kimber K6S, calibro .357 Magnum, mentre Chandler sfila dalla cintura dei pantaloni la sua Glock 43X, bifilare, calibro 9x21. Entrambi fanno fuoco nello stesso istante. Lo slavo viene raggiunto da un proiettile alla base del collo che trapassa la carne e fuoriesce da sotto alla nuca. Il gigante crolla a terra con un verso gutturale, battendo violentemente la testa sull'ultimo gradino della scala di pietra. Chandler sente la pallottola penetrargli l'addome, all'altezza della milza, e stramazza al suolo mentre dalla ferita nel fianco si allarga una pozza di sangue. Hoxton rimane fermo, in piedi, senza riuscire a muovere un muscolo. Nemmeno quando vede Georgeta, che nel frattempo è riuscita a liberarsi dalla morsa del braccio dello slavo, correre all'impazzata verso la recinzione. La ragazzina raggiunge il buco nella rete, lo attraversa senza difficoltà, e sparisce nell'oscurità della notte.

53

«Posso esserle d'aiuto, professor...?»

«Driscoll, Monty Driscoll, sono ordinario di criminologia all'università di Westminster.»

«Molto piacere, professor Driscoll, il mio nome è Samuele Sessa e sono il responsabile degli archivi storici della British Library, dall'età previttoriana a oggi. La sua segretaria mi ha annunciato la sua visita, spiegandomi che sta lavorando a una ricerca criminologica che riguarda la fine dell'Ottocento a Londra ma non mi ha detto altro. È così?»

«Esattamente, signor Sessa, io...»

«Mi chiami Samuele, per favore. Mi fa sentire più a mio agio.»

«Oh, sì, certo, Samuele, per me va benissimo. E lei mi chiami Monty, mi raccomando.»

«Bene, ora che abbiamo stabilito che preferiamo i nostri nomi ai cognomi, mi dica, che cosa sta cercando in particolare alla British Library?»

Driscoll si prende qualche secondo per riflettere e valutare quanto rivelare al suo interlocutore del vero motivo per cui si trova lì. Controllando sul sito della storica biblioteca britannica, ha scoperto come, nella King's Library, la libreria reale, posta nella torre di vetro di sei piani al centro del colossale edificio, siano conservati oltre sessantacinquemila volumi stampati e migliaia di opuscoli, mappe e manoscritti, raccolti da re Giorgio III e dalla regina Vittoria a partire dal 1763 fino al 1901. A lui in particolare interessa uno studio, realizzato da uno sconosciuto filosofo londinese del 1890 su una serie di fenomeni paranormali avvenuti in quell'epoca, legati, secondo la sua ricerca, a una serie di eventi inspiegabili e alla presenza, in città, di soggetti di cui nessuno sarebbe riuscito a stabilire l'identità. Nel catalogo digitale le informazioni su questo lavoro sono scarne e poco approfondite ma Driscoll spera che il manoscritto originale possa contenere delle risposte alle domande che continuano a tormentarlo. Dopo avere salutato Daphne, il professore, contrariamente a quanto aveva promesso alla compagna, è andato all'università, sperando di vedere Malcolm o, quantomeno, di incontrare qualcuno che lo avesse visto di recente. Ma entrambe le sue aspettative sono state presto frustrate. Non solo il giovane studente figura assente da diversi giorni ma nemmeno i suoi compagni hanno idea di dove sia finito. L'ultima volta che il suo tesserino universitario è stato usato, in uscita, dai varchi dell'ateneo, risale al giorno della lezione sul serial killer, Michael Lupo, al termine della quale Malcolm ha mostrato a Driscoll la sua scoperta in rete, con la foto del cadavere di quella donna con i capelli ricci. Da allora il giovane non avrebbe messo più piede all'università. Sforzandosi di non pensare al peggio, Driscoll ha smesso di fare domande sul suo studente, è andato nel suo ufficio e ha iniziato a cercare in rete documenti storici, ufficiali e no, legati alle sconvolgenti rivelazioni di Daphne e alle ipotesi da lei formulate sul possibile ritorno di Jack lo Squartatore. Da qui la scelta di consultare di persona il manoscritto conservato alla British Library. Nella sua agenda dei testi da esaminare vi è però anche un altro volume, dell'inizio degli anni Cinquanta, che riguarda gli albori del periodo elisabettiano.

«Ecco, signor Samuele, le sarei molto grato se potesse indicarmi dove trovare i manoscritti filosofici raccolti dalla casa reale britannica nel Diciannovesimo secolo e in particolare quelli meno conosciuti o di autori anonimi. Poi vorrei, se possibile, scorrere i volumi, o le raccolte, che descrivono gli eventi non ufficiali e non protocollati, avvenuti all'inizio del regno di Elisabetta II. Mi riferisco agli anni 1953 e 1954.»

«Interessante,» commenta il responsabile degli archivi «ma, essendo connessi a due periodi storici distinti, i documenti che lei cerca si trovano su due piani diversi. Da dove vuole cominciare?»

«Be', andiamo in ordine cronologico, per cui direi di partire con il Diciannovesimo secolo» propone Driscoll.

«Ottimo, mi segua» dice Samuele, uscendo dall'atrio della reception e dirigendosi verso gli ascensori della torre di vetro. «Secondo piano» aggiunge, schiacciando il pulsante, appena entrati nella cabina.

Mentre l'ascensore sale Driscoll scruta la foto del tesserino che pende dal collo dell'uomo.

«Sta pensando che quel tipo nella foto non mi somiglia molto, vero?» scherza Samuele, cogliendo di sorpresa il professore.

«No-no, anzi... stavo giu-giusto...» balbetta Driscoll, sentendosi scoperto.

«Non si preoccupi, Monty, me lo dicono tutti! In effetti è una foto di vent'anni fa, quando ne avevo ventotto ed ero pieno di capelli e di energia. Dovrei cambiarla, lo ammetto, ma non mi rassegno. Un peccato di vanità che ho ereditato dal mio nonno italiano. Immagino avrà capito che ho origini di quel paese anche se sono nato e cresciuto a Londra...»

«Lo avevo presunto dal suo cognome ma, a dir la verità, era stata la radice ebraica del suo nome, Samuele, a colpirmi maggiormente» precisa Driscoll.

«In effetti provengo da una famiglia di ebrei italiani, anche se mi considero sostanzialmente laico. Mio nonno si chiamava Davide Sessa, era romano, e insegnava scienze in una scuola superiore. Scappò dai nazisti nel 1939, con l'avvento delle leggi razziali, e si rifugiò a Londra, assieme a mia nonna Nicoletta e al loro unico figlio, Ruben, mio padre, che allora era un bambino. Questi, una volta cresciuto, si è laureato in scienze politiche al King's College e ha trovato lavoro in un ufficio governativo, al ministero dell'Interno. Qui ha conosciuto Karen, mia madre, e siamo nati mia sorella Marilena e io. Ora entrambi i miei genitori sono in pensione e io...»

Il suono del campanello che segnala come l'ascensore sia giunto al piano, distoglie l'uomo dal suo racconto e Driscoll tira, mentalmente, un sospiro di sollievo. Usciti sul pianerottolo, Samuele conduce il professore in una splendida corte interna, con enormi librerie a parete in legno di ciliegio e scaffalature singole che delimitano accoglienti spazi di lettura con scrivanie singole, ognuna dotata di terminale da computer e monitor. Al centro, al di là di una ringhiera in ferro battuto, si apre un vasto spazio vuoto che si estende per sei piani, simile a quello di certi hotel di lusso del centro di Londra, nei quali tutte le camere hanno le entrate che si affacciano su una sorta di giardino al coperto con bar e salotti.

«I manoscritti che sta cercando sono in questo settore,» spiega il dipendente della biblioteca, indicando uno scaffale che inizia con le lettere B-U «quando ha finito l'accompagno al sesto piano per gli altri volumi. È sufficiente che mi faccia chiamare, avvertendo la reception. Ci sono dei telefoni interni a ogni pianerottolo. Digiti il numero 9 e...»

«Non voglio disturbarla, Samuele, lei è già stato anche troppo disponibile e avrà sicuramente molto da fare» lo interrompe Driscoll. «Se mi dà i riferimenti dello scaffale del 1953 ci penso io, non si preoccupi.»

«Non è un problema, mi creda, però se preferisce possiamo fare così. Si segni questi dati: sesto piano, libreria di destra, settore H, scaffale E, come l'iniziale della nostra amata regina. Non può sbagliare...»

Driscoll si appunta i dati in un blocco, saluta e ringrazia l'uomo, sperando di non rivederlo più per tutta la sera. Sono quasi le diciannove e la British Library, nonostante l'ora, è ancora parecchio frequentata. Il giovedì è l'unico giorno in cui la biblioteca rimane aperta fino alle ventiquattro. Per il professore si profila una lunga serata.

54

«Allo stato attuale, qual è la percentuale di rischio?»

«Meno del cinquanta per cento ma resterà così solo se riusciremo a controllare la situazione. E i segnali non sono incoraggianti.»

«Definisca i segnali, per cortesia.»

«Incursioni telematiche, violazione di dati personali, ricerche nel dark web di informazioni sensibili. Negli ultimi giorni sono giunte indicazioni di un aumento consistente di queste attività. Per questo ho convocato questa riunione.»

Il lungo tavolo bianco, in acciaio, con rivestimento a polvere, in melamminico e supporto termolaccato, è esattamente al centro dell'enorme stanza, la cui superficie è estesa quanto l'ultimo piano del grattacielo noto come il Centre Point, a Tottenham Court Road. Una torre di vetro e acciaio di trentatré piani, costruita nel 1963 e completamente ristrutturata e rimodernata nel 2012, l'anno delle Olimpiadi di Londra. Si chiama così poiché si trova al centro della croce formata dalle principali arterie che attraversano il cuore della città. Ai quattro lati si sviluppano i quartieri storici della capitale britannica: Covent Garden, Fitzrovia, Soho e Holborn. Una stella polare nel cielo londinese che domina tutta la città. Gli ultimi due piani della torre sono interamente occupati da un consorzio multinazionale di società tecnologiche che operano in diversi settori di interesse pubblico e privato, come la comunicazione mobile e satellitare, i servizi telematici per le grandi aziende di Stato, lo sviluppo di sistemi software e hardware per la Difesa, la creazione di motori di ricerca non convenzionali, l'evoluzione degli algoritmi nei settori merceologico, finanziario e di intrattenimento, l'online banking nei paesi in via di sviluppo, l'organizzazione di gruppi di studi e ricerca in ambito politico, sociale e universitario, l'elaborazione programmata di piani di intervento caritatevole, attraverso società di culto interreligioso, nelle aree di postconflitto. E ancora, analisi storiche, progetti educativi, individuazione e potenziamento di personalità influenti in ambito pubblico ed exit strategies.

Sulla sommità del grattacielo vi è una pista d'atterraggio per elicotteri. Un avveniristico ACH130 Aston Martin a nove posti è fermo da circa mezzora sul tetto dell'edificio dopo avere fatto scendere sette delle tredici persone che sono sedute attorno al tavolo. Le tre pareti della stanza, a cui si accede direttamente anche dalla piattaforma esterna, sono spoglie e bianchissime, pronte per diventare maxischermi di proiezione di dati e immagini, o, all'occorrenza, sollevarsi e trasformarsi in enormi vetrate di cristallo antiproiettile, come la quarta parete, l'unica fissa, da cui si domina tutta la zona est di Londra. Il locale è insonorizzato, ventilato artificialmente e dotato di un dispositivo di schermatura multifunzionale per bloccare le onde radio, i rilievi geospaziali e le telecamere a infrarossi.

Sono quasi le ventidue e un forte vento sferza i piani alti del grattacielo, sibilando tra le fessure dello scheletro di ferro che sorregge l'edificio, con un suono acuto e continuo. Ma nella bianca e fortificata penthouse, riservata esclusivamente alle riunioni operative del consiglio direttivo del consorzio multinazionale, il solo rumore che si sente è il vociare dei partecipanti a quell'incontro segreto.

«Che possibilità di interventi abbiamo?»

«Le opzioni sono tante, dipende dal grado di coinvolgimento che intendiamo operare. Eviterei, almeno per il momento, azioni dirette e pubbliche da parte del governo.»

«Gli obiettivi?»

«Ne sono stati individuati tre, concretamente attivi, di cui due sulla carta più pericolosi in quanto appartenenti alle forze di sicurezza. Ve n'erano anche altri due ma non rappresentano più un problema.»

«Chi è intervenuto?»

«Nessuno con nostro ordine. E questo è l'altro problema che abbiamo.»

«Gruppi autonomi? Movimenti indipendentisti? O qualcuno che risponde a forze antagoniste che non sono nel nostro radar?»

«Non lo sappiamo ancora con certezza ma potrebbe essere un fenomeno conseguente alla strategia di disgregazione e frazionamento messa in atto, qui e altrove, e resa possibile attraverso l'opera di persuasione sociale e manipolazione dati realizzata dalle nostre centrali operative.»

«Si spieghi meglio, sta per caso riferendosi alla Brexit?»

«Sì, almeno per quello che riguarda la Gran Bretagna. Però le criticità non si possono circoscrivere come atti diretti di opposizione all'isolamento europeo del nostro paese. Non è stata rilevata alcuna natura ideologica negli avvenimenti in corso, il popolo britannico ha accettato la situazione e ha smesso di protestare. L'operazione è andata a buon fine.»

«E allora di cosa si tratta?»

«Ecco, so che può sembrare assurdo ciò che sto per dire, soprattutto considerando le potenzialità tecnologiche di cui disponiamo e la nostra effettiva capacità di reazione. Eppure la minaccia a cui dobbiamo fare fronte sembra sfuggire al nostro controllo. È qualcosa di, di... soprannaturale.»

Un mormorio si diffonde nella stanza.

«Sta parlando sul serio?»

«Vede, il mio pragmatismo mi impedisce di definirli in questo modo, comunque sì, sono eventi che razionalmente non sono decifrabili e che quindi si sottraggono a una valida ed efficace opera di contrasto.»

«Mi sta dicendo che nonostante tutte le risorse di cui disponiamo a livello mondiale, non siamo in grado di fermare questa... cosa?»

«Be'... un modo ci sarebbe. In passato, nel Regno Unito, pare si siano già verificate situazioni simili...»

«E cosa è successo? *...for God sake...* Qual è la soluzione?

«Non fare assolutamente nulla per non smascherare le nostre responsabilità. Aspettiamo il tempo necessario e finirà, come tutte le altre volte.»

55

...il reale senso del mondo non può essere adeguatamente determinato fino a quando non avremo riconosciuto le differenze di scopo e metodo che separano le vere scienze storiche da quelle puramente fisiche e spirituali. La storia non è solo un elenco di fatti del passato, prescinde da un ordine cronologico e non si può legare a una regola consequenziale. Solo la sua interpretazione teologica si può leggere come l'incarnazione progressiva del carattere nazionale...

Monty Driscoll ha tra le mani il testo originale, di un'ottantina di pagine, che il filosofo inglese Henry Sidgwick scrisse nel 1883, dopo avere fondato un anno prima, a Londra, la Society for Psychical Research, un'organizzazione intellettuale, il cui scopo era quello di studiare gli eventi e le capacità comunemente definite medianiche o paranormali, promuovendo e sostenendo importanti ricerche in questo settore, e di esaminare presunti fenomeni parapsicologici e metafisici in modo scientifico e imparziale. La maggior parte dei membri della società era formata da studiosi delle diverse forme di spiritualità ma c'erano anche scrittori, giornalisti e intellettuali dell'epoca, inclini a volere approfondire queste tematiche. Tra i sostenitori figuravano, tra gli altri, Lewis Carroll, che nel 1865 aveva scritto il romanzo *Alice nel paese delle meraviglie*, e Arthur Conan Doyle, autore delle avventure del famoso detective londinese, Sherlock Holmes. Nel 1887 una grave scissione fra due correnti interne del circolo finì per indebolirne l'intendimento e gran parte dei membri spiritisti abbandonò la società. Sidgwick proseguì ugualmente il suo lavoro di ricerca e tra il 1888 e il 1891 concentrò i suoi studi filosofici e sociali nella valutazione e nell'interpretazione dei delitti di Jack lo Squartatore, mettendoli in relazione con il periodo storico.

Driscoll è abituato ai testi universitari e non ha mai incontrato difficoltà nell'assimilarne i concetti. Questa volta, però, è costretto a rileggere più volte le analisi del filosofo dell'Ottocento e ad appuntarsi i concetti principali del suo pensiero. In quel manoscritto sta scoprendo qualcosa a cui la sua mente non è preparata. Dopo avere sviscerato ogni frase di Sidgwick, il docente comincia a rileggere i suoi appunti.

*La regina Vittoria, protagonista di questo periodo storico, ne fu anche l'interprete più autentico. Suo marito morì nel 1861 e lei da quel giorno, fino al 1901, tenne il lutto. Il nero e il viola divennero così i colori dominanti dell'epoca. La seconda metà del 1800 fu un periodo di forti tensioni sociali, dove si svilupparono nuove classi di povertà, martoriate da ritmi di lavoro inumani. Il carbone si mischiava nelle strade con la fitta nebbia, creando, per la prima volta nella civiltà umana, lo smog (*smoke+fog*). La vita sociale era caratterizzata da un atteggiamento formale e austero. Tutti questi elementi contribuirono a plasmare la società inglese del tempo, condizionata da ansia e severità. In questo periodo si svilupparono, a livello letterario, le Ghost stories che soppiantarono il genere "fantastico" settecentesco. Questi racconti di paura, ambientati spesso in castelli, manieri o ville, erano volutamente angoscianti, non mostravano direttamente il soprannatu-*

rale ma ne suggerivano la presenza, lasciando un velo di inquietudine al lettore. Parlare di spettri, fantasmi, vampiri e altre mostruosità significava interrogarsi su ciò che non poteva avere risposta e in questo modo esorcizzare ansie e paure.

Nell'ultimo capoverso del suo riassunto, Driscoll, ha riportato, sottolineandolo, ciò che Sidgwick pensava di avere scoperto riguardo al serial killer di Whitechapel.

Secondo assunti di parapsicologia, basati su rilevazioni risalenti alla tarda età vittoriana, e ottenute durante sedute medianiche e comunicazioni ultraterrene, scrive il filosofo, Jack the Ripper era l'effetto tangibile dello sconvolgimento epocale della società britannica, causato da uno o più fatti avvenuti in quella fase storica. Eventi capaci di distrarre le menti e creare fratture temporali, spalancando le porte degli abissi. In quella non-dimensione si incarna lo Squartatore, un'entità malefica senza tempo né identità, la cui missione di morte si protrarrà per l'intera durata di quello spazio indefinito. Un ciclo concluso ma non irripetibile.

"Non irripetibile". Queste due parole risuonano con insistenza nella testa del professore, mentre ripone il manoscritto nello scaffale e si avvia al sesto piano della biblioteca. Uscito dall'ascensore, giunge in un salone praticamente identico a quello del piano inferiore, nel quale, però, è rimasta pochissima gente. L'ambiente è avvolto nel silenzio e saturato dall'odore dei libri. Cercando il volume del 1953, tra gli scaffali che gli ha indicato Sessa, Driscoll ha l'impressione di essere osservato. Per non dare nell'occhio, afferra da una mensola il primo libro che gli capita di fronte e finge di leggerlo mentre fa correre lo sguardo al di sopra delle pagine. Le uniche due persone presenti nella sala, uno studente e una donna sui cinquant'anni, sono sedute a due tavoli distinti, completamente assorte nella lettura, e non lo stanno degnando della minima attenzione. Ma ciò non basta a cancellare il senso di inquietudine che ha improvvisamente colto il docente.

Il titolo del secondo volume che Driscoll ha deciso di consultare è *Great Event of the Royal Years, 1953-1955*, una sorta di almanacco dell'epoca che riporta le cronache dei principali avvenimenti che caratterizzarono quel biennio. Due, in particolare, sono gli eventi che spiccano in quegli anni. L'incoronazione della regina Elisabetta II, avvenuta il 2 giugno del 1953, e le dimissioni, per motivi di salute, del leggendario primo ministro, Winston Churchill, datate 5 aprile 1955.

Il professore trascrive nel suo quaderno degli appunti, in modo cronologico, tutti gli episodi e le circostanze che ritiene significativi per la sua ricerca. In poco meno di un'ora riempie due pagine del taccuino, evidenziando i casi più eclatanti. Sta per riporre il libro nello scaffale quando nota, quasi per caso, una serie di avvenimenti del 1955, catalogati come fatti di cronaca. Ma Driscoll intuisce subito che il loro peso è di gran lunga più rilevante di quello che viene loro attribuito nei mattinali di Scotland Yard. Annota con cura tutti i dettagli delle notizie e ne sottolinea giorni e luoghi.

Un annuncio all'altoparlante della biblioteca avverte i pochi lettori rimasti che entro quindici minuti l'edificio chiuderà. Il professore si affretta a rimettere il volume nello scaffale, controlla l'orologio, e decide di andare alla toilette. Il bagno di quel piano si trova dietro all'ultimo stand, nell'angolo prospiciente il suo, nello stesso lato del salone. Nel raggiungerlo, Driscoll incrocia lo studente notato in precedenza che sta riponendo il computer in un sacchetto di plastica trasparente. La donna che era nell'altro tavolo se n'è invece già andata. Quando il professore esce dal bagno, la sala è deserta e un altro messaggio registrato, esorta i visitatori a uscire. Affrettando il passo, Driscoll torna alla scrivania e scopre che il suo libretto degli appunti è scomparso. Inizia nervosamente a controllare sotto al tavolo e nello scaffale da cui aveva preso il libro ma non lo trova. Si precipita nuovamente in bagno, controllando attentamente il percorso fatto. Del suo quaderno non c'è traccia. Maledicendosi per non avere portato con sé il laptop, corre verso l'ascensore e arriva, con il fiato corto, alla reception della King's Library.

«Il signor Samuele Sessa?» chiede, ansimando a un ragazzo di origini caraibiche, poco più che ventenne, che sta chiudendo a chiave i cassetti del bancone e spegnendo l'impianto di amplificazione.

«Il direttore è andato via da quasi un'ora e mezzo» risponde il giovane, facendo segno al professore di consegnargli il badge di ingresso giornaliero. «Lo trova dopodomani dopo mezzogiorno. Ha preso un giorno di riposo. Posso fare qualcosa per lei?»

Driscoll sta per riferire al ragazzo della scomparsa del suo taccuino, poi controlla nuovamente l'orologio e desiste.

«No, grazie mille, buonanotte.»

«Prego, si figuri. Buonanotte anche a lei.»

56

Si risveglia per il dolore al fianco e per le stilettate che gli percuotono le tempie. Vorrebbe massaggiarsi la fronte ma scopre, con orrore, che le sue mani sono bloccate dietro la schiena. Lentamente, e con gesti lievissimi, inizia ad aprire gli occhi e a rendersi conto della situazione in cui si trova. È seduto a terra, in un luogo freddo, polveroso e poco illuminato. Ha le spalle appoggiate a una parete di pietra grezza, a cui è fissata una catena di ferro, collegata a delle pesanti manette della metà dell'Ottocento che gli serrano i polsi. Il sangue ha smesso di fuoriuscire dalla ferita da arma da fuoco che ha all'altezza della milza, dove ora vi è una crosta scura, che ha incollato la maglietta alla pelle. Chandler fatica a respirare e non solo per la sabbia e il terriccio che riempiono la stanza. Ha qualcosa infilato in bocca che preme sui denti e sul palato e lo obbliga a tenere spalancata la mandibola. Rivoli di saliva e sangue gli colano dai tagli e dalle lacerazioni negli angoli della bocca, costretta in una posizione innaturale. Ogni volta che prova a deglutire, rischia di soffocarsi. La sua lingua è bloccata sotto qualcosa di pesante, dalla forma liscia e con un sapore sgradevole di metallo pieno di ruggine. Il poliziotto inizia a mugolare, cercando di sputare quell'oggetto e contemporaneamente prova a muovere le gambe per cambiare posizione ma la catena è troppo stretta e ogni sforzo per liberare le fauci, finisce per occludergli ancora di più la gola. Un arnese lungo qualche centimetro, simile all'impugnatura dello strumento usato dai dentisti per prendere le impronte dentarie, gli spunta dalle labbra. L'uomo si ferma, esausto. La copiosa fuoriuscita di sangue gli ha fatto perdere le forze. La coltre polverosa ha cominciato a diradarsi e ora Chandler riconosce il posto. È la cella in cui si trovava Georgeta e davanti a lui, in piedi, vi sono due uomini. Uno è Hoxton, l'altro non lo ha mai visto di persona ma il poliziotto è convinto di sapere chi sia.

«Lo so che è fastidiosa, detective,» dice Hoxton con una voce tagliente «l'avremmo voluta sperimentare sulla ragazza ma visto che, per colpa sua, Georgeta è riuscita a fuggire, ci accontenteremo di provarla su di lei.»

Il poliziotto strabuzza gli occhi, lanciando sguardi carichi di rabbia verso i due soggetti che lo sovrastano.

«Non si agiti» riprende l'uomo «o finirà per farsi più male del necessario. Lasci che le presenti la persona che ho l'onore di servire, sergente Chandler, ho il piacere di introdurla a Sir Richard William Dyas, terzo duca di Saulton, discendente diretto della regina Vittoria e membro autorevole della casa reale britannica, nonché unico proprietario del castello di Beaconsfield, di cui lei conosce già, a quanto pare, le sue misteriose segrete. Lo sa che nemmeno il duca era al corrente dell'esistenza di quel passaggio segreto?»

«Proprio così!» interviene William Dyas, con fare ironico. «Le sono immensamente debitore. È grazie alle sue capacità investigative se ho scoperto questi aspetti affascinanti della mia stessa casa. Mi saranno molto utili.»

Il duca sembra più agitato del suo assistente e continua a muovere la testa da una parte all'altra, rigirandosi tra le mani un perno di ferro, mezzo arrugginito.

«La buona notizia» riprende Hoxton «è che la sua ferita non sembra mortale. Prima di portarla qui, mentre era privo di sensi, l'abbiamo tamponata con degli stracci e abbiamo bloccato l'emorragia. Non credo che la pallottola abbia colpito organi vitali, dovrà però rinunciare alla sua milza. Al povero Andrej è andata sicuramente peggio ma, se non altro, l'Interpol potrà finalmente smettere di dargli la caccia. Il suo cadavere verrà presto rinvenuto in un fossato, nei pressi di un insediamento industriale nel Kent, noto alle forze dell'ordine come centro di smistamento per clandestini. Il solito regolamento di conti tra bande di trafficanti stranieri di esseri umani. Da quando siamo usciti dall'Unione Europea ce n'è quasi uno alla settimana...»

Chandler non distoglie lo sguardo dal duca. Ha capito che dei due è sicuramente il soggetto più instabile e vuole provare a innervosirlo.

«Mentre la sua protetta è riuscita a scappare e si è nascosta nella foresta» prosegue l'assistente del duca. «È una ragazza sveglia, abituata a lottare, per un po' di tempo potrebbe anche riuscire a sopravvivere. Peccato averla persa anche se non credo andrà molto lontano. Per noi comunque è ormai inutilizzabile. Vorrà dire che ce ne faremo una ragione. L'Inghilterra è piena di giovani donne di cui nessuno conosce l'identità e la provenienza e i cui corpi non vengono mai reclamati. Ne troveremo presto un'altra.»

Un grumo di liquido viscoso scivola nella gola del poliziotto che inizia a tossire dolorosamente, spalancando ulteriormente la bocca. Nello sforzo, lo strappo nell'angolo sinistro delle labbra si allarga, scoprendo parte di un molare.

Nel vedere il sangue colare dal mento del poliziotto, il duca di Saulton comincia a smaniare e a fare volteggiare la piccola asta di ferro.

«Si sta strozzando!» sottolinea allarmato. «Dobbiamo farlo subito, prima che perda nuovamente conoscenza o che muoia prima del tempo...»

«Non succederà, altezza, non si preoccupi,» lo tranquillizza Hoxton «il nostro ospite ha una bella tempra e poi, prima di fargli provare l'ebbrezza di questo leggendario strumento, credo sia giusto spiegargli di cosa si tratta, non crede?»

Dyas annuisce come un bambino davanti al maestro, mentre il suo assistente si avvicina a Chandler, accovacciandosi, per permettere al poliziotto di guardarlo negli occhi.

«Quello che le sta opprimendo la bocca» attacca l'uomo con fare quasi didattico «è un oggetto straordinario che risale al 1600. È chiamato la pera della tortura, a causa della sua forma originale che ricorda effettivamente questo frutto. L'antica vite che il duca tiene tra le mani serve per fare scattare il congegno che ne modifica progressivamente la forma. Dal centro si allargano quattro lamelle di ferro tagliente le quali si aprono contemporaneamente fino a trasformare la pera in una specie di fiore. Era usata durante il periodo della santa inquisizione per punire le donne accusate di stregoneria, che avevano tradito il marito o abortito. Lo strumento veniva infilato nel culo o nella figa, mi scusi la volgarità. In alcuni casi, più rari, lo utilizzavano anche come penitenza per gli omosessuali e i blasfemi. Georgeta sarebbe stata la nostra prima volontaria. Con lei, come forma di rispetto nei confronti di un rappresentante delle forze dell'ordine, abbiamo deciso di provare un'altra via. Spero che apprezzi.»

Dalla bocca del poliziotto partono versi e rantoli mentre l'uomo inizia a scalciare, cercando di colpire Hoxton, il quale rimane impassibile, a distanza di sicurezza. I movimenti scomposti riaprono la ferita nel fianco di Chandler che ricomincia a perdere sangue a fiotti.

«No! Non deve svenire!» grida William Dyas, balzando verso il poliziotto e brandendo l'asticella di ferro come un pugnale.

Hoxotn fa appena in tempo a fermarlo prima che un calcio di Chandler lo colpisca al volto.

«Non perda la calma, c'è ancora tempo!» lo ammonisce. «Le cose vanno fatte bene e al momento giusto.»

Il duca si ritrae, in preda a tremori e si rifugia alle spalle del suo collaboratore. Sotto il corpo di Chandler si sta allargando una densa macchia di sangue. Il sergente inizia a non sentire più le gambe mentre le dita delle mani si intorpidiscono. Sta perdendo anche le ultime energie e la vista comincia a offuscarsi. Prova a respirare profondamente dal naso ma dopo due lunghi sospiri la testa prende a vorticargli assiduamente. Vede la luce farsi sempre più impercettibile e, di colpo, ha una rivelazione. Hoxton ha capito che è destinato a morire e sta cercando di risparmiargli il supplizio della pera.

«Sta morendo, cazzo!» urla il duca, ormai vittima del suo delirio. «Te l'avevo detto! E adesso cosa facciamo con questa pera? Vaffanculo Hoxton! Prima ti sei fatto scappare la ragazza e adesso lui! È tutta colpa tua, sei un incapace! Ma non finisce qui, stanne certo!»

L'assistente non fa una piega e avvicina il suo viso a quello del poliziotto, guardandolo dritto negli occhi. Le pupille di Chandler stanno per ribaltarsi mentre il capo comincia a piegarsi all'indietro. Hoxton gli infila una mano dietro la nuca per sorreggerla e avvicina la bocca a un orecchio del poliziotto.

«Sergente Chandler, ascolti bene quello che le dico,» sussurra «lei è un bravo e coraggioso poliziotto e una persona onesta. Prima di morire, merita di sapere la verità. Quell'idiota del duca, Drazkovsky, Obvra, Georgeta e io stesso facciamo tutti parte di un disegno e di un fine molto più grandi di noi e di cui conosciamo solo una parte. È un progetto di morte e terrore che qualcuno ha iniziato e che coinvolge numerose persone. Non ha niente a che vedere con le perversioni di quell'impotente di cui sono al servizio, quelle sono solo dei suoi giochi malati. È una faccenda estremamente grave, in cui agiscono persone insospettabili. Glielo dico perché ne ho la certezza. Lei non immagina nemmeno le collusioni che esistono. Frequentando la casa reale, sono venuto a conoscenza di informazioni che potrebbero ribaltare sovrani e primi ministri. Ogni evento viene osservato e valutato. Vi sono occhi che guardano e che sanno tutto. E vi sono mani che agiscono e uccidono. Il male si chiama...»

Hoxton si ammutolisce e guarda Chandler, tenendogli la testa fra le mani. I suoi occhi sono fissi e il suo cuore ha smesso di battere.

57

Mi sono svegliato in un mare di sudore, vestito come la sera prima e con gli abiti puzzolenti e inzaccherati di vomito e sangue. Non appena sono riuscito a fare funzionare il cervello, ho cominciato a telefonare a Daphne. Alla terza volta in cui è partita la segreteria telefonica, e dopo averle lasciato almeno due confusi messaggi, mi sono deciso a fare una doccia e andare direttamente a cercarla in ufficio, a Scotland Yard. Ho portato con me le pasticche del farmaco antipsicotico che mi ha prescritto Doodley ma non ho alcuna intenzione di prenderle. Il mio piano è quello di andare il prima possibile a casa sua e sbattergliele in faccia.

Il bus diretto a King's Cross è pieno come un uovo, per cui, appena giunto alla stazione, decido di scendere nella metropolitana. Arrivo a Westminster dopo un cambio di linea e una manciata di fermate.

Ho ancora il fiato grosso e nel salire le scale mobili, mi parte un giramento di testa micidiale. Mi aggrappo al corrimano con lo stomaco che sembra un vulcano in procinto di eruttare. Faccio un respiro profondo, alzo la testa e lo vedo. C'è un uomo che mi viene incontro e mi fissa. È nella scala opposta, quella che scende e porta ai binari. Guarda dritto nella mia direzione ed è vestito come il manichino di un museo vittoriano. Indossa un abito blu scuro a tre pezzi, sopra un'ampia camicia bianca e ha un fazzoletto azzurro di seta al collo. Il suo viso è pallido e ceruleo, e la sua pettinatura, riccia e cotonata, sembra di un'altra epoca. Non abbassa mai lo sguardo, nemmeno dopo che ci siamo incrociati. Poi lo vedo sparire tra la gente, con il suo bastone da passeggio, e i miei succhi gastrici mi danno una breve tregua. Esco dalla stazione di Westminster dal lato del Big Ben e in meno di cinque minuti, dopo avere svoltato a sinistra all'altezza del ponte, giungo di fronte alla sede di Scotland Yard.

È una mattinata fredda ma piena di sole e l'aria leggera che proviene dal Tamigi mi aiuta a schiarirmi la mente. Attraverso la strada e mi piazzo dall'altra parte del viale, rispetto agli uffici della polizia, con la schiena appoggiata al parapetto da cui si può ammirare il fiume, in tutto il suo livido splendore. Riprovo nuovamente a chiamare Daphne e ancora una volta scatta la segreteria. Il viavai di automobili, taxi, bus e ambulanze è pressoché continuo e con esso il frastuono di voci, clacson e sirene, a cui si aggiungono quelle dei traghetti che solcano il fiume.

D'improvviso due agenti in motocicletta raggiungono, a tutta velocità, il tratto di strada compreso tra il ponte di Westminster e Scotland Yard e si bloccano, facendo stridere gli pneumatici, ai due angoli della via. Quindi iniziano a soffiare con forza nei loro fischietti e ad agitare delle palette rosse. Il traffico viene interrotto e dopo qualche attimo un corteo di auto, con in mezzo una vettura blu con i vetri oscurati, sfreccia a tutta velocità, scomparendo quasi subito dalla vista. Faccio appena in tempo a vedere la targa dell'auto scura e a riconosce la sigla di una delle macchine della scorta del primo ministro. Abbassate le palette, i due poliziotti in moto si lanciano dietro al convoglio presidenziale e il flusso dei veicoli riprende regolarmente. Ma il danno ormai è fatto. I fischi, le sirene e il rombo dei motori imballati mi hanno fatto esplodere un suono acutissimo nelle orecchie. Stringo gli occhi e comincio a respirare profondamente ma non conta.

Quando li riapro, dopo pochi secondi, il mio cuore ha un sussulto. Dall'ingresso principale degli uffici della Metropolitan Police sta uscendo il comandante della mia stazione, Joseph Blake. Si guarda intorno, controlla il cellulare e, dopo circa un minuto, viene raggiunto da un altro uomo. I due si stringono la mano e si avviano, a piedi, verso Whitehall, il distretto dove sorgono Downing Street e un'altra infinità di uffici politici. Imboccano Richmond Terrace, un passaggio pedonale che passa dietro al ministero della Difesa, parlando in modo concitato. Ho riconosciuto all'istante quell'uomo che sta parlando con Blake ma le mie cellule cerebrali sembrano volersi rifiutare di elaborare l'informazione. A parlare, fitto, fitto, con il mio capo è Robert Doodley, lo strizzacervelli.

Rimango smarrito, indeciso se mettermi alle loro calcagna o seguire il piano originale e continuare a cercare Daphne. Alla fine decido di non cambiare proposito ma, prima che spariscano dalla mia visuale, scatto una serie di foto con il cellulare a quella strana coppia.

Mostrando ai colleghi addetti al controllo il tesserino, mi faccio consegnare un badge elettronico e supero i varchi d'ingresso. Davanti agli ascensori vi è una bacheca che indica la dislocazione degli uffici nei vari livelli. La sezione Human Trafficking è al quarto piano. Giungo all'inizio di un lungo corridoio su cui si affacciano le porte di almeno cinque uffici. Entro nella prima, quella di una stanza piuttosto grande, con una decina di scrivanie, un numero imprecisato di scaffalature e raccoglitori, e tre grandi lavagne magnetiche appese al muro. Nella sala regna il caos, i telefoni suonano senza soste ma a rispondere c'è solo una giovane donna in divisa, di origine indiana, minuta, con i capelli corvini e i lineamenti delicati. Ha la cornetta stampata su una guancia ed è intenta a fornire numeri e indirizzi. Mi vede e mi fa segno di aspettare, alzando l'indice della mano libera dal telefono. Il concerto di squilli non accenna a smettere ma per fortuna lei decide di ignorarli e mi dà udienza.

«Sei un collega?» mi chiede, cogliendomi quasi di sorpresa.

«Ispettore Derrick Brainblee, distretto di Whitechapel, scusa il disturbo» le dico, mostrandole il distintivo.

«Nessun problema Derrick, qui è così dalla mattina alla sera. Sono l'agente scelto, Mahima Chandra, piacere di conoscerti. Cerchi qualcuno?»

«Sì, in effetti sto cercando una collega che credo lavori in questa sezione. Si chiama Daphne Bird, la conosci?»

«Daphne? Certo che la conosco, è un'amica. Lavora proprio in questa stanza. Quella» dice, indicando una scrivania nella parete opposta «è la sua postazione. Però oggi non c'è, come puoi vedere.»

«Che tu sappia è di riposo o in missione?»

«Non saprei, l'ultima volta che ci siamo parlate mi ha detto che doveva consegnare con urgenza un rapporto.»

«Da quanto tempo non la vedi?»

«Due giorni. Però ieri io sono stata di servizio esterno tutto il giorno.»

«C'è qualcun altro qui che potrebbe darmi informazioni su di lei?»

«Oggi no, sono tutti fuori. Ma, scusa, perché non provi a chiamarla? Hai il numero del suo cellulare?»

«Credo di sì, è questo?» le chiedo, facendole vedere il contatto che ho salvato sul telefono.

«Aspetta, fammi controllare... 76 889, sì è giusto! Non risponde?»

«No, è tutta la mattina che provo.»

«Magari non può farlo, oppure non vuole essere disturbata. La nostra amica ha un bel caratterino... aspetta, provo con il numero dell'ufficio. Se lo vede risponderà senz'altro.»

Dopo due tentativi, anche lei desiste.

«Niente, è spento, non so che dirti, mi dispiace.»

«Non ti preoccupare, riproverò più tardi.»

«D'accordo, se la vedo le dico di chiamarti, okay?»

«Grazie mille. Un'ultima cosa. A parte il rapporto che doveva consegnare, Daphne ti ha per caso detto se stava lavorando a qualche caso particolare?»

«No, lei sul lavoro è sempre molto riservata. Però ricordo che due giorni fa mi ha chiesto, di punto in bianco, se sapessi di recenti denunce di scomparse di giovani donne nella zona est della città. Di solito tocca a me aggiornare l'archivio *Missing* ma la sua richiesta mi ha un po' sorpreso. Quando arriva una nuova segnalazione del genere, scattano immediatamente le procedure d'urgenza e l'informativa viene comunicata in tempo reale a tutti i colleghi dell'ufficio. È alquanto raro che la notizia possa sfuggire.»

«Perciò, cosa le hai risposto?»

«Ovviamente che non mi risultava nulla...»

Il sangue inizia a pulsarmi nelle vene del collo.

«A quale zona si riferiva esattamente Daphne?» le domando.

«Spitalfields, Brick Lane, Bethnal Green... proprio dalle tue parti, adesso che ci penso.»

«Non ti ha detto altro?»

«No, mi spiace.»

«Non ne hai motivo, Mahima, grazie dell'aiuto e scusa se ti ho interrotto.»

«Interrotto? Mi hai salvato! Torna presto a trovarmi Derrick, ti prego,» lo supplica scherzosamente la poliziotta «non lasciarmi in questo inferno!»

58

L'incoronazione della regina Elisabetta fu un evento epocale, destinato a passare alla storia. Il 2 giugno del 1953, mentre nell'abbazia di Westminster, l'arcivescovo di Canterbury cingeva con la corona il capo della figlia del defunto re Giorgio VI, in tutti gli altri regni, nei paesi del Commonwealth e nel resto del mondo, si tennero sontuose celebrazioni. In Corea, i soldati canadesi in servizio resero omaggio alla sovrana, sparando granate fumogene di colore blu, rosso e bianco verso il nemico. Negli Stati Uniti furono organizzate decine di feste, mentre in Australia ebbero luogo parate militari, corse di cavalli, sfilate e spettacoli pirotecnici. In Inghilterra l'attenzione dei giornali e dell'opinione pubblica si concentrò, in modo quasi morboso, sull'inizio del nuovo regno di Elisabetta e, per oltre due anni, ogni altro accadimento passò, volutamente, in secondo piano. L'unico avvenimento che riuscì a conquistarsi la stessa ribalta si verificò due anni più tardi, esattamente il 5 aprile del 1955, quando il primo ministro Winston Churchill lasciò Downing Street, a ottant'anni, per motivi di salute.

John Dylan Waits alza gli occhi per qualche istante dal quaderno e si guarda intorno. È seduto a un tavolino ad angolo in una saletta dello storico pub Barley Mow, il più antico di Marylebone, una casa del popolo aperta nel 1820, in piena età georgiana, che ha saputo mantenere intatto, nei secoli, il suo fascino neogotico. A quell'ora del mattino il locale è deserto ma il professore ha cercato ugualmente un posto lontano da occhi indiscreti. Ha ordinato un caffè americano e, dopo essersi accertato per l'ennesima volta che nessuno lo stesse osservando, ha estratto dalla tasca del cappotto il taccuino rubato, alla British Library, a Monty Driscoll, iniziando a leggerlo. Ancora non riesce a capacitarsi del suo gesto. Quando, la sera prima, ha visto uscire il docente universitario dall'ascensore del sesto piano della King's Library, lo ha subito riconosciuto. Si erano incontrati almeno quindici anni prima in un'aula dell'università di Westminster. In quel periodo Driscoll insegnava ancora antropologia e Waits faceva il professore di storia nelle scuole superiori. Dopo una lezione di Driscoll sul pensiero antropologico evoluzionista di Edward Burnett Tylor, studioso britannico del Diciannovesimo secolo, a cui Waits intendeva dedicare un ciclo di lezioni del suo corso scolastico, i due si erano scambiati, per poco più di mezzora, i loro pensieri su animismo e sviluppo delle religioni, scoprendo di avere la stessa idea di civiltà, come percorso dal selvaggio, attraverso le barbarie. Allora Waits aveva i capelli corti e la barba curata, mentre l'aspetto di Driscoll era quello di un giovane professore, completamente dedito al suo lavoro e incurante del proprio aspetto fisico. Il colloquio, molto cordiale, si era concluso con la promessa, mai mantenuta, di rimanere in contatto e scambiarsi ulteriori punti di vista su temi sociali e storici.

Il fatto di rivedere Driscoll di persona, dopo tanto tempo, alla British Library, a un orario insolito e per giunta nello stesso archivio nel quale anche lui stava svolgendo delle ricerche, ha letteralmente sconvolto Waits il quale, invece di fermarlo e farsi riconoscere, come sarebbe stato normale, si è nascosto e si è messo a spiarlo. In realtà l'ex insegnante sa bene, a livello inconscio, quale sia la causa del suo smarrimento. Per anni lui e Driscoll si sono persi di vista e ora, a distanza di pochi giorni, gli è capitato di vederlo due volte, in modo, apparentemente, casuale. Un paio di notti fa, a Shoreditch, mentre Driscoll camminava da solo, per strada, con fare sconvolto, nei pressi del pub Carpenters Arms. Poi di nuovo, in biblioteca, alle dieci di sera. In entrambe le occasioni il professore aveva un'espressione tormentata che gli deformava il viso e anche per questo Waits ha evitato di farsi notare.

Imprigionato nelle sue inquietudini, è rimasto tutto il tempo dietro a uno scaffale, osservando il professore mentre consultava un volume del 1953 e trascriveva dati e appunti sul suo taccuino. Poi, quando l'altoparlante della biblioteca ha avvertito dell'imminente orario di chiusura, il sosia di Marx, approfittando del fatto che Driscoll si fosse alzato per andare in bagno, si è avvicinato alla sua scrivania, ha preso il quaderno e si è velocemente allontanato, cercando di evitare gli obiettivi delle telecamere a circuito chiuso. La fortuna ha voluto che, al momento di attraversare la reception, il giovane impiegato del turno serale si fosse alzato dal bancone della portineria per rispondere a una telefonata al cellulare.

Giunto a casa, Waits non è riuscito a chiudere occhio per tutta la notte, leggendo e rileggendo gli appunti di Driscoll e fotografando ogni pagina del taccuino. A turbarlo, in particolare, un passaggio di ciò che il docente ha scritto.

Nel 1955 le pagine di cronaca dei giornali più scandalistici, come il «Daily Mail», riportano una serie di eventi delittuosi, particolarmente efferati, compiuti nell'East End londinese e in particolare tra le zone di Whitechapel e il mercato di Spitalfields. A distanza di poche settimane, vengono uccise cinque donne, che si crede possano essere prostitute, immigrate o comunque soggetti deboli e disagiati. Chi le ha assassinate ha anche infierito sui loro corpi, sventrandoli, mutilandoli e poi abbandonandoli. Le indagini su questi misteriosi omicidi vengono affidate a un investi-

gatore in servizio presso la stazione di polizia di Whitechapel che si chiama Eric Rebel, il quale, analizzando le scene del crimine, giunge alla conclusione che i delitti siano collegati, nonché opera dello stesso killer. Ma la sua teoria viene accolta con scetticismo dai vertici di Scotland Yard che non hanno alcun interesse a creare allarmi nell'opinione pubblica. La nuova monarchia di Elisabetta II e i cambiamenti politici, dovuti alla fine dell'epopea di Churchill, stanno provocando un radicale cambiamento nella società britannica e nessuno vuole portare alla ribalta episodi che possano suscitare ulteriori squilibri o tormenti nella popolazione. Tanto più, considerando che le vittime appartengono all'ultimo gradino della società. Rebel, che soffre di dipendenza da alcol, viene accusato di essere un detective poco affidabile e messo malamente da parte, e l'indagine finisce per essere archiviata senza alcun risultato. Ma anche gli omicidi, improvvisamente, cessano.

Al mattino presto Waits è uscito, decidendo di approfondire alcune informazioni che ha trovato tra le note raccolte da Driscoll, relative agli studi filosofici e spirituali di Henry Sidgwick. Prima di lasciare il suo appartamento, ha lanciato una ricerca in rete su alcuni testi storici, mettendo a confronto le tesi parapsicologiche di Sidgwick con alcuni aspetti riguardanti la dottrina teosofica dell'età vittoriana. Ha così scoperto che esiste un nesso che unisce l'organizzazione culturale creata dal filosofo, alla fine dell'Ottocento, alla cultura esoterica sviluppatasi in Inghilterra nel Diciannovesimo secolo, venendo inoltre a sapere, con sua grande sorpresa, come la Society for Psychical Research esista ancora e abbia una sua sede nel quartiere di Marylebone, nel pieno centro di Londra. Sul sito della società ha trovato anche il riferimento all'attuale direttore, tale Thomas Stead. Gli ha scritto una mail, chiedendogli un appuntamento. Dopo cinque minuti Stead gli ha risposto, proponendogli di incontrarsi, entro un'ora al pub Barley Mow.

59

«Daphne, sono Monty, se senti questo messaggio richiamami, per favore. Devo parlarti con urgenza. Grazie.»

«Daphne, sono sempre io, scusami se ti assillo con questi messaggi, mi chiami, per cortesia? Ho scoperto delle cose interessanti del passato che potrebbero spiegarci molte cose. E poi mi è successa una cosa strana che ti devo raccontare. Credo che qualcuno mi abbia rubato un taccuino su cui avevo trascritto degli appunti su... e poi Malcolm... Insomma, chiamami al più presto, grazie.»

«Cosa sta succedendo Daphne? Perché hai sempre la segreteria? Non puoi parlare? Dai, non farmi stare in ansia, ti prego. Richiamami subito, a qualunque ora. Sono a casa, oggi non andrò al lavoro, non me la sento. Fatti sentire, mi raccomando.»

«Daphne, per l'amor di Dio, dove sei? Sono passate ore e il tuo telefono è sempre staccato. Ho cercato di resistere ma adesso non ce la faccio più. Sto uscendo di casa per venire a casa tua.»

Ha preso un taxi per accorciare i tempi e in meno di mezzora è giunto a casa di Daphne. La piccola porta gialla con la "A" al posto del numero civico che, alla fine di Chesire Street, divide la vetrina dello studio di tatuaggi da quella dell'ambulatorio del dermatologo, è semplicemente accostata. Driscoll la sospinge ed entra nello stretto vano scale. Sale di corsa fino al terzo piano e trova la porta d'ingresso del loft chiusa. Bussa energicamente chiamando il nome della donna. Dall'appartamento non giunge alcun rumore.

«Sono Monty, ci sei? Apri, per favore» riprende a bussare il professore, appoggiando subito dopo l'orecchio alla porta. Riesce a sentire il ronzio della caldaia e il ticchettio dei termosifoni di ghisa che si scaldano ma niente di più. Driscoll afferra il cellulare e ricompone il numero della donna, chiudendo la comunicazione non appena scatta, per l'ennesima volta, la segreteria telefonica.

«Cazzo, Daphne, ma dove sei? Apri, per l'amor di Dio!» si mette a imprecare, colpendo più volte la porta chiusa con i pugni.

Ha il respiro affannato e gli tremano le mani. È combattuto se dare l'allarme, chiamare la polizia o tentare di sfondare la porta. Si sente uno stupido, immobile su quel pianerottolo, incapace di controllare la sua ansia. Inspira profondamente col naso e prova a calmarsi. Nella sua vita il docente non ha mai brillato per il coraggio, né tantomeno per la prestanza fisica. Non è convinto di essere in grado di abbattere una porta chiusa a spallate e la sua parte razionale gli suggerisce di pensarci due volte prima di fare gesti avventati o prendere decisioni precipitose. La paura per la sorte della sua donna lo sta però assillando e il suo corpo è attraversato da continue scariche di adrenalina. Si porta una mano sulla fronte e inizia a massaggiarsela, sperando di farsi venire qualche idea. L'unica trovata che riesce a escogitare è qualcosa che ha visto solo nei film ma, nella sua immaginazione, in quel momento non ha altra scelta. Estrae dalla tasca il portafogli e prende la tessera di abbonamento ai trasporti pubblici. La inserisce per oltre metà nella fessura tra la porta e lo stipite, all'altezza della serratura. Non avverte nessun tipo di scatto o *clic* e il congegno non si muove di un millimetro. In ogni caso Driscoll inizia a colpire la porta con una serie di spallate non troppo convinte. Al terzo tentativo, vedendo che non si apre, fa un passo indietro, alza la gamba destra, allinea il piede in corrispondenza della toppa, flette i muscoli e sferra un calcio poderoso alla porta con la pianta del piede. La card cade a terra, la serratura rimane bloccata ma uno dei pannelli di vetro molato, che fregiano il portone, si stacca dal telaio e finisce sul pavimento in mille pezzi, aprendo un quadrato di venti centimetri sull'uscio. Driscoll infila la mano nel buco e raggiunge facilmente il chiavistello dall'interno, sbloccandolo.

La casa è calda, silenziosa ed emana un gradevole profumo di fiori.

«Daphne, ci sei? Sono Monty» domanda ancora il professore, prima di entrare. Quindi accende la luce e scopre un ambiente pulito e ordinato. Non vi sono segni di lotta e neanche di una fuga precipitosa. Il loft è vissuto e accogliente. Driscoll ispeziona accuratamente ogni angolo del locale, compreso il bagno, senza notare nulla di insolito. Sul bancone della cucina scorge il laptop di Daphne, ancora collegato alla corrente e lampeggiante. Lo apre e lo schermo si illumina, chiedendo la password per entrare nel sistema. L'uomo si mette a controllare il computer in cerca di qualche riferimento, lo alza, lo gira e lo richiude ma non trova alcun segno che possa indicargli la chiave d'accesso. Decide di tentare ugualmente e digita, senza troppa convinzione, *Daphne1985* e ancora, *Bird85*. In entrambi i casi il sistema lo avverte che la password è sbagliata. Sta per rinunciare, onde evitare, con tre tentativi falliti, di bloccare il computer, quando l'immagine salvaschermo, un pitone reale con la bocca spalancata, appeso a un albero, gli suggerisce un'idea. Con le mani sudate, compone nella tastiera il suo nome, *Monty* e vi attacca quello del serpente, *Python*, formando così il nome del celebre gruppo di attori comici inglesi degli anni Settanta, *MontyPython*. Immediatamente, al centro dello schermo, parte un piccolo vortice e il sistema si avvia. Il professore nota subito che

Daphne ha salvato nel desktop numerosi documenti, tra cui i resoconti delle ricerche fatte in rete su Jack lo Squartatore, i dati ottenuti dal database di Scotland Yard, verbali di interrogatori e informazioni riservate. Vi è anche una cartella nominata DOC che contiene un elenco di date accompagnate da diversi testi.

Driscoll vorrebbe mettersi a leggere ed esaminare tutto il materiale ma non si sente a suo agio a rimanere in quella casa, e non solo per il modo in cui vi è entrato. Esce dal collegamento, chiude il pc, lo stacca dalla presa e lo infila, assieme ai cavi, nello zaino che ha con sé. Prima di uscire, il professore pensa che potrebbe almeno lasciare un biglietto a Daphne, nel caso tornasse a casa, per spiegarle i motivi del vetro rotto nella porta e dell'assenza del suo laptop. Ma il timore di lasciare tracce compromettenti è troppo forte. E ancora di più lo è l'angoscia che lo assale, non appena esce dall'edificio in cui abita la poliziotta, legata alla sensazione, insopportabile, che le sia successo qualcosa di grave e che non la vedrà più.

60

«Devo parlarle urgentemente, posso entrare?»

«Oh, Brain! Entra pure! Ma che ti è successo? Hai un'aria terribile! Sembri un pugile finito al tappeto, a cui hanno appena fatto sniffare dell'ammoniaca!»

Lo manderei io kappaò, se potessi, lui e la sua stupida abitudine di chiamarmi Brain! Il tono forzatamente amichevole di Blake è irritante come le ortiche sulla pelle ma devo stare calmo e capire che cosa sta tramando con Doodley. Entro nell'ufficio e rimango in piedi davanti alla sua scrivania.

«Siediti, stavo appunto pensando che...»

«Preferisco stare in piedi» lo interrompo con fare serio.

«Bene, come vuoi, hai novità nelle indagini?»

«Non sono qui per questo» puntualizzo.

«Ah, no?» mi domanda, fingendosi stupito, ma io conosco bene quel suo sguardo. Ha già alzato le difese ed è pronto a buttarmi fuori dalla stanza alla minima discussione.

«E allora di cosa si tratta?» mi chiede, incrociando le dita delle mani sopra la pancia e spingendo indietro la schiena sulla poltrona.

«Di lei, comandante. Devo chiederle una cosa importante.»

«Di me? Mah... d'accordo, sentiamo...»

«L'ho vista, stamattina, mentre usciva dagli uffici di Scotland Yard. Io ero dall'altra parte della strada in attesa di una persona e lei stava lasciando l'edificio...»

«Quindi?» mi chiede Blake, spazientito. Il mio tono colpevolizzante lo sta irritando. Esattamente come pensavo.

«Mi ha incuriosito vederla a Scotland Yard,» riprendo «per cui sono rimasto a osservarla per qualche minuto e ho notato che aveva un appuntamento.»

«Senti Brainblee, io non ho tempo da perdere!» sbotta. Il fatto che si sia rivolto a me, senza storpiare il mio cognome è già una piccola vittoria. «Dove vuoi arrivare? Cosa c'entra Scotland Yard? E poi, scusa, non vedo la rilevanza...»

«L'uomo che lei doveva incontrare» proseguo, mantenendo la stessa cadenza piatta nella voce «è uno psichiatra e psicoterapeuta, si chiama Robert Doodley.»

Blake mi guarda, seccato e insofferente. Ha appoggiato le braccia sulla scrivania e sta stringendo i pugni.

«Avete parlato per diversi minuti, quindi vi siete allontananti verso Whitehall, continuando a conversare in modo animato.»

«Sto perdendo la pazienza, Brainblee! Dimmi che cazzo vuoi, oppure togliti dai coglioni che ho ben altro da fare piuttosto che stare a sentire le tue stronzate!»

La pressione è alta, ho raggiunto il mio scopo. Quando s'incazza Blake impreca e non controlla più ciò che dice. Decido allora di alzare ancora di più i toni e sgancio una serie di domande.

«Perché ha incontrato Doodley a Scotland Yard? Cosa ci faceva quell'uomo al quartier generale della Metropolitan Police? E di cosa dovevate parlare di così urgente?»

«Ma sei idiota? Ma come cazzo ti permetti di farmi tutte queste domande? Ti sei drogato? Guardati, hai il colorito di un tossico e sei vestito come un homeless! Esci da questa cazzo di stanza, prima che ti faccia trasferire nell'Essex a fare i censimenti degli allevamenti di pecore! Roba da non credere...»

«Avete percorso assieme tutto il tragitto da Scotland Yard a Downing Street, senza mai smettere di parlare. Ecco, guardi!» insisto, sbattendo in faccia a Blake le foto di lui in compagnia dello strizza, scattate con il mio cellulare.

Il comandante è rosso di rabbia. Sbatte la mano sulla scrivania e si alza in piedi, puntandomi contro l'indice.

«Adesso basta, hai superato il limite! Una parola in più e ti denuncio! Fuori di qui!» mi urla in faccia, indicandomi l'uscita.

«Come vuole, vorrà dire che chiederò direttamente a Doodley il motivo del vostro incontro segreto» replico, senza spostarmi di un millimetro.

«Fai come cazzo ti pare! Stai delirando e rischi di farti veramente male! Ma, ti avverto, io non ho alcuna intenzione di pararti il culo. Per la cronaca, il dottor Doodley, e tu dovresti saperlo, è uno dei principali consulenti della polizia. Ci siamo visti per parlare di lavoro.»

«Davvero? E perché vi siete visti per strada e non in ufficio? A quale caso sta lavorando Doodley da giustificare questa urgenza e perché eravate così agitati?»

Blake mi fissa con aria interrogativa e incredula. D'un tratto non sembra più né sconvolto, né contrariato. Ha i muscoli del viso rilassati e lo sguardo di chi sta cercando di scrutare nel mio cervello. Comincio a sentire un affanno che mi preme sul petto e inizio a deglutire, mentre un tremore incontrollabile mi centra la pupilla di un occhio. «Che cosa c'è Brain, ti senti male?» mi chiede, con tono insinuante. «Sei bianco come un cadavere. È meglio se ti siedi.»

La vista mi si annebbia e le mie gambe cominciano a cedere. Devo assolutamente resistere, non posso permettermi di avere uno dei miei blackout in presenza di Blake. Stringo la mascella e mi siedo, cercando di concentrarmi su un plico di fogli dattiloscritti appoggiato sul tavolo del capo di cui, però, non riesco nemmeno a leggere una parola.

«Sto bene» fingo. «Risponda alle mie domande» insisto, ma ormai le mie parole hanno perso completamente intensità e mi escono dalla bocca come un lamento.

«Posso chiederti io una cosa?» dice Blake, con un fare improvvisamente calmo che mi ricorda quello dello strizzacervelli e finisce per agitarmi ancora di più. «Da quanto tempo non senti il sergente Chandler?»

«No-non ricordo,» balbetto «sarà un paio di giorni.»

«Ne sei sicuro Brain? E cosa vi siete detti l'ultima volta che vi siete parlati?»

«Niente di importante, abbiamo fatto il punto sulle indagini e...»

«Smettila di dire stronzate!» mi blocca Blake. «Non vedi e non senti Chandler da parecchio tempo. Non è così? Hai perso i contatti da quando vi ho affidato quell'indagine sul traffico di esseri umani di cui tu ti sei, però, completamente disinteressato. E ora non sai dove sia, cosa stia facendo, se si sia cacciato nei guai e se abbia bisogno d'aiuto. Hai lasciato un tuo uomo da solo, fregandotene di lui e dell'inchiesta. E adesso vieni da me farneticando e lanciando accuse senza senso. Sai come si chiama questa, per la commissione affari interni della Met Police? Inaffidabilità, incompetenza, irresponsabilità, scorrettezza nei confronti di un collega sottoposto, slealtà verso la polizia, mancanza di rispetto per il ruolo e la divisa. E sai quali sono le conseguenze del tuo comportamento, Brain? Sospensione e radiazione. È questo che vuoi?»

La voce di Blake mi arriva lontana, ovattata. Anche il suo volto è deformato e tutti gli oggetti della stanza hanno perso forma e contorni. Un suono, acuto come un allarme antincendio, mi rimbomba nella testa.

«Io-io, no... non voglio...» farfuglio, con la lingua impastata.

«Nemmeno io lo voglio» precisa Blake. «Ricordati sempre che il nostro lavoro è una missione, che dobbiamo portare a termine i nostri doveri nel migliore dei modi e senza discussioni.»

Non riesco nemmeno più a cogliere il significato delle sue parole, ho solo voglia di andarmene da quella stanza al più presto. Dubito però di avere ancora la forza di reggermi in piedi. Provo ad alzarmi e il vortice dentro al quale sono caduto aumenta d'intensità. Ricado pesantemente sulla sedia e sento la testa che si ribalta all'indietro. Blake cerca di dirmi qualcosa. Nel frastuono delle mie orecchie, riesco a cogliere solo qualche frammento di frase.

«So che cosa... non hai nulla da te... devi fare in modo di... meglio per tutti se... sospeso. Lascia il distintivo...»

61

È alto, con le spalle larghe e una struttura dinoccolata. Ha una folta capigliatura e una barba, sale e pepe, che gli incornicia il volto squadrato, su cui spiccano gli occhi di un azzurro intenso. Indossa un cappotto maxi, verde scuro, una sciarpa lunga di lana blu e una coppola a quadri verdi e blu che gli scende da un lato della testa. Quando entra nel pub, Waits lo riconosce all'istante ma anche l'uomo va dritto verso di lui, come se si trattasse di una sua vecchia conoscenza.

«Il professor Waits, immagino...»

«In persona. Dottor Stead, giusto?»

«Sì, molto piacere. Me lo aveva già accennato nella mail e, vedendola di persona, devo ammettere che non è necessario essere un sensitivo per comprendere che lei è la trasmigrazione vivente dell'anima di Karl Marx» afferma l'uomo con gli occhi azzurri, stringendo la mano al professore.

«Mi hanno paragonato al celebre filosofo in diverse forme ma mai in questi termini» ammette Waits. «Di tutte è sicuramente l'analogia che preferisco.»

«Ottimo, allora, abbiamo già stabilito un piano elevato di comunicazione,» precisa Stead «direi che possiamo iniziare, battezzando il nostro incontro con un single malt delle alte terre scozzesi, che ne dice?»

«Che sono pronto a inginocchiarmi nelle rive del Giordano della conoscenza» rinforza Waits.

I due si avvicinano al bancone e Stead ordina due bicchieri di Bowmore, single malt dell'isola scozzese di Islay, invecchiato venticinque anni in botti di ex bourbon ed ex sherry.

Il gestore del pub, che Stead conosce da anni, va a recuperare la preziosa bottiglia nel retro, assieme a due bicchieri di cristallo Glencairn, con sfaccettature sulla base, in ognuno dei quali versa 50 ml del prelibato liquido ambrato.

«Logan è un cuore impavido delle Highlands, come questo focoso nettare» spiega Stead, ringraziando il barista e porgendo a Waits il bicchiere. «Lo importa direttamente dalla sua terra, solo per un numero ristretto di fortunati clienti, tra i quali ho avuto il sommo piacere di essere inserito. Grazie ancora, Logan, e alla salute!» conclude Stead, alzando il bicchiere e invitando Waits a brindare.

«Li sente la sua terrosità e il carattere floreale bruciato?» chiede Stead, retoricamente. «La distilleria che produce questo single malt lo fa crescere nelle botti come un figlio. Solo gli eletti arrivano a venticinque anni e diventano esemplari unici.»

Waits, che non disdegna i superalcolici, senza però avere un palato tale da distinguerne gusti e raffinatezze, assapora il whisky a piccoli sorsi, affascinato più dalle spiegazioni del suo interlocutore che dalle fiammate alcoliche che gli incendiano la gola.

«Le proporrei un bis,» riprende Stead «se non fosse che so, per esperienza, di cosa sia capace questo doppio malto e dal momento che vorrei, almeno per questo nostro primo incontro, che le nostre meningi rimanessero attive al cento per cento, se lei è d'accordo, caro professore, direi che possiamo salutare il nostro *Braveheart Logan* e trasferirci nel mio ufficio, che si trova a pochi passi da qui, che ne dice?»

Waits, il quale continua a sentirsi in colpa per il furto del taccuino di Driscoll e non vede l'ora di sottrarsi alla vista di potenziali testimoni, accetta di buon grado la proposta e i due uomini lasciano il pub, incamminandosi verso Baker Street. La percorrono per un breve tratto, fino alla casa-museo di Sherlock Holmes, e si dirigono alla volta di Dorset Square, una piccola piazza urbana che ospita un rigoglioso parco privato recintato, il cui accesso è riservato ai proprietari delle case che si affacciano sullo stesso.

«Lo sapeva che Conan Doyle, lo scrittore che ha inventato il celebre detective, era un sostenitore della nostra società?» sottolinea Stead, dopo che i due uomini hanno superato il civico 223b di Baker Street. «Oltre a essere un talentuoso giornalista, Sir Doyle era molto interessato ai fenomeni paranormali e realizzò diversi studi e ricerche su spiritismo e occultismo. Un uomo particolarmente eclettico come, del resto, erano tanti, in quell'epoca. Lui, Sigmund Freud, Charles Dickens, il mio antenato William Thomas Stead e, se vogliamo, anche il suo Karl Marx facevano parte di quell'élite intellettuale che cercava di svincolarsi dall'arretratezza culturale e sociale dell'epoca vittoriana.»

«Be', quello era di certo un periodo di grande fermento ideologico e spirituale,» commenta Waits «ma, al tempo stesso, la società era chiusa, ostile al progresso e incline alla violenza.»

«Sono d'accordo con lei, caro professore e le dirò di più. Anche se al giorno d'oggi abbiamo le innovazioni tecnologiche, i treni elettrici ad alta velocità, le auto a guida autonoma, gli smartphone capaci di testare la nostra salute e i sistemi di sorveglianza satellitare, questa nostra epoca è fosca e ripiegata su se stessa, esattamente come quella in cui regnava la regina Vittoria.»

«Lei trova?»

«Ne sono assolutamente certo. Basta osservare la realtà con un occhio più critico e interpretativo, direi quasi filosofico. Faccia attenzione, però, non mi riferisco alla banalità del semplice ricorso storico ma al ripetersi di frangenti, circostanze e accadimenti straordinari, legati a particolari fenomeni storici, destinati a modificare la società. Il problema è che questi cambiamenti, almeno leggendo la storia inglese dall'Ottocento a oggi, sono quasi sempre avversi, funerei e disgreganti, e provocano reazioni ostili e violente.»

«In sostanza, secondo lei, il nostro periodo storico è cupo come la fine dell'Ottocento?» domanda Waits. «E quale sarebbe stata la causa scatenante di tanta ombrosità?»

«Ve n'è più d'una. La manipolazione globale delle personalità e dei soggetti, l'appiattimento ideologico, l'influenza dei social network nella vita pubblica e il nuovo colonialismo teologico. In Gran Bretagna, la somma di questi fattori ha portato alla Brexit. In altri paesi a rivolte, muri e crisi economiche.»

«Un punto di vista interessante» sottolinea Waits, lisciandosi la barba.

«È qualcosa di più di un'opinione, mi creda professore, e sarò felice di dimostrarglielo. Ecco, siamo arrivati» avverte Stead, indicando un portone doppio di colore nero, alla sommità di una scala di granito, al centro di un lussuoso palazzo georgiano che si affaccia su Dorset Square.

«Complimenti, una splendida location!» commenta il professore.

«Grazie, ma non si faccia ingannare dalle apparenze. La sede attuale della Society for Psychical Research si trova nel piano interrato. Venga, le faccio strada.»

Stead conduce Waits in un vasto appartamento, sotto il livello della strada, che si sviluppa nel retro dell'edificio e finisce in un giardino, ben curato, al cui centro spicca una fontana di pietra di epoca vittoriana, che raffigura una sirena seduta sugli scogli che regge una conchiglia, da cui sgorga uno zampillo d'acqua. Il locale è formato da tre camere, tutte con bagno, una cucina grande con un tavolo di marmo, un ampio salone, rivestito in legno di noce con librerie a parete fitte di volumi, che contiene un salotto bianco e un imponente tavolo tondo, stile impero, a tamburo, di mogano, attorno al quale si possono riunire fino a dieci persone anche se, in quel momento, in casa non c'è nessuno. L'arredamento è classico della fine dell'Ottocento e sulle pareti del lungo corridoio vi sono i ritratti, dipinti a mano, di studiosi, letterati e filosofi degli ultimi due secoli, tra cui il fondatore della società, Henry Sidgwick, lo scrittore William Stead e la filosofa e occultista russa, Yelena Petrovna Blavatsky, creatrice della società teosofica internazionale. Waits si ferma davanti al quadro che raffigura la donna, colpito dai suoi occhi grigio chiaro come quelli di un lupo e dallo sguardo intenso e inquietante.

«Sì, c'è anche lei,» commenta Stead, rimanendo alle spalle del professore «anche se, a dire il vero, non ha mai fatto parte attiva della nostra società. La conosce?»

«Ho letto qualcosa riguardo alla sua dottrina e alle sue esperienze esoteriche,» risponde Waits «ma non posso dire di conoscere a fondo il suo pensiero.»

«Sono tesi interessanti, avremo modo di approfondirle. Posso intanto offrirle qualcosa?» chiede Stead, invitando il professore ad accomodarsi su un divano bianco.

«Caffè?» propone Waits.

«Vada per il caffè ma si dovrà accontentare di quello solubile» precisa il padrone di casa.

«Va benissimo.»

«Di solito qui ci troviamo la sera e, nelle occasioni più importanti, quando le riunioni si protraggono fino a tarda notte, i membri che vivono fuori Londra si fermano a dormire» spiega Stead. «Oggi invece è un giorno di riposo per tutti, compreso il personale di servizio. Nessuno ci disturberà.»

Nella mezzora successiva, sorseggiando un caffè amarissimo e di pessima qualità, Waits riferisce a Stead delle ricerche compiute nei volumi della British Library e trascritte in quel taccuino che, nel frattempo, ha estratto dalla tasca interna della giacca, omettendo di precisare che lo ha rubato a Monty Driscoll. Si sofferma sui principali fatti avvenuti in Inghilterra tra il 1953 e il 1955 e gli espone le sue riflessioni riguardo ai contenuti del manoscritto di Sidgwick.

«È stato leggendo il suo lavoro» spiega Waits «che ho saputo dell'esistenza di questa società, scoprendo poi che è tuttora in attività. Così ho deciso di contattarla.»

«E io sono felice che abbia deciso di farlo» interviene Stead. «Lei ha svolto una ricerca attenta e particolarmente rigorosa, le faccio i miei complimenti. Nel mondo di oggi è raro trovare qualcuno che sia in grado di non farsi trasportare dal flusso di teoremi e informazioni veicolati dall'alto e che riesca a superare i paraventi che nascondono i fatti reali. Perciò non mi meraviglia affatto che si sia posto certe domande. Il mio impegno e il mio fine, nell'ambito della società che presiedo, sono proprio quelli di trovare quelle risposte che gli studi tradizionali e pragmatici non possono fornirci, cercandole nei settori paralleli. È una capacità che mi ha trasmesso la mia prozia, Estelle, la figlia di W.T. Stead, da cui ha ereditato certe facoltà. Ora cercherò di descriverle esattamente che cosa sta succedendo nel nostro paese, così come me l'hanno rivelato gli spiriti del passato con i quali sono entrato in contatto. So che è difficile accettare certi discorsi ma la avverto, caro amico, se vuole veramente conoscere la verità dovrà aprire la sua mente, tenere a freno il suo naturale scetticismo e soprattutto prepararsi psicologicamente: ascolterà delle verità gravi e inconcepibili che potrebbero sconvolgerla.»

62

Quando la Jaguar con i vetri posteriori oscurati giunge nel parcheggio riservato del Reform Club, a Waterloo Place, le auto degli altri ospiti sono già arrivate. Il duca di Saulton è di pessimo umore e per tutto il tragitto, dal castello di Beaconsfield al centro di Londra, non ha rivolto la parola a Hoxton.

L'incontro è fissato nel salone delle feste del prestigioso Gentlemen's Club, fondato nel 1836 sull'onda liberista, sospinta dal Reform Act del 1832, che introdusse la rappresentanza del popolo in un parlamento dominato fino ad allora dal classismo dei lord e dallo snobismo delle classi politiche dirigenti. Ma ben presto l'esclusivo circolo per soli uomini abbandonò le idee progressiste, trasformandosi in un'associazione ristretta di esponenti della nobiltà inglese, della monarchia e del più radicale conservatorismo, pur alimentando quel fervente esercizio culturale e intellettuale, introdotto dai tanti rappresentanti del mondo artistico e letterario dell'epoca i quali, affascinati dalla svolta storica del processo riformista, decisero di iscriversi.

La presenza contemporanea, nelle varie sale del club, di scrittori come Bram Stoker, Oscar Wilde, William Makepeace Thackeray ed Henry James ebbe il merito di moderare l'egocentrismo e la sete di potere dei politici e circoscrivere l'azione di principi, duchi e marchesi sulla società.

Con gli anni il Reform Club ha perso però ogni riferimento politico e culturale, divenendo poco più che un'icona del passato, nonché set cinematografico preferito per pellicole in costume e luogo ambito da ambasciatori e diplomatici di paesi stranieri con l'esigenza di nascondere la loro insignificante rilevanza collettiva.

Nessuno sa, in realtà, che in alcune stanze segrete del club, utilizzate da Winston Churchill e dai suoi più stretti collaboratori negli anni della guerra, si riuniscono ancora, quando vi è la necessità, personaggi insospettabili che appartengono ai più disparati settori della società britannica contemporanea. Alcuni di questi, tra cui il duca di Saulton, Richard William Dyas, e il suo assistente, Colin D. Hoxton, sono seduti sui divani di pelle verde di una sala riservata del circolo, a cui si accede attraverso una porta invisibile, ricavata nelle pareti a libreria del salone delle feste.

Il clima fra i presenti, circa una ventina, è teso. A prendere la parola è un uomo sui sessant'anni, dal fisico appesantito, con pochi capelli grigi sopra le orecchie e le sopracciglia nere e folte che contrastano con la barba bianchissima. È vestito con una giacca verde di tweed, con le toppe marroni cucite sui gomiti, pantaloni beige di velluto a coste larghe, una camicia bianca sformata e una cravatta sui toni del bordeaux, sgualcita e consunta. Infilato nella cintura dei pantaloni e coperto dalla giacca, si intravede un distintivo. Il suo tono è serio, quasi solenne.

«La vostra presenza qui è molto importante. Vi ringrazio di avere risposto senza esitazioni alla convocazione.»

Il silenzio nella sala, dove tra l'altro è permesso fumare, è fitto come le nuvole di fumo che salgono verso il soffitto a cassettoni.

«In questi ultimi giorni» riprende l'uomo «tutti noi siamo stati chiamati a svolgere una missione essenziale per il nostro paese. Ognuno di noi, nell'ambito del proprio ruolo e delle proprie competenze, ha saputo portare a termine il compito che gli era stato assegnato. Incombenze non facili, da eseguire in breve tempo, con pochi mezzi a disposizione e dense di incognite, prima fra tutte quella di essere scoperti. Ci sono state, infatti, delle situazioni complesse e impreviste che hanno richiesto interventi drastici, ancorché necessari, seppure lo statuto della nostra fratellanza precluda azioni di forza verso obiettivi non prestabiliti. Si è trattato di un'emergenza, di un qualcosa di ineluttabile che ci ha consentito di superare tutti gli ostacoli del percorso.»

Mentre l'uomo con la giacca di lana parla, il duca di Saulton non smette di agitarsi sulla poltrona. Accavalla e scavalla continuamente le gambe, tamburellando con le dita sui ginocchi e digrignando i denti. Hoxton lo guarda severamente ma Dyas lo ignora.

«Coloro che ci hanno preceduto ci hanno lasciato in eredità un patrimonio di regole e insegnamenti che noi dobbiamo rispettare, tenendo vivo lo spirito della nostra congregazione» riprende l'uomo. «Siamo i soldati del regno e la nostra è una guerra per i valori che hanno fatto grande la nazione, ripulendo la società dalle dissolutezze, dalle perversioni e dal degrado. E oggi sono orgoglioso di annunciarvi che, ancora una volta, come in passato, la nostra confraternita ha dimostrato tutta la sua forza, il suo potere e la sua grandezza. Tra di noi vi sono medici, avvocati, politici, lord, letterati, insegnanti, ingegneri informatici, militari e servitori dello Stato, tutti uniti in un vincolo indissolubile che rappresenta lo spirito eletto del paese che sa onorare e celebrare la sua sovranità. Siamo uno e siamo nessuno. Siamo tornati e torneremo sempre. Andate a casa, ora, e godetevi le vostre famiglie e i vostri affetti più cari. Le porte sono state richiuse, oggi il nostro mandato è terminato.»

Nella sala si diffonde un mormorio, qualcuno accenna a un timido applauso ma viene immediatamente stoppato. L'uomo che ha appena concluso il discorso viene raggiunto da un piccolo gruppo di persone che si congratulano con lui e gli stringono la mano. Tra questi un tipo massiccio, con i capelli a spazzola e una benda nera sopra un occhio. La riunione sta per concludersi quando una voce, dal fondo della sala, rompe la quiete.

«Chi ha deciso che è tutto finito? Allora Blake? Rispondi, chi ti ha dato il potere di stabilire quando la missione è terminata?»

Tutti gli ospiti si girano contemporaneamente a guardare il duca di Saulton che è balzato in piedi dalla sua poltrona e sta puntando il dito verso l'uomo che poco prima ha tenuto la sua requisitoria. Ha gli occhi sbarrati, le vene del collo gonfie e il viso rosso di collera.

Hoxton tenta di appoggiargli una mano sulla spalla per calmarlo ma lui la afferra con rabbia e la scosta.

«Non ti azzardare a toccarmi!» grida il duca al suo assistente, quindi, con lo stesso astio, si rivolge nuovamente all'uomo in giacca verde. «Io non sono uno dei tuoi fottuti poliziotti, hai capito? Non mi puoi dare alcun ordine. Nessuno può permettersi di rivolgersi in questo modo a Richard William Dyas, terzo duca di Saulton, discendente in linea diretta della regina Vittoria.»

Nella stanza si creano turbamento e imbarazzo. Non tutti i membri della congregazione conoscono la vera identità degli associati e tra le varie regole dello statuto, che ogni affiliato è chiamato a rispettare, c'è quella della riservatezza: nessun nome può essere rivelato, né durante le riunioni, né tantomeno all'esterno.

Il comandante della polizia di Whitechapel, Joseph Blake, assurto da poco al ruolo di maestro precettore della confraternita, è frastornato dalle accuse del duca. Non si aspettava certamente una reazione del genere da parte di un aristocratico e non sa bene come comportarsi. Tanto più che l'uomo appare decisamente fuori controllo.

«Non ho ancora finito, Blake!» urla il duca, trattenuto a stento dal suo aiutante. «Mettitelo bene in testa! Riferisci pure ai tuoi superiori del cazzo che Bill Dyas non è uno a cui si possono dare ordini e che deciderà lui quando smettere! E adesso andatevene tutti a farvi fottere!»

In preda alla furia e con gli occhi fuori dalle orbite, il duca di Saulton sferra un calcio a un tavolino che si trova ai suoi piedi e si avvia rapidamente verso la porta, seguito da Hoxton, che cerca inutilmente di tranquillizzare gli altri ospiti. Poco prima di lasciare la stanza, mentre Dyas si è già allontanato, ribaltando anche uno scaffale pieno di libri rilegati dei primi del Novecento, l'assistente del duca cerca lo sguardo di Blake. I due si fissano per pochi secondi senza battere ciglio. Poi Hoxton esce e se ne va. A osservare tutta la scena, seduto in disparte, vi è anche lo psichiatra Robert Doodley.

63

C'è qualcosa di mostruoso e abominevole nell'urlo che Daphne ha appena sentito. Proviene da un punto preciso alle sue spalle ma l'eco di quel grido disumano si sta propagando a ogni angolo dello spiazzo in cui sorge il mercato. Un terrore cieco le paralizza ogni movimento. La poliziotta sposta freneticamente lo sguardo a destra e sinistra in cerca di una via di fuga, o quantomeno di un nascondiglio. Prova a scappare, puntando verso la saracinesca semiabbassata di un negozio di bigiotteria vintage ma i suoi muscoli non reagiscono e i piedi rimangono inchiodati al suolo, pesanti come pietre. Non è armata, non ha con sé nemmeno la bomboletta dello spray urticante e non è fisicamente e mentalmente preparata a una colluttazione. Un vento gelido, giunto quasi all'improvviso, le si insinua tra le ossa e le scatena un tremore incontrollabile. Vorrebbe urlare ma non riesce a immettere aria nei polmoni e, per evitare di soffocare, inizia a tossire dolorosamente. Con gli occhi gonfi di lacrime, cerca mentalmente di ripetere a sé stessa che non c'è pericolo, che si sta solo facendo suggestionare e che fra poco tutto passerà.

Il suo disperato tentativo viene stroncato da un altro urlo, brutale e terrificante, a pochi metri da lei, che le trapassa i timpani.

Il primo colpo è insopportabile, appena sotto le scapole. Daphne inarca la schiena, mentre ogni suo organo sembra spingere verso l'alto. Una sensazione quasi piacevole di calore le pervade il costato ma dopo pochi secondi un dolore acuto e perforante la costringe a spalancare la bocca. Il secondo colpo le arriva da destra, all'altezza del collo. E poi un altro e un altro ancora, sempre nello stesso punto. La poliziotta sente il freddo della lama che lacera i tessuti e il guazzo delle carni che si riducono in poltiglia... *ciak, ciak...* Le gambe le cedono di colpo e la donna cade a terra, riversa su un fianco. Il sangue esce a spruzzi dalle ferite slabbrate e le riempie la bocca. I polmoni sono annegati in un mare di liquidi e il cuore le pulsa ormai a intermittenza. Ma lo strazio per Daphne non è ancora finito. Una mano le afferra un braccio e la gira con le spalle al terreno. Poi la punta del coltello penetra con violenza, per una serie interminabile di volte, nell'addome della donna, ripetendo il macabro ritornello di suoni sordi e umidi. Lei però non sente più alcun dolore. Spalanca gli occhi e fissa quell'ombra scura e spietata che sta facendo scempio di un corpo che la poliziotta ha ormai abbandonato. Davanti ai suoi occhi compaiono, in rapida sequenza, i volti di Mary Jane Kelly, di Malcolm e delle vittime di Jack. Poi, alla fine, qualche attimo prima di cadere nel buio e nel silenzio, riesce a mettere a fuoco i contorni del viso del mostro che sta sopra di lei.

Un urlo abominevole mi strappa da un sonno malato e sofferto. Faccio appena in tempo ad alzare la testa che un getto di liquido colloso e acido mi esplode dalla bocca, imbrattandomi il collo e il petto. Inizio a tossire convulsamente, sputando muco e bile. A ogni singhiozzo mi partono delle pugnalate alla testa che mi spremono il cervello. Mi esce sangue dal naso e non riesco a smettere di vomitare. La crisi dura diversi minuti, poi, finalmente, ricomincio a respirare e mi rendo conto di essere piegato in due sul divano di casa. Sul tavolino di fronte a me c'è una bottiglia di vetro rovesciata e una pozza d'acqua che cola sul pavimento. Accanto vi è la scatola, aperta, delle pillole che mi ha dato Doodley. Dal blister che fuoriesce ne mancano quattro.

Inizio lentamente a riprendermi e con le forze tornano, gradualmente, anche i ricordi. Cerco di concentrarmi sull'ultima immagine che ho visto, mentre ero precipitato nel blackout. A poco a poco prende forma una figura. Ha le sembianze di una donna, è a terra, il suo corpo è scosso da tremori e ha gli occhi iniettati di sangue. Sta dicendo qualcosa ma non riesco a sentirla. Poi d'un tratto la riconosco: è Daphne.

64

«Il motto "Non c'è religione più alta della verità" le dice qualcosa?» domanda Stead.

Waits prende tempo prima di rispondere e fa un lungo sospiro.

«Non ricordo, mi spiace» ammette poi, scuotendo la testa.

«Si figuri! Non lo dica nemmeno. Allora, se lei è d'accordo, per prima cosa vorrei tornare sull'argomento della teosofia, di cui le accennavo in precedenza» propone Stead.

«Certo, nessun problema» annuisce Waits, appoggiando la tazza di caffè sul tavolino.

«Ottimo, allora, la frase di prima è un po' lo slogan della teosofia, una dottrina la cui diffusione si realizza nel 1875 quando a New York viene fondata la prima società teosofica, dedita alla divulgazione della sapienza divina e delle scienze esoteriche in generale. A capo vi è la donna che ha visto prima nel quadro, Madame Blavatsky, una sensitiva russa, naturalizzata americana, che decide di creare la società su suggerimento dei maestri occulti con i quali è in contatto telepatico. I sedici fondatori sono tutti personaggi dediti all'esoterismo in grado di comunicare con altre entità. La società si prefigge lo scopo di promuovere nel mondo gli antichi insegnamenti della teosofia, quali il neoplatonismo, lo gnosticismo e lo studio dei misteri del passato. Tutto chiaro fino a ora?» domanda Stead.

«Chiarissimo» risponde Waits.

«Perfetto. Lo statuto che viene dato alla società teosofica prevede una serie di obiettivi da raggiungere: formare un nucleo di fratellanza universale; incoraggiare lo studio comparato di religioni, filosofie e scienze; investigare le leggi occulte della natura e le facoltà latenti dell'uomo» prosegue Stead. «Non vi sono dogmi o limitazioni per chiunque intenda fare parte della società, salvo il fatto di riconoscere ogni altro essere umano come membro di una fraternità universale.»

L'uomo fa una piccola pausa, si alza e va a prendere, da una libreria della sala, un volume intitolato *The Theosophical Society: the History of a Spiritualist Movement*. Si siede quindi a fianco di Waits e appoggia il libro sul tavolino, sfogliando le prime pagine e fermandosi quando trova l'immagine del simbolo della società teosofica.

«Professore, guardi questo stemma, per cortesia» lo invita Stead. «La cosa straordinaria, e se vogliamo scioccante, è la presenza contemporanea, in questo emblema, sia della stella di David sia della svastica. Poi vi sono la croce ansata e il serpente, simboli che riassumono i punti salienti della teosofia, alludendo alla trinità, all'onnipresenza dello spirito nella materia e all'immortalità della vita. Ma, soprattutto, alla progressiva evoluzione dell'universo attraverso i suoi cicli periodici di nascita e di morte. Mi segue?»

«Direi di sì...» risponde incerto Waits. «Questa cosa della svastica assieme al simbolo del giudaismo è impressionante, considerando che siamo alla fine del 1800.»

«Esatto, tra l'altro si presta a svariate interpretazioni. Ma c'è di più, caro professore, una delle tesi della dottrina teosofica sostiene come ogni essere umano sia capace di vivere un incalcolabile numero di volte sulla Terra, sempre in corpi diversi. Ma, mi permetto di aggiungere io, con possibili fini comuni.»

Waits resta interdetto ma non vuole interrompere Stead.

«Questa gerarchia nascosta» riprende l'uomo «ha come proposito dominante quello di aiutare l'umanità, per guidarla verso il suo ultimo, ineludibile destino: il raggiungimento della perfezione e della consapevolezza, con cui prendere parte volontariamente al processo evolutivo in corso.»

«Si riferisce all'illusione della perfezione della razza? L'ossessione senza tempo che somma potere e bellezza?» rimarca Waits con un certo malessere.

«Proprio quella, professore!» afferma Stead, soddisfatto. «L'illusione per la bellezza, effimera ed estemporanea, transitoria e aleatoria, ha condizionato la poesia e la letteratura di fine Ottocento, in Inghilterra come altrove. Dopo decenni, un'altra illusione, ben più pericolosa, ha avuto un ruolo decisivo nella storia, con conseguenze devastanti. Quella, che ha animato il progetto di Hitler, di creare una razza pura superiore. Il nazismo è stato la dimostrazione più terrificante ed evidente di come certi principi teosofici siano stati interpretati quali fossero il consenso per un agire ostile e violento. Ma anche nel nostro paese, durante l'età vittoriana, si è scatenato un fenomeno di caparbia pulizia della società che ha portato soprusi, brutalità e morte. E i cicli storici non sono mai terminati.»

«Tutto questo è molto interessante, dottor Stead, ma ancora non riesco a individuare i fili portanti della storia» puntualizza Waits.

«Capisco e cerco di arrivare al punto. Come tutti gli ordini e le dottrine di pensiero, anche la teosofia, nel corso dei decenni, ha vissuto epoche oscure e travagliate con divisioni interne, nascita di diverse correnti e scuole di pensiero, rotture tra i membri e ascesa di sette e movimenti sottoculturali, che di questa concezione filosofica hanno dato interpretazioni di comodo per potere giustificare i comportamenti abominevoli e le pulsioni animali dei loro componenti.»

«Tipo delle società segrete del male?» domanda Waits.

«Sì, anche se la definirei, più propriamente, una pratica devozionale estremamente puritana, osservata da logge e circoli occulti, formati da alti rappresentanti della società, che si prefiggeva lo scopo di eliminare con ogni mezzo le cose turpi della vita quotidiana: sesso, promiscuità e prostituzione. Realtà completamente distanti dall'idea originale della dottrina teosofica, le quali hanno però attecchito più del disegno primario, sfruttandone alcuni aspetti, come quelli dell'esoterismo e della lettura degli eventi.»

«Quindi, se ho inteso bene, in Inghilterra, nel periodo vittoriano, si formarono delle sette segrete, guidate da personaggi con capacità medianiche, i quali, in nome di un disegno moralista, ordinavano ai loro adepti di uccidere a fare pulizia» puntualizza Waits.

«Proprio così, professore, e gli adepti, come lei li ha indicati, erano degli insospettabili esponenti dei livelli più alti della società.»

«Secondo lei, Stead, anche i delitti attribuiti al misterioso Jack lo Squartatore possono rientrare in questa categoria?»

«Assolutamente sì, ne sono l'esempio più lampante. Se lo spietato killer di Whitechapel non è mai stato individuato, non è grazie alla sua scaltrezza ma lo si deve al fatto che, in realtà, gli omicidi delle prostitute, e chissà quanti altri, non sono stati compiuti da un solo uomo, bensì da una cerchia di persone che ha agito in base a un piano preciso e sotto un'unica regia. E tutta l'azione ha goduto di coperture e depistaggi, grazie alla presenza, in questo circolo segreto, di poliziotti, giudici, rappresentanti dello Stato e della monarchia.»

«Quindi, secondo questa teoria, quello dello spietato Squartatore è soltanto un mito, una leggenda metropolitana?»

«In qualche misura è così. Non voglio negare che, in quel determinato periodo, possa essere esistito un assassino seriale e che i suoi delitti abbiano suscitato sgomento e inquietudine. Ma i suoi atti non erano che un piccolo elemento di una realtà ben più ampia e la sua figura è stata sfruttata per coprire un disegno criminale, volto a eliminare soggetti considerati negativi per la società, quali homeless, prostitute, ladri e immigrati. Creando ad arte, e con il sostegno dei mezzi di propaganda, la saga del killer inafferrabile, si è potuto portare a termine un piano di pulizia sociale, il cui metodo prescinde da quello di una mente malata come quella del presunto Squartatore. E il modello si ripete ciclicamente, quando ve ne sono le condizioni.»

«E quando termina?»

«Di solito dopo che al fantasmagorico Jack vengono attribuiti con certezza almeno cinque delitti. È il segnale che la missione è stata portata a termine. Ma badi bene, caro professore, le eliminazioni sono spesso molto più numerose e colpiscono personalità varie.»

«Non solo prostitute quindi?» domanda Waits.

«Assolutamente no,» risponde animato Stead «anzi, le vittime stesse di Jack the Ripper non erano lucciole, o almeno non tutte.»

«Dice sul serio? Tutti i verbali e i rapporti della fine del Diciannovesimo secolo definiscono le cinque donne uccise dallo Squartatore a Whitechapel come prostitute...»

«È una visione parziale e costruita ad hoc, Waits, mi creda, fa parte della propaganda di cui le parlavo prima. La verità è che solo due delle donne uccise vendevano regolarmente prestazioni sessuali per sopravvivere. Le altre tre erano madri, mogli e sorelle, appartenenti a una classe sociale molto povera, con problemi di droga e di salute e non vivevano nemmeno nell'East End, bensì in altre zone di Londra, come Notting Hill o Knightsbridge, che allora erano quartieri poveri e degradati. Tutta la mitologia riguardante Jack si basa sui verbali dei medici legali di quel periodo ma in pochi sanno che dei cinque fascicoli aperti dalla polizia di Whitechapel, ne sono andati misteriosamente perduti tre e i due che si sono salvati sono, guarda caso, quelli che riguardano le due prostitute accertate. Nessuno, dal 1888 a oggi, ha mai svolto ricerche e approfondimenti sulla vita delle vittime e la cosa non è casuale.»

«Be', questo spiegherebbe molte cose» sottolinea Waits. «Mi domando però se ci sia e quale possa essere la causa scatenante per una condotta del genere...»

«Esattamente quella che, con grande perspicacia, ha riscontrato nelle sue ricerche, professore,» afferma con sicurezza Stead «ovvero, il verificarsi di eventi e fenomeni straordinari e traumatici, capaci di modificare radicalmente la società e la vita dei cittadini.»

«Adesso mi è tutto un po' più chiaro,» ammette Waits «però non capisco come abbia inizio il rito omicidiario e che cosa esattamente faccia scattare questo mandato. In che modo le persone a capo di queste confraternite possono avere la certezza che ciò che è accaduto o sta accadendo, i cosiddetti episodi straordinari, rappresentino il via libera per l'ordine di uccidere da impartire ai loro seguaci?»

«La risposta è semplice. Grazie alle capacità medianiche di alcuni di loro di vedere, durante i contatti telepatici, dei segnali precisi e ricorrenti che rappresentano l'inizio del processo. E, mi creda, non si tratta di interpretazioni o di intuizioni ma di visioni concrete. Loro sono in grado di distinguere situazioni, oggetti e presenze che appartengono a dimensioni diverse.»

«Di che genere?»

«La più classica e frequente è una porta invisibile del tempo, aperta in un muro, o in una segreta, che collega mondi lontani ed esistenze appartenenti a epoche storiche differenti. Prima le accennavo alla capacità di alcuni esseri umani di vivere più volte in corpi diversi. Ebbene, alcuni di essi sono anche in grado di attraversare questi varchi. Sebbene conservino le sembianze umane, non tutti però li possono vedere.»

Un brivido freddo attraversa la schiena di Waits.

«E che aspetto hanno questi... esseri?» domanda il professore, sempre più ansioso. «Sono minacciosi o amichevoli?»

«Possono essere come noi, nel vestire, nel parlare e nel modo di comportarsi, oppure possono avere un aspetto, direi, vintage, per usare una parola di moda, con abiti e apparenza che fanno parte di una loro vita passata. Ci sono quelli pericolosi e anche quelli rassicuranti. Tutti comunque hanno un fine preciso. Per lo più sono osservatori, facilitatori, guide, distruttori o eliminatori. Qualche volta capita che qualcuno rimanga intrappolato tra due mondi, dopo che la porta si è richiusa, e continui a vagare in dimensioni parallele. Diventa così una scheggia impazzita e imprevedibile e può essere molto pericoloso.»

Waits inizia a grattarsi concitatamente il dorso delle mani e a deglutire saliva, mentre una sua gamba non smette di ballare.

«Le devo confessare una cosa dottor Stead» dice quindi il professore, con la voce più bassa di due toni. «Credo di avere visto una di quelle porte... l'ho anche attraversata.»

65

C'è uno studio grafico, dopo il caffè all'angolo tra Wheeler Street e Commercial Street, a Shoreditch, la cui porta è situata in una piccola rientranza rispetto al marciapiede. I muri esterni dell'ufficio sono completamente coperti da graffiti che, nella fantasia di chi li ha fatti, avrebbero dovuto essere opere di *street art*. A me sembrano solo una accozzaglia sovrapposta di schizzi e macchie che imbratta le pareti. La cosa positiva è che questo piccolo androne sudicio è ideale per osservare senza essere visti. Che è poi il motivo per cui mi sono rintanato qui da quasi venti minuti. Nel palazzo di fronte, che ormai conosco bene, c'è lo studio di Robert Doodley e, stando a quanto mi ha detto la sua segretaria, a cui ho telefonato circa un'ora fa, fingendomi un potenziale paziente in crisi, Doodley dovrebbe uscire tra meno di un quarto d'ora.

«Mi spiace, ma il dottore stamane non può vederla,» mi ha detto la donna al telefono, con fare gentile «ha già altri appuntamenti.» Aumentando il tono angosciato della voce le ho quindi chiesto se Doodley fosse in studio, supplicandola di chiedergli se avesse potuto incontrarmi anche solo per pochi minuti, tra una visita e l'altra.

«Impossibile, mi ha risposto, fra circa un'ora e mezzo deve uscire per un appuntamento e adesso sta facendo terapia.» Proprio l'informazione che mi serviva. Ho chiuso la comunicazione con un tono da condannato a morte e mi sono messo in viaggio verso il suo studio. Il caffè che ho bevuto nel bar all'angolo, appena arrivato sul posto, mi ha bruciato lo stomaco e seccato la bocca ma almeno mi ha riavviato completamente la testa, regalandomi anche una certa energia. Mi sento pronto per affrontare Doodley e le sue insopportabili argomentazioni.

È una di quelle tipiche giornate londinesi, fredde e grigie, con una leggera ma insistente pioggia che, con la complicità del vento, ti bagna da cima a fondo senza che tu possa rendertene conto e prenderci le misure. Uscendo di casa, con lo stomaco ancora sottosopra, non ho fatto caso alle condizioni climatiche e mi sono vestito con abiti troppo leggeri, ora completamente inzuppati. Le gambe mi tremano dal freddo e ho le mani ghiacciate. Non so cosa darei per rintanarmi nuovamente al caldo della caffetteria all'angolo ma non posso rischiare di perdere Doodley. Spero solo non abbia cambiato programma.

L'uomo che vedo uscire dal lussuoso palazzo di cemento e vetro di fronte a me sembra il personaggio di un film. Alto, impettito, con uno splendido cappotto blu di lana cotta, sciarpa a quadri con la classica trama di una famosa casa di moda inglese e un berretto largo di lana, con visiera, del modello visto nelle serie televisive sulle gang di nomadi irlandesi di Birmingham di fine Ottocento. Se non fosse che ho subito riconosciuto in lui il modo di muoversi e di atteggiarsi di Doodley, potrei giurare che si tratta di un attore o di un famoso regista. Lo osservo mentre esplora la strada in cerca di un taxi e decido di agire subito, prima che mi sparisca da sotto al naso. Attraverso l'incrocio quasi di corsa e gli irrompo volutamente davanti agli occhi, facendolo sussultare.

«Dottor Doodley, come sta?» esordisco, con un tono stentoreo, gustandomi la sua reazione sorpresa e allarmata.

«De-Derrick... è lei? Mi scusi... così a prima vista non l'avevo riconosciuta...»

«E che problema c'è?» rispondo, con un sorriso beffardo. «Quando esci per strada a Londra, non sai mai chi potresti incontrare, non trova?»

«Vero. Però ho la sensazione che il nostro non sia un incontro casuale, ispettore» sottolinea.

«Forse» chioso «si tratta solo di saperlo interpretare nel modo corretto. Del resto è il suo lavoro, giusto?»

Nonostante si sforzi di mostrarsi calmo e con la situazione sotto controllo, Doodley è agitato. Lo percepisco dal modo in cui stringe i denti e si succhia le guance dall'interno. Io invece mi sento rinvigorito e rinfrancato. Ho smesso anche di tremare dal freddo.

«Sono felice di rivederla,» riprende lo psichiatra, spostando lo sguardo oltre la mia testa in cerca di un taxi di passaggio «purtroppo però ho un appuntamento urgente e devo proprio andare.»

«Certo, capisco,» rispondo, alzando le spalle «non è educato fare aspettare le persone, soprattutto se si tratta di qualcuno che ha un ruolo importante, come il comandante Joseph Blake.»

Doodley incassa il colpo con provata abilità ma dietro alla sua occhiata impassibile, riconosco la sorpresa e l'imbarazzo.

«Mi scusi, chi?»

«Sa benissimo a chi mi riferisco. Blake, il comandante della stazione di polizia di Whitechapel, nonché mio superiore diretto.»

«E qual è la questione?»

«Me lo dica lei, dottore. Vi siete incontrati fuori dalla sede di Scotland Yard e avete parlato a lungo.»

«Sì, è vero, ha ragione. Mi sfugge però il suo interesse in tutto questo. Se teme che io abbia riferito al comandante Blake qualcosa che possa riguardarla, posso tranquillamente rassicurarla, ispettore. Tutto ciò che emerge nei nostri incontri, come in quelli di chiunque altro, è tutelato dal segreto professionale e io sono molto ligio in questo.»

«Io però non sono un suo paziente.»

«Non fa alcuna differenza. Tra l'altro lei è un rappresentante delle forze dell'ordine e la riservatezza in questo caso è doppia.»

«Davvero?» dico, ostentando tutto il mio scetticismo. «Non è esattamente ciò che mi ha detto Blake quando gli ho chiesto la ragione del vostro incontro... segreto!» bluffo.

Doodley stringe leggermente gli occhi, come per tentare di capire dalla mia espressione se sto fingendo.

«Senta Derrick,» riprende lui, dopo un lungo sospiro «la vedo un po' inquieto e, tra l'altro, sta tremando dal freddo. Ha i vestiti fradici di pioggia e rischia di prendersi un malanno. Se vuole ci vediamo di nuovo qui, con calma, nel caldo del mio studio, fra un'ora, quando mi sarò liberato. Sarò felice di chiarire ogni suo dubbio. Anzi, ci tengo.»

«Certo, come no! Magari così nel frattempo si mette d'accordo con il mio capo su quale cazzata raccontarmi!» replico stizzito. In realtà vorrei mantenere la freddezza e continuare a sfidare lo strizza sui suoi toni concilianti, i suoi modi melliflui riescono però sempre a farmi perdere il controllo. Una parte di me vorrebbe prenderlo a pugni in faccia e fargli sputare la verità.

«Non le fa bene, agitarsi, Derrick, mi dia retta. Vada a prendersi un bel tè caldo e mi aspetti. Cercherò di fare più in fretta che posso, glielo prometto.»

«Non si permetta di trattarmi come un incapace!» sbotto, alzando la voce e avvicinando la mia faccia a pochi centimetri dalla sua. «Non sono uno dei malati di mente con cui ha a che fare tutti i giorni! Non provi nemmeno a manipolarmi con i suoi trucchi da strizzacervelli, ha capito? Lei da qui non si muove fino a quando non mi spiega che cazzo vi siete detti, lei e Blake, fuori da Scotland Yard, chiaro?»

Doodley scuote la testa con fare sfiduciato e fastidiosamente comprensivo. Per reazione la rabbia che mi sta contorcendo le budella mi sale fino al cervello e mi fa scattare il solito fischio acuto e penetrante nelle orecchie. Stringo gli occhi per cercare di contenerlo ma la testa inizia a girarmi.

«Non si offenda, ispettore, non la vedo bene» mi dice. «Posso proporle di salire subito da me? Mi dia solo il tempo di annullare l'appuntamento.»

Non ho la forza di rispondere, le mie membra sono scosse dai brividi e potrei crollare a terra da un momento all'altro. Vedo Doodley che scrive qualcosa con il telefono. Poi mi guarda in modo rassicurante e mi conferma: «Tutto a posto! Possiamo andare».

L'idea di sdraiarmi, o anche solo sedermi, nel suo studio immacolato, mi atterrisce. Per cui cerco di raccogliere un po' di energia e replico: «È sempre valida la proposta di un tè caldo?».

Dopo cinque minuti siamo seduti a un tavolino alla vetrata della caffetteria all'angolo con due bevande fumanti di fronte. Il calore dell'ambiente mi ha vagamente giovato. Ma il fischio alle orecchie è peggiorato, mescolato al frastuono della musica insulsa, sparata dalle casse del locale.

«Meglio?» mi domanda Doodley.

«Decisamente» rispondo, accentuando una sicurezza che non ho.

«Posso chiederle una cosa, Derrick?»

«Prego.»

«Sta prendendo le pillole che le ho prescritto?»

«No,» mento «non ne sento il bisogno.»

«Mmm... non ha nemmeno fatto un tentativo?»

«Perché avrei dovuto? Sto bene, non si preoccupi.»

«Vuole dirmi che le sue crisi sono superate? Dall'ultima volta che ci siamo visti non ha avuto alcun nuovo episodio di perdita transitoria della memoria?»

Ciò che vorrei dirgli è che anche in questo momento temo di essere in procinto di cadere in uno dei miei blackout e che quando capita sto molto peggio di prima. Invece rispondo: «Non in modo così violento, credo finalmente di avere capito come controllarli».

«Ah, benissimo! Mi fa molto piacere. E che tecnica usa, se posso chiederglielo?»

«Non lo so, mi viene tutto in modo istintivo e naturale. Mi sforzo di tenere la mente concentrata su qualcosa di reale, accanto a me, e così facendo evito di fare viaggiare i miei pensieri.»

«Mi sembra un'ottima soluzione. E mi dicaaaaaaaa... queeeeeeiiiiii triiiiiiiilllll...»

Le parole di Doodley mi giungono improvvisamente distorte. Il concerto di suoni e rumori che percuotono il mio cervello si fa insopportabile. Gli occhi mi si incrociano, mi sale una nausea incontrollabile mentre perdo velocemente i sensi.

Mi risveglio sdraiato sul lettino di pelle dello studio di Doodley con un sapore schifoso in bocca e un dolore insolito alla clavicola. Doodley è seduto su una poltrona, all'altezza dei miei piedi, e sta leggendo un libro. Alzo faticosamente la testa e scopro di avere addosso una camicia diversa e sicuramente molto più costosa, rispetto a quella che indossavo prima.

«È una delle mie, tengo sempre un paio di cambi qui nello studio» dice Doodley, vedendo la mia curiosità. «Spero non le dispiaccia se ho dato la sua camicia alla mia assistente per portarla in lavanderia. Fra un paio di giorni gliela farò riavere.»

«Cosa è successo?» gli chiedo, mentre cerco di sbloccare il collo e stirare le spalle. «Da quanto tempo sono qui?»

Lo psichiatra controlla il cronografo da duemila sterline che ha al polso e risponde: «Quasi cinquanta minuti. Ha avuto una forte crisi mentre eravamo al bar e stavamo conversando. È crollato a terra e ha sbattuto con violenza una spalla. Poi ha iniziato ad avere delle furiose convulsioni e a rimettere. Siamo dovuti intervenire velocemente per evitare che potesse soffocarsi. Mi scusi se le dico tutto questo ma le assicuro che siamo rimasti tutti molto impressionati, non solo io ma anche gli altri clienti del caffè che, per fortuna, si sono subito adoperati per portarle soccorso. Con il loro aiuto l'abbiamo condotta qui in studio dove le ho somministrato un sedativo per endovena. Ora come si sente?».

Mi sento un relitto umano, sono devastato e avrei voglia di buttarmi dalla finestra.

«Abbastanza bene, grazie» rispondo. «Mi dispiace che tutto ciò sia accaduto. Non capisco come possa...»

«Non importa, Derrick, non cerchi una spiegazione o una giustificazione. Nessuno vuole giudicarla per le cose che può avere detto o fatto. La cosa importante è che abbia recuperato, fisicamente e mentalmente.»

Mi metto a sedere sul lettino e vedo che sul tavolino di cristallo, a fianco della poltrona in cui è seduto Doodley, c'è la scatola del farmaco neurolettico che tenevo in tasca, da cui mancano ormai quasi tutte le pastiglie.

«Ho capito subito che le stava prendendo anche se lo ha negato» spiega Doodley. «Vedrà che col tempo le saranno di grande aiuto. Agiscono lentamente ma i benefici sono garantiti, sono in grado di aprirle la mente. Dovrei avere altre due confezioni qui in studio.»

«Grazie, ma non mi servono» replico, con poca convinzione.

«Come crede. Se avesse potuto vedere il suo stato, prima al bar e poi quando siamo arrivati qui, sono certo che non avrebbe dubbi...»

«Di che stato parla? Che cosa ho fatto?»

«Le dico solo una cosa. Nel mio lavoro ho a che fare con pazienti epilettici, psicotici, schizofrenici, dissociati, bipolari ma non ho mai assistito a una reazione come la sua.»

Le parole di Doodley mi colpiscono come un calcio in testa, mi sento in caduta libera verso un mare d'angoscia e sono costretto a sdraiarmi nuovamente.

«Non entrerò nei dettagli poiché non voglio procurarle ulteriori supplizi» prosegue lo psichiatra. «Mi limito solo ad alcuni aspetti. Durante la crisi la sua voce era diversa, sembrava stesse parlando attraverso il corpo di un'altra persona. Era terrorizzato e ha iniziato a descrivere ciò che vedeva. Scene e situazioni confuse, per me che l'ascoltavo, ma estremamente chiare per lei, ed evidentemente terribili, a giudicare dall'effetto che le facevano. Le sue frasi sembravano senza senso, tranne quando ha iniziato a pronunciare dei nomi. Si è messo letteralmente a gridare e di colpo il timbro della sua voce è cambiato ancora. Le vene del collo sembravano sul punto di esplodere e i suoi occhi si sono ribaltati, mostrando solo il bianco della sclera. A quel punto mi sono veramente spaventato e ho deciso di iniettarle un sedativo.»

Il vuoto abissale che si è formato dentro di me, ascoltando le parole di Doodley, mi sta facendo precipitare. Mi sento nudo e inerme.

«Ha detto che ho fatto dei nomi?» gli domando, con un filo di voce. «Riesce per caso a ricordarli?»

«Soltanto due. Uno era Hana, l'altro, Daphne» risponde.

«E che cosa ho detto riguardo a loro?»

«La verità» dice Doodley, sommessamente.

66

Da un tavolino in legno di acacia, prende un vassoio d'argento su cui è sistemata una bottiglia in cristallo, piena per metà di whisky scozzese, invecchiato quindici anni, e lo scaraventa al suolo assieme a dei bicchieri Bormioli Rocco con inciso il suo nome. Il prezioso distillato ambrato si sparge sul pavimento di rovere americano, cosparso di frammenti di vetro. Non contento, il duca di Saulton afferra, da un lato, una pesante libreria in noce dell'Ottocento francese e la ribalta a terra, fracassando mensole e montanti e sollevando una nuvola enorme di polvere. La sua veemenza è incontrollabile e le sue imprecazioni echeggiano nelle altre stanze del castello di Beaconsfield. Dopo la libreria è la volta di un dipinto di Rembrandt, di un metro e sessanta, dal valore incalcolabile, raffigurante un miracolo di Gesù Cristo che calma le acque durante una tempesta nel mare di Galilea. Lo stacca da una parete e ne sfonda la tela, infilzandola ripetutamente su un appendiabiti in ferro battuto. Poi prende la cornice in legno intarsiato e la fa a pezzi, saltandoci sopra. L'uomo urla e si dispera, alternando le sue azioni distruttive a profonde sniffate di cocaina, sparsa sul ripiano della grande scrivania dello studio. Le lacrime gli scendono dagli occhi e si mescolano ai rivoli di sangue che gli colano dalle narici. Nella sontuosa sala del castello, adibita alla lettura, vi è anche l'assistente del duca, Colin D. Hoxton. È in piedi, in un angolo della stanza, e non dice una parola. È rimasto in silenzio anche durante tutto il viaggio di ritorno dal Reform Club a Beaconsfield, subendo gli insulti, le accuse e le minacce del duca. Ha continuato a guidare, con lo sguardo fisso verso la strada, senza reagire, nemmeno quando Dyas, dal sedile posteriore, ha cominciato a colpirlo alla testa e alle spalle con un bastone da passeggio in legno di faggio, con la testa di un levriero in peltro come impugnatura, provocandogli una ferita al collo. Giunti al castello, la rabbia del duca è diventata furia senza controllo ed è iniziata la sua opera di devastazione. Hoxton ha ordinato a tutti i membri dello staff di non intervenire e ritirarsi nei propri alloggi e ha seguito Dyas in biblioteca, restando in disparte per evitare di alimentare il suo delirio. Non è la prima volta che è costretto ad assistere alle sfuriate del discendente della regina Vittoria ma in questa occasione la sua follia è estrema e non sembra placarsi. Hoxton aspetta, pazientemente, pronto ad agire. Dyas affonda nuovamente il naso nella cocaina e per una frazione di secondo, nell'attimo in cui la risolleva, la sua testa ha un fremito incontrollabile e gli occhi si ribaltano. Tossisce, sputa un grumo di sangue e saliva, quindi si gira, con fare rabbioso, verso il suo assistente.

«Che cazzo hai da guardare, Hoxton!» inveisce. «Sei solo un povero idiota! Un pezzente! Uno schizzo di merda, puzzolente e insignificante! Tu, e i tuoi padroni del cazzo! Siete una mandria di caproni senza palle! Non vi meritate nemmeno di leccarmi il culo!»

Hoxton ascolta le insolenze e le ingiurie del duca di Saulton senza battere ciglio e non abbassa mai lo sguardo.

«Io faccio parte della classe eletta! Non come quei rifiuti umani che pretendono di darmi degli ordini!» prosegue Dyas, in piena frenesia. «Nessuno può usarmi per i suoi scopi, nemmeno la regina o i suoi stupidi eredi! Non permetterti mai più di alzare un dito su di me, come hai fatto quando eravamo al club! Se ci riprovi, ti faccio impalare ed espongo il tuo insulso cadavere all'entrata del castello!»

Sconvolto dal furore, il duca afferra un tagliacarte di ottone del 1951, con impugnatura in pelle e lama da 17 centimetri e lo scaglia in direzione di Hoxton. La mira è però completamente sbagliata e il tagliacarte va a sbattere contro il muro, cadendo rumorosamente a terra. Hoxton lo raccoglie con calma e lo appoggia delicatamente su un tavolo portalampada.

«Devi trovarmi subito delle altre puttane!» urla Dyas al suo aiutante. «E questa volta la pera gliela infilo nella figa con le mie mani! È solo colpa tua se quella piccola troia è scappata! Credi che non mi sia accorto che l'hai fatta fuggire di proposito? Come per quello stronzo del poliziotto. Meritava di soffrire! Volevo che mi supplicasse di spararagli un colpo in testa. E invece tu l'hai lasciato andare...»

Il duca comincia a piagnucolare e a singhiozzare. Si accascia con la testa sul piano della scrivania e i suoi capelli si impiastricciano di cocaina. Hoxton capisce che è arrivato il momento di intervenire.

Si avvicina lentamente a Dyas e gli appoggia con delicatezza una mano su una spalla. Il nobile alza la testa e con la faccia sporca di bianco e rigata dalle lacrime guarda il suo assistente come un bambino in punizione, in cerca del perdono.

«Coraggio, beva!» dice Hoxton, in tono compassionevole, porgendogli un bicchiere pieno d'acqua.

Il duca se lo porta alla bocca e lo vuota in pochi secondi.

«Sono stanco Colin, vorrei ritirarmi» aggiunge. «Portami nella mia stanza, per piacere.»

«Non ce n'è bisogno, Sir» risponde Hoxton, fissandolo con sguardo impassibile.

Dyas rimane sorpreso, poi gli arriva la prima ondata di fuoco nello stomaco e di colpo capisce.

«Cosa mi hai dato da bere? Cosa c'era in quell'acqua?»

bofonchia, mentre i suoi muscoli si contraggono e il suo cuore va in tachicardia.

Hoxton non fa una piega, prende una sedia e si piazza davanti a lui in modo da poterlo guardare dritto negli occhi. Quindi attacca: «Lei ha appena ingerito 500 milligrammi di cianuro di potassio, sciolti nell'acqua. La dose letale, per un uomo di corporatura media, è di 300 milligrammi, quindi la sua sarà una morte rapida, anche se non se la merita, e di questo dovrebbe ringraziarmi».

Il duca sbarra gli occhi e tenta di dire qualcosa ma una morsa gli stringe la gola.

«Probabilmente il suo cuore sta già reagendo al veleno» riprende il suo assistente. «Dal colore violaceo del suo volto, intuisco che sta facendo fatica a respirare. Tra poco sarà colto da ansia, vertigini, cefalea, bruciore alla faringe, nausea, vomito, ipertensione, convulsioni, contrattura spastica della mandibola e perdita delle funzioni motorie. Non so dirle in quale ordine, dipende da come il suo corpo tenterà di reagire. Posso però confermarle che morirà per anossia cerebrale e collasso cardiovascolare e sarà tutt'altro che piacevole, seppure breve.»

Uno schizzo voluminoso di sangue, muco e bile parte dalla bocca del duca. L'uomo si porta una mano sul collo e comincia a contorcersi sulla sedia.

«Le ho donato una morte dignitosa, da vero rappresentante della corona, titolo di cui lei non è mai stato all'altezza» prosegue Hoxton. «Hitler, Göring, Himmler si sono tutti suicidati con una capsula di cianuro. Anche il matematico britannico Alan Turing ha fatto la stessa fine, pensi che onore.»

Dyas sta rantolando. Una bava verde gli cola dalla bocca e il suo petto è attraversato da tremori e sussulti.

«Gli uomini piccoli e insignificanti come lei vivono una volta sola» sussurra Hoxton, avvicinando la bocca all'orecchio del duca. «La nostra dottrina distingue nettamente gli eletti dai reietti. Non ci sarà una seconda esistenza o un secondo corpo per chi non è capace di viverne nemmeno una, osservando i principi rivelati e portando a termine i doveri che gli sono stati assegnati. Affidarle un compito così importante è stato un errore. Per quelli come lei, nessuna porta si aprirà mai, la sua anima si dissolverà come il fuoco di un cerino e del suo corpo non resterà nulla. I vermi si sazieranno delle sue putride carni e le sue deboli ossa si polverizzeranno nella terra. Ora mi guardi bene, Richard William Dyas, duca di Saulton e inutile bisnipote della regina Vittoria, perché la mia è l'ultima faccia che vedrà» dice Hoxton, afferrando i capelli dell'uomo e sollevandogli la testa. Poi lo fissa nelle pupille e recita: «Io, Colin Duncan Hoxton, compagno d'arte della Confraternita della Chiesa Bianca, su ordine del Sommo Architetto Universale, pongo fine ai tuoi giorni su questa terra ed estinguo il tuo spirito in modo che nulla ritorni più».

L'uomo lascia la presa e la testa del duca ricade con un tonfo sulla scrivania, sprofondando nel cumulo di cocaina.

67

«È questo il palazzo?» chiede Stead, mostrando a Waits la foto scura e appena riconoscibile di una via di Londra di inizio secolo, presente nelle pagine ingiallite di un volume risalente alla fine dell'Ottocento, con la copertina marrone di pelle e legatura in brossura fresata e incollata.

Il professore osserva l'immagine con attenzione, concentrandosi sulla porta dell'edificio.

«Qui non si vede il colore, ma le dimensioni di questa porta sono molto simili a quelle dell'ingresso della casa di Wilkes Street di cui le ho parlato» spiega. «Il numero civico è il 13, che nella foto non è possibile distinguere. Il palazzo, comunque, sembra lo stesso. Dietro c'è il mercato di Spitalfields.»

Prontamente Stead volta pagina e indica a Waits un'altra foto della Londra vittoriana, che raffigura il mercato pieno di venditori, ambulanti, carretti e carrozze con cavalli.

«Non è cambiato molto da allora, a parte i vestiti e le auto» sottolinea il professore.

«Non solo è molto simile,» spiega Stead «ma certe presenze sono le stesse del periodo vittoriano. Nessun sistema tecnologico attuale, nemmeno il programma di riconoscimento facciale, potrebbe però identificarle.»

«Si riferisce a quell'anziana che ho incontrato mentre

usciva dal palazzo e che mi ha guidato fino alla porta segreta che conduce al rifugio sotterraneo di Marx?»

«Esattamente. Quella donna è una traghettatrice o una facilitatrice. Si mostra solo a soggetti che possiedono particolari doti sensitive, ai quali rivelare le realtà nascoste. Come lei, professore.»

«Perché proprio io? Non mi considero un veggente e nemmeno un tipo particolarmente ricettivo.»

«Questo lo dice lei, caro amico, al contrario io credo che il suo ruolo e le sue doti siano fondamentali in questa storia. Altrimenti non sarebbe stato capace di attraversare quella porta e ora non starebbe parlando con me.»

Waits sospira, pensieroso, e si gratta nervosamente il mento, attraverso lo spesso strato di barba, grigia e ispida.

«Sinceramente farei volentieri a meno di questo mio inconsapevole talento,» ammette il professore «e la circostanza mi spaventa non poco.»

«Lo capisco, può essere destabilizzante. Per questo è necessario conoscere a fondo la propria psiche e trasformarla in una risorsa» chiarisce Stead. «Ritengo che lei in questo momento sia il testimone inconscio di una nuova fase cupa della storia britannica e che il compito che le è stato assegnato sia quello di portare alla luce il ritorno di Jack.»

«Come? Sta scherzando? E facendo cosa?» chiede Waits, sempre più smanioso.

«Be', vediamo, oltre alla scomparsa di Hana e al misterioso approccio con quella donna anziana, in questi giorni ha vissuto altre situazioni ambigue o ha incontrato delle persone che le hanno trasmesso sensazioni, come dire, equivoche?» domanda Stead.

Il professore riflette per una trentina di secondi poi dice: «C'è un uomo, a dire il vero, che mi ha un po' turbato. È un ispettore di polizia, si chiama Derrick Brainblee, fa parte del team di investigatori del comando di Whitechapel».

Nei minuti seguenti Waits racconta a Stead di quando

ha deciso di andare alla polizia per denunciare la sparizione di Hana e del suo incontro con l'ispettore, chiarendo di non avergli svelato nulla riguardo alla porta segreta e al sotterraneo. Aggiunge di avere provato, a un certo punto del loro colloquio, una chiara sensazione di pericolo.

«Non saprei bene come definirla» spiega Waits. «D'un tratto Brainblee mi ha inviato dei messaggi inconsci di-di...»

«Minaccia? Richiesta d'aiuto?»

«Qualcosa di simile. E di colpo nella mia mente sono comparse due situazioni che avevo vissuto.»

«Molto interessante» riflette Stead. «Ricorda quali?»

«Sì, certo. La prima è l'immagine di quella figura dai contorni indefiniti che traspariva dalle finestre del vano scale del palazzo di Wilkes Street, la notte che ho riaccompagnato a casa Hana.»

«L'ha identificata?»

«No, però la presenza di Brainblee me l'ha fatta riaffiorare nella memoria.»

«Nel senso che ritiene possa essere lui, quell'ombra per le scale?»

«Non lo so, era veramente confusa.»

«E la seconda?»

«Si riferisce alla notte seguente, quando mi sono reso conto di avere già incontrato il poliziotto fuori da un pub, sempre nella stessa zona.»

«In persona?»

«Sì, certo. Stavo tornando a casa dopo una delle mie gite guidate notturne e l'ho visto mentre barcollava in strada, a pochi passi da quel locale.»

«Barcollava?»

«Come uno che ha bevuto troppo. Però non sembrava sbronzo, si muoveva come se la sua mente fosse altrove e il corpo rispondesse a impulsi extradimensionali.»

«Molto interessante» dice Stead, annuendo con la testa. «Ricorda poi cos'abbia fatto quell'uomo?»

«No, l'ho perso di vista quasi subito. Superato il pub, ho imboccato una via laterale e sono andato a casa.»

«Ha riferito all'ispettore Brainblee di averlo visto quella notte?»

«No, non me la sono sentita. Però gli ho parlato del pub per vedere la sua reazione.»

«E com'è stata?»

«Apparentemente normale, non ha detto nulla e non è sembrato né sorpreso, né curioso...»

«Ma?»

«Cosa posso dire. Quel senso di angoscia e di affanno che la sua attitudine mi ha provocato è divenuto ancora più palpabile. Così l'ho salutato e me ne sono andato.»

«Lo ha più rivisto o sentito da allora?»

«No.»

Stead fa un profondo sospiro, chiude gli occhi e rimane per qualche decina di secondi assorto nei suoi pensieri. Terminato il breve momento di meditazione, volge nuovamente lo sguardo a Waits, che nel frattempo ha rispettato il suo silenzio, rivolgendogli un sorriso rassicurante.

«Caro professore» attacca «ora le chiedo uno sforzo. Cerchi, per favore, di concentrarsi e mi descriva, nel dettaglio, l'aspetto di questo ispettore Brainblee.»

Waits si prende un po' di tempo per pensare, accarezzandosi un ciuffo di barba.

«Sui quarant'anni» attacca. «Faccia ossuta, direi appuntita, carnagione pallida, occhi chiari, sul verde, capelli corti, tendenti al grigio, labbra pronunciate, viso glabro e una corporatura media, vagamente smunta, spalle strette e mani grandi.»

«Lo sguardo?»

«Attento e vivace per la maggior parte del tempo ma, allo stesso tempo, ostile e scettico, in alcuni momenti, con una base di sofferenza e tormento.»

«Ottima valutazione, professore, devo riconoscere che lei ha una grande capacità di osservazione e di analisi introspettiva. Mentre lei parlava ho avuto una rivelazione. C'è qualcosa che devo assolutamente farle vedere. Mi dia solo un minuto.»

Stead si alza e si avvicina nuovamente alla grande libreria della sala. Scorre velocemente i volumi sistemati in un ripiano in alto ed estrae un libro con la copertina rossa, rilegato. Quando l'uomo ritorna, Waits nota che il volume che ha fra le mani si intitola *The Complete History of Jack the Ripper* ed è scritto da Philip Sugden.

«Ora le mostro una persona» riprende Stead «e le chiedo nuovamente di prestare la massima attenzione.»

L'uomo scorre le pagine del libro e si sofferma sulla foto in bianco e nero di un uomo, scattata alla fine del 1800. L'immagine è molto sgranata e poco definita. Ritrae un soggetto maschile, tra i quaranta e i cinquant'anni, con una barba sottile, il viso magro e il naso appuntito. Indossa la tuba e abiti dell'epoca vittoriana. Un soggetto quasi insignificante, a parte gli occhi, chiari come lampi di luce e lo sguardo, quasi intimidatorio, che fissa l'obbiettivo.

«Guardi bene quest'uomo» dice Stead, porgendo il libro aperto a Waits. «Ignori i suoi vestiti e si concentri sul volto, provando a immaginarselo senza barba. Faccia bene attenzione ai suoi occhi e alla sua espressione e poi mi dica che sensazione prova. Si prenda tutto il tempo di cui ha bisogno, è importante che riesca a leggere nella sua mente.»

Waits afferra il libro e osserva intensamente la foto. All'inizio il volto dell'uomo gli risulta indifferente ma con il passare dei minuti sente crescere dentro di sé una certa agitazione. Concentra la sua attenzione sullo sguardo dell'uomo e chiude gli occhi. Li riapre dopo qualche secondo con un groppo in gola e il cuore che gli rimbomba nel petto.

«È uguale a lui!» si mette quasi a gridare il professore, con la voce che gli trema. «Quest'uomo ha lo stesso sguardo dell'ispettore Brainblee, così confuso e indefinibile! Potrei riconoscerlo anche al buio!»

Stead accenna a un sorriso che non ha però nulla di sereno. Allunga una mano e si fa riconsegnare il volume da Waits. Lo chiude e lo riappoggia lentamente sul tavolino. Quindi si passa una mano fra i capelli, alzando le sopracciglia in un'espressione mista fra la consapevolezza e la preoccupazione.

«Proprio come pensavo» commenta poi, con un tono serio e grave. «Quella che lo ho fatto vedere è una foto dell'ispettore Frederick Abberline, l'investigatore della stazione di polizia di Whitechapel che, dal 1888 al 1891, condusse le indagini sui delitti di Jack lo Squartatore.»

«E questo cosa significa?» chiede, disorientato, Waits.

«Si ricorda come, prima, le parlassi di quella dottrina, secondo cui certi esseri umani hanno la capacità di tornare sulla Terra e vivere più di una volta nel corso degli anni?»

«Sì, certo, la scuola teosofica.»

«Esatto, in alcuni casi questo fenomeno presenta degli elementi di continuità che consentono l'identificazione di coloro che ritornano. In questa circostanza direi che è lampante.»

«In che senso? Vuole dire che...» accenna il professore.

«A parte l'aspetto fisico simile» lo interrompe Stead «esamini nomi e cognomi. Derrick è una variante dell'antico nome, Dederick ma anche di Frederick, mentre Brainblee è esattamente l'anagramma di Abberline, una trasposizione precisa delle lettere che formano il cognome del celebre detective.»

Waits rimane quasi stordito dalla rivelazione, incapace di dire una parola.

«Non ci sono dubbi» conclude Stead. «Frederick Abberline è tornato e ora si chiama Derrick Brainblee. E se lui è qui, significa che c'è anche Jack. Dobbiamo trovarlo e parlargli al più presto.»

68

La cartella DOC, scoperta nel computer di Daphne, non era relativa a dei documenti, come Driscoll riteneva, bensì indicava date e orari delle sedute di psicoterapia della poliziotta con il dottor Doodley, oltre a contenere un resoconto degli argomenti trattati per ogni appuntamento. DOC sta per *Doctor* e quello è, in pratica, un diario particolareggiato degli incontri che Daphne ha avuto con il suo terapeuta. L'elenco si ferma al giorno successivo alla notte in cui Driscoll è andato a casa della sua compagna per raccontarle di ciò che aveva scoperto il suo studente Malcolm e renderla partecipe di tutti i suoi dubbi e le sue ansie.

Per questo ora il professore è fermo sul pianerottolo dell'elegante edificio di Old Street che ospita lo studio del dottor Doodley, in attesa che la porta, a cui ha appena bussato, si apra.

Prima di decidere di contattare lo psichiatra, Driscoll ha valutato l'idea di rivolgersi alla polizia per denunciare la scomparsa di Daphne. Poi però ha ritenuto di non avere sufficienti elementi e prove per convincere gli investigatori riguardo alla presunta sparizione della sua donna, benché, per lui, si tratti di una certezza. E il timore di essere costretto a rivelare alla polizia i motivi della sua angoscia lo ha bloccato. Parlando con lo psicoterapeuta, a cui, secondo il diario che teneva nel computer, Daphne ha raccontato i suoi dubbi e le sue preoccupazioni per la vicenda di Malcolm, il professore spera di capire che cosa possa essere successo alla poliziotta.

È uscito di casa con un peso sul petto, che ora è diventato un macigno. Nonostante le basse temperature di quel giorno, rivoli di sudore gli scendono nella schiena e si sente costantemente minacciato da qualcosa, o da qualcuno, che non riesce a mettere a fuoco. Anche per questo ha deciso di non farsi trovare impreparato.

Una ragazza alta, bionda, con il trucco curato e un sorriso stampato su un viso da fotomodella, apre la porta dello studio e accoglie Driscoll come se nella sua vita non avesse fatto altro che aspettare il suo arrivo.

«Professore, che piacere vederla!» esclama, con uno spiccato accento esteuropeo. «Venga, si accomodi pure in questa saletta riservata. Il dottor Doodley la riceverà a momenti. Posso offrirle un caffè, un tè, dell'acqua? Abbiamo anche degli estratti naturali di avocado e di sambuco. Sono molto... *healthy*!»

«No, grazie, sto bene così» risponde Driscoll, sedendosi su un divano talmente bianco da confondersi con le pareti immacolate della stanza.

«Benissimo, allora si metta comodo e si rilassi, il dottore sarà con lei tra pochissimo» dice la sosia di Eva Herzigova, mentre torna alla sua postazione, interpretando un copione studiato nei dettagli per tranquillizzare anche i pazienti più stressati.

La previsione della donna si avvera nel giro di cinque minuti. Attraverso il muro, Driscoll sente che lo psichiatra accompagna fuori un paziente, facendolo uscire da una porta diversa rispetto a quella di fronte alla quale si trova lui. Dopo pochi secondi questa si apre e Doodley compare sull'uscio. Ha il viso rilassato e lo sguardo indulgente, addolcito da un paio di occhiali da vista, sottili e arrotondati. Nonostante sia in camicia, rigorosamente bianca, con cravatta celeste a tinta unita e pantaloni blu scuro, appare evidente come l'uomo indossi un completo firmato, come lo sono i mocassini di pelle neri con fibbia d'oro che ha ai piedi. I denti, candidi e regolari, formano un sorriso inossidabile sul viso dello psichiatra.

«Professor Driscoll, sono veramente felice di fare la sua conoscenza!» scandisce Doodley, allungando la mano al docente. «Mi scusi se l'ho fatta aspettare. Le faccio preparare qualcosa dalla nostra Irina? Le assicuro che è molto brava.»

«No, grazie, dottore, non importa,» risponde Driscoll, impaziente di terminare al più presto i convenevoli «le sono grato di avermi ricevuto ma non voglio farle perdere troppo tempo.»

«Abbiamo tutto il tempo che vogliamo» sottolinea, accomodante, lo psichiatra. «Ma la prego, si sieda» aggiunge, indicandogli una poltrona in plexiglas di design, di fronte al suo tavolo di cristallo e acciaio.

Il professore lo asseconda e si accomoda sulla poltrona, infilando una mano nella tasca della giacca.

«Se ho capito bene dal suo messaggio, è qui per parlare di Daphne» attacca Doodley. «Sono felice di poterla aiutare ma la devo avvertire che, essendo la signora una mia paziente, non posso riferirle nulla di ciò che riguarda le sedute.»

«Da quanto tempo non la sente?» domanda secco Driscoll.

«Mah... da qualche giorno, direi» risponde, titubante, il terapeuta. «Se mi dà un minuto guardo nel terminale quando è stato il nostro ultimo app...»

«E come l'ha vista? Era agitata? Impaurita?»

«Vede, professore, mi è difficile rispondere a questa domanda. Ogni seduta attraversa fasi e momenti differenti e lo stato psicologico dei pazienti varia a seconda...»

«Non mi faccia la lezione, per cortesia. Sono qui solo per sapere di Daphne. È in contatto con lei?»

«Non nelle ultime ore, se è questa la sua domanda.»

«Avete già fissato il prossimo appuntamento?»

«Chiedo a Irina, è lei che tiene l'agenda delle sedute» chiarisce Doodley, digitando nel frattempo un breve testo sul suo cellulare.

Driscoll lo osserva e lo studia, cercando di stabilire in che misura possa fidarsi di lui.

«Posso farle io una domanda?» chiede lo psicoterapeuta.

«Prego» risponde il professore, sempre sulla difensiva.

«Colgo una evidente preoccupazione nelle sue parole e nel suo tono di voce. Riguarda la signorina Daphne Bird?»

«Chiaro! Non sarei qui, altrimenti!» risponde, seccato, Driscoll.

«Capisco. E che cosa in particolare la angustia?» insiste Doodley, senza fare una piega.

Qualcuno bussa alla porta. È Irina. Entra nello studio senza attendere il permesso dello psichiatra. Ha lo stesso sorriso a regola d'arte disegnato sul viso e si avvicina a Doodley con una cartellina.

«Grazie, Irina» dice quest'ultimo, accennando un gesto di scuse a Driscoll. Apre la cartella e la controlla velocemente. Trattiene un foglio A4 e riconsegna il plico alla sua assistente, ringraziandola con eccessivo calore. La donna raddrizza la schiena, regala un altro sorriso hollywoodiano a Driscoll e si avvia verso l'uscita, facendo risuonare i tacchi sottili sul pavimento di rovere.

«Come pensavo» riprende lo psichiatra, tenendo lo sguardo abbassato sul foglio. «Nessun appuntamento fissato con la signorina Bird e nessuna telefonata da parte sua.»

Driscoll è ancora più agitato e infila anche l'altra mano nella tasca della giacca.

Doodley incrocia il suo sguardo ma evita di fargli altre domande per non metterlo sotto ulteriore pressione.

A rompere l'imbarazzante silenzio è il docente.

«L'ultima volta che ci siamo visti Daphne era molto turbata a causa di un'indagine che stava conducendo su una serie di episodi inquietanti e, apparentemente, inspiegabili» spiega Driscoll, parlando a voce bassa. «Aveva svolto delle ricerche in rete, cioè, non in internet ma nel dark web, ed era venuta a conoscenza di alcuni casi terribili, per quanto impossibili da provare.»

Doodley lo ascolta impassibile, persino le sue palpebre restano immobili.

«Tutto è partito dall'osservazione fatta da un mio studente di nome Malcolm, relativamente ad alcuni episodi che avevo citato durante una mia lezione di criminologia all'università» prosegue il professore. «Ho riferito a Daphne ciò che il mio allievo aveva scoperto e come da allora fosse cominciato tutto...»

Lo psichiatra annuisce e prosegue nel suo acquiescente mutismo.

«L'ultima volta che ci siamo visti, Daphne e io, abbiamo cercato di analizzare razionalmente la situazione. In realtà non c'è niente di logico in quello che è emerso. Non so come spiegarglielo. Forse potrebbe farlo lei, visto che Daphne le ha raccontato tutto...»

Driscoll si blocca e Doodley fa un lungo sospiro.

«Nel suo computer ho trovato un diario relativo a tutte le sedute di psicoterapia» precisa il professore. «Di ogni vostro incontro ha riportato la data e l'argomento trattato. So con certezza che Daphne le ha raccontato della ricerca di Malcolm su Instagram, della sua indagine nella rete oscura, del delitto della donna con i capelli ricci e anche la sua teoria del misterioso ritorno di Jack lo Squartatore.»

Lo psichiatra si sfila gli occhiali e si massaggia la parte alta del dorso del naso, stringendo gli occhi. Poi alza le sopracciglia, fa un profondo respiro e dice: «Professor Driscoll, mi piacerebbe venirle incontro e offrirle una mia analisi riguardo a ciò che mi ha appena detto, sfortunatamente, come le ho spiegato all'inizio, non posso entrare nel merito delle sedute con la signorina Daphne. Per rispondere alla sua domanda dovrei violare il segreto professionale, mi spiace».

«Senta dottore, io capisco il suo punto di vista» riattacca Driscoll, cercando, con fatica, di mantenere un tono calmo «e apprezzo la sua professionalità. Credo però che, date le circostanze, tutte le questioni di principio possano essere messe da parte, non crede? Questa è un'emergenza, altrimenti non le avrei chiesto un incontro...»

«Di quale emergenza si tratta, esattamente?» chiede Doodley. «Non me l'ha ancora spiegato.»

«Daphne è sparita! Al lavoro non si è presentata, a casa sua non c'è e il suo telefono è disconnesso. Non si è mai comportata in questo modo, è passato parecchio tempo dall'ultima volta che ci siamo visti e non so più cosa pensare o dove cercarla. Sono molto preoccupato.»

«Perché non si è rivolto alla polizia?»

«Lei è una poliziotta, non ho ritenuto corretto fare una denuncia presso i suoi colleghi. Mi sembrava di farle un torto e rischiare di crearle dei problemi sul lavoro. Tanto più che avrei dovuto svelare che stava facendo delle indagini personali e non autorizzate.»

«Io, invece, come potrei aiutarla?»

«Lei è l'unica persona, oltre a me, a essere a conoscenza delle indagini di Daphne. Sa ciò che aveva scoperto ed è al corrente anche delle sue ansie e delle sue paure. Forse, analizzando e interpretando tutta la situazione, potrebbe riuscire a intuire perché abbia deciso di sparire, senza lasciare traccia, e dove possa essere andata.»

Doodley annuisce, appoggia le braccia sul cristallo del suo tavolo e incrocia le mani.

«Le confesserò una cosa, professore» dice poi, con il volto accigliato. «Daphne era molto in ansia per lei.»

69

Questa volta l'hanno chiamata Sabine e mi chiedo chi sia, all'ufficio meteorologico nazionale che, tutte le volte in cui, sulla Gran Bretagna, incombe una tormenta o una tempesta, si diverta a battezzarla con il nome di una donna. Considerando che gli effetti di questi fenomeni sono quasi sempre devastanti, se non addirittura letali, mi meraviglio di come questa abitudine non sia ancora stata definita sessista e di come non vi siano state proteste o campagne da parte di movimenti femministi. Questi pensieri mi affollano la mente, mentre combatto con la pioggia e il forte vento nel mio cammino, a piedi, verso il pub Carpenters Arms. Considerando la mia insofferenza verso i discorsi fatui sul clima e sulle previsioni del tempo, che costituiscono l'essenza dell'incomunicabilità del popolo a cui appartengo, sono portato a ignorare ogni tipo di bollettino e, di conseguenza, la scelta del mio abbigliamento risulta, quasi sempre, inadeguata. Non a caso, ora, Bethnal Green Road è sferzata da una bufera e io mi trovo a percorrerla senza un impermeabile, un berretto o un ombrello. Il mio completo blu è completamente inzuppato, l'acqua mi cola dai capelli fino alla base della schiena e ho i piedi fradici che sguazzano dentro delle scarpe di cuoio con le stringhe che sono tutto tranne che idrorepellenti. Mi ha telefonato quello strano personaggio che sembra la controfigura di

Karl Marx, spiegandomi che lui e un suo collega avevano urgente bisogno di parlare in privato con me, riguardo a delle questioni che avevano a che fare sia con le indagini di quella ragazza scomparsa, ma soprattutto con me, personalmente. Ho provato, inutilmente, a farmi dire qualcosa di più ma non c'è stato verso. Poi quell'uomo, che, se non ricordo male, si chiama Waits, mi ha dato appuntamento al pub Carpenters Arms, di Cheshire Street e, solo a sentire quel nome, la parvenza di serenità che stavo faticosamente recuperando dopo il penoso incontro con lo strizzacervelli è svanita di colpo. L'ultima volta che sono stato in quel locale, non ricordo nemmeno di esserne uscito. Anche per questo, subito dopo avere accettato di incontrare Marx e il suo compare, ho trangugiato, senz'acqua, due delle pastiglie del farmaco antipsicotico che mi ha dato Doodley.

Entro nel pub, scosso dai brividi e il calore stantio e fetido di quel luogo mi regala una breve sensazione di sollievo. Sto gocciolando da ogni spigolo del mio corpo. Ai miei piedi si sono formate già un paio di piccole pozze d'acqua, mentre cerco con lo sguardo le persone che devo incontrare. Il pub è più o meno come lo ricordavo, tranne per i clienti che, a quest'ora, sono più numerosi.

Evito di passare davanti al bancone per non correre il rischio di incrociare la ragazza che, quella sera, ha assistito, suo malgrado, a una delle mie peggiori performance e attraverso la sala, scandagliando con lo sguardo tutti i tavoli. Poi li vedo, in un angolo, nella zona vicina ai bagni. Occupano un tavolo da quattro con una panca e due sedie. Il finto Marx dà le spalle al muro ed è intento a scrutare tutte le persone presenti nel pub. Il suo ospite è di fronte a lui e, dal poco che posso intuire, ha più o meno la stessa età, è alto e con una struttura fisica prestante. Appena li raggiungo si alzano entrambi in piedi. L'uomo che non conosco mi sovrasta di almeno una decina di centimetri ma a colpirmi sono soprattutto i suoi occhi, azzurri e molto espressivi.

«Mi chiamo Thomas Stead e sono un ricercatore» mi accoglie, allungandomi la mano.

«Detective Brainblee» rispondo, stringendogliela senza troppa convinzione.

Waits si affretta a entrare nel giro delle strette di mano e poi mi propone di sedermi al suo fianco sulla panca ma io declino l'invito e mi accomodo sulla sedia, vicino a Stead, nascondendo il mio viso al resto della sala.

«Grazie, ispettore, per avere accettato di incontrarci» attacca Waits. «Il dottor Stead e io stiamo bevendo dell'ottimo gin ma se lei preferisce una birra, o una pale ale non ha che da dirlo. Naturalmente è mio ospite.»

«Mi basta un bicchiere d'acqua» rispondo, indicando la bottiglia che sta già sul tavolo assieme a tre bicchieri vuoti.

Il professore ne riempie uno e me lo porge. Lo ringrazio e lo vuoto in pochi secondi.

«Si sarà chiesto perché proprio questo pub?» riprende poi Waits.

«È la seconda domanda che mi sono fatto» preciso. «La prima, ovviamente, riguarda il motivo di questo incontro.»

«È giusto» sottolinea Waits. «Sono stato io a suggerire il Carpenters. Ricorda che gliene avevo accennato quando ci siamo conosciuti alla centrale di polizia? Così ho l'occasione per mostrarglielo. È un locale molto accogliente, non trova?»

Non so dove questo Marx posticcio voglia arrivare per cui decido di assumere un atteggiamento distante.

«Sì, non è male,» ammetto «meno rumoroso della media.»

«Anche lei ama i posti silenziosi?» si inserisce Stead. «Io trovo che moderare il frastuono, la musica e tutto ciò che rende difficile il dialogo nei locali pubblici sia doveroso. Purtroppo, al contrario, saturare di decibel i luoghi più frequentati dalla gente è diventata una tendenza insopportabile. La società del nostro tempo sta perdendo l'uso della parola.»

«E anche dell'udito» aggiungo, sarcasticamente.

Stead sorride e annuisce. Appare perfettamente a suo agio, mentre Waits è più nervoso e continua a massaggiarsi la lunga barba. Per fortuna nessuno dei due ha ancora fatto commenti sul mio aspetto da naufrago, né sulle pessime condizioni climatiche. Entrambi mi guardano con occhi incuriositi e con un interesse che sembra andare oltre le mie sembianze. Stranamente però la cosa non mi imbarazza e non mi turba. Da tempo non mi sentivo così rilassato e nel pieno controllo delle mie facoltà mentali in presenza di altre persone. Non avverto nemmeno quegli incessanti e insopportabili fischi alle orecchie. Mi domando se sia l'effetto benefico delle pastiglie ma sono più propenso a credere che si tratti dei messaggi rassicuranti che mi trasmettono quei due uomini, anzi, uno di loro, quello che si chiama Stead. Che è il primo a riprendere la parola.

«Immagino che le sarà sembrata alquanto strana la nostra richiesta di incontrarla,» dice «soprattutto con questa urgenza e in un luogo non canonico come il suo ufficio.»

«Sono un poliziotto, nulla per me è strano» scherzo.

«Naturalmente. Ed è proprio questo l'atteggiamento ideale per discutere i temi che il professor Waits e io vorremmo sottoporle.»

«Ci metterò tutto il mio impegno» assicuro.

«Bene,» riprende Stead «prima di ogni altra cosa, vorrei chiarire che il professore Waits, che lei ha già avuto modo di conoscere, mi ha messo al corrente del motivo del vostro dialogo e di tutte le sue apprensioni relative alla sorte della ragazza che risponde al nome di Hana Collins.»

«Ah, è per questo che volevate vedermi?» puntualizzo, mantenendo comunque un tono accomodante. «Dopo che ci siamo salutati ho fatto alcune ricerche» spiego, rivolgendomi a Waits «e in effetti non ho trovato riscontri sull'indirizzo di Wilkes Street e, a essere sincero, anche le persone dell'università di Goldsmith con le quali ho parlato non avevano informazioni sulla signorina Collins. È presente tra gli iscritti al master ma non risulta che abbia mai frequentato le lezioni o addirittura varcato le porte dell'ateneo. La circostanza mi è sembrata strana e per questo ho approfondito la mia indagine ma mi sono subito tranquillizzato quando, consultando i dati della polizia, è emerso che né a Coventry, città di cui è originaria la ragazza, né a Londra, sono stati segnalati incidenti che la riguardano. Avrei dovuto avvertirla, professore, le chiedo scusa, in questi giorni però sono stato sotto pressione con il lavoro.»

«Non si deve assolutamente scusare, ispettore,» puntualizza Waits «e non mi deve alcuna spiegazione. In ogni caso grazie per le informazioni.»

«Ecco, come le dicevo,» riprende Stead «a parte l'episodio che riguarda Hana Collins, vorrei chiederle se, di recente, si è occupato di delitti con caratteristiche simili, avvenuti nella zona di sua competenza o se, anche solo a livello preliminare, le è capitato di svolgere indagini su una o più persone sospette. Sempre che possa rispondermi, naturalmente.»

La domanda mi coglie vagamente di sorpresa ma non avverto malizia o secondi fini nelle parole dell'uomo che ho a fianco.

«Di delitti ne avvengono tanti e la lista delle persone a cui diamo la caccia è infinita» puntualizzo. «Se può essere più preciso, potrò darle una risposta meno vaga.»

«Ha ragione,» ammette Stead, senza alterarsi minimamente «mi riferisco a eventuali omicidi di donne, compiuti con lo stesso modus operandi, nel distretto di Whitechapel nell'ultima settimana.»

D'istinto vorrei rispondere subito che... no, non è avvenuto nulla di simile. E non avrei difficoltà a sostenerlo visto che, tra i casi di cui si sta occupando in questo momento il mio comando e la stessa Scotland Yard, non risultano femminicidi di alcun genere. Ma nella domanda di Stead ho captato delle parole non dette. E immediatamente mi sono venute in mente le immagini della donna con i capelli ricci del post di Instagram e le orribili visioni dei miei blackout. Perciò rispondo: «Sto seguendo casi riguardanti diversi episodi criminosi in questo periodo ma nessuno di essi ha le caratteristiche di serialità. Qual è il modus operandi a cui fa riferimento?».

«Mutilazioni, lacerazioni profonde, eviscerazioni e un particolare accanimento sul corpo delle vittime. Tutte le aggressioni sarebbero state compiute con armi da taglio di diverso spessore e dimensioni» sottolinea Stead.

«È uno scenario agghiacciante» ammetto. «In nessun modo mi sarebbe potuto sfuggire. Per fortuna non è ciò che sta accadendo, almeno fino a oggi. Altrimenti avremmo rinvenuto quantomeno i cadaveri delle donne uccise.»

Stead e Waits si scambiano una veloce occhiata che, nonostante i loro sforzi, non sfugge alla mia attenzione.

«Ispettore, posso farle una domanda un po', come dire, inconsueta?» si inserisce Waits.

«Se la risposta non può essere usata contro di me, non c'è nessun problema» provo nuovamente a scherzare ma il tono umoristico mi muore sul nascere.

«Immaginando che gli omicidi di cui parlava il dottor Stead siano realmente avvenuti,» dice «chi, o quale caso specifico, le ricordano, considerando anche i luoghi in cui sarebbero stati messi a segno?»

Ora è più di una sensazione, è una certezza: i due uomini che sono seduti a questo tavolo sanno qualcosa di ciò che sta avvenendo in questi giorni nella mia vita. La scelta a questo punto è mia. Posso chiudere ogni porta e liquidarli in fretta o vedere dove mi condurrà questo strano incontro.

«Mi sembra una domanda da quiz, professor Waits,» commento «comunque la risposta è scontata: il caso di Jack lo Squartatore, l'eterno serial killer di Whitechapel il cui nome ricompare ogni qual volta si verificano omicidi efferati di donne, a Londra, come altrove. Ho indovinato?»

Waits annuisce compiaciuto e guarda Stead come se la

mia risposta fosse il segnale per passare a una seconda fase del gioco.

E infatti la domanda successiva di quest'ultimo sembra appartenere a un livello superiore.

«Detective Brainblee,» riprende Stead «ha mai sentito parlare della dottrina teosofica? Crede nel passaggio dell'anima da un corpo all'altro?»

70

«In ansia per me? E per cosa?» chiede Driscoll, sentendo aumentare l'insofferenza e la diffidenza nei confronti dell'uomo che ha di fronte.

Doodley invece mantiene quell'espressione contrita sul viso e guarda il docente come se fosse seriamente preoccupato per la sua salute.

«Per il suo equilibrio psicofisico» aggiunge. «L'ultima volta che la signorina Bird e io ci siamo visti è stata il giorno seguente un vostro incontro a casa di Daphne, alla sera, durante il quale lei ha riferito alla sua compagna la storia del suo studente e i suoi timori.»

«Sì, certo!» conferma Driscoll, infastidito. «Abbiamo già parlato, poco fa, della vicenda del mio allievo e di quello che avrebbe scoperto.»

«Il problema è che Daphne, la mattina dopo, era angosciata perché lei era uscito da casa sua sconvolto e in stato confusionale, e non si era ancora fatto vivo, nonostante le avesse promesso di avvertirla una volta arrivato a casa. Ha anche aggiunto di avere sentito un urlo, in piena notte, provenire dalla strada, pochi minuti dopo che l'aveva salutata.»

«L'ha detta anche a me, questa cosa dell'urlo, ma so anche che ha controllato e non ha trovato nessun riscontro. E poi non vedo come tutto questo abbia a che fare con me.

Non sono io in discussione in questo momento. E nemmeno il mio stato psicofisico, per altro, assolutamente normale...»

«Ne è completamente sicuro, professor Driscoll?»

«Certo! Che cosa vorrebbe insinuare?»

«Insinuare è un termine sbagliato, sto semplicemente analizzando la situazione. Lei è preoccupato perché non riesce a trovare Daphne e teme che possa esserle successo qualcosa di grave. È visibilmente alterato, però non va dalla polizia, come sarebbe logico, ma viene da me che sono lo psicoterapeuta della sua compagna, convinto che io possa sapere dove si trovi o cosa possa esserle accaduto. E questo solo perché, spiando nel suo computer, ha visto gli argomenti che sono stati affrontati nelle nostre sedute e si è fatto l'idea che io possa avere spinto la sua donna a fare delle scelte o che abbia, in qualche modo, avuto un ruolo nella sua decisione. Ma è completamente fuori strada, glielo assicuro.»

«Sul serio?» lo incalza Driscoll. «Allora qual è la strada giusta?»

«La psicoterapia non funziona in questo modo» sottolinea Doodley. «Mi meraviglio che un accademico come lei, che ha studiato, se non sbaglio, anche antropologia e filosofia, non sia al corrente, quanto meno, dei principi del pensiero freudiano. Ormai sono divenuti anche materia scolastica in certi istituti superiori.»

«Lasci stare le lezioni di psicanalisi o l'esame del pensiero freudiano» sbotta Driscoll. «Smetta di mischiare le carte e risponda una volta per tutte alla mia domanda. Dov'è Daphne? Che cosa le è successo? Lei lo sa, non è vero?»

Un silenzio carico di tensione cala improvvisamente fra i due uomini. Driscoll è teso come una corda e i suoi pugni rischiano di sfondare le tasche della giacca.

Doodley lo fissa. Ha perso di colpo quell'atteggiamento calmo e professionale e anche quello sguardo conciliante. Il suo viso si è trasfigurato e i suoi lineamenti sono divenuti duri e severi. Ha le labbra tirate e la mandibola serrata. Persino la sua voce, ora, ha un timbro più grave.

«Mi dia retta, Driscoll, smetta di cercare Daphne e se la dimentichi, lo dico per lei.»

«Ma che cazzo dici!» urla il professore, in tutta risposta. «Come ti permetti anche solo di concepire certe cose! Dov'è Daphne? Dimmelo, stronzo, o te ne farò pentire!»

«È una cosa più grande di lei, Driscoll, qualcosa che né lei, né io, né nessun altro siamo in grado di cambiare. Torni a casa e si scordi tutto!»

Driscoll balza in piedi e si avvicina minacciosamente allo psichiatra che rimane invece impassibile dietro alla sua scrivania. Il professore ha gli occhi iniettati di sangue e le vene del collo gli pulsano furiosamente.

«Te lo ripeto per l'ultima volta, pezzo di merda!» grida Driscoll con la faccia a pochi centimetri da quella di Doodley. «Dov'è Daphne?»

Lo psichiatra non abbassa lo sguardo. Poi, con un tono glaciale, risponde: «Daphne è morta».

Avviene tutto in pochi attimi. Driscoll estrae da una tasca della giacca il pugnale d'epoca che si era portato con sé e affonda la lama nel collo dello psichiatra, ripetendo l'azione almeno tre volte, da parte a parte. Doodley resta immobile con un'espressione di terrore stampata in faccia. Dalla sua gola il sangue inizia a uscire con irruenza, inondando i vestiti dell'uomo, la scrivania e le mani del professore. Poi la testa dello psichiatra cade pesantemente sul ripiano della scrivania, ormai completamente coperta di sangue, e rivoli rossi e densi colano giù dal tavolo fino a raggiungere il parquet. Driscoll rimane per qualche secondo pietrificato, in piedi, con il pugnale in mano. Poi un violento conato di vomito lo costringe a piegarsi. Getta il pugnale a terra e si precipita verso la porta d'uscita. La spalanca e si trova davanti Irina con il solito sorriso forzato che però, non appena vede la sua giacca lorda di sangue, si trasforma in un'espressione di terrore. Driscoll la getta quasi e terra e corre in direzione dell'ingresso. Apre senza difficoltà la porta ed esce sul pianerottolo. L'ascensore è al piano, entra e spinge ripetutamente il tasto "G", lasciando un'impronta compatta di sangue. Appena arrivato a terra, riprende la sua corsa affannosa e disperata verso l'uscita dell'edificio. È fuori di sé e non ha alcun piano se non quello di allontanarsi il più velocemente possibile da quel posto. Il marciapiede è un andirivieni di persone. Il traffico in strada è al culmine. Driscoll si lancia fuori e ricomincia a correre, tra le urla dei passanti inorriditi dal sangue che ricopre per metà i suoi abiti. Decide di attraversare Old Street, tagliando l'incrocio, ma quando sta per lasciare il marciapiede, inciampa in qualche cosa e cade rovinosamente in mezzo alla strada, proprio mentre sopraggiunge un autobus a due piani. L'urto è tremendo. Le ruote del mezzo passano pesantemente sopra il corpo dell'uomo e gli schiacciano la testa, sfondandogli letteralmente il cranio. Una folla si raduna sconvolta vicino al bus e a quel che resta delle membra di Driscoll. C'è chi piange istericamente, chi grida e chiede aiuto e chi si guarda attorno, come in trance. Nessuno però vede quell'uomo strano, con abiti di altri tempi e un foulard azzurro, che si allontana lentamente dal punto esatto in cui il professore è incespicato sul bastone da passeggio che lui gli ha, di proposito, infilato fra le gambe.

71

«Mi sta chiedendo se credo negli spiriti?» rispondo, perplesso, con un'altra domanda.

«Anche questo, in effetti» spiega Stead. «La dottrina teosofica è un culto esoterico-filosofico, nato alla fine del 1800, che afferma come l'uomo possa accedere alla sapienza divina, per mezzo di un'esperienza mistica e ascetica e raggiungere la verità, grazie a una conoscenza esoterica della divinità. Predica la metempsicosi e la reincarnazione e presuppone il ritorno multiplo dell'anima alla vita, in epoche diverse, attraverso lo spirito e il corpo di soggetti predestinati. Il professor Waits e io abbiamo parlato a lungo di questi postulati e abbiamo concluso che si tratta di concetti che possono essere tranquillamente applicati anche alla società odierna.»

«Interessante,» sottolineo, con poca convinzione «ma ancora non colgo il motivo per cui me lo sta dicendo.»

Waits non mi toglie gli occhi di dosso e il suo sguardo insistente comincia a crearmi qualche disagio. Stead, al contrario, mi dà l'impressione di stare indagando il mio inconscio e di essere eccitato come di fronte a una rivelazione.

«Me ne rendo conto, ispettore,» spiega «ma se mi permette di porle altre domande, sono certo che capirà il senso delle mie parole.»

«D'accordo, mi dica pure.»

«Grazie, Derrick. Tornando all'ipotesi dei presunti delitti di Whitechapel, ritiene possibile che, sebbene non vi siano state denunce, testimonianze o ritrovamento dei cadaveri, essi siano stati comunque compiuti in una dimensione, come dire, parallela e che per questo motivo non siano stati riportati attraverso i canali convenzionali?»

La domanda di Stead mi fa sentire come davanti a un prete confessore che conosce già la verità ma vuole che sia io ad ammettere le mie responsabilità. Mi giro verso Waits che pende letteralmente dalle mie labbra. Negare, a questo punto, renderebbe inutile il senso di questo incontro.

«Sì,» rispondo, con un lieve e inspiegabile senso di colpa «credo sia una possibilità.»

Stead mi osserva, annuisce e sorride pacatamente.

«Grazie per la sincerità, ispettore» commenta. «Posso chiederle da dove deriva questo suo convincimento?»

«Be'... a parte tutti i dubbi legati al caso di quella ragazza, Hana, di cui parlavamo prima e quello di un'altra donna, di cui preferisco non fare il nome, credo di avere visto qualcosa che si potrebbe definire come una scena del delitto. Però, come ho avuto modo di spiegare, non esiste alcun verbale a riguardo.»

«Hana è stata uccisa?» interviene Waits, rovesciandomi addosso tutta la sua ansia e io sto già per pentirmi delle parole che ho appena pronunciato.

«Professore, la prego,» si raccomanda prontamente Stead «non è di questo che stiamo parlando, non siamo in un'aula di tribunale e nemmeno in una stanza degli interrogatori. Lasciamo che l'ispettore Brainblee ci esponga liberamente il suo pensiero, senza fargli pressioni.»

«Mi scusi, ha ragione» dice Waits. «La prego di non tenere conto della mia domanda, detective» aggiunge.

«Ha detto che ha visto la scena di un crimine» riprende Stead «può essere più preciso, per favore?»

«Non direttamente,» spiego «ma in una foto che mi è

stata mandata in rete e che poi è stata subito rimossa. Raffigurava il cadavere di una giovane donna, gravemente violato e martoriato.»

«Ha potuto riconoscerla?»

«No, tuttora non so di chi si tratti» preciso. «E non è la signorina Collins» aggiungo rivolgendomi a Waits.

«Ha detto che l'immagine è stata eliminata dalla rete?»

«Sì, è rimasta online per pochi minuti.»

«È riuscito a risalire all'identità di chi ha postato quell'immagine?»

«Purtroppo no, chiunque sia stato ha utilizzato sistemi criptati indecifrabili.»

«Ne ha parlato con qualcuno?»

«No, cioè, sì» rispondo, insicuro e poi mi zittisco.

Stead non fa una piega e mi lascia il tempo per riflettere.

Mi verso altra acqua nel bicchiere e bevo un paio di sorsi. Sento il liquido che mi scende fino allo stomaco e i muscoli che allentano la tensione.

«Ho riferito la vicenda a uno psichiatra a cui mi sono rivolto per un'altra questione» riprendo. «È uno specialista che collabora con la polizia, il dottor Robert Doodley.»

Ne Stead, né Waits intervengono ma so perfettamente cosa passa in quel momento nella loro testa.

«Non gli ho parlato dell'immagine in rete ma di quella che ho visto personalmente» proseguo. «Ritraeva la stessa donna.»

Mi ci vogliono almeno venti minuti, numerose pause e diversi bicchieri d'acqua, per rivelare ai miei due interlocutori quelli che, scientificamente, sono i fenomeni di amnesia globale transitoria che mi affliggono e di come, durante questi stati, io abbia assistito non solo all'omicidio di quella donna immortalata nella foto in rete ma anche all'uccisione di altri soggetti in luoghi diversi. Aggiungo inoltre come la frequenza di questi blackout temporanei sia drammaticamente aumentata negli ultimi giorni e come le allucinazioni si siano fatte più chiare e dettagliate.

«Cosa prova al risveglio da questi stati d'animo?» mi domanda Stead che non appare per nulla sorpreso dalle mie confessioni.

«Un forte mal di testa e un incontrollabile senso di nausea» spiego. «Ho tutti i muscoli contratti e spesso un fischio acuto mi perfora il cervello. Faccio fatica a reggermi in piedi e mi ci vogliono parecchi minuti per riprendermi. Ah, e un'altra cosa...» chiarisco «...ricordo molto bene ciò che *vedo* durante questi mancamenti ma non ho memoria di cosa io realmente faccia in quei frangenti, né dei miei spostamenti o delle mie azioni. Talvolta mi risveglio in posti diversi da quelli in cui mi trovavo prima della crisi.»

Stead guarda Waits.

«Ricorda di essere già stato in questo pub?» mi domanda, d'acchito, il professore.

Lo guardo esitante, poi ammetto: «Sì, qualche sera fa. Era l'orario di chiusura, quando ho avuto uno di questi blackout. Sono riuscito con fatica a uscire dal locale poi la mia mente è entrata nel buio».

Waits annuisce e dal suo atteggiamento mi rendo conto che sa qualcosa. Ma aspetto sia lui a confermarlo.

«C'ero anch'io quella notte, stavo andando a casa dopo il lavoro e l'ho vista, ispettore, mentre cercava di reggersi in piedi fuori dal pub. È caduto un paio di volte, poi si è rialzato e si è allontanato, camminando con difficoltà. Sono rimasto disorientato e incerto se cercare di soccorrerla o evitare di intervenire. Poi mi è sembrato più opportuno e rispettoso non intromettermi.»

«Mi spiace, non deve essere stato un bello spettacolo...» sottolineo.

«Non è certo colpa sua» interviene Stead. «Immagino che soffra già abbastanza a causa di questi traumi.»

«È un dolore indescrivibile, qualcosa che mi scava dentro e mi provoca delle lacerazioni insanabili. Come se, ogni volta, una parte di me si staccasse per andare a formare un altro individuo che ha però la mia stessa faccia e le mie identiche sembianze. È un soggetto diverso ma sono sempre io. Non so come spiegarlo...»

«Si spiega perfettamente, ispettore,» dice Stead «glielo assicuro. E la ringrazio per avere deciso di condividere questa sua esperienza così straordinaria. Mi tolga un'altra curiosità, per favore, e mi scusi ancora se la sto invadendo di domande. Lei ci ha spiegato come, nei momenti di amnesia transitoria, abbia visto compiere delitti efferati che però non risultano nei verbali di polizia. E da qui deduco che si stesse riferendo a questo particolare quando, poco fa, ha confermato la possibilità che tali atti criminosi possano essere stati compiuti in dimensioni di spazio e di tempo parallele. Ora quindi le chiedo, è riuscito, almeno una volta, a vedere o ad avvertire la presenza dell'autore di questi omicidi?»

«No, mai!» rispondo d'impulso. «Qualche volta vedo un braccio, una mano armata di coltello, o chiusa in un pugno, che si alza e colpisce le povere vittime. In altre occasioni ho percepito delle ombre confuse, ma sempre senza volto o lineamenti precisi.»

«E le capita di provare il desiderio di agire per fermare lo scempio a cui sta assistendo?»

«Sì, sempre. C'è una parte di me che vorrebbe farlo e un'altra che mi blocca e mi paralizza. E dopo mi sento inerme, svuotato, annientato.»

Mentre pronuncio queste parole ho la testa che mi gira e il fiato corto. Però non è come le altre volte. Mi rendo conto di avere il controllo totale di tutte le mie facoltà fisiche e mentali e ho l'impressione di essere vicino alla verità come non lo sono mai stato. Anche se, forse, una parte di me vorrebbe non conoscerla.

«Ispettore Brainblee,» dice Stead, dopo essere rimasto in silenzio per quasi un minuto «non ho ancora avuto modo di spiegarle che, oltre a essere uno scrittore e uno studioso di parapsicologia, sono anche il direttore della Society for Psychical Research, un ente che si occupa principalmente di spiritismo ed esoterismo. Ciò che sto per dirle non è una tesi scientifica, non ha prove, né riscontri obiettivi. Credo però che si avvicini molto alla verità e presuppone una certa dose di fiducia e di apertura mentale nelle persone alle quali viene rivelata. Prima le accennavo al principio teosofico, secondo il quale per certe anime esistono più vite, in periodi diversi e in corpi diversi. Ci sono, tra noi, soggetti che non tutti vedono ma che sono in grado di interagire nelle nostre esistenze e condizionarle. Altri di cui, invece, possiamo vedere solo un aspetto ma che celano più personalità e hanno una missione da compiere. Lei, ispettore, potrebbe essere uno di questi ultimi.»

Stead mi guarda fisso negli occhi, come se si stesse rivolgendo a qualcuno che è dentro di me. Le sue parole, inaspettatamente, non mi sorprendono.

«Io?» domando. «E chi dovrei essere? Quale sarebbe la mia missione.»

Il pub si è riempito di persone ma è come se fosse deserto. Di colpo tutte le voci, i rumori e i frastuoni sono spariti. Le mie orecchie colgono solo la voce profonda e confortante di Stead.

«Il professor Waits e io siamo giunti alla conclusione che lei, ispettore Brainblee, possa essere l'illustre poliziotto dell'età vittoriana, investigatore Frederick Abberline, tornato in vita per dare la caccia all'altrettanto famoso serial killer della medesima epoca storica, Jack lo Squartatore, anche lui riapparso dal passato. Entrambi agite nel presente, in un piano spazio-temporale diverso da quello contemporaneo ma, allo stesso tempo, siete in grado di attraversare continuamente le porte che collegano le due dimensioni.»

Dopo una rivelazione del genere, dovrei essere sconvolto oppure mettermi a ridere, considerando l'assurdità della circostanza. Invece mi sento liberato, alleggerito. Pronto a guardare la realtà da una prospettiva diversa.

«Ma allora anche i delitti sono, per certi versi, immaginari e non fanno parte di questa epoca?» chiedo.

«Si sbaglia, purtroppo,» risponde Stead, contrito «le vittime sono assolutamente reali e gli omicidi sono avvenuti ai giorni nostri. Se i corpi non sono stati ritrovati è solo perché chi ha compiuto questi atti è riuscito a trascinare tutte le evidenze oltre le porte dimensionali. Lei è l'unico, insieme al killer, a sapere di questi episodi.»

«No, Stead,» interviene Waits «lo sapeva anche Hana, per questo è stata fatta sparire!»

«Ha ragione, professore, mi correggo,» precisa Stead «esiste la possibilità che qualcuno sia riuscito, grazie a intuizioni geniali, a doti intellettuali al di sopra della media o anche solo per merito dei propri studi e delle proprie ricerche, a capire la situazione e a trovare tracce di questi episodi. Purtroppo ciò è costato loro l'eliminazione.»

Immediatamente il mio pensiero va a Daphne e mi accorgo che ho iniziato a tremare.

«Quando finirà tutto questo?» domando, con un peso nel petto che mi impedisce di inspirare. «Potrò avere una vita normale?»

«Non so rispondere a questa domanda, nessuno lo sa» ammette Stead, con un'espressione dispiaciuta. «Forse questa volta lei, ispettore Brainblee, o Abberline, porterà a termine la sua missione e riuscirà a catturare il mostro. Sarebbe un grande risultato. Ma è anche possibile che le porte si richiudano prima che i casi vengano risolti. È già successo in altre epoche, seguenti al 1888.»

«E di me, cosa sarà?» dico, con un filo di voce, senza aspettarmi alcuna risposta.

Che effettivamente non arriva. Dopo un paio di minuti di silenzio, mi alzo dal tavolo, stringo la mano a Stead e Waits, mi sforzo di ringraziarli, come dopo una piacevole chiacchierata tra gentiluomini ed esco lentamente dal pub, senza mai voltarmi verso il grande specchio, appeso alla parete, per non rischiare di non vedermi riflesso.

Il dottor Thomas Stead e il professor Dylan Waits restano seduti al tavolo del pub, assorti nei propri pensieri.

Da quando il poliziotto è uscito dal locale, non si sono ancora scambiati una parola. Entrambi hanno la sensazione di avere incontrato un fantasma ma mentre Stead è elettrizzato a Waits quel lungo colloquio ha provocato ansia e inquietudine. Un *bip* proveniente dal cellulare lo distoglie dai suoi tormenti. Il professore estrae il telefono dalla tasca interna del cappotto e controlla lo schermo. Un puntino verde lampeggiante indica la presenza di un messaggio. Lo apre e scopre che si tratta di una notizia dell'ultima ora, messa in rete dalla BBC. La legge e rimane stordito, come se qualcuno lo avesse colpito alla testa con una mazza di ferro. Il testo recita: "Ucciso a coltellate nel suo studio a Londra lo psichiatra Robert Doodley, quarantun anni. L'assassino sarebbe Monty Driscoll, quarantatré anni, professore universitario, rimasto ucciso mentre stava fuggendo dal luogo dell'omicidio, dopo essere stato investito da un autobus".

72

Ho camminato per ore sotto la pioggia, senza sapere dove andare e cosa fare. Sono arrivato fino ai docks di Londra, nel sobborgo orientale di Limehouse, e sono rimasto a lungo a guardare le gocce che puntellavano le acque del Tamigi, nere e oscure come il buio che ho dentro. Ho aspettato che arrivassero le tenebre, seduto su una panchina bagnata, nella darsena deserta di quello che, nel 1882, era il porto più grande d'Europa. Ho visto passare i traghetti della società di trasporti pubblici londinesi, i battelli turistici anfibi, a forma di anatra, e le motovedette della polizia. Mi sono immaginato le navi mercantili che, ai tempi della regina Vittoria, approdavano a Londra per scaricare uomini e generi di ogni tipo. O forse non me le sono solo immaginate. Le ho viste realmente, quando mi chiamavo Frederick, e vivevo un'altra vita, alla fine del Diciannovesimo secolo. Continuo a ripetermi, mentalmente, che sono tutte stronzate, che quel patetico personaggio, con il cervello andato a male, di nome Stead, mi ha raccontato una serie di sue assurde e malate fantasie, senza alcun fondamento, e che quell'altro improbabile personaggio, che con Karl Marx ha solo una vaga somiglianza, è in realtà un mentecatto, un professore fallito che si è invaghito di una studentessa molto più giovane di lui e che cerca di inventarsi delle storie senza senso per giustificare la sua perversione. Passo incessantemente dall'euforia alla depressione. Un momento mi sento forte, pieno di energia e pronto a mettere da parte tutte le psicosi per affrontare la realtà e un momento dopo mi ritrovo a pezzi, privo di voglia di combattere e atterrito dall'idea di non sapere realmente chi sono. Ho guardato il fiume, sperando di scorgere l'immagine del mio volto ma ho visto solo acqua. Ho guardato il cielo, desiderando di ricevere un segno ma ho continuato a vedere solo acqua che scendeva. Ho chiuso gli occhi e ho cercato di ricordare e pensare. A quando ero bambino, alla scuola, ai miei compagni, ai giochi per strada, alla mia casa, alla mia camera, a mio padre, a mia madre, alle loro parole, alle carezze, ai loro rimproveri, alle botte, agli amici, al primo amore, alla prima scopata, alla prima litigata, alle donne, ai figli mai avuti, alla sofferenza fisica e a quella del cuore, all'università, al servizio militare, al primo lavoro, alla prima missione, alla prima promozione, al primo scontro con i superiori, ai colleghi, alle serate trascorse al pub, a quelle in casa da solo, ai lunghi silenzi, ai grandi spazi vuoti e agli insopportabili rumori della mente. Niente, zero assoluto. La mia memoria è un foglio bianco su cui è impossibile scrivere e la mia esistenza è tutta da ricostruire. Non so più quale sia il mio vero nome, in quale giorno e anno io sia nato. Se sono nato. Mi sento come un drogato, un dipendente patologico da conferme che non riesco a trovare e a ricevere. Mi vedo come un uomo senza volto, con un numero infinito di maschere, sopra una faccia priva di lineamenti. Ho paura di scoprire chi sono e ho il terrore di non scoprire la mia identità. Rimpiango i momenti in cui la mia mente si offusca, il mio corpo si allontana e i miei occhi vedono sangue, terrore e morte. Perché ora non ho più nemmeno quelli e ciò che vedo è un buco nero, profondo come l'infinito, senza via d'uscita.

Un lampo squarcia il cielo e lo illumina per pochi istanti, seguito da un tuono fragoroso e vicinissimo che fa tremare i vetri dei lampioni sul molo e fa scattare l'allarme di un'auto.

Mi infilo una mano nella tasca, fradicia, della giacca e le mie dita trovano un oggetto di cartone, duro e tagliente. Lo tiro fuori e scopro che si tratta del blister del farmaco anti blackout che mi ha dato Doodley. Ci sono ancora quattro pastiglie. Le libero dalla stagnola e le ripongo tutte e quattro nel palmo della mano. Quindi le porto alla bocca e le ingoio, senza masticarle, buttando indietro la testa e rischiando di strozzarmi. Raccolgo un grumo di saliva dal palato e le spingo in gola, fino a quando non riesco nuovamente a respirare. Tossisco e sputo per terra un bolo di catarro, poi soffio fuori il muco da entrambe le narici, usando le dita. La temperatura è scesa ancora e la pioggia non accenna a smettere. Io però non ho freddo, nonostante ogni strato dei miei indumenti sia ormai inzuppato di acqua. Stendo le gambe e appoggio la nuca allo schienale della panchina. L'antipsicotico comincia a fare effetto, perdo progressivamente la sensibilità ai piedi, il ritmo cardiaco si abbassa, le palpebre si fanno pesanti, il respiro cala d'intensità e la mia mente cade in un vortice cosmico. Non so se sia uno dei miei consueti stati di allucinazione, questa volta mi sento meno oppresso, sono rilassato e mi sembra di vivere un sogno. Che improvvisamente diventa però un incubo. Il peggiore che abbia mai avuto.

Rivedo di nuovo quella ragazza con i capelli ricci, ritratta anche nella foto su Instagram. Ora i suoi lineamenti sono facilmente distinguibili. Avrà poco più di vent'anni, ha una splendida chioma di capelli neri e mossi, indossa un cappotto lungo e tacchi a spillo. Percorre a passo spedito un vicolo e ha lo sguardo letteralmente terrorizzato. È notte e la giovane si guarda continuamente alle spalle. Giunge a casa, si affretta a entrare, richiudendosi velocemente la porta d'ingresso alle spalle. Ora anche io sono all'interno e, nonostante il buio, distinguo chiaramente la ragazza che tira un sospiro di sollievo, appoggiando le spalle al muro, vicino allo stipite. Avvicina la mano all'interruttore ma non fa in tempo ad accendere la luce. La lama le trancia di netto due dita, prima che lei riesca a pigiare l'interruttore. C'è un uomo davanti a lei, è vestito di scuro e ha in mano un grosso coltello. Sono alle sue spalle e non riesco a vederlo in volto. Il suo braccio si alza continuamente e si abbatte sul corpo della ragazza. Schizzi di sangue imbrattano la parete, mentre il silenzio è rotto dal rumore di ossa spezzate. Il corpo della giovane scivola a terra e si immerge in un lago di sangue. L'uomo continua a colpirla e a lacerare le carni, disegnando tagli profondi nel petto e nella pancia. Un odore nauseabondo satura la stanza. L'uomo nero smette finalmente di infierire sul cadavere, si alza e si sposta leggermente di lato. Ora riesco a vedere la donna. Ha il volto sfigurato e dall'addome sventrato fuoriesce parte dell'intestino. Lui stira le spalle e fa scattare le ossa del collo. Poi pulisce il coltello su un lembo del cappotto della ragazza e inizia lentamente a girarsi. Sono impietrito dal terrore. Non riesco a muovere nemmeno un muscolo mentre l'uomo si volta completamente nella mia direzione. Non riesco ancora a vedergli la faccia, nascosta dal buio. Dalla sua bocca esce una specie di rantolo continuo. Di colpo un raggio di luce penetra dalla finestra e gli illumina il viso. Ed è in quel momento che lo riconosco. È Joseph Blake, il comandante della stazione di polizia di Whitechapel, il mio capo. Mi sta sorridendo.

Prima che io possa dire o fare qualunque cosa, ricado nel buio e precipito per un tempo infinito nel vuoto, come se stessi viaggiando su delle montagne russe avvolte nelle tenebre.

Lo stomaco mi sale fino in bocca e il mio fiato si spezza, provocandomi delle dolorose convulsioni. Ma subito dopo, tutto torna calmo e silenzioso. Mi risveglio in un'altra stanza, in una casa diversa, con qualcuno che non è Blake. È un luogo strano, simile a una camera d'albergo, con il pavimento di moquette, un divano rosso di velluto e una musica rilassante che si propaga delicatamente dagli altoparlanti. Io sono in piedi vicino alla parete e davanti a me riesco a vedere la sagoma di un uomo, di spalle, seduto sul divano. D'un tratto nella camera entra una ragazza, esile, molto giovane e con i tratti orientali. L'uomo le fa cenno di avvicinarsi e lei obbedisce, avanzando timidamente. I suoi occhi sono incerti e spaventati. Su un tavolino, di fronte al divano, ci sono resti di cocaina e una carta di credito, utilizzata per formare le strisce.

L'uomo ha i pantaloni aperti e intima alla ragazza di inginocchiarsi. Con qualche titubanza, la giovane donna si piega sulle ginocchia e infila la testa tra le gambe divaricate dell'uomo, avvicinando il viso al suo inguine. La reazione di lui è improvvisa e violenta. Afferra il capo della ragazza e lo costringe tra le sue gambe. Più lei cerca di divincolarsi e più lui stringe le ginocchia e le cosce, serrando la sua testa in una morsa. La ragazza inizia a piangere e mugolare ma, così facendo, non fa altro che aumentare l'eccitazione dell'uomo. Quando sembra che la giovane stia per soccombere, un grido di dolore esplode nella stanza. In un ultimo, disperato, gesto, la ragazza ha affondato i denti nella coscia del suo aguzzino, facendogli mollare la presa. Lei prova a scappare ma lui la colpisce, con un pugno, alla testa e la tramortisce. Poi le sale sulla schiena e continua a percuoterla con una furia animale. La giovane non reagisce e inizia a sputare sangue e bile. È a quel punto che l'uomo estrae un coltello a serramanico e la pugnala ripetutamente alla gola, al petto, all'addome, al viso e persino negli occhi, accompagnando ogni fendente con ululati sovrumani. Finito lo scempio, il killer si terge il sudore della fronte con la manica, si alza in piedi, fa rientrare la lama nell'impugnatura e si rimette il coltello, sporco e insanguinato, nella tasca dei pantaloni. Quindi si gira nella mia direzione e mi sorride in modo sadico. Indossa un doppiopetto blu su una camicia bianca, lorda di vomito. Ha il viso pallido e gli occhi irrorati di sangue, esploso dai capillari della sclera. Mi guarda, immobile e silenzioso, come se cercasse la mia approvazione. Mi avvicino a lui di qualche passo, ora riesco a leggere il nome che compare sulla carta di credito, appoggiata sul tavolino. Si chiama Richard William Dyas.

È l'ultima immagine che colgo prima di ricadere nuovamente nel gorgo oscuro dei miei deliri. Sprofondo nel vuoto delle mie angosce mentre l'urlo di mille sirene mi ferisce i timpani. Quando riesco a riaprire gli occhi, mi ritrovo in quello che sembra un bagno pubblico per uomini. C'è un ragazzo, poco più che ventenne, con i capelli mossi e gli occhiali da vista, in piedi davanti a un orinatoio. Dietro di lui compare un'ombra. Qualcuno che era già dentro alla toilette e lo stava aspettando. Ma il ragazzo appare inconsapevole della sua presenza. L'uomo colpisce il giovane con violenza alle spalle e gli sbatte la testa contro il muro di mattonelle di ceramica. Il cranio del ragazzo si fracassa, aprendosi come quello di un cocomero. Il suo corpo scivola a terra, simile a un pupazzo che si sgonfia e l'uomo continua a colpirlo con violenza, usando mani e piedi, fino a quando del povero ventenne non resta che un ammasso di ossa fratturate e sangue. Il mostro si gira e mi guarda compiaciuto. Non lo conosco ma il suo aspetto ributtante mi atterrisce. Ha i capelli unti e tinti di rosso, corti sul davanti e lunghi sul collo, come andavano negli anni Ottanta. È grasso e sporco e indossa una maglietta grigia, straordinariamente sudicia, con il ritratto di una rockstar mascherata che mostra la lingua al pubblico. L'uomo mi guarda con fare aggressivo e mi mostra il dito medio. Non faccio in tempo a reagire perché un ciclone di suoni e luci mi catapulta in un'altra dimensione. Mi vedo, vacillante, all'uscita del pub The Pride of Spitalfields. Oscillo verso il mercato, rischiando di crollare a terra più volte. Nessuno mi nota mentre mi intrufolo dentro il portone di un palazzo. Ci sono già stato ma era notte. Adesso invece il sole è alto. Io sono all'interno dell'edificio, alla fine di un corridoio, di fronte a quella che sembra una porta, aperta nel muro, che conduce a un sotterraneo. Qualcuno sta scendendo dalle scale. Mi schiaccio contro la parete per non farmi scoprire. Sulla rampa compare Hana Collins. Si guarda intorno come se stesse cercando di orientarsi. Ha lo sguardo teso e preoccupato, mi passa davanti senza notarmi. Appena mi dà le spalle...

Di nuovo il buio totale. Arriva all'improvviso e mi cancella ogni immagine. Non riesco a vedere più nulla ma quello che sento mi atterrisce: le urla strazianti della studentessa, il rumore sinistro delle coltellate che squarciano le carni, il gorgoglio del sangue che trabocca dalle ferite, le ossa della sua testa che si spaccano. E poi, di colpo, un silenzio atroce, insopportabile, definitivo. L'oscurità si dirada e ricomincio a scorgere una figura confusa. Stringo gli occhi e riesco a mettere a fuoco l'immagine. E finalmente mi rivedo, sto uscendo da quel sotterraneo, sono ferito e sporco di sangue. Mi trascino fuori dall'edificio e mi accascio su una panchina nel mercato di Spitalfields.

D'improvviso è notte, un vento freddo fa tremare i lampioni e sospinge l'insegna di un pub. È il Carpenters Arms e quello che sto vedendo sono sempre io, in condizioni pietose, mentre cerco faticosamente di rialzarmi, dopo essere caduto malamente, sul marciapiede, ferendomi a una mano con dei cocci di bottiglia. Con un'andatura da ubriaco mi dirigo verso un vicolo buio che costeggia la chiesa di St. Matthew. C'è qualcuno davanti a me. È una ragazza alta e bionda, con un fisico da modella. Il ticchettio dei suoi tacchi sottili risuona nel silenzio della notte. La giovane appare scossa, impaurita, indecisa se proseguire, tornare indietro o mettersi a correre. Qualcosa di terribile sta per accaderle. Quando raggiunge la zona più buia dello stradino, si sente un urlo animale, poi un'ombra compare alle sue spalle. Io sono qualche decina di metri più indietro e vedo tutta la scena. Un uomo la aggredisce con un grosso coltello, la colpisce una prima volta a un fianco, affondando la lama nel fegato. La ragazza resta in piedi e cerca di scappare ma dopo pochi passi si accascia a terra, a fianco della rete che delimita il parco della chiesa. Una larga pozza di sangue si allarga sotto di lei. L'uomo la raggiunge senza fretta. Rimane in piedi a rimirarla per qualche secondo, godendosi la sua agonia. Quindi alza la mano che stringe il coltello e la cala con forza sul collo della donna, conficcando la lama nella carotide e tranciandole di netto la giugulare. Il corpo della ragazza sobbalza, mentre un fiotto denso di sangue e bava erompe dalla sua bocca. Le coltellate si susseguono, violentissime, sul costato e sul ventre. La furia omicida dell'uomo è inarrestabile. Io assisto inerme al massacro. Terminato lo strazio l'uomo si gira nella mia direzione. Mi guarda compiaciuto e mi lancia un sorriso complice. Io resto immobile, in silenzio. Ora sono in grado di vedere il volto del killer. Lo riconosco all'istante, è lo psichiatra, Robert Doodley.

Lo choc mi colpisce come una tempesta. Cado di nuovo nelle tenebre e perdo ogni riferimento. Tutto dentro la mia testa inizia a vorticare come dentro a un enorme frullatore e il turbine mi schiaccia il cervello, provocandomi delle fitte laceranti. Il frastuono è insopportabile, continuo, penetrante. Spalanco gli occhi e realizzo che si tratta di un urlo dai toni abominevoli e mostruosi. Proviene da un punto preciso di quell'enorme spazio che si è formato davanti ai miei occhi. La luce è accecante, nonostante sia notte fonda. Al centro dello slargo vi è una donna con la pelle chiara come la luna. So chi è, si chiama Daphne Bird e fa, come me, la poliziotta. Si guarda intorno come se cercasse un nascondiglio, o una via di fuga. Non è sola in quell'enorme piazzale. C'è qualcuno alle sue spalle che si sta avvicinando minacciosamente a lei. Non riesco a vedergli la faccia, in compenso è molto evidente il pugnale che ha tra le mani. Il primo colpo è alla schiena, sotto le scapole e quasi la solleva. Il secondo è al collo, subito seguito da una serie violentissima di coltellate, sempre nello stesso punto, tra il mento e la clavicola. Daphne crolla a terra, lottando per non soffocarsi col suo stesso sangue. L'uomo si piega sopra di lei, la gira con le spalle al terreno e riprende e colpirla con furore bestiale. È l'omicidio più brutale ed efferato che abbia mai visto. Il killer non smette di infierire sulle carni esangui della donna. Si ferma solo quando gli occhi di Daphne si spalancano, per l'ultima volta, e lo fissano.

«Se-se... sei tu-tu...» sussurra la poliziotta, con un filo di voce, prima che la sua bocca si riempia di sangue.

L'uomo la guarda morire, attonito, con la bocca spalancata e un'espressione di sorpresa e terrore disegnata sul viso. Poi alza la testa e fissa un punto nel vuoto.

Ora lo vedo chiaramente e distinguo i suoi lineamenti. La verità mi colpisce come un colpo di mortaio e mi strappa la vita dal cuore. Quel pazzo, quel mostro, quell'obbrobrio, quel feroce assassino, quella bestia assetata di sangue sono io. Il killer ha il mio volto e la mia identità. Di quest'ultima, però, non ho più certezza.

73

Il «Daily Mail» ha lo scoop in copertina e sposa la tesi dello scandalo sessuale. *Illustre accademico e criminologo, ossessionato dai serial killer, massacra a coltellate un famoso psichiatra di cui era affascinato* si legge nel titolo a tutta pagina. I toni dell'articolo sono ancora più estremi. L'autore del pezzo ricostruisce le ultime settimane di vita del professor Driscoll e, citando le testimonianze dei suoi studenti, sostiene come l'uomo, durante una lezione all'università, avesse glorificato, in maniera non consona, le gesta criminali di Michael Lupo, un serial killer omosessuale di origini italiane il quale, negli anni Ottanta, uccise, a Londra, quattro dei suoi amanti occasionali, dopo avere scoperto di essere sieropositivo. Sempre secondo il giornalista del «Mail», Driscoll, nel suo delirio di identificazione con Lupo, avrebbe aggredito lo psichiatra dal quale era in cura, il dottor Robert Doodley, e dal quale sarebbe stato morbosamente attratto, accoltellandolo a morte. A riprova della sua teoria, il cronista riporta il racconto della segretaria dello psicoterapeuta la quale sottolinea come, il giorno dell'omicidio, il professore si fosse presentato allo studio visibilmente alterato. Nella parte finale dell'articolo, il giornalista insinua, pur non avendone le prove, come Driscoll, sconvolto per avere ucciso Doodley, si sia suicidato, gettandosi sotto un autobus.

Grattandosi la barba e scuotendo perplesso la testa, Dylan Waits, riappoggia la copia del quotidiano sul tavolo e controlla l'ora nell'orologio da taschino del giubbotto. Sono passate le ventidue e i turisti sono già tutti arrivati. Dopo i fatti recenti e le rivelazioni su Jack lo Squartatore, non se l'è più sentita di organizzare gite notturne sui luoghi dei delitti del Ripper e ha optato per la storia del Prospect of Withby, uno dei locali storici più famosi di Londra, che deve il suo nome a come, nel Diciannovesimo secolo, dalle sue finestre affacciate sul Tamigi, nella zona degli antichi docks, tra Limehouse e Tower Hamlets, si potesse godere di una prospettiva ideale di una nave cargo, il Withby, che era solita ormeggiare nelle vicinanze. Trecento anni prima, intorno al 1520, il pub si chiamava La taverna del diavolo ed era noto per essere il punto di ritrovo dei peggiori criminali dell'epoca tra cui pirati, assassini e tagliagole. La sua fama sinistra sarebbe poi rimasta immutata fino agli inizi del Novecento.

«Nel Diciassettesimo secolo» attacca Waits, rivolgendosi al suo gruppetto di turisti, tra cui francesi, italiani e giapponesi «un manipolo di dissidenti protestanti, originari delle contee dell'Ovest dell'Inghilterra, diede vita a un complotto per deporre dal trono re Giacomo II, della dinastia Stuart, che era cattolico, divenuto monarca dopo la morte del fratello maggiore, Carlo II. La rivolta armata venne guidata da James Scott, primo duca di Monmouth e figlio illegittimo di Carlo II. Da qui il nome di Ribellione di Monmouth. La disfida durò cinque settimane e si concluse il 6 luglio del 1685, con la battaglia di Sedgemoor che segnò la sconfitta delle forze di Monmouth. Il duca venne arrestato, condannato e decapitato due settimane più tardi.»

Il professore fa la consueta pausa a effetto e invita il suo risicato pubblico ad avvicinarsi alle finestre del pub, orientate verso il Tamigi.

«La rappresaglia di re Giacomo II fu brutale» riprende

Waits. «Il sovrano affidò al famigerato giudice George Jeffreys, un uomo crudele, vendicativo e senza scrupoli, il compito di punire tutti coloro che avevano aderito al tentativo di ribellione. Il magistrato viveva nelle vicinanze di questa locanda e la scelse come luogo per le esecuzioni. Secondo la leggenda, Jeffreys utilizzò le decine di patiboli, installati negli anni precedenti sulle rive del fiume per impiccare i pirati, in quello conosciuto come l'Execution Dock, per giustiziare centinaia di ribelli. Fece anche costruire un pontile di legno sul Tamigi, ordinando di legare i prigionieri ai pali che lo sorreggevano durante la bassa marea per poi lasciarli annegare con l'aumento del livello delle acque. Quando, pochi anni dopo, Giacomo II fu deposto, il giudice Jeffreys tentò di fuggire in Germania, salendo su una nave vestito da marinaio. Fece però un tragico errore, prima di raggiungere l'imbarcazione si fermò per un ultimo drink in un pub dei docks dove venne riconosciuto; catturato e rinchiuso nella Torre di Londra, morì qualche anno più tardi di stenti e malattia.»

Il professor Waits spiega poi come molti artisti e scrittori, tra cui Charles Dickens, abbiano frequentato assiduamente il pub nel corso dei decenni, traendone ispirazione per le loro storie cupe e misteriose.

«E adesso vi invito tutti a seguirmi fuori dal locale,» annuncia con enfasi «ma prima voglio avvertirvi. Ciò che vedrete potrà impressionarvi profondamente per cui vi consiglio di bere qualcosa di forte prima di questa indimenticabile esperienza.»

Una moderata eccitazione pervade il gruppetto di turisti ma solo gli italiani raccolgono il messaggio e ordinano un giro di bicchieri del famoso Pirates's Grog Rum, spacciato dal locale come il liquore preferito dai leggendari bucanieri del 1500.

Poi tutto il gruppo esce dal retro del pub e, con Waits in testa, si incammina verso la sponda del fiume. Sono passate da poco le ventitré e continua a piovere, sebbene con minore intensità. La marea del Tamigi si è abbassata, scoprendo un lembo corposo di terra e sassi. Un vento forte crea decine di correnti nel letto del corso d'acqua e fischia tra le assi della palizzata di legno che delimita la riva. È buio e Waits indica il percorso ai suoi clienti, accendendo la torcia del suo cellulare e puntandola verso il terreno.

Quando giunge in prossimità di un palo piantato nel terreno, il professore si ferma e, girando le spalle al pilone, si rivolge ai turisti.

«Quello che vedete alle mie spalle» spiega «è l'unico rimasto dei tanti pali che facevano parte del cosiddetto molo delle impiccagioni. Qui sono stati giustiziati pirati, malfattori, criminali, assassini, stupratori ma anche ribelli, prigionieri politici e oppositori della monarchia. I loro corpi restavano a lungo appesi in modo che tutti li potessero vedere e capissero le conseguenze di certi crimini e comportamenti. La leggenda narra che, ancora oggi, in certe notti scure e tempestose come questa, i fantasmi degli impiccati si aggirino sulle rive del Tamigi e le loro anime vaghino in cerca di vendetta. Siete liberi di crederci o me...»

Waits si interrompe di colpo quando uno dei turisti, una donna giapponese sui trent'anni, emette un grido strozzato e si porta la mano sulla bocca, fissando qualcosa alle spalle del professore. Quasi nello stesso istante, anche gli altri iniziano a urlare e a dimenarsi. Alcuni cominciano a correre via mentre uno di essi, un uomo sui sessant'anni, francese, resta impietrito con lo sguardo fisso verso la parte alta del palo.

Waits si gira con il cuore in gola e punta la piccola torcia del cellulare verso il pilone. Appeso alla corda, con il collo stretto nel cappio e il corpo che ondeggia a causa del vento, c'è l'ispettore Derrick Brainblee. Ha la bocca aperta, la lingua che penzola tra i denti e le gambe divaricate. Un lento cigolio accompagna il dondolio del cadavere.

74

«L'emergenza è finita?»

«Affermativo.»

«In che percentuale?»

«Cento per cento.»

«Scorie?»

«Non risultano.»

«I testimoni sono stati eliminati?»

«Sì, più precisamente, si sono autoeliminati. Tranne uno che non rappresenta una minaccia poiché appartiene al sistema.»

«Possibilità di un ritorno?»

«Non prima di cinque decenni.»

Il club dei tredici si è nuovamente riunito attorno al tavolo bianco, nella grande stanza a vetri dell'ultimo piano del grattacielo Centre Point. È quasi mezzanotte e una tempesta di pioggia e vento crea disegni d'acqua sulle pareti di cristallo antisfondamento della penthouse. A causa del maltempo nessun elicottero ha potuto alzarsi in volo e tutti i partecipanti alla riunione operativa sono giunti a Tottenham Court Road in auto. Le vetture, nere e anonime, sono state fatte entrare in un sotterraneo, la cui porta, quasi invisibile e senza alcun riferimento, si trova a due blocchi dal grattacielo. Un tunnel interrato conduce alla base dell'edificio da cui, con un ascensore privato, attivabile solo digitando un codice a chiave progressiva, i tredici sono saliti all'ultimo piano.

L'atmosfera è tesa e velati segnali di irritazione e malessere si diffondono attorno al tavolo quando su una parete vengono proiettate le immagini fisse delle scene del crimine e dei cadaveri del dottor Doodley, del professor Driscoll e del detective Brainblee.

«Era necessario tutto questo?»

«Non è dipeso dalla nostra volontà ma, allo stato dei fatti, è la soluzione migliore.»

«Non ha risposto alla domanda.»

«Mi scuso, la risposta è: sì, era necessario. E se gli eventi non ci fossero stati favorevoli, saremmo dovuti intervenire direttamente.»

«Mi permetto di ricordare che abbiamo altre priorità al momento» interviene una voce dall'altro lato del tavolo «dal momento che, a quanto sembra, la questione del ricorso storico si è conclusa e anche la Brexit è stata definitivamente ratificata, propongo di procedere all'esame e alla pianificazione delle nuove strategie.»

«Mozione approvata. Qual è il primo punto?»

«La presidenza americana. È necessario un cambiamento, la situazione sta sfuggendo al nostro controllo. Troppi scandali ed eccessive proteste. Dobbiamo anticipare la fase due, rinunciando agli altri quattro anni. Una riconferma della situazione attuale alla Casa Bianca solleverebbe troppo clamore, dando ulteriore potere a quei gruppi che fino a ora abbiamo supportato. Potremmo essere costretti a sedare i focolai con interventi mirati. E ciò rappresenta sempre un rischio di esposizione. Purtroppo non siamo ancora riusciti ad avere il controllo totale e globale della comunicazione. L'eventualità che qualche organismo mediatico indipendente possa indagare sul sistema è ancora possibile.»

«Missioni percorribili?»

«Sostanzialmente una. Il ritiro di tutte le truppe della

NATO dalle aree di crisi, siano esse postbelliche, con esigenze di peacekeeping, a prevenzione delle rivolte, a tutela delle minoranze etniche e religiose e nei bacini a rischio integralismo.»

Un mormorio si espande tra i tredici attorno al tavolo.

«Così però si scatenerebbero guerre, rivoluzioni, invasioni, colpi di Stato, eccidi. E ci vorrebbero anni per ricomporre l'ordine mondiale. È veramente l'unica soluzione?»

«Niente di tutto questo accadrà realmente. Il ritiro delle truppe della NATO sarà soltanto una falsa notizia che verrà diffusa a livello globale, come decisione irrevocabile presa dalla Casa Bianca. E ciò consentirà di creare una situazione di impeachment, questa volta, inattaccabile, anche perché condivisa a livello mondiale e trasversale, che porterà alla fine anticipata della presidenza americana.»

«Come pensa di convincere gli interessati?»

«Non ce ne sarà bisogno. La fake avrà prove e riscontri tali da non potere essere smentita. Abbiamo potenziato i nostri canali di propaganda e persuasione e perfezionato i sistemi di diffusione. In meno di una settimana ogni popolazione del mondo, dalla Cina alla Russia, all'Africa, sino al Sudamerica, sarà convinta che l'America voglia dissolvere la NATO, azzerare la difesa e ritirare le truppe. L'onda d'urto spazzerà le possibili resistenze. Persino i movimenti ultracattolici e quelli a sostegno della libera circolazione delle armi da fuoco saranno dalla nostra parte.»

«È già stato individuato il soggetto per l'avvicendamento?»

«Sì, la scelta è stata fatta nell'ottica dell'alternanza.»

«Di nuovo una minoranza etnica?»

«Affermativo. Questa volta, con doppia valenza. Sarà una donna e per di più con origini indiano-americane. Rappresenterà la nuova faccia dell'America aperta, tollerante, inclusiva e materna che riscrive la propria storia e corregge gli errori del passato. Una catarsi politica e generazionale che avvierà il processo di liberazione degli Stati

Uniti da esperienze traumatizzanti e da situazioni conflittuali, facendo riaffiorare nella coscienza di ogni americano le proprie responsabilità.»

«La gestione?»

«Interamente nostra, come nel primo esperimento. La nuova Casa Bianca promulgherà leggi a favore delle minoranze, aprirà al dialogo interrazziale e interreligioso, modificherà i sistemi assistenziali e persino i servizi sanitari. Tutte novità effimere che verranno, come sempre, annullate dalla presidenza successiva. Nel frattempo, sospinti da questa inedita linfa umanitaria, cambieremo il panorama politico mondiale sostituendo presidenti e primi ministri. Nascerà una nuova unione di Stati che avrà il compito di annullare l'effetto della Brexit e di tutte le altre situazioni di uscita che si sono verificate. Ci sarà la corsa per fare parte di questa istituzione che prometterà progresso economico, benessere, eliminazione dei vincoli monetari e libertà di culto e individuale.»

«La figura sociale di riferimento?»

«Ce ne sarà una nuova, è già stata individuata. Purtroppo non possiamo più utilizzare la ragazzina ambientalista e così abbiamo dovuto cambiare target.»

«Motivo?»

«Non ha retto. Troppo stress e troppe pressioni. Ha completamente smesso di parlare. È in isolamento, in una clinica psichiatrica, sotto il nostro controllo. Nessuno conosce il luogo in cui si trova, nemmeno la sua famiglia. L'obiettivo, ora, è quello di cancellarla dalla memoria collettiva e nel frattempo fare emergere il soggetto prescelto.»

«Di chi si tratta?»

«Un minorenne indiano, proveniente da una famiglia del ceto medio di Mumbai. Il padre è un insegnate di storia alle scuole superiori e la madre è impiegata alla biblioteca cittadina. Hanno altri cinque figli ma il nostro è quello che ha le caratteristiche psicofisiche giuste. Ha quindici anni, un aspetto emaciato e un viso angelico. Il suo costituirà il nuovo verbo di persuasione internazionale, a metà tra il Mahatma e il Siddharta. Girerà il mondo per confrontarsi con i leader politici e sfidarli sui temi dell'emergenza demografica. Diventerà il nuovo leader dei movimenti giovanili e studenteschi. I fondi per la campagna sono già stati stanziati.»

«E le questioni climatiche?»

«Hanno concluso il loro corso. L'obiettivo è stato raggiunto con la creazione dei nuovi poli economici, l'avvicendamento dei vertici delle potenze industriali ed energetiche e la realizzazione del disegno globale. Abbiamo invaso la rete, e la vita delle persone, di strategie green, cibo creato ad hoc, nuove catene alimentari e trasporti a emissioni zero. Il mercato è saturo. È il momento di dare vita a una nuova, indifferibile, emergenza che possa aprirci altre strade speculative. Ci concentreremo sul riequilibrio demografico mondiale.»

«Bene, credo che, a questo punto, possiamo passare alla fase successiva. Obiezioni?»

Il silenzio domina nella sala per qualche minuto, cadenzato dal rumore della pioggia che continua a frustare le vetrate. D'improvviso, e con un boato assordante, una delle portefinestre si spalanca e sbatte violentemente sulla parete di cristallo, spaccando i cardini. Una bomba d'acqua esplode dalla finestra e invade l'ambiente, che piomba nell'oscurità. Sommerge il tavolo bianco e travolge poltrone e mobili. Il panico si diffonde tra le tredici persone presenti, mentre il tono acuto e incessante della sirena d'allarme inizia a risuonare nella stanza e a rimbalzare sui muri.

75

Lo hanno chiamato d'urgenza, nel cuore della notte, per un allarme al Centre Point di Tottenham Court Road. Una devastante tromba di vento e pioggia ha colpito la sommità del grattacielo, sfondando i vetri e distruggendo completamente l'ultimo piano dello stabile. Coloro che hanno assistito alla scena l'hanno descritta in modo simile a quella degli aerei dei terroristi islamici che si sono schiantati contro le torri gemelle di New York, con la differenza che questa volta non vi era alcun velivolo ma solo una forza invisibile e dirompente. Non è ancora certo il numero delle vittime, si parla di decine.

La zona non è di sua competenza e nemmeno il tipo di operazione, tuttavia non appena Joseph Blake ha sentito il suo telefono suonare, ha immediatamente capito che si trattava di un evento altamente drammatico e che tutte le forze di sicurezza sarebbero state coinvolte. Si è precipitato fuori dal letto, si è vestito alla velocità della luce ed è uscito di casa in meno di sei minuti. È montato sulla sua auto, ha piazzato il lampeggiante blu sul cruscotto e si è lanciato a tutta velocità verso il centro di Londra.

Lasciata la zona dell'Imperial War Museum, a fianco del quale si trova il suo appartamento, il capo della stazione di polizia di Whitechapel si immette su Waterloo Road e punta dritto verso il teatro nazionale e il ponte di Waterloo che collega le due sponde del Tamigi, dal Southbank alla monumentale Somerset House.

A quell'ora di notte, nel Sud della città, le strade sono deserte e le condizioni pessime del tempo le hanno trasformate in torrenti in piena. Blake sente gli pneumatici della sua auto che, a causa dell'acqua, perdono spesso aderenza con l'asfalto. La visibilità è scarsissima, sia per la pioggia, che maschera il parabrezza, sia per l'oscurità delle vie e dei quartieri, dovuta all'estemporaneo blackout elettrico. Nonostante questo il poliziotto non rallenta l'andatura e spinge con forza sull'acceleratore. La radio, sintonizzata sulle frequenze della polizia, continua a lanciare messaggi a tutte le pattuglie, sollecitandole a recarsi con urgenza al Centre Point. Le sirene delle autoambulanze si fondono con quelle dei mezzi di soccorso e dei vigili del fuoco in un unico grande lamento che accompagna il fragore dei tuoni. Poche le auto private in circolazione fatta eccezione per qualche autobus o taxi. A piedi non gira praticamente nessuno. A parte quella donna anziana che pare essere comparsa dal nulla sul marciapiede che conduce al ponte. È minuta e cammina ricurva in avanti, appoggiandosi su un bastone. Ha un fazzoletto con una fantasia a fiori sulla testa e indossa un cappotto di lana marrone sopra un cardigan celeste e una gonna lunga, rosso scuro. D'un tratto, senza alcun preavviso, abbandona il marciapiede e attraversa la strada, proprio all'imboccatura del viadotto. Blake la vede all'ultimo momento, non appena il tergicristallo della sua auto scosta una corposa bolla d'acqua dal vetro. La donna ha il viso scavato e gli occhi che brillano come quelli di un gatto. Si blocca in mezzo alla via e lancia al poliziotto un sorriso ambiguo e inquietante. Tentare di frenare, con quel manto stradale inzuppato di pioggia, non servirebbe a nulla. Con una manovra disperata, Blake stringe il volante e sterza vigorosamente a destra. Riesce per un soffio a evitare l'anziana ma perde il controllo dell'auto che si stacca dal suolo, sbatte con violenza contro la barriera di ferro e cemento che protegge il ponte, si capovolge e inizia a volteggiare in aria. L'uomo sfonda con la testa il parabrezza ma rimane incastrato dentro l'abitacolo e schegge grandi come le lame di un pugnale gli trafiggono il collo. La macchina vola oltre il ponte e precipita nel Tamigi, schiantandosi nelle acque gelate del fiume e immergendosi completamente. Dopo circa un minuto, una chiazza rosso scuro, nera come le tenebre di quella notte, si allarga nel punto in cui l'auto è sprofondata.

La mattina seguente, come spesso capita dopo una forte tempesta a Londra, un pallido sole riscalda la città e il cielo assume un colore azzurro intenso, senza nemmeno una nuvola.

Il professor John Dylan Waits non è riuscito a chiudere occhio per tutta la notte. Dopo avere scoperto il cadavere di Brainblee, appeso al palo degli impiccati nella banchina sud del Tamigi, ha subito interrotto la visita guidata, invitando i turisti ad andarsene al più presto. Contemporaneamente ha chiamato il 911 e ha atteso l'arrivo della polizia e dell'ambulanza. Mentre il corpo del detective veniva rimosso dal cappio, il professore ha messo a verbale la sua testimonianza, descrivendo nei dettagli il modo in cui, assieme al suo gruppo di turisti, fosse arrivato sulla riva del fiume e avesse scoperto il corpo dell'uomo. Ha evitato accuratamente di aggiungere di essere a conoscenza dell'identità della vittima, tanto più che nessuno, tra i poliziotti intervenuti, gli ha posto la domanda. Ma la visione del cadavere di Brainblee, che penzolava da quel palo, poche ore dopo il loro incontro al pub, lo ha sconvolto e disorientato. Una volta tornato a casa, Waits ha continuato a tormentarsi, ponendosi decine di domande senza risposta, compreso il motivo per cui, dalle finestre di casa sua, continuasse a giungere l'urlo stridente delle sirene.

Un'ora dopo l'alba, vestito come la sera prima, il sosia di Marx è uscito di casa con i battiti accelerati e si è diretto, a piedi, verso il quartiere di Marylebone, attraversando i quartieri di Clerkenwell e Fitzrovia.

C'è una strana agitazione nell'aria e Waits ha la sensazione che qualcosa di drammatico sia accaduto durante la notte. Ciò nonostante, non vuole indagare o chiedere informazioni. Ha anche lasciato il cellulare a casa ed evita accuratamente ogni distrazione. Ha in testa un solo pensiero.

Lasciata la casa di Sherlock Holmes, a Baker Street, raggiunge Dorset Square e rimane per qualche secondo a fissare, a distanza, l'edificio che si affaccia sul piccolo parco privato. C'è qualcosa di diverso che non riesce però a mettere a fuoco. Con passo lento si dirige verso il lussuoso palazzo georgiano e la scala di granito che conduce a un portone doppio, di legno smaltato nero. Lo osserva per qualche secondo, quindi rivolge la sua attenzione all'entrata dell'appartamento che si trova nel piano interrato. L'ingresso è decisamente diverso da come lo ricordava, compresa quella targa STUDIO PHYSIOBALANCE che spicca sulla parte alta della porta. E da cui, proprio in quel momento, esce un ragazzo alto, biondo, sui venticinque anni, con una divisa bianca da fisioterapista.

Il giovane vede Waits e gli sorride, stringendo le spalle e ticchettando sull'orologio immaginario che ha al polso.

«Mi spiace!» dice, con tono gentile. «È arrivato troppo presto. Apriamo fra circa un'ora.»

Il professore rimane impietrito e continua a spostare lo sguardo dalla porta all'insegna, al ragazzo.

«Posso aiutarla in qualche modo?» aggiunge il giovane in divisa bianca, notando il suo imbarazzo.

«Le-lei la-lavora qui?» balbetta Waits, sbattendo le palpebre.

«Sì, certo, mi chiamo Redmond e sono uno dei fisioterapisti. A che ora è il suo appuntamento?»

«Veramente non sono qui per... posso chiederle una cosa?»

«Naturalmente, mi dica pure.»

«Quella targa, Studio Phy... sì, insomma, cos'è, un centro per...»

«Un centro di fisioterapia. Facciamo sedute di riabilitazione post-trauma, sia sportivo sia nel caso di incidenti, fratture, interventi chirurgici, applicazione di protesi. Il personale è altamente qualificato e specializzato, anche se non dovrei essere io a dirlo» spiega il ragazzo, con un sorriso.

«Siete nell'appartamento interrato?» domanda Waits.

«Sì, esattamente quello che vede. Lo studio è molto grande, c'è anche uno splendido giardino. La inviterei a entrare per farglielo visitare ma in questo momento stanno facendo le pulizie.»

«Da quanto tempo siete qui?» insiste il professore.

«Io personalmente da undici mesi, prima lavoravo allo stadio di Wembley, nel centro riabilitativo della Federcalcio inglese.»

«E lo studio? Quando è stato aperto?»

«Almeno da cinque anni, che io sappia, ma potrebbero essere anche di più?»

«Sul serio? Ne è sicuro?»

«Certo, perché? Qualcosa non va? La vedo un po' in difficoltà, è piuttosto pallido. Ha bisogno d'aiuto? Sta cercando qualcuno?» domanda il giovane, preoccupato.

«No, no... non ci faccia caso, mi capita spesso al mattino presto, ho la pressione bassa,» cerca di giustificarsi Waits «con un buon caffè mi riprendo subito. Un'ultima cosa, se non la disturbo. Sa chi occupava l'appartamento prima dello studio di fisioterapia?»

«Sì, c'era una palestra. Della catena MyGym.»

«Una palestra?»

«Proprio così,» spiega Redmond «ce ne sono per tutta l'Inghilterra di quel gruppo. Sono tra le più economiche, senza quota d'iscrizione e con la possibilità di smettere in qualunque momento.»

«E... per caso, ha mai sentito parlare di una società di

studi, chiamata Society for Psychical Research con sede proprio in questo locale?» domanda il professore.

Il giovane stringe gli occhi, si gratta la testa e dopo qualche secondo risponde, con assoluta certezza: «Mai sentita nominare. Mi spiace. Vuole che controlliamo con Google Maps?».

«No, grazie» risponde Waits, mentre tra il fischio delicato del vento leggero che ha cominciato a soffiare gli pare di sentire la risata benevola di Thomas Stead.

76

Il fischio del capotreno la sveglia di soprassalto. Ha i brividi di freddo e il cuore in gola. Solo quando si rende conto di essere ancora rintanata tra i sacchi di concime e le balle di fieno, nell'ultimo vagone del treno merci su cui è salita quasi quattro ore prima, i suoi battiti iniziano a rallentare e i tremori si fanno meno frequenti. Ad aumentare sono invece i crampi allo stomaco per la fame e la sensazione di disidratazione che le provoca una sete incontrollabile.

Per un attimo Georgeta arriva a pensare di aprire il portellone e buttarsi fuori dal treno, poi una fitta lancinante le contorce lo stomaco, cancellandole subito l'idea dalla testa.

Non ricorda più da quanti giorni è in fuga e ha perso la cognizione del tempo. Dopo essere scappata dal castello di Beaconsfield, grazie all'aiuto di quel poliziotto, ed essere riuscita ad attraversare la recinzione, infilandosi nel bosco, un attimo prima che arrivassero gli altri uomini, la ragazza si è messa a correre all'impazzata, senza una meta precisa. Quando ha sentito il rumore degli spari, provenire dal castello, si è precipitata dietro un cespuglio ed è rimasta nascosta per ore, appiattendosi sotto le sterpaglie ed evitando anche di respirare. Poi ha ripreso a correre, cadendo ripetutamente e ferendosi alle braccia e alle gambe. La foresta è divenuta ben presto il suo incubo. Ha vagato per giorni e notti, cercando inutilmente di uscirne, completamente disorientata. Più volte ha avuto la sensazione di essere tornata al punto di partenza e ha vissuto momenti di terrore totale quando le è sembrato di rivedere le mura del castello e l'ombra di un uomo in piedi davanti a lei. Un tormento che si è ripetuto ogni volta che, stremata, è crollata a terra e si è addormentata tra rovi e arbusti. Ha dovuto difendersi con rami e pietre dall'attacco di un cinghiale, grosso come un babirussa e, per diversi chilometri, è stata seguita, a distanza, da una famiglia di volpi affamate. Si è cibata di bacche, pinoli, foglie d'erba, radici e insetti che le hanno provocato una reazione allergica alla schiena, facendole vomitare una poltiglia verde e puzzolente. Dopo l'ennesimo, inconcludente, giro a vuoto tra alberi giganteschi e sentieri infiniti, si è seduta, appoggiandosi a un tronco e ha chiuso gli occhi. Sfibrata, assetata e senza più la voglia di combattere, Georgeta ha pregato Dio che la venisse a prendere e la portasse via da quel labirinto spietato e da quella vita fatta solo di dolore e sofferenza. Ma è stato proprio in quel momento che lo ha sentito. Un fischio lontano, quasi impercettibile, ma, per Georgeta, estremamente familiare. Con la forza della disperazione, ha raccolto le energie, che non aveva più, e si è messa a correre in direzione di quel suono, ormai sparito. Ha percorso quasi quattro chilometri, massacrandosi i piedi e le ginocchia, fino a quando non ha visto, in lontananza, il riflesso del sole, sui binari di una ferrovia, oltre l'ultima, insperata, fila di alberi di quel bosco opprimente.

Coperta dalle fronde di un salice bianco, ha atteso quasi un'ora per l'arrivo del primo treno, rinunciando a tentare di salirvi in corsa, vista la velocità con cui è schizzato via. Ne ha fatti passare quattro prima di decidersi all'arrembaggio. Poi finalmente è arrivato un treno merci, lungo e lento, completamente diverso dai precedenti. Con un ultimo slancio si è lanciata fuori dal bosco e si è buttata verso il vagone di coda del convoglio, riuscendo ad aprire il portellone e a saltarvi dentro. È rimasta immobile, nell'oscurità della carrozza, con la faccia sul pavimento sporco di terra e polvere, fino all'arrivo alla prima stazione. L'altoparlante ha avvertito come il treno fosse giunto a Berkhamsted, nell'Hertfordshire, con direzione finale London Victoria, dopo una serie interminabile di fermate, pur senza la possibilità per i passeggeri di salire a bordo. Per evitare comunque il rischio di essere scoperta, Georgeta si è infilata tra il carico di quel vagone e ha atteso che il convoglio ripartisse dalla stazione. Poi, finalmente, ha potuto abbandonarsi al sonno e alla stanchezza.

Il treno riparte lentamente e la giovane si avvicina al portellone per guardare all'esterno. Nel vagone non vi sono finestrini e l'unico spiraglio di luce filtra da una fessura tra le assi di legno del carro, in corrispondenza della porta. Scrutando attraverso la fenditura, Georgeta osserva le poche persone presenti sulla piattaforma della stazione mentre il treno si allontana, rincuorandosi nel constatare come non vi sia nessuno che lei conosce, né tantomeno quei loschi personaggi che ha incontrato al castello. Poi nota la prima cosa strana. Il tabellone elettronico della stazione di Watford, da cui il convoglio è in partenza, non indica in nessun modo il passaggio del treno merci e i passeggeri in attesa sulla banchina non sembrano vederlo. Sono circa una decina e nessuno di loro volge lo sguardo verso i vagoni, circostanza piuttosto curiosa in una stazione ferroviaria. Appena ritrae lo sguardo e si siede a terra con la schiena appoggiata alla parete della carrozza, Georgeta realizza la seconda anormalità. I vagoni di quel treno merci sono particolari, decisamente originali. Il campo rom in cui viveva da piccola, in Romania, sorgeva vicino ai binari della vecchia ferrovia che collega Baia Mare a Satu Mare e, durante la sua infanzia, Georgeta ricorda di avere visto transitare centinaia di treni merci. Ma la loro composizione era totalmente differente, al posto dei vagoni vi erano container di ferro, appoggiati su una base, spesso arrugginiti e con la vernice scrostata. Anche durante le soste del treno, sarebbe stato impossibile aprire quei cassoni e saltarvi dentro. Il veicolo su cui si trova in quel momento è invece un carro tutto di legno, con intelaiature in metallo, e un unico portellone scorrevole al centro del vagone, decisamente facile da spalancare. Le ricorda il modellino di un vecchio treno dell'Ottocento che aveva trovato in una discarica vicino all'accampamento.

È ancora assorta nei suoi pensieri, quando la terza stranezza si fa strada nella sua mente. Sia la sirena sia il soffio del motore non hanno nulla a che vedere con quelli dei treni che lei conosce. Il segnalatore acustico è più simile al suono dell'organo di una chiesa mentre, per quanto lei riesca a ricordare, i convogli che vedeva transitare da bambina lanciavano note acute e metalliche. Riguardo poi al rombo del propulsore, esso è completamente differente dal consueto borbottio ritmato di quasi tutti i treni e somiglia piuttosto allo sbuffo di una caldaia o di un vecchio camino.

Harrow & Wealdstone è l'ultima stazione prima di London Victoria e Georgeta rimane a bocca aperta quando, al passaggio del treno, esplorando nuovamente il paesaggio dalla fessura, nota due giovani donne, sedute su una panchina della piattaforma, vestite con abiti della fine dell'Ottocento. Indossano corpetti in velluto, gonne ampie a balze, un piccolo cilindro con veletta sulla testa e portano al braccio un ombrellino dello stesso colore del corpino. Sono simili a una delle poche bambole che le aveva regalato suo nonno ed entrambe, a differenza dei viaggiatori della precedente stazione, osservano, incuriosite e divertite, il convoglio che transita loro davanti.

Quindici minuti dopo il treno merci giunge alla stazione di Victoria e lo sconvolgimento di Georgeta diventa totale.

La ragazza attende che il convoglio sia completamente fermo per aprire il portellone del vagone. Lo fa scorrere di quei pochi centimetri necessari per uscire e salta giù con un balzo. Non appena mette i piedi a terra e rialza la testa, le si mozza il respiro. La motrice del suo treno, come quella degli altri, fermi nei binari a fianco, è una vecchia locomotiva a vapore con il numero di serie inciso sul fronte della caldaia e la scritta NORTHERN BELLE su un fianco. La stazione è affollata di gente, ma quasi tutte le donne hanno abiti simili a quelli delle due giovani che ha osservato nello scalo precedente mentre gli uomini vestono giacche singole o a doppiopetto, svasate e con lunghe falde, camicie con colletto rivoltato, ampie cravatte o foulard, pantaloni a righe, con risvolto e scarpe nere e lucide. I più eleganti hanno anche il cilindro e il bastone, ma ci sono anche uomini decisamente meno raffinati con abiti di lana di tweed, unti e stazzonati e coppole di lana con visiera. In generale l'atmosfera è piuttosto fumosa e il clangore delle ruote dentate dei treni che agiscono sulle cremagliere colma l'enorme sala.

Georgeta inizia a camminare guardinga sul binario ma nessuno sembra fare caso a lei. Giunge al termine della piattaforma e vede, di fronte a sé, un grosso orologio che pende dal soffitto a volta, sorretto da travi di ferro. Ha i numeri con caratteri romani e segna mezzogiorno in punto. Sempre più sconvolta la ragazza si dirige verso l'uscita, attraverso un arco, e si ritrova sotto un portico che si estende per tutto il blocco esterno della stazione. Di fronte a esso vi è un enorme spiazzo, adibito a parcheggio ma invece delle auto e dei pullman, ci sono decine di carrozze con cavalli. Alcune tirate da un solo animale, altre da una coppia. L'andirivieni di persone che entrano ed escono è continuo e l'odore dello sterco dei cavalli le punge le narici. In un angolo del piazzale, a ridosso di quella che ha l'aspetto di una biglietteria, c'è un chiosco che vende tabacco, spezie e giornali. Georgeta lo raggiunge e inizia a esaminarlo. Il suo sguardo cade su un bancone che contiene sacchi di tela, bianchi, al cui interno ci sono noci, mandorle e anacardi. Sente lo stomaco che brontola dalla fame e fa per allungare una mano quando, dietro allo stand, vede un uomo sui cinquant'anni, con il viso segnato dalle rughe, la barba incolta e una manciata di denti radi all'interno della bocca che la fissa, minaccioso. Con un gesto repentino, la ragazza ritrae la mano e si volta verso una pila di giornali, sistemata a fianco dei sacchi, fingendo di volerne controllare i titoli. Alla fine si ritrova a leggerli sul serio e la verità, che dentro di sé sperava di non arrivare a conoscere mai, la colpisce come una mazzata sulla testa.

Il quotidiano in cima alla pila è il «London Daily Post» e la data è quella del 9 novembre 1888. C'è un titolo a nove colonne che recita: *Jack lo Squartatore colpisce ancora, altri due omicidi nell'East End di Londra.* Il sottotitolo aggiunge: *Numerosi sospetti portati a Scotland Yard per essere interrogati.* A corredo dell'articolo, che riempie tutta la prima pagina, ci sono tre illustrazioni: un disegno e due foto. In una c'è il ritratto dell'investigatore che conduce le indagini, l'ispettore Frederick Abberline. Nella seconda, la foto del corpo martoriato di una donna, riversa a terra. La terza è un'istantanea che raffigura un agente di polizia in divisa, intento a parlare con un gruppo di donne, nel quartiere di Whitechapel. La didascalia le descrive come prostitute, nonché possibili testimoni dei delitti. Tra esse ce n'è una, più giovane di tutte. Sembra minorenne. È piccola e magra. Ha la pelle leggermente ambrata, i capelli neri e arruffati, gli occhi scuri e profondi.

77

La chiamano *rush hour* perché a quell'ora vanno tutti di corsa, le stazioni sono superaffollate, treni e autobus sono stipati di gente e il traffico nelle strade è perennemente bloccato. A Londra le ore della corsa sono di regola due, una al mattino e una alla sera, e coincidono con l'entrata e l'uscita da scuole e uffici. In realtà nella capitale britannica il caos, nei trasporti e nelle vie, dura molto di più dei centoventi minuti canonici giornalieri e spesso trasforma la vita delle persone in una gara all'ultimo scatto per riuscire a conquistarsi un posto a sedere nei vagoni pressati della *tube* o sui treni dell'overground, gremiti di pendolari.

Poi, ogni tanto, quasi per miracolo, l'ordinario pandemonio londinese regala una tregua e compaiono, come dal nulla, treni della metropolitana a misura d'uomo, con posti a sedere vuoti, oltre a quelli riservati ad anziani, disabili e donne in gravidanza, e vagoni arieggiati e confortevoli in cui i viaggiatori riescono anche a leggere un libro e scambiare qualche parola, senza essere costretti ad ascoltare, con le cuffie, tutto il repertorio delle sinfonie di Rachmaninov per illudersi di essere da soli.

Quando Thomas Stead, alla stazione di Victoria, entra su un vagone della District Line in direzione est, con destinazione finale Upminster, la metropolitana è in una di quelle fasi di tregua inconscia che la rendono meravigliosamente umana. L'uomo sorride all'anziana signora, esile e minuta, con un fazzoletto a fiori legato sui capelli, un cardigan di lana celeste e una lunga gonna rosso scuro, seduta nella poltrona a lei riservata, vicino alle porte, fa un cenno di saluto all'uomo distinto, in completo blu con camicia bianca, foulard azzurro e bastone da passeggio che le sta accanto, e si va ad accomodare alla sua destra. I tre non si rivolgono mai la parola ma sembrano essere in perfetta sintonia. Ogni tanto si scambiano uno sguardo e un sorriso e osservano con fare compiaciuto le persone che entrano ed escono dal vagone. La metropolitana raggiunge la stazione di Whitechapel e Stead si gira verso i suoi due compagni di viaggio i quali, con movimenti sincronizzati della testa, annuiscono in silenzio. Nessuno dei tre si alza, nemmeno quando le porte scorrevoli si spalancano ed entra una donna sui quarant'anni con i suoi due figli, un adolescente di tredici anni e una ragazzina di nove.

«Sediamoci qui!» suggerisce entusiasta la bambina, indicando il posto vicino alle porte, riservato alle persone in difficoltà e le due poltrone accanto.

«Lì no, tesoro,» la corregge la madre «quelli sono posti riservati. Vieni, troviamone degli altri.»

«Non ce ne sono altri tre vicini» obbietta il tredicenne.

«D'accordo, allora» cede la donna. «Ma mi raccomando, se sale una persona che ha bisogno del posto ti alzi senza fare storie e glielo offri!» aggiunge la madre, rivolgendosi alla ragazzina.

Lei annuisce e si lancia felice sulla poltrona, raccogliendo le gambe e stringendo le ginocchia al petto. Quindi invita sua madre a sedersi al centro e il fratello a occupare il posto esterno. Non appena seduto, il ragazzo tira fuori dallo zaino il tablet, seleziona un programma che si è precedentemente scaricato e fa il gesto di infilarsi gli auricolari.

«Non adesso, per favore!» lo blocca la madre. «Hai tutto il tempo per guardare quelle cose. Metti via quell'arnese e resta a parlare con noi, almeno durante questo breve tragitto! Quando saremo al concerto non potremo farlo.»

«Ma no, dai mamma, ti prego!» protesta il tredicenne. «È l'ultima puntata della serie, si sta per scoprire tutto...»

«Capirai che scoperta!» insiste la donna. «Non succede nulla se lo guardi a casa, non è che nel frattempo cambiano il finale!»

«Uffa! Dopo non posso e poi stasera c'è la partita di NBA!»

«Che serie è? Posso vederla anch'io?» si inserisce la ragazzina.

«No tu no!» risponde perentoriamente l'adolescente. «Sei troppo piccola e non capisci niente!»

«E tu invece sei uno stupido!» impreca la bambina.

«Ehi voi due, basta così, intesi!» ordina la madre. «E tu non dire quelle parole!»

«Ha cominciato lui...»

«Non mi interessa chi ha iniziato! Ho detto di finirla! Metti via subito quel tablet, d'accordo?»

Il giovane sbuffa in modo vistoso, stacca gli auricolari e ripone il pad nello zaino. Quindi si gira imbronciato verso destra, dando le spalle a madre e sorella.

«Io lo so che cosa stavi guardando...» riattacca la bambina dopo una trentina di secondi di silenzio.

«No, tu non sai un ca... volo!» cerca di zittirla il fratello.

«E invece lo so, è una serie horror, che parla di mostri e fantasmi!» ribadisce la ragazzina. «C'è gente che viene uccisa dagli spiriti che passano attraverso i muri!»

«Non è vero, stai zitta, scema!»

«Ora mi avete proprio stancato voi due!» interviene definitivamente la madre. «O la smettete subito, oppure alla prossima fermata scendiamo e ce ne torniamo a casa, così imparate a comportarvi bene!»

I due ragazzi si zittiscono ed evitano di guardarsi ma la donna non ha ancora finito la sua ramanzina.

«Io non capisco proprio che cosa ci troviate di tanto interessante in quelle storie assurde!» li ammonisce. «Lo sanno tutti che i fantasmi e gli spettri non esistono! Sono tutte stupidaggini che vi rincretiniscono il cervello. Cercate piuttosto di leggere dei buoni libri!»

Per tutto il resto del viaggio, fino a Upton Park, nessuno dei tre apre più bocca. Giunti alla stazione, la famiglia esce dal vagone e con essa tutti gli altri viaggiatori di quella carrozza. Le porte si richiudono e la metropolitana riparte, silenziosamente, con il suo carico di sedie vuote e presenze invisibili.

Grazie a...

I miei colleghi e amici scrittori, Grazia Verasani, Sara Bilotti, Paolo Nelli, Sandrone Dazieri, Luca Crovi, Patrick Fogli, Patrizio Nissirio e Alessandro Carlini, fonti preziose di ispirazione e confronto.

La saggista Hallie Rubenhold, che mi ha fatto conoscere una nuova importante visione sulle vittime di Jack the Ripper.

Lo psichiatra e psicoterapeuta Ferruccio Moroni, per tutto quello che mi ha insegnato riguardo alla terapia psicoanalitica freudiana.

La mia agente, Benedetta Centovalli, e la mia editor, Francesca Lang, che hanno costruito, assieme a me, questo progetto.

La mia libraia, Ornella Tarantola, dell'Italian Bookshop di Londra.

Nicoletta Mantovani, amica sensibile e preziosa collaboratrice.

Deborah Baker, geniale stilista di vita e arte.

Ezio Bosso, la cui musica supera il tempo.

Matteo Vicino, regista visionario e coraggioso.

Giulia Gervasio, Marco Pasi, Simone Sacchetti e Matteo Gozzoli, che, con grande professionalità, portano la cultura e i libri nelle piazze della Romagna.

Franca, Beatrice e Tommaso, che sono il mio cuore, la mia anima e il mio sangue.

Mia mamma Giuliana, che, mentre scrivevo questo romanzo, ha attraversato la porta del cielo ed è sempre con me.

Finito di stampare presso Grafica Veneta S.p.A.
Via Malcanton, 2 – Trebaseleghe (PD)